FERNANDO J. MÚÑEZ

Die Köchin von Castamar

FERNANDO J. MÚÑEZ

DIE KÖCHIN VON CASTAMAR

Claras Geheimnis

ROMAN

Aus dem Spanischen
von Anja Rüdiger

C. Bertelsmann

Die Originalausgabe erschien 2019 unter dem Titel
La Cocinera de Castamar bei Planeta, Barcelona.

Diese Übersetzung wurde gefördert
von Acción Cultural Española (AC/E).

AC/E
ACCIÓN CULTURAL
ESPAÑOLA

MIX
Papier aus verantwortungsvollen Quellen
FSC® C083411

Verlagsgruppe Random House FSC® N001967

1. Auflage

The translation follows the edition of Editorial Planeta, Barcelona 2019
Published by arrangement with UnderCover Literary Agents
on behalf of IMC Literary Agency

Umschlaggestaltung: www.buerosued.de
nach einer Idee von Planet Art & Design
Umschlagabbildung: © Cristina Reche;
© Ilina Simeonova / Trevillion Images
Satz: Uhl + Massopust, Aalen
Druck und Bindung: CPI books GmbH, Leck
Printed in Germany
ISBN 978-3-570-10392-0

www.cbertelsmann.de

Für meine Frau, den Hauch meines Atems, das wogende Meer,
das meine ganze Welt erfüllt.
Für meine Mutter, die Erste, die mich ermuntert hat,
dieses Buch zu schreiben.
Für meinen Vater, weil er der Mensch ist,
von dem ich jeden Tag lerne.

Erster Teil

10. Oktober 1720 – 19. Oktober 1720

KAPITEL 1

10. Oktober 1720, am Morgen

Es gibt keinen ewigen Schmerz«, sagte sie sich immer wieder, um die Hoffnung zu nähren, dass alles vergänglich war. »Und auch keine anhaltende Freude«, fügte sie hinzu. Möglicherweise hatte dieser Satz, weil sie ihn für sich zu oft wiederholt hatte, mit der Zeit an Bedeutung verloren und verdeutlichte nur die Bitterkeit, mit der das Leben sie in den letzten Jahren erfüllt hatte. Sie fühlte sich wie eine Marionette mit durchgeschnittenen Fäden, dazu verurteilt, sich jeden Tag neu zum Weitermachen zu ermuntern. Dennoch hatte sie dank des aus der Not geborenen Wagemuts und ihres unbeugsamen Charakters nie klein beigegeben, was sie abgehärtet und dazu befähigt hatte durchzuhalten. »Niemand wird je von mir behaupten können, dass ich feige war«, sagte sich Clara einmal mehr.

Vollständig unter einer Decke aus Stroh verborgen, konzentrierte sie ihre Aufmerksamkeit auf die Regentropfen, die an den Ballen herabliefen. So vermied sie es, in das milchige Licht zu blicken, das zwischen den Halmen hindurchschimmerte. Als sie es dann doch tat, konnte sie plötzlich die bedrohliche Weite jenseits des Karrens erahnen, in dem sie zu dem herrschaftlichen Besitz von Castamar unterwegs war. Sie merkte, dass sie auf ihren Atem achten musste, denn der bloße Gedanke, sich nicht innerhalb der vier Wände eines Hauses zu befinden, beschleunigte ihn derart, dass sie fürchtete, ohnmächtig zu werden, wie es ihr bei anderer Gelegenheit während einer solchen Panikattacke bereits passiert war. Wie sie diese Schwäche hasste! Sie fühlte sich dann jedes Mal so verletzbar, als ob im nächsten Augenblick alles Übel der Welt auf sie niederginge, was ihr sämtliche Kräfte raubte. Sie erinnerte sich, dass sie genau wegen dieser Angst zunächst gezögert hatte, als sie über Señora Moncada erfuhr, dass es in Castamar eine freie Stelle gab. Die dicke Leiterin des Personals und des Hospitals war zu ihr gekommen, um ihr mitzuteilen, dass Don Melquíades Elquiza, ein guter Freund von ihr und Majordomus in Castamar, eine Küchenhilfe für das herzogliche Anwesen suche.

»Das könnte eine gute Gelegenheit für dich sein, Clara«, hatte sie gesagt.

Und tatsächlich war dies eine Gelegenheit, die sie sehr reizte, aber gleichzeitig auch schreckte, da sie dafür das Hospital verlassen musste, in dem sie arbeitete und das auch ihr Zuhause war. Allein die Vorstellung, dass sie durch die Straßen Madrids und – wie früher mit ihrem Vater – über die Plaza Mayor gehen müsste, verursachte ihr Erstickungsanfälle und Schweißausbrüche und ließ sie sich vollkommen schwach und hilflos fühlen. Señora Moncada war zum Glück so nett gewesen und hatte an ihrer Stelle mit Señor Elquiza geredet, um ihre hervorragenden kulinarischen Fähigkeiten anzupreisen. Wie es schien, waren die beiden schon sehr lange befreundet. Sie hatten sich bei der Ausrichtung verschiedener ländlicher Mahlzeiten im Freien kennengelernt, als sie als Dienstmädchen im Haus des Herzogs von Benavente angestellt gewesen war, während er bereits beim Herzog von Castamar in Diensten stand. Señora Moncada war es zu verdanken, dass der Majordomus nun bereits wusste, dass die Liebe zum Kochen bei Clara in der Familie lag, denn ihre Mutter, mit der Clara diese Leidenschaft teilte, war die Erste

Köchin im Haus von Kardinal Giulio Alberoni gewesen, dem ehemaligen Minister von König Philipp V. Unglücklicherweise war der Prälat jedoch in Ungnade gefallen und in die Republik Genua zurückgekehrt, wohin er ihre Mutter mitgenommen hatte.

Clara, die sich bereits bis zur Ersten Beiköchin hochgearbeitet hatte, sah sich daraufhin gezwungen, aus dem Dienst des Kardinals auszuscheiden, denn dieser hatte nur seine Chefköchin auf die Reise mitgenommen. Damals hatte sie gedacht, dass sie sicher bald wieder ein herrschaftliches Haus finden würde, in dem sie arbeiten konnte, doch sobald die Küchenchefs erfuhren, dass Claras Referenzen von ihrer eigenen Mutter stammten, verloren sie ihr Interesse, zumal sie ihnen viel zu gebildet erschien, um ihr zu vertrauen. Daher hatte sie ihre Hoffnung, in einer Küche Arbeit zu finden, erst einmal zurückgestellt und sich ihren Lebensunterhalt mit der Pflege der Patienten des Hospital General de la Villa verdient, das auch als Krankenhaus Unserer Lieben Frau von der Verkündigung bekannt war.

Es tat ihr sehr leid, dass ihr Vater, der angesehene Arzt Armando Belmonte, sich so viel Mühe gegeben hatte, ihrer Schwester und ihr eine anspruchsvolle Erziehung mit auf den Weg zu geben, und trotzdem nichts Besseres aus ihr geworden war. Wobei man ihm keinen Vorwurf machen konnte, denn er hatte sich lediglich so verhalten, wie es dem gelehrten Mann anstand, der er bis zu seinem Tod am 14. Dezember 1710 gewesen war. »All die mühsame Erziehung für nichts und wieder nichts«, hatte er geklagt. Seit ihrer frühen Kindheit hatte ihre Lehrerin Francisca Barroso im Unterricht eiserne Disziplin verlangt. So hatten ihre Schwester und sie Kenntnisse jeglicher Art in den verschiedensten Bereichen erworben, wie im Nähen und Sticken, der Etikette sowie in Geografie und Geschichte, Latein, Griechisch, Mathematik, Rhetorik, Grammatik und modernen Sprachen wie Englisch und Französisch. Außerdem hatten sie Klavierstunden genommen und waren in Gesang und Tanz unterrichtet worden, was ihre Eltern nicht wenig gekostet hatte, ganz abgesehen von Claras persönlichem Bedürfnis nach ständiger Lektüre. Und doch hatte ihnen all ihre Bildung nach dem Tod ihres Vaters nichts genutzt, und sie waren zum gesellschaftlichen Abstieg verdammt gewesen. Die gemeinsame Leidenschaft von Mutter und Tochter für das Kochen dagegen, über die ihr armer Vater sich stets beklagt hatte, war zum Stützpfeiler geworden, der das Überleben der Familie sicherte.

»Meine liebe Cristina, wozu haben wir eigentlich eine Köchin angestellt?«, hatte ihr Vater seine Frau regelmäßig getadelt. »Ich weiß nicht, was unsere Freunde sagen würden, sollten sie erfahren, dass du und unsere ältere Tochter den ganzen Tag zwischen den Küchendünsten zubringt, obwohl es im Haus nicht an Personal mangelt.«

Damals, in den guten Zeiten, hatte Clara stets die Möglichkeit gehabt, alle möglichen Kochbücher zu lesen, einschließlich der Übersetzungen einiger auf Arabisch und Sephardisch verfasster Werke, von denen viele in Spanien verboten waren. So hatte sie gierig das *Buch der Schmorgerichte, Milchspeisen und Eintöpfe* des berühmten Kochs Robert de Nola verschlungen, genauso wie die *Vier Bücher der Kunst der Confiserie* von Miguel de Baeza und all die anderen Rezepte, die ihr oder ihrer Mutter in die Hände gefallen waren. Schon als kleines Kind hatte Clara Señora Cano, ihre Köchin, zum Großmarkt begleitet, wo sie gelernt hatte, die besten Kohlköpfe und Salate auszuwählen wie auch Kichererbsen, Linsen, Tomaten, Früchte und Reis. Wie hatte sie es geliebt, während des Einweichens die verdorbenen Linsen und Kichererbsen von den guten zu trennen, und welche Freude hatte es ihr bereitet, wenn sie die Brühe des Ragouts oder die bittere Schokolade probieren durfte, die ihr Vater dank seines Einflusses bei Hofe ergattern konnte! Erneut spürte sie das Glück, das sie empfunden hatte, wenn sie mit ihrer Mutter

Zitronenkuchen oder Torten buk oder Marmeladen und Konfitüren einkochte. Und nie würde sie vergessen, wie sie ihren Vater davon überzeugt hatten, einen mit Holz befeuerten Tonofen anzuschaffen, um damit die unterschiedlichsten Gerichte zu zaubern. Zuerst hatte er sich geweigert, doch letztlich hatte er unter dem Vorwand, die Bedürfnisse des Personals zu befriedigen, nachgegeben.

Nachdem Señor Melquíades von Señora Moncada ihre Referenzen erhalten hatte, hatte er eingewilligt, sie einzustellen. Castamar bedeutete für Clara, dass sie die erste Stufe auf ihrem Weg zum Ziel erreicht hatte: Endlich kehrte sie in eine richtige Küche zurück. Im Hause des Herzogs von Castamar zu arbeiten – der sich unter den Adligen an der Seite König Philipps V. besonders hervorgetan hatte – bedeutete außerdem, eine sichere Dienststelle zu bekleiden. Wie sie erfahren hatte, handelte es sich um ein außergewöhnliches Haus, das, obwohl die Anzahl der Granden – der Angehörigen des höchsten spanischen Adels –, die sich dort aufhielten, besonders hoch war, lediglich über ein Drittel der Dienstboten verfügte, die man in einem herzoglichen Haushalt erwartete. Wie es schien, hatte Don Diego, der Hausherr, sich nach dem Tod seiner Frau beinahe vollkommen aus dem öffentlichen Leben zurückgezogen und sich in den letzten Jahren lediglich bei wenigen Gastmählern am Königshof sehen lassen.

Vor ihrem Aufbruch nach Castamar hatte Clara ihrer Schwester und ihrer Mutter geschrieben. Da König Philipp dankenswerterweise nun erlaubte, dass – neben der königlichen Familie, den Adligen und den Kaufleuten – jeder seiner Untertanen den Postweg nutzte, konnte sie die beiden über ihren Umzug in Kenntnis setzen. Außerdem versprach sie, dass sie sich später erneut bei ihnen melden werde, um ihnen eine feste Adresse mitzuteilen. Sie hatte ihre gesamten Ersparnisse dafür aufgebraucht, die Post zu frankieren. Auch wenn das so nicht üblich war, da normalerweise der Empfänger die Post bezahlte, hatte sie diesen Weg vorgezogen, um den beiden diese Last zu ersparen.

Nachdem Clara die Nachrichten abgeschickt hatte, musste sie noch einen Tag warten, bis Señor Pedro Ochando, der im Hause Castamar als Postkutscher arbeitete und mit dem Einkauf für die herzoglichen Stallungen beauftragt war, am Abend seine Transportarbeiten erledigt hatte und am frühen Morgen die Strohballen auflud. Es war ein regnerischer Tag, was ihr Glück war. Denn der Herr war so freundlich, sie im Depot des Fuhrparks des Hospitals abzuholen, sodass sie ihre Angst davor, das Gebäude zu verlassen, nicht überspielen musste.

»Ich würde lieber hinten aufsteigen, wenn es Euch nichts ausmacht«, hatte sie sich geschickt entschuldigt. »Dann kann ich mich unter den Heuballen vor dem Regen schützen, da ich für das Wetter nicht die geeignete Kleidung trage.«

Für den Weg von Móstoles nach Boadilla brauchten sie im strömenden Regen drei Stunden. Hin und wieder spürte Clara, dass sie durch ein Schlagloch fuhren, und dachte erschreckt, dass die Strohdecke verrutschen könnte und sie dann schutzlos dem Regen ausgesetzt wäre, was jedoch nicht geschah. Wenig später – von dem anhaltenden Gepolter taten ihr sämtliche Knochen weh – hielt die Lastkutsche an, und Señor Ochando, der kein Mann vieler Worte war, teilte mit, dass sie ihr Ziel erreicht hatten.

Sie verabschiedete sich und dankte ihm, um dann mit geschlossenen Augen von dem Gefährt hinunterzuklettern. Das kalte Regenwasser lief ihr über den bestickten Kragen in den Nacken und ließ sie erschaudern. In der Hoffnung, dass die durch die polternden Räder verursachten Schmerzen bald nachlassen würden, band sich Clara die Binde vor die Augen. Dank des schmalen Spalts an der Unterseite, durch den sie wenigstens einen schmalen Streifen des Bodens zu ihren Füßen sehen konnte, und mithilfe eines Hirtenstabs, den sie wie einen

Blindenstock verwendete, ging sie in die Richtung eines von Mauern umgebenen Hofes, der sich vor dem palastartigen Gebäude erstreckte. Sie wandte den Blick nicht von ihren Füßen ab und betete, dass die Binde hielt und weiterhin die Umgebung von Castamar verdeckte. Mit rasendem Puls beschleunigte sie ihren Schritt und atmete zu schnell und tief ein, bis es in ihren Gliedmaßen zu kribbeln begann. Als sie unter dem schmalen gemauerten Bogen hindurchging, der in den Hof führte, hätte sie beinahe nicht gemerkt, dass ihr ein paar lachende Dienstmädchen entgegenkamen, die einige am Trockenplatz vergessene Kleidungsstücke einsammeln wollten.

Plötzlich fand sie sich inmitten der fröhlichen Schar wieder, und der schmale Spalt unter dem Tuch reichte zur Orientierung nicht mehr aus. Clara hob den Blick und machte im Hintergrund ein Tor unter einem hölzernen Vorbau aus. Bebend nahm sie alle Kraft zusammen und lief darauf zu, wobei sie den Herrn anflehte, sie nicht stolpern oder in Ohnmacht fallen zu lassen. Als sie den Vorbau erreicht hatte, löste sie die Binde von ihren Augen, lehnte die Stirn an den Türrahmen, versuchte nicht, an den weiten Raum hinter sich zu denken, und rief verzweifelt um Hilfe.

»Was tust du denn da, Mädchen?«

Die barsche Stimme, die hinter ihr erklang, sorgte dafür, dass Clara vor Schreck fast das Herz stehen blieb. Sie wandte sich um und bemühte sich, Haltung zu bewahren. Als sie schließlich aufsah, schaute sie in die strengen Augen einer Frau von etwas über fünfzig Jahren. Auch wenn Clara den Blick nach wenigen Sekunden wieder abwandte, reichte das, um die unbarmherzige Härte darin zu erkennen.

»Ich bin Clara Belmonte, die neue Küchenhilfe«, brachte sie erstickt hervor und hielt der Frau die von Señora Moncada und ihrer Mutter unterzeichneten Referenzen hin.

Die Angesprochene ließ sich einen Moment Zeit und musterte sie, um dann in aller Ruhe nach den Unterlagen zu greifen.

Für Clara zog sich dieser Moment unendlich lange hin, und als der Schwindel so heftig wurde, dass sie ohnmächtig zu werden drohte, stützte sie sich unauffällig an der Wand ab. Die Frau, der Claras Zustand nicht verborgen blieb, hob die Augenbrauen und musterte sie misstrauisch.

»Warum bist du so bleich? Du wirst doch nicht krank sein?«, fragte sie, bevor sie weiterlas.

Clara schüttelte den Kopf. Sie hatte weiche Knie und wusste, dass sie den Anschein der Normalität nicht mehr lange würde aufrechterhalten können. Da ihr jedoch klar war, dass sie diese Arbeitsstelle verlieren würde, wenn sie ihre Angst davor, offene Räume zu betreten, zeigte, biss sie die Zähne zusammen und versuchte, tief und ruhig zu atmen.

»Señor Melquíades hat mir gesagt, dass er eine Küchenhilfe mit einiger Erfahrung eingestellt hat. Bist du nicht ein bisschen jung für das, was hier zu tun ist?«

Mit einer Verbeugung, die bewies, wie gut sie die Etikette beherrschte, antwortete Clara, dass sie bei ihrer Mutter im Hause Seiner Hochwürdigsten Eminenz Kardinal Alberoni gelernt habe. Die Frau gab ihr gleichgültig ihre Referenzen zurück. Danach nahm sie mit geübter Geste den Schlüsselbund heraus, streckte die Hand aus und öffnete das Tor.

»Komm mit!«, befahl sie, und Clara trat erleichtert in den Gang.

Je länger sie den energischen Schritten der Frau folgte, desto ruhiger wurde sie. Dennoch erschien ihr der Durchgang zwischen den weißen Wänden sehr weit, und sie nutzte die Gelegenheit, dass sie hinter der Frau ging, um sich immer wieder unauffällig abzustützen. In herrischem Tonfall teilte ihre Begleiterin ihr mit, dass das Tor, durch das sie hereingekommen waren, immer geschlossen bleiben müsse und dass der Eingang, den sie zu benutzen habe, auf der anderen Seite des Hofes lag und offensichtlich direkt in die Küche führte. Dieser Befehl erleichterte Clara ungemein, da sie nicht die Absicht hatte, sich außerhalb des Gebäudes aufzuhalten.

Sie begegneten drei Dienstboten, die sich laut unterhielten, mehreren Dienstmädchen, die sich, sobald sie die Frau sahen, die Kleidung richteten und folgsam weitergingen, zwei Burschen mit müden Augen, die offensichtlich gerade den Beruf des Kammerjungen erlernten, und einem gewissen Jacinto Suárez, dem für die Küche zuständigen Einkäufer, dessen Aufgabe es war, die täglichen Anschaffungen auf dem Großmarkt zu beaufsichtigen. In seiner Begleitung befand sich der Küchenmeister Luis Fernández, dem die Kontrolle der Vorratskammer oblag, in der sämtliche Fleischvorräte und das getrocknete Suppengemüse gelagert wurden, sowie die Aufsicht über das Magazin, wo das Wachs, die Kohle und das Brennholz aufbewahrt wurden. Die Frau grüßte die beiden Herren kühl und hochmütig mit Namen. Nachdem sie eine Weile durch die gewundenen Gänge gelaufen waren, tauchten zwei Laternenanzünder auf, die mit der Beleuchtung des Hauses und des Gartens betraut waren und die Frau mit ehrfürchtigem Kopfnicken grüßten, wobei sie mit dem Kinn fast ihre Brust berührten. Außerdem trafen sie auf eine dicke junge Frau, Galatea Borca, die Grübchen in den Wangen hatte und mehrere Soßenschüsseln trug. Ihre Chefin, Matilde Marrón, die ihr voranschritt und in Castamar für die Obstvorräte und die Aufbewahrung von Porzellan und Besteck verantwortlich war, machte ihr mit hektischen Gesten deutlich, dass sie die Essigflaschen gründlich reinigen solle. Sie alle unterbrachen, was sie gerade taten, und nahmen vor der Haushälterin Haltung an.

»Deine Probezeit wird so lange dauern, wie ich es für angemessen erachte, und wenn deine Arbeit und dein Einsatz nicht meine Zustimmung finden, kannst du sofort wieder nach Madrid zurückkehren. Dein Lohn beträgt täglich sechs Reales de Vellón, du hast das Recht auf drei Mahlzeiten pro Tag und einen Ruhetag pro Woche, in der Regel den Sonntag. In jedem Fall kannst du jeden Tag zur Messe gehen. Du wirst in der Küche in einer kleinen Kammer hinter einer Schiebetür schlafen!«, fügte die Haushälterin hinzu, während sie zwei Wäscherinnen überholte, ohne ihnen auch nur die geringste Aufmerksamkeit zu schenken.

Clara nickte. Wäre sie am Hofe des Königs und ein Mann gewesen, hätte ihr Lohn in etwa elf Reales de Vellón pro Tag betragen, doch Castamar war, obwohl eines der bedeutendsten Häuser Spaniens, nicht der Alcázar und sie nun einmal eine Frau. Doch auch so lag ihr Lohn über dem Durchschnitt, sodass sie sich glücklich schätzen konnte, denn es gab junge Frauen, die für weniger als zwei Reales täglich Treppen fegten. Sie konnte immerhin einiges sparen, falls es ihr in der Zukunft einmal schlechter gehen sollte.

»Ich dulde keine Faulheit, keine heimlichen Beziehungen unter dem Personal und natürlich keinen Männerbesuch«, fuhr die Haushälterin fort.

Sie folgten weiter dem Gang, dessen Decke mit kunstvollen Holzarbeiten geschmückt war, bis sie zu einer Doppeltür aus Kirschbaumholz kamen. Ein darüber angebrachtes Schild wies den dahinter liegenden Raum als den Ort der *Speisenzubereitung* aus, was den Besucher darüber informierte, dass er auf der Schwelle zur Küche stand. Plötzlich tauchte ein weiteres Dienstmädchen mit einem Silbertablett auf. Darauf befand sich ein Frühstück, das aus einer Geflügelbrühe, Milch und Schokolade in getrennten Kännchen, mit Zucker und Zimt bestäubtem und mit Butter bestrichenem geröstetem Brot, Frühstückseiern, süßen Brötchen und etwas Speck bestand. Clara fiel sofort auf, dass die Brühe zu stark gewürzt war, die Süßigkeiten zu viel Fett enthielten, die Eier zu fest und die Brötchen nicht lange genug im Ofen gewesen waren. Außerdem vermisste sie neben dem Mädchen den Fleischbegleiter, der üblicherweise von der Kammer, in der das Brot und die Tischwäsche aufbewahrt wurden, das Gedeck, die Gläser, das Brot und die anderen Speisen begleitete, die von der Küche aus zur Herrschaft gebracht wurden. Lediglich der Speck schien angemessen zubereitet zu sein: korrekt in Scheiben geschnitten und im eigenen Fett gebraten. Was Clara allerdings besonders auffiel, war, wie sich das Ganze präsentierte. Trotz des eleganten Geschirrs mit den gemusterten Tassen und dem edlen Silberbesteck, einschließlich der selten benutzten vierzackigen Gabel, wurde deutlich, dass das Frühstück nicht in der für einen spanischen Herzog angemessenen Form angerichtet war. Der Abstand zwischen den Besteckteilen war nicht richtig eingehalten worden, aber das Schlimmste von allem war das Fehlen jeglichen Blumenschmucks, wie er bei einem Frühstück unerlässlich war. Außerdem hing das kleine weiße Tischtuch mit dem bestickten Rand nicht auf korrekte Art und Weise über den Rand des Tabletts. Und das süße Gebäck, die Brühe, der Speck und die Eier waren nicht mit der eigentlich vorgesehenen Tellerglocke bedeckt, die sie warm gehalten hätte.

Ein Blick der Haushälterin reichte aus, dass das Dienstmädchen stehen blieb. Die Haushälterin trat näher, korrigierte die Anordnung des Kaffeelöffels und positionierte auch die silbernen Kännchen so, dass sie am richtigen Platz standen.

»Pass auf, dass es sich nicht wieder verschiebt, Elisa«, sagte sie drohend. »Weiter! Du kannst gehen.«

Clara erkannte, dass die Haushälterin die Etikette und das Protokoll durchaus schätzte, wenn ihr auch die höchst elegante, dem Hof von Versailles entsprechende Art der Präsentation und die kulinarischen Feinheiten der Hohen Küche, die König Philipp am spanischen Hof eingeführt hatte, nicht bekannt waren.

»Aber natürlich, Doña Úrsula«, entgegnete Elisa, verbeugte sich mit dem schweren Tablett in der Hand und wartete höflich darauf, dass sie die Küche betraten.

Als sie in den Raum kamen, unterbrachen alle dort Anwesenden ihre Arbeit. Es war offensichtlich, dass die Haushälterin auch über die Küche des Herzogs und alle Räumlichkeiten herrschte, die damit in Verbindung standen. Auf eine Handbewegung Doña Úrsulas hin widmete sich wieder jeder seiner Tätigkeit. Clara konnte beobachten, wie die beiden Küchenmädchen geschickt jeweils einen der Kapaune rupften, die an diesem Tag für die Mahlzeit vorgesehen waren. Leicht abwesend würzte ein weiteres Mädchen zwei Junghennen. Dabei wurde sie von einer dicken Frau überwacht, die im Hintergrund eine Sauce mit französischen Champignons zubereitete, welche zum Fleisch gereicht werden sollte.

Clara sagte sich, dass das Personal für ein derart angesehenes Adelshaus wie Castamar tatsächlich eher knapp bemessen war. Andererseits bewohnte der Herr des Hauses, wie sie von Señora Moncada erfahren hatte, das Gut nur mit seinem Bruder, weshalb, genau besehen, vier Leute in der Küche völlig ausreichten.

Clara beantwortete die höfliche Begrüßung mit einer ähnlich gearteten Verbeugung und fragte sich, wie es möglich war, dass eine Haushälterin so viel Einfluss für sich beanspruchen konnte. Normalerweise unterstand in einem adligen Hause lediglich das weibliche Personal der Haushälterin, von den Zofen und Kammerfrauen über die Kammermädchen, die Garderobenfrauen und Dienstmädchen bis zu den Wäscherinnen und Stärkerinnen. Diese Haushälterin jedoch schien sowohl die Männer als auch die Frauen unter Kontrolle zu haben. Sie übte also eher ein Amt aus, das dem des Zahlmeisters ähnlich war, der am königlichen Hofe nach dem Majordomus das höchste Amt unter dem Dienstpersonal innehatte und dessen Aufgabe es war, die Nebengebäude zu beaufsichtigen, die Preise und die Zahlungsanweisungen festzulegen und das Gut zu verwalten. Natürlich gehörten am Königshof dem Kreis der Herren, die unter der Leitung des Majordomus für die Verwaltung und die Führung der

Geschäfte zuständig waren, auch mehrere Adlige von höchstem Stande an, die dem Monarchen zu Diensten waren. In Castamar dagegen setzte sich dieser Kreis aus Herrschaften bescheidenerer Herkunft zusammen. Von diesen wiederum waren ihr bisher erst zwei Personen bekannt: Don Melquíades Elquiza – der Majordomus von Castamar – und jene mächtige Frau neben ihr, deren vollständiger Name, wie sie bald erfahren sollte, Úrsula Berenguer war. Dabei fragte sich Clara, wie Señor Elquiza und die Haushälterin wohl zueinander standen.

»In wenigen Tagen finden die jährlichen Feierlichkeiten zum Gedenken an unsere geliebte Doña Alba, die verstorbene Gattin des Herzogs, statt«, erklärte Doña Úrsula feierlich. »Für den Herzog ist dies eine äußerst wichtige Angelegenheit. Dieses Datum ist für den gesamten Madrider Adel und Ihre Königlichen Majestäten obligatorisch. Und wir müssen gut darauf vorbereitet sein.«

Clara nickte, und die Frau neben ihr wandte den Blick in den hinteren Teil der Räumlichkeiten.

»Señora Escrivá«, sagte sie barsch, »darf ich Euch Eure neue Küchenhilfe vorstellen, Señorita Clara Belmonte. Bitte führt sie in ihre Pflichten ein.«

Die dicke Köchin kam zu ihnen und musterte Clara mit ihren kleinen Wildschweinaugen, als wäre sie ein Stück Fleisch. Die Haushälterin verließ daraufhin den Raum und ließ eine angespannte Stille zurück. Während die anderen drei Frauen sie nicht aus den Augen ließen, nutzte Clara die Gelegenheit, die Küche in allen Einzelheiten zu betrachten. Ihre Mutter hatte immer gesagt, dass das Aussehen einer Küche ein genaues Bild des dazugehörigen Kochs vermittele. Nach dem Anblick des Frühstücks für die Herrschaften, das das Dienstmädchen auf dem Silbertablett an ihr vorbeigetragen hatte, wunderte Clara sich nicht, dass der Herd verrußt und der Ofen und die Abdeckung über dem Feuer noch nicht gereinigt waren, die Küchengeräte durcheinanderlagen, der Ablauf leicht verstopft und der Brunnen nachlässigerweise nicht geschlossen war. Die Kisten mit den Gewürzen, die gut verschlossen und beschriftet waren, standen fettbeschmiert auf den hinteren Regalen; nach welcher Klassifizierung oder Einteilung sie angeordnet waren, war für Clara nicht zu erkennen. Daneben entdeckte sie die Mehltruhen, die im unteren Teil ebenfalls Fettflecken aufwiesen. Die Wand aus doppeltem Glas, die zum nördlichen Hof hinausging, war so schmutzig, dass man nicht mehr hindurchschauen konnte. Die Arbeitsflächen waren mit Resten von Blut, Wein, Gewürzen und Eingeweiden vorheriger Essenszubereitungen verdreckt, sodass ihre natürliche Holzfärbung nicht mehr zu erkennen war, was darauf hinwies, dass sie bei der täglichen Reinigung nicht mit der nötigen Gründlichkeit abgeschrubbt worden waren.

»Was habt Ihr mir denn da für ein schmächtiges Täubchen gebracht?«, sagte die Küchenchefin mit abschätzigem Blick.

Clara zuckte zusammen und trat einen Schritt zurück. Als sie den Fuß auf den rutschigen Fliesenboden setzte, knackte etwas unter ihrer Sohle. Señora Escrivá lächelte, als sie sah, wie Clara den Fuß hob und unter dem Schuh eine zertretene Kakerlake entdeckte.

»Und schon hast du etwas Nützliches getan, eine weniger, um die wir uns kümmern müssen. Trotz aller Bemühungen ist es bisher nicht gelungen, sie auszurotten. Die reinste Plage«, sagte die Frau, und alle Anwesenden lachten über den Kommentar ihrer Vorgesetzten. »Ich bin Asunción Escrivá, die Köchin hier in Castamar, und diese beiden sind María und Emilia, die Küchenmädchen. Die, die dort mit dem Geflügel zugange ist, ist Carmen von Castillo, meine Beiköchin. Und dieses zerzauste Ding ist Rosalía, sie ist hoffnungslos schwachsinnig. Der Herzog beschäftigt sie bloß aus Mitleid hier. Sie trägt alles, was wir brauchen, hin und her.«

Tatsächlich entdeckte Clara unter dem Tisch noch eine fünfte

Person. Rosalía starrte sie mit offenem Mund sabbernd an, während sie ihre Gesichtszüge zu einem grimassenartigen Lächeln verzog. Dann hob sie die Hand und zeigte Clara eine weitere Kakerlake.

»Ich mag sie, weil sie so schön knacken«, brachte das Mädchen mühsam hervor.

Clara lächelte gerade zurück, als Señora Escrivá zu ihr trat und sie nicht gerade zartfühlend am Arm fasste.

»Du kannst als Erstes gleich mal die Zwiebeln schälen«, keifte sie. »Los, Mädchen, du bist zum Arbeiten hier und nicht zum Gaffen!«

Claras Hoffnung, unter der Anweisung eines großen Kochs arbeiten zu dürfen, schwand auf der Stelle. Ein Blick auf die von Essensresten und Ruß geschwärzten Fingernägel Señora Escrivás genügte, um zu begreifen, dass sie von ihr nichts würde lernen können. Sogleich war ihr klar, dass der Herr des Hauses sich längst der Routine von lieblos und unreinlich zubereiteten Mahlzeiten gebeugt hatte. In einem Adelshaus, das etwas auf sich hielt, wäre eine solche Schlamperei undenkbar gewesen.

10. Oktober 1720, am Mittag

Die Männer liebten es, Befehle zu erteilen, doch Úrsula hatte sich nach schmerzhaften Erfahrungen geschworen, dass niemals wieder einer von ihnen ihren Willen brechen würde. Daher hatte die Ankunft der neuen Küchenhilfe ohne ihr Einverständnis oder auch nur eine vorherige Ankündigung ihrer Einstellung sie wütend gemacht. Hin und wieder erlaubte es sich Don Melquíades Elquiza, ihre Herrschaft über das Personal des Hauses herauszufordern, doch in diesem Reich gab es keine lautere Stimme als die ihre, was dem Majordomus sehr wohl bewusst war. In jedem Fall hatte er viel mehr zu verlieren als nur seine

Arbeit, wenn er sich gegen sie stellte. Das Beste für alle wäre es, wenn er schon vor einer Weile gegangen wäre und sein düsteres Geheimnis mitgenommen hätte. Denn dann befände sich ganz Castamar jetzt unter ihrer strengen Aufsicht, und alles würde wie am Schnürchen funktionieren.

In derartige Gedanken versunken, eilte Úrsula den Gang entlang, vorbei an der Treppe, die zu den oberen Stockwerken führte, bis sie an die Tür zum Dienstzimmer des Majordomus kam. Sie klopfte zweimal leise an, um die in ihr kochende Wut nicht gleich zu verraten. Woraufhin von der anderen Seite her die tiefe Stimme Señor Elquizas erklang, die ihr erlaubte hereinzukommen. Úrsula trat ein und schloss die Tür hinter sich. Wie das Protokoll es verlangte, neigte sie leicht den Kopf und grüßte ihn mit seinem Namen. Don Melquíades schrieb gerade etwas in eines seiner scharlachroten Hefte, was niemals jemand lesen würde. Er überfrachtete seine Tagebücher mit einem Detailreichtum, der seiner Hingabe in der Erfüllung seiner Aufgaben als Majordomus gerecht werden sollte. Einer Hingabe, die Úrsulas Meinung nach mit den Jahren immer weiter nachgelassen und ihn zu einem allzu routiniert handelnden Dienstboten gemacht hatte, dem der Ehrgeiz fehlte, sich zu verbessern. Úrsula wartete darauf, dass der Schreibende den Kopf hob. Dabei stellte sich zwischen ihnen wie üblich eine düstere Stille ein, die sie jedes Mal heftig irritierte. Don Melquíades sah nur kurz hoch und ergriff dann das Wort, ohne mit dem Schreiben aufzuhören.

»Ach, Ihr seid es«, sagte er lakonisch.

Sie ignorierte seine Herablassung und wartete wie ein lauerndes Tier in der Dunkelheit auf den richtigen Moment, um ihn wegen seines gescheiterten Versuchs, ihr seine Autorität aufzuzwingen, zu demütigen.

»Ich bin gekommen, um Euch mitzuteilen, dass die neue Küchenhilfe eingetroffen ist«, sagte sie betont korrekt. »Ich gehe davon aus, dass sie überaus qualifiziert und …«

»Das ist sie, Ihr müsst nur einen Blick in ihre Referenzen werfen, Doña Úrsula«, unterbrach Don Melquíades sie barsch.

Sie schwieg erneut, während er eine seiner haarigen Augenbrauen hob und sie aus dem Augenwinkel taxierte. Úrsula wartete ab. Sie wusste, dass dieses Spiel mit ihrem Sieg enden würde.

»Für das Mahl am Abend des Jahrestages Ihrer Exzellenz wäre es wohl angemessen, einen der Säle im Ostflügel herzurichten«, sagte sie, das Thema wechselnd.

Er antwortete nicht, sondern fuhr mit dem Schreiben fort. Úrsula sagte sich, dass ihr Schweigen ihn wohl in Sicherheit wiegte, als ob sie tatsächlich bloß auf seine Einwilligung wartete, um das von ihr Angesprochene zu veranlassen.

»Tut, was Ihr für angeraten haltet, Doña Úrsula«, entgegnete Don Melquíades schließlich.

Sie ließ noch ein paar Sekunden verstreichen, bevor sie zum endgültigen Schlag ausholte. Dabei trat sie dicht an den Schreibtisch heran und musterte ihn wie ein Insekt.

»Don Melquíades, könntet Ihr mir den Gefallen tun und für einen Moment mit dem Schreiben aufhören, um mir die mir gebührende Aufmerksamkeit zu schenken?«, fragte sie mit gespielter Höflichkeit.

»Verzeiht, Doña Úrsula«, antwortete er auf der Stelle und tat leicht zerstreut.

Mit unterdrücktem Lächeln näherte sich Úrsula ihrem Opfer noch ein wenig mehr, damit Don Melquíades sich möglichst klein und unbedeutend fühlte. Gleich darauf äußerte sie in sanftem Ton genau die verletzenden Worte, von denen sie wusste, dass sie ihn in seinem männlichen Stolz und der seiner Stellung geschuldeten Ehre am heftigsten treffen würden.

»Don Melquíades, Ihr seid der Majordomus von Castamar, ich bitte Euch, Euch dementsprechend zu verhalten …«

Der Mann errötete und stand, von Jähzorn erfasst, auf.

»… vor allem in meiner Gegenwart«, schloss Doña Úrsula.

Don Melquíades zitterte wie gerade auf den Teller gegebene Gelatine, während sie genau so lange damit wartete fortzufahren, bis er gerade etwas erwidern wollte.

»Oder ich sehe mich gezwungen, mit Seiner Exzellenz über Euer kleines Geheimnis zu reden«, schnitt sie ihm das Wort ab.

Don Melquíades, der genau wusste, dass er angesichts dieser Drohung nur kapitulieren konnte, gab sich geschlagen, wenn er sich auch bemühte, einen Rest Würde zu bewahren, indem er sein Gegenüber mit einem beleidigten Blick strafte.

Doña Úrsulas Mundwinkel zuckten. Im Laufe der Jahre hatte sie sich daran gewöhnt, als Siegerin aus derartigen Begegnungen hervorzugehen, und musste ihn hin und wieder daran erinnern. Damit siegte sie gleichzeitig über die Vorherrschaft des männlichen Geschlechts und über die Gesellschaft, deren Unterdrückung sie zu früheren Zeiten so verletzt hatte. Allerdings kam es immer seltener zu dieser Form der Machtdemonstration – in dem Maße, wie Don Melquíades sich damit abfand, dass die wichtigen Entscheidungen in Castamar nicht in seinem Dienstzimmer getroffen wurden und man ihn anschließend lediglich darüber informierte. Úrsula wandte sich um, um zu gehen. An der Tür angekommen, sagte sie sich jedoch, dass dieser herausfordernde Blick mit einer deutlicheren Kapitulation gestraft werden musste.

»Und ärgert Euch nicht allzu sehr«, fügte sie daher noch hinzu. »Wir beide wissen, wer in diesem Haus das Sagen hat. Wir sind nun mal wie ein unglücklich verheiratetes Ehepaar: Immer schön den Schein wahren.«

Don Melquíades strich sich über den Schnurrbart. Sein Gesicht spiegelte die Traurigkeit seiner geprügelten Seele wider. Úrsula schickte sich an, den Raum endgültig zu verlassen, nahm aus dem Augenwinkel jedoch sehr wohl wahr, wie der Majordomus von Castamar geschlagen auf seinen Stuhl sank.

KAPITEL 2

11. Oktober 1720, am Morgen

Clara verließ ihr Bett, lange bevor es Zeit zum Aufstehen war, und reinigte vier Stunden lang Töpfe, Pfannen und Schabmesser. Sie schrubbte die Arbeitsplatte und scheuerte die rußgeschwärzten Wände und den Fußboden, bis die Fliesen dank der Waschlauge wieder ihre ursprüngliche Farbe zeigten. Die Kakerlaken flohen scharenweise in den Hof. Dann ordnete sie die bereits gereinigten Gewürzkisten alphabetisch und nach Sorten und stellte die Mehltruhen, den Honigtopf und die Tonkrüge an den richtigen Platz. Zuletzt schöpfte sie ganze vier Eimer Wasser aus dem Küchenbrunnen und reinigte Lappen und Kübel, bevor irgendjemand auftauchte. Sie wusste, dass all dies negative Folgen für sie haben konnte, doch an einem derart verschmutzten Ort konnte sie nicht arbeiten.

Anders als Clara gedacht hatte, war die erste Person, die die Küche betrat, Doña Úrsula. Bei ihrem Anblick verbeugte Clara sich und senkte den Kopf. Aus dem Augenwinkel nahm sie jedoch in Doña Úrsulas Gesicht einen leisen Ausdruck der Überraschung wahr, als diese den sauberen Geruch der Waschlauge einatmete. Die Haushälterin ging durch den Raum und bewunderte die Arbeit, die Clara die halbe Nacht gekostet hatte, um dann ihren forschenden Blick auf die neue Küchenhilfe zu heften, da sie herausfinden wollte, was wohl der Grund für diese ausgiebige Reinigungsaktion gewesen sein mochte. Sie strich leicht über die Kocher, Messergriffe, Töpfe und Pfannen. Danach richtete sie den Blick auf das Regal mit den Gewürzen und begutachtete es wortlos – um zuletzt sie mit der ihr eigenen Autorität anzusehen und leicht zu lächeln.

In diesem Moment wurde die Tür geöffnet, und die dicke Señora Escrivá blieb wie angewurzelt stehen. Clara begrüßte sie höflich, erhielt jedoch keine Antwort. Man sah der Frau an, dass sie die Küche, die sie am Vortag verlassen hatte, nicht wiedererkannte. Als ihr Blick sich mit dem von Doña Úrsula kreuzte, zeichnete sich leise Panik in ihrem Gesicht ab.

»Señora Escrivá, wie ich sehe, habt Ihr Euer Wort gehalten und die Küche gereinigt und aufgeräumt, wie es sich gehört«, sagte die Haushälterin, während sie sich zum Gehen wandte, »so sollte es immer sein.«

Doña Úrsulas Stimme verlor sich im Gang. Die Chefköchin sah sich mit erstarrtem Gesichtsausdruck um und versuchte, die ihr bekannten Gerüche, Pfannen und Töpfe sowie den rußgeschwärzten Herd wiederzufinden. Sie betrachtete das Bild, das sich ihr bot, als ob ein böser Schwur das Aussehen ihrer Küche verhext hätte. Schließlich blickte sie mit ihren kleinen Wildschweinaugen empört ihre neue Küchenhilfe an. In zwei Schritten war sie bei ihr und ohrfeigte sie. Clara spürte, dass eine ihrer Lippen aufplatzte und zu bluten begann. Sie biss die Zähne zusammen und zwang sich, die Ohrfeige nicht zu erwidern. Mit wütendem Blick streckte sie die Hand nach dem Nudelholz aus. Die Köchin näherte sich ihr nicht erneut, schimpfte jedoch mit erhobenem Finger:

»Wegen dir sollen wir jetzt mehr arbeiten, und ich bin nicht bereit, das zuzulassen. Daher zählt die Reinigung der Küche ab jetzt zu deinen täglichen Aufgaben!«, kreischte sie. »Wenn es hier auch nur einmal nicht so aussieht wie heute, kannst du was erleben!«

Als die Chefköchin sie endlich in Ruhe ließ, konzentrierte Clara sich wortlos darauf, den Lammbraten zu bardieren. Dabei nahm sie aus dem Augenwinkel wahr, dass jemand hinter der leicht geöffneten Tür stand. Wie ein Dramaturg überwachte Doña Úrsula von dort aus, was sich in der Küche abspielte. Wenig später zog sie sich zurück. Clara blickte nach draußen, wo dicke Wolken ein Unwetter ankündigten. Sie fürchtete, dass sie, wenn sie so weitermachte, Castamar schon bald wieder würde verlassen müssen. Nachdem das Lamm komplett mit Speck umwickelt war, wusch sie sich die Hände über der Spüle und begann dann, für das Frühstück des Hausherrn kleine Gebäckstücke mit einer Reduktion aus Honig und Mandeln zu überziehen.

Dabei verlor sie sich in angenehmen Erinnerungen an die Zeit, als ihr Leben noch ruhig und problemlos verlaufen war und ihr Vater sie mit allem Nötigen versorgt hatte. Jedes Mal, wenn vor ihren Augen das runde Gesicht ihres Vaters mit dem perfekt gezeichneten Schnurrbart erstand und sie ihn vor sich sah, wie er mit seinen ein wenig krummen Beinen leichten Schritts einherging, hatte sie das Gefühl, dass die Zeit stehen geblieben war. Ironischerweise waren die Tage, als der blutige Krieg um den spanischen Thron und die Vorherrschaft in Europa ausgebrochen war und Männer aller Nationen im Namen von König Philipp V. oder Erzherzog Karl gnadenlos getötet hatten, die glücklichsten ihres bisherigen Lebens gewesen. Ihr Vater war ein kultivierter, in jungen Jahren reiselustiger Buchliebhaber gewesen und hatte sich lediglich gewünscht, dass die Barbarei des Krieges so schnell wie möglich wieder zu Ende sein würde. Als Arzt hatte er einerseits dem Hippokratischen Eid und dabei vor allem dem Prinzip »Erstens nicht schaden« oder *primum non nocere* eine große Bedeutung zugemessen, was ihm die unabweisbare Pflicht auferlegte, menschliches Leben zu retten. Andererseits widersprach für ihn als gebildeten Menschen der Krieg jeder Vernunft und war vor allem mit der Vorstellung eines über allem thronenden Gottes nicht vereinbar.

Allerdings war es nicht seine Meinung über den Krieg, die ihn zu einem der angesehensten Ärzte Madrids gemacht hatte, sondern seine unablässige Weiterbildung und die Liebe zu seinem Beruf. Dies hatte ihn den hohen Adelskreisen so nahe gebracht, dass er zum Beispiel mit König Philipp von Frankreich nach Spanien gekommen war. Ihr armer Vater hatte immer gehofft, dass seine Töchter eines Tages in den niedrigen Adel einheiraten würden oder, wenn das nicht möglich war, zumindest in ein angesehenes Haus. Das war sein höchstes Ansinnen für sie gewesen, wobei er die Aufsicht jedoch stets seiner geliebten Cristina überlassen hatte, seiner Ehefrau und der Mutter der Mädchen. Clara hatte sich seinem Wunsch nicht angeschlossen, ihre Schwester Elvira dagegen, die ein wenig naiver als sie war und das Leben mit einem unbedarfteren Blick betrachtete, hatte sich von diesem Streben anstecken lassen, und es war ihr größter Traum gewesen, in die Gesellschaft eingeführt zu werden und eine gute Partie zu machen. Einen Ehemann zu finden, der reich war und gut aussah und der sie mindestens so sehr liebte, wie ihre Eltern sich liebten. Doch der Krieg hatte alle ihre Erwartungen zunichtegemacht, da sämtliche möglichen Anwärter eingezogen worden waren. Und jedes Mal, wenn Elvira darüber nachgedacht hatte, war sie mit glasigem Blick und ihrem zerbrechlichen, an eine Porzellanballerina erinnernden Körper wie eine arme Seele durchs Haus geirrt.

»Wenn das so weitergeht, wird es nach dem Krieg keine heiratsfähigen jungen Männer mehr geben«, hatte die Arme geklagt. Zehn Jahre war das jetzt her.

Clara war, was das anging, aus anderem Holz geschnitzt. Sie zog es vor, ihre Zeit zwischen Büchern und am Herd zu verbringen, anstatt nach einem Ehemann zu suchen. Wenn sie sich im Leben etwas wünschte, dann nicht, irgendeinen Ehemann zu finden, sondern den richtigen. Damals hatte sie gedacht, dass der Sieg König Philipps dafür sorgen würde, dass es jede Menge junge Adlige gab, die der Seite der österreichischen Gegner angehörten und daher in Ungnade gefallen waren. Und die dann gern in die angesehene Familie Belmonte einheiraten würden, um ihren Namen gegenüber dem König reinzuwaschen. Auf der anderen Seite war es ihrem Vater, neben der Suche nach einem würdigen Ehemann für seine Töchter, aber auch ein großes Anliegen gewesen, ihnen eine angemessene Erziehung zukommen zu lassen.

»Ich denke, ich kann guten Gewissens sagen, dass ich diese Pflicht durchaus erfüllt habe«, hatte er eines Tages gesagt, als sie sich gemeinsam ein wenig frisch aus dem Ofen kommendes Gebäck schmecken ließen. »Ihr wisst ja, dass ich mir immer einen Sohn gewünscht habe, der eines Tages als Mediziner in meine Fußstapfen treten würde. Doch der Herr hat mich mit euch beiden gesegnet. Und wenn ihr auch niemals Ärzte werden könnt, meine Lieben, verbietet euch die Tatsache, dem weiblichen Geschlecht anzugehören, nicht, euren Verstand zu gebrauchen, wie es die Männer tun.«

Ihr Vater als Mann der Wissenschaft, der sein Leben auf der Basis von Experimenten und der Macht des Verstandes aufgebaut hatte, hatte erklärt, dass es trotz vieler spekulativer Theorien aus wissenschaftlicher Sicht keinen schlüssigen Beweis dafür gebe, dass der weibliche Verstand nicht zum Studium und zum Lernen fähig war. Tatsächlich war er davon überzeugt gewesen, dass eine angemessene Erziehung sie zu besseren Müttern und Ehefrauen machen würde, anstatt sie, wie einige Männer behaupteten, wahnsinnig werden zu lassen. Natürlich hieß das nicht, dass sie für andere Aufgaben, die in jeder Hinsicht in den männlichen Tätigkeitsbereich fielen – wie die Finanzen, der Wehrdienst oder Staatsgeschäfte –, befähigt wären. In diesen Dingen, vor allem was die Politik betraf, kam die Literatur stets zu dem Schluss, dass das weibliche Geschlecht aufgrund seiner Sensibilität zu gewissen vom Verstand geleiteten Überlegungen nicht imstande war und in konkreten Problemfällen keine Lösungen finden konnte. Ganz zu schweigen von rein körperlichen Tätigkeiten, bei denen eine Frau aufgrund der anatomischen Unterschiede mit der Geschicklichkeit und Handfertigkeit eines Mannes nicht mithalten konnte.

»Das heißt, Vater, dass Ihr Euch der Meinung Poullain de Larres nicht anschließen könnt?«, hatte Clara verschmitzt gefragt, wobei sie darauf anspielte, dass dieser Franzose in seinen Schriften die Gleichheit der Geschlechter im weiten Sinne verteidigte.

»De La Barre ist ein konvertierter Calvinist, und das macht ihn in meinen Augen eines vernebelten Verstandes verdächtig«, hatte ihr Vater daraufhin, ein Lächeln unterdrückend, brummend erwidert.

Worauf Clara, diesmal ernster, mit ein paar Argumenten anderer Autoren, die ebenfalls die Gleichheit des Intellekts von Mann und Frau verteidigten, reagiert hatte.

»So kommt zum Beispiel eine Engländerin namens Mary Astell zu dem Schluss, dass wir Frauen auf die gleiche Art wie die Männer unterrichtet werden sollten, damit wir die gleichen Dinge wie die Männer tun können«, erinnerte Clara sich vorgebracht zu haben.

»Die gleichen Dinge? Die armen Frauen! Das ist eine Theorie, die nicht wirklich dem gesunden Menschenverstand entspricht, genauer gesagt, gar nicht«, hatte ihr Vater darauf ungläubig in sehr akademischem Tonfall entgegnet.

Trotzdem hatte er zuletzt, nachdem er die Frage unter allen möglichen Gesichtspunkten, einschließlich rein religiöser Parameter, betrachtet hatte, zugegeben, dass, was das Studium und das Verständnis anging, die Unterschiede zwischen Mann und Frau zweifellos minimal waren.

»Dass der Herr Adam nach seinem Abbild erschaffen hat und Eva aus dessen Rippe entstanden ist, bedeutet in keinem Fall, dass die Frau weniger zum Studium und Verständnis befähigt ist als der Mann«, hatte er hinzugefügt.

Außerdem hatte er in den Gesprächskreisen, die bei ihnen zu Hause stattfanden, gegenüber seinen gleichaltrigen Gesprächspartnern behauptet, dass seine eigenen Töchter ein Beweis dieser Theorie seien, vor allem Clara, die die Lektüre von Büchern jeder Art genoss. Dank ihres Vaters und weil ihre Mutter, die für eine Frau äußerst belesen war, dies ebenfalls gewünscht hatte, hatten Elvira und sie in dieser Hinsicht also jedmögliche Aufmerksamkeit erhalten.

Einige Tage vor seinem unerwarteten Tod hatte Claras Vater ihr zärtlich anvertraut, dass er einen männlichen Nachkommen nicht vermisst hatte; dass Gott ihn mit einem guten Leben gesegnet habe, da er in Elvira eine Fortführung seiner selbst und in ihr, Clara, eine Weiterführung seiner Gattin sah. Und das entsprach zweifellos der Wahrheit. Denn ihre Schwester hatte das ruhige und unkompliziertere Wesen ihres Vaters geerbt, während Clara den resoluten, entschiedenen Charakter ihrer Mutter in sich wiederfand. Nun, da sie und ihre Schwester ein so unterschiedliches Dasein führten, schien ihr noch deutlicher, wie sehr ihre Lebensweise durch den jeweiligen Charakter bestimmt war.

Clara zerkleinerte die Mandeln für das Gebäck und fragte sich, wie es Elvira wohl in Wien erging, in diesem kalten, fernen Land, in dem sie nun lebte. Welche Sehnsucht diese Erinnerungen in ihr auslösten! Und doch tat es so gut, darin zu schwelgen. Lächelnd dachte sie an die innige Zeit zurück, bevor José von Grimaldo, der Minister für Finanzen, Krieg und Seefahrt, ihren Vater zu König Philipps Krieg eingezogen hatte. Sie gab sich ganz der Erinnerung hin, und auf einmal schien alles wieder in Ordnung zu sein. Als wären seit jenem 2. Dezember 1710, an dem ganz Madrid auf den Einzug König Philipps wartete, sie beide jedoch vor allem auf ihren Vater, keine zehn Jahre vergangen.

An jenem Tag hatten sie und ihre Mutter ihn am gedeckten Tisch empfangen, mit einem Ragout, das über Stunden köchelnd auf dem Herd gestanden hatte, mit Spitzbein und Schweineschwanz, Rinderhaxe, Schenkel und Brust vom Kapaun, Chorizo, Blutwurst, Markknochen aus Jabugo, zarten Kichererbsen, Kohl, weißen Rüben, Möhren, einer guten Farce aus Brotkrumen, Knoblauch, Schinkenknochen, einem Bund Petersilie und zuletzt, um dem Ganzen den entscheidenden Pfiff zu geben, ein paar gute geschälte Kartoffeln. Als ihr Vater eintraf, brauchte er bloß den köstlichen Duft zu riechen, um zu begreifen, dass sie den ganzen Tag am Herd verbracht hatten. Wie sehr er sich gewünscht hatte, dass sie mehr Zeit damit verbrächten, das Essen zu genießen, anstatt es zu kochen! Doch seine Proteste fielen nicht auf fruchtbaren Boden. Und obwohl er sich bewusst war, dass es nicht der Etikette entsprach und nicht standesgemäß war, wenn sie sich so lange in der Küche aufhielten, brachte er es nicht übers Herz, es ihnen zu verbieten. Er genoss ihre Gerichte, und im Laufe der Jahre hatte er sich derart daran gewöhnt, dass er es vermisst hätte, wenn sie nicht gekocht hätten. Dennoch äußerte er immer wieder und scheinbar verärgert, dass er nicht damit einverstanden war:

»Habt ihr schon wieder gekocht …«

»Es wäre schlimmer, wenn das Ergebnis ungenießbar oder gewöhnlich wäre«, hatte ihre Mutter gesagt, während Clara ihm einen Kuss gegeben und ihm zärtlich in die Wange gekniffen hatte.

Und das war nun wirklich nicht der Fall. Nach sechsundzwanzig Jahren Ehe hatte ihr Vater einen derart feinen Geruchssinn entwickelt, dass er in der Lage war, vom Salon aus ihre Gerichte allein am Duft zu erkennen: Fleischeintopf, Stockente mit Quitten, eingelegtes Spitzbein vom Schwein, gebratene Meerbrasse,

Tortilla, Eintopf mit Kichererbsen und – natürlich – mit viel Fleisch, Schinken und Wurst. Wenn er dieses Aroma roch, zeigte sich ein Lächeln auf seinem Gesicht, und es fiel ihm sichtlich schwer, ernst zu bleiben. Der Arme hatte den Vorwurf kaum ausgesprochen, da sah er sich dem eindringlichen, klaren Blick seiner Frau gegenüber.

»Dem bist du nicht gewachsen, Vater«, hatte Clara dann wie so oft gesagt.

Dennoch versuchte Armando Belmonte es immer wieder. Dabei war Clara zu der Überzeugung gelangt, dass es ihm hauptsächlich darum ging, seine eigenen Ängste zu besänftigen. Er hatte sich selbst gesagt, dass er in der Familie den Standpunkt der Vernunft vertreten müsse, wenn er in seinem Innersten auch gar nicht wollte, dass seine Frau der Küche fernblieb. Denn er wusste, dass sie dies äußerst unglücklich gemacht hätte, genau wie Clara, und in keinem Fall wollte er der Schuldige an einer solchen Tragödie sein.

Clara erinnerte sich noch gut, wie er sie an jenem Tag zum Lächeln gebracht hatte, als er nach dem ersten Löffel gefragt hatte, wie es ihr gelungen sei, einen derart intensiven Geschmack zu erzielen. Sie hatte daraufhin geantwortet, dass dies unter anderem den Kartoffeln zu verdanken sei. »Gütiger Gott, meine Liebe!«, hatte er überrascht ausgerufen. »Und dann überlässt man diese Knolle den Schweinen zum Fraß?«

Der Gedanke an jenen Mittag war eine der letzten glücklichen Erinnerungen, die Clara an diese Zeit hatte. Wenig später hatte Venancio, ihr Majordomus, das Schreiben von Don José von Grimaldo überbracht, in dem der Kriegsminister ihren Vater aufforderte, aufseiten der bourbonischen Truppen am Krieg teilzunehmen. Und daran zu denken, rief Clara weitere entmutigende, bittere und schmerzhafte Dinge in Erinnerung. Daher bewahrte sie diese glückliche Szene sorgsam im Gedächtnis, um sie heraufzubeschwören, wenn ihr danach war. In den meisten Nächten, wenn die Trauer sie überfiel, versuchte sie, dem zu widerstehen, und verdrängte derartige Gedanken. Bei anderen Gelegenheiten jedoch, wenn sie nicht so willensstark war und sich wehrlos fühlte, bemühte sie sich, dieses Bild bis ins letzte Detail auszukosten. Dann zog sie sich in ihr Refugium zurück und atmete in der Erinnerung jene Düfte nach Rosen- und Lavendelöl des teuren Parfüms ihres Vaters tief ein, das ihm einer der adligen Herren geschenkt hatte, mit denen er nun gemeinsam begraben war.

11. Oktober 1720, am Mittag

Diego saß seit dem frühen Morgen im Sattel. Dies tat er regelmäßig, um seinen überbeanspruchten Geist zu erfrischen, und mehr noch in diesen Tagen, in denen er so düsterer Stimmung war. Er beklagte sich ständig, und um nicht in eine noch schlimmere Apathie zu verfallen, hatte er sich die Post angesehen, die am Morgen aus Madrid eingetroffen war. Dabei hatte er die Schuldscheine nicht weiter beachtet und seine Aufmerksamkeit auf den Brief seiner Mutter, Doña Mercedes, konzentriert. Nachdem er diesen im Ärmelaufschlag seines Gehrocks verborgen hatte, hatte er das Anwesen verlassen, um sich nicht gegenüber seinem Bruder oder einem Mitglied der Dienerschaft rechtfertigen zu müssen. Auch wenn der Herzog von Castamar den Schmerz über den tragischen Tod seiner über alles geliebten Ehefrau im Lauf der Zeit zu ertragen gelernt hatte, geriet er in den Tagen, in denen sich Albas Ableben zum neunten Mal jährte, in eine gereizte und überempfindliche Stimmung. Und er kannte sich selbst gut genug, um zu wissen, wie leicht er unter diesen Umständen einen seiner Wutanfälle bekam und ungerecht wurde.

Er erreichte einen der Hügel, die zu seinem Landbesitz gehörten, und bewunderte die Ausdehnung seines Anwesens, das im Osten von den Bergen Boadillas und im Norden vom Majorat Alarcón und dem Ort Pozuelo begrenzt wurde. In der Ferne, jenseits des verschleierten Horizonts, verbarg sich die Sierra de Guadarrama, die von den hohen Gipfeln von La Maliciosa, der Siete Picos und des Peñalara gekrönt wurde. Tief atmete er die reine Luft ein, die aus dem Gebirge heranwehte.

»Der Winter ist nicht mehr fern«, sagte er sich. »Eine weitere Jahreszeit ohne sie, Diego.«

Er wendete sein tänzelndes Pferd mit dem bernsteinfarbenen Fell und erblickte das erhabene Gebäude Castamars sowie in einiger Entfernung Madrid mit dem Alcázar und daneben den Fluss Manzanares. Dahinter, jenseits des Horizonts, verbargen sich Guadalajara, Brihuega und Villaviciosa de Tajuña.

»Viele gute Männer von beiden Seiten sind dort gestorben«, dachte er.

Der Krieg war ein Monster, das imstande war, alles mit sich zu reißen, einschließlich der Ehre und der Würde, wenn man sich gehen ließ. Nach der Schlacht von Villaviciosa hatten die Truppen des Erzherzogs unter dem Befehl des Österreichers Graf Guido von Starhemberg, der das Oberkommando über die österreichische Armee innehatte, große Verluste zu verzeichnen, sodass sie sich zum Rückzug gezwungen sahen. Ihre Rückkehr nach Katalonien war nicht leicht gewesen, da sie unentwegt bedrängt wurden, und drei Jahre später hatten sie schließlich auch Barcelona aufgegeben. Über diesen Sieg konnte Diego sich jedoch niemals freuen, da genau im Jahr von Villaviciosa, am 2. Oktober 1711, seine Frau, vom eigenen Pferd zerquetscht, ihr Leben verloren hatte. Der König war damals überaus verständnisvoll gewesen und hatte seinem Ansinnen, sich aus dem aktiven Kriegsdienst zurückzuziehen, stattgegeben.

»Wenn ich dich in diesem Zustand in den Kampf ziehen lasse, erreiche ich nur, dass du getötet wirst, mein lieber Cousin«, hatte er gesagt.

Gründe dafür gab es genug. Die Zeit, in der er König Philipps Schutzschild gewesen war und die auf ihn verübten Attentate vereitelt hatte, lag lange zurück. Er erinnerte sich noch gut an den Tag, als er im Frühstücksfleisch Seiner Majestät eine kleine Phiole mit Gift entdeckt hatte. Die als Kammerdiener verkleideten Mörder waren von seinem Schwert und denen seiner Männer auf der Stelle hingerichtet worden. Einige Tage später hatte sich dann herausgestellt, dass Beltrán Burgaleta, ein Offizier seines Korps, sich hatte bestechen lassen und den Tätern Einlass gewährt hatte. Dieser Erfolg und einige weitere hatten Diego den Beinamen »Der beste Degen Spaniens« eingebracht. Er hatte dem jedoch niemals allzu große Bedeutung beigemessen.

Ja, Seine Majestät hatte weise gehandelt, als er ihm nach Albas Tod den Rückzug gestattet hatte. Denn seit er seine geliebte Ehefrau verloren hatte, war er nur mehr ein Schatten seiner selbst. So hatte er sich, ein gebrochener Mensch, in den letzten neun Jahren mühsam durchs Leben geschleppt.

Nach der Tragödie hatte er sich auf seinem Anwesen vollkommen zurückgezogen und sogar die Besuche seiner besten Freunde Francisco Marlango und Alfredo Carrión ausgeschlagen. Auch dem guten Kaplan Antonio Aldecoa hatte er den Zutritt verwehrt, und bis heute hatte er trotz der Hartnäckigkeit des Priesters und seines Bruders nicht mehr am Gottesdienst teilgenommen. Er hatte mehr als die Hälfte der Dienerschaft entlassen; hatte mehrere Räumlichkeiten verschlossen, einschließlich des Gemachs seiner Frau, genau wie die Landgüter in Andalusien, seine Häuser in Madrid und Valladolid und alle anderen Besitztümer. Er hatte sich aus dem königlichen Dienst zurückgezogen, und nur seinem Bruder und seiner Mutter war es erlaubt, ihn zu stören. Seit dem unglückseligen Tag, an dem seine Frau starb, hatte er sich wieder und wieder gefragt, warum Gott so grausam zu ihm gewesen war. Und trotz allem wie unter Zwang jedes Jahr Albas Geburtstag gefeiert.

Sie selbst hatte diese Tradition begründet, indem sie zu dieser Gelegenheit regelmäßig den gesamten spanischen Hof nach Castamar eingeladen hatte, denn sie hatte es über alles geliebt, Feste zu veranstalten und ihre Gäste mit köstlichen kleinen Mahlzeiten zu verwöhnen. Für sie war alles ein Spiel gewesen, und es gab nicht eine Dame und einen Herrn am Königshof, die oder der nicht ihre Bekanntschaft zu machen wünschte, denn ihre Vornehmheit, ihre Redegewandtheit und ihre Schönheit waren beispielhaft. Sie hatte aus jeder Alltäglichkeit etwas Besonderes gemacht. Es war ihr ein großes Bedürfnis gewesen, nach dem Aufwachen den Raum üppig mit Blumen geschmückt zu sehen, täglich auszureiten und zu lesen, sich zwei oder drei Mal am Tag umzukleiden und ihre Frisur zu jeder Gelegenheit zu verändern. Und das neben ihren sonstigen Aktivitäten wie Klavier zu spielen, den Morgen über Französisch zu sprechen und natürlich zu singen. Bei jedem sich bietenden Anlass hatte sie ein Lied geträllert. Manchmal war sie nachts in sein Gemach gekommen und hatte ihn geweckt, indem sie ihm in Versform gefasste glühende Worte zuflüsterte. Und dennoch war dieses Bild von Alba nur ein winziger Teil dessen, was ihn an sie erinnerte, an diese Frau, die so aufrichtig und tiefsinnig gewesen war und gleichzeitig imstande, sich an Koketterie und Oberflächlichkeiten zu erfreuen. Alba hatte das Leben leidenschaftlich geliebt, und das Leben liebte sie. Sie war eine treu ergebene Gattin und verfügte über eine schier unerschöpfliche Kraft, die sie in die Lage versetzt hatte, für ihre Liebe alles zu geben. Daher hatte sich jedes Mal, wenn es zwischen ihnen zum Streit gekommen war, ein heftiges Unwetter entladen, woraufhin sie – er aus dem ständigen Bedürfnis, mit ihr zusammen zu sein, sie, um jegliche sinnlose Streiterei möglichst schnell zu vergessen – schon bald wieder ein Herz und eine Seele gewesen waren. Er lächelte bei dem Gedanken daran, wie sie die Brauen gerunzelt hatte, wenn etwas nicht nach ihren Wünschen verlief.

Wie viel Kraft es ihn gekostet hatte, sich von all dem zu verabschieden … Dennoch hatten seine Mutter und seine Freunde ihn nach den ersten Trauerjahren bedrängt, seinen Schmerz zu vergessen, und seine Weigerung hatte zu heftigen Auseinandersetzungen mit seiner Mutter geführt. Sie hielt seine Hartnäckigkeit für egoistisch und unverantwortlich. Und vielleicht hatte sie recht. Denn in den Augen der Gesellschaft stand die Pflicht, die sein Name mit sich brachte, über seiner Trauer, seinen Beweggründen und sogar über der Erinnerung an Alba. Inzwischen hatte seine Mutter sich ein wenig beruhigt. Vielleicht hatte sie einen Hoffnungsschimmer darin gesehen, dass er ein paarmal zum Essen im Alcázar gewesen war, sich hin und wieder im kleinen Kreis mit seinen Freunden getroffen hatte oder im Theater gewesen war. Vielleicht musste er sich selbst eingestehen, dass sich tatsächlich etwas in ihm verändert hatte, da er hin und wieder Lust verspürte, auszugehen oder sich mit Leuten zu treffen. In jedem Fall hatte die Zeit seinen Schmerz über den Verlust offensichtlich ein wenig abgemildert.

In diesem Moment fiel Diego wieder ein, dass er den versiegelten Brief seiner Mutter noch im Ärmelaufschlag seines Gehrocks hatte, woraufhin er sein Pferd zügelte, bis es schließlich stehen blieb. Er nahm das Schreiben heraus, brach das Siegel und las es aufmerksam.

Mein geliebter Sohn,
wenn Du diesen Brief erhältst, werde ich sicher schon auf dem Weg nach Castamar sein. Ich schreibe Dir, um Dir mitzuteilen, dass ich mir erlaubt habe, Don Enrique Arcona, von dem ich Dir bereits mehrmals erzählt habe, zu der Feier

einzuladen. Es ist mein Wunsch, dass Ihr gute Freunde werdet, denn ich bin davon überzeugt, dass sein positiver Einfluss Dir zugutekommen wird. Er ist ein äußerst lebenstüchtiger Mensch und mit großer Güte gesegnet, wie Dir Doña Emilia de Arcas, meine Freundin aus Valladolid, die Du gut kennst, bestätigen könnte. Denn er hat dies, wie ich kürzlich erfahren habe, auf beeindruckende Weise unter Beweis gestellt, indem er ihr bei einem Unglück, das sie ereilt hatte, zu Hilfe kam.

Als er während eines Unwetters sah, dass ihr Wagen im Schlamm stecken geblieben war, besaß er die Freundlichkeit, sie aus dieser heiklen Situation zu befreien und ihr beizustehen, bis sie ihr Ziel erreicht hatte. Natürlich hat meine Freundin es sich nicht nehmen lassen, ihn zum Dank zu einer leichten Mahlzeit in ihr Haus einzuladen, bis das Unwetter sich verzogen hatte. Als sie – die ein wenig jünger ist als ich, aber nicht mehr so gut beieinander – erfuhr, dass Don Enrique nach Valladolid gekommen war, um mich nach Castamar zu begleiten, hat sie ihm sogleich von unserer Freundschaft erzählt. Wie Du bereits ahnen wirst, hat sie mir beinahe sofort geschrieben, um mir von seiner Heldentat zu berichten und sich nebenbei ein wenig wichtig zu machen. Dabei will ich es zunächst belassen. Ich hoffe, Dich in ein paar Tagen zu sehen. Richte Gabriel, auf den ich mich ebenfalls freue, liebe Grüße aus.

Deine Dich liebende Mutter
Doña Mercedes von Castamar,
Herzogin von Rioseco und Medina

Als Diego den Brief gelesen hatte, lächelte er. Seine Mutter hatte die wohltuende Gabe, ihn sein Leid vergessen zu lassen. Er richtete sich im Sattel auf und trabte in Richtung der Grabstätte seiner Familie. Dabei überquerte er eine der Brücken über den Cabeceras, den Wasserlauf, der sein Anwesen durchfloss, und näherte sich dem jahrhundertealten Kastanienwald, in dem sich das Mausoleum befand. Jenseits des Waldes erhob sich die Kaplanei, der der Priester Antonio Aldecoa vorstand, der dafür bekannt war, sich aufopferungsvoll um die Schwachen, Alten und Benachteiligten zu kümmern. Er hatte sogar von sich aus eine eigene kleine Gemeinde gebildet, in der er die jüngsten Kinder der Dienerschaft das Lesen lehrte, obwohl die Eltern dies für unnütz erachteten, da es die Kleinen davon abhielt, einen Beruf zu erlernen, mit dem sie sich den Lebensunterhalt verdienen konnten.

Diego zügelte sein Pferd, um sich nicht durch das Klappern der Hufe zu verraten, ihm stand nicht der Sinn danach, sich mit jemandem zu unterhalten, der ihn so gut kannte wie der Kaplan. Vor dem Gitter, das das von Säulen getragene Mausoleum umgab, stieg er ab. Er öffnete das Tor und ging den schwarz gefliesten kleinen Pfad entlang, um schließlich die Hände auf die marmorne Tür zu legen. Wie üblich ging er nicht hinein. Denn dieser Ort enthielt zu viele schmerzhafte Erinnerungen. Nicht nur an Alba, sondern auch an seinen Vater.

Diego stützte sich an einer der Säulen ab und führte einen inneren Dialog mit seiner Frau, um ihr mitzuteilen, dass sie in fünf Tagen ihren Geburtstag feiern würden und dass Castamar dann für zwei Nächte und einen Tag in dem Glanz erstrahlen würde, den sie so sehr geliebt hatte. So verharrte er eine Weile und begnügte sich damit, über den Stein des Pantheons zu streichen, als könnte er auf diese Weise auch sie berühren. Unterdessen informierte er Alba über den Besuch, den er erhalten würde, über die letzten Ereignisse innerhalb der Dienerschaft, über die Nachrichten, die er vom Königshof erhalten hatte … Zuletzt verabschiedete er sich mit wunder Seele, trat durch das Gitter und schloss das Tor hinter sich.

»Ich habe mich schon gefragt, wann ich Eurer Exzellenz hier begegnen würde.«

Als Diego sich umwandte, sah er sich dem runden Gesicht des Kaplans gegenüber. Der alte Mann hatte bereits zu Zeiten seines Vaters, Abel von Castamar, die Familie begleitet. Und Diego ahnte, dass er rücksichtsvoll abgewartet hatte, bis er den Dialog mit seiner verstorbenen Frau beendet hatte, bevor er ihn ansprach.

»Ich nehme an, Ihr seid wie üblich von Norden her in den Wald geritten, um mir aus dem Weg zu gehen«, fuhr der Kaplan fort und trat auf ihn zu.

»Genau so ist es«, entgegnete Diego. »Aber wie Ihr wisst, hat das nichts mit Euch zu tun.«

Er sah dem Kaplan in die Augen. Dieser trat noch näher an ihn heran, auf diese für ihn typische Art, die Diego sich unwohl und verwundbar fühlen ließ.

»Wie Ihr ebenfalls wisst, haben Gott und ich uns sehr weit voneinander entfernt«, fügte er hinzu.

»Und Ihr wisst, dass ich den Versuch nicht aufgeben werde, Euch miteinander zu versöhnen«, antwortete der Priester. »Man kann nicht ein Leben lang mit Gott hadern.«

»Vielleicht doch, Padre«, entgegnete Diego und legte dem Kaplan eine Hand auf die Schulter, »vielleicht doch.«

»Wisst Ihr, Exzellenz, eines Tages werdet Ihr die wahre Bedeutung des Todes Eurer geliebten Frau entdecken«, sagte der Priester. »Und wenn es so weit ist, werdet Ihr sehen, dass all der Schmerz und all die Wut, die der ungerechte Tod Doña Albas hervorgerufen hat, an Bedeutung verlieren. Gott versteht, dass Ihr in ihm den Schuldigen seht, auch wenn Ihr damit irrt.«

»Wisst Ihr, was ich denke?«, sagte Diego daraufhin ruhig. »Auch wenn ich für Eure Worte dankbar bin, war er es, der sie mir entrissen hat. Und wenn er meine Abneigung ihm gegenüber nicht hätte hervorrufen wollen, hätte er mir dies nicht antun sollen.«

Diego schwang sich in den Sattel und machte sich nach einer

höflichen Abschiedsgeste auf den Rückweg nach Castamar. Während er sich entfernte, rief der Kaplan ihm nach, dass die Beharrlichkeit des Herrn größer sein werde als sein Groll, und Diego lächelte ihm dankbar zu. Dann galoppierte er, ohne sich noch einmal umzusehen, zum Herrenhaus. Sein Freund Francisco Marlango Graf von Armiño war sicher bereits eingetroffen, und er wollte ihn nicht warten lassen.

KAPITEL 3

12. Oktober 1720, am Morgen

Clara verfolgte aufmerksam, wie Doña Úrsula erneut die ganze Küche begutachtete. Allein durch ihre Anwesenheit machte die Haushälterin deutlich, dass jegliche Veränderung, so unbedeutend sie auch war, ihres Einverständnisses bedurfte. Als sie die Gewürzkästen auf den Regalen kontrollierte, stellte Clara fest, dass Señora Escrivá den Kopf so tief gesenkt hielt, als stünde sie vor dem Herzog höchstpersönlich. Clara tat es ihr nach. Nur die arme Rosalía in ihrer Ecke lächelte sabbernd ins Leere. Doña Úrsula sah die Chefköchin geringschätzig an.

»Sucht mich im Laufe des Vormittags in meinem Dienstzimmer auf, Señora Escrivá.«

Die dicke Köchin schluckte und erbleichte, und beide beugten sie leicht das Knie, um sich von der Haushälterin zu verabschieden. Ihre eindrucksvolle Gestalt verschwand durch die Tür der Küche, und Clara spürte, dass der Raum einen Teil seines Zaubers zurückgewann, als ob er von einem schwarzen Tuch befreit worden wäre und nun von Licht durchflutet würde. Sogar die arme Rosalía lachte, wie von plötzlicher Freude erfasst. Clara legte das Etamin bereit, um die Mischung aus Eigelb, Stärke und einem halben Pfund Zucker zu passieren, als die Chefköchin, sich immer wieder vorsichtig zum Eingang umblickend, für den Fall, dass Doña Úrsula unerwartet noch einmal auftauchen sollte, zu ihr herüberkam.

»Ich hoffe, du hast mich nicht erneut in Schwierigkeiten gebracht«, sagte sie drohend.

Clara sah sie schweigend an. Schließlich drehte sich ihre Chefin um und trat gegen den Putzeimer.

»Mach dich nützlich, und geh raus in den Hof, der Ablauf ist verstopft!«, befahl sie.

Als Clara dies hörte, erschauderte sie. Nicht, weil sie den schmutzigen Ablauf der Küche reinigen sollte, was als Küchenhilfe nicht ihre Aufgabe war, sondern weil, wenn sie dort hinausging, ihre Krankheit offensichtlich werden würde. Und das wäre für die Chefköchin ein guter Vorwand, um sie ohne Weiteres zu entlassen.

»Ich habe gesagt, du sollst rausgehen!«, polterte Señora Escrivá.

Clara nahm mit schwitzender Stirn den Holzeimer und verwünschte innerlich ihr Pech, dass sie mit der Chefköchin allein zurückgeblieben war. Die beiden Küchenmädchen und die Beiköchin Carmen von Castillo waren zum Markt nach Madrid gefahren, um den Einkäufer Jacinto Suárez und die Träger zu unterstützen. Clara ging um Rosalía herum, die mit ihrem Haar spielte und Kreise in die Luft malte, und näherte sich der Tür zum Hof. Ihr Puls beschleunigte sich, und sie verspürte eine heftige Übelkeit. Mühsam schleppte sie sich voran, wobei das schmutzige Wasser in dem Eimer bedrohlich hin- und herschwappte. Rosalía sagte etwas, und ihr Speichel tropfte in eine kleine Lache auf ihrem Rock, wo er sich mit dem Rest mischte, der sich den Morgen über dort angesammelt hatte. Clara wandte den Blick von ihr ab und richtete ihn mit unkontrollierbar rasendem Herzen auf die Tür. Sie legte die Hand auf die Klinke und seufzte, während sie all ihre Willenskraft zusammennahm, um hinauszugehen, als die Tür plötzlich von außen geöffnet wurde und gegen den Eimer schlug, sodass sich die Hälfte des Wassers auf den Boden ergoss.

»Pass besser auf!«, fuhr die Köchin sie an und schnalzte vorwurfsvoll mit der Zunge.

Rosalía zeigte mit dem Finger auf sie, verzog das Gesicht zu einer grotesken Grimasse und lachte, als sähe sie sich im Theater eine Komödie von Lope de Vega an. Clara trat zurück, um den Weg frei zu machen, damit der Hereinkommende, ein kräftiger Mann fortgeschrittenen Alters, über die Schwelle treten konnte. Clara verbeugte sich leicht, und der Mann nahm den Hut ab, wobei sein graues Haar sichtbar wurde. Sein massiger Körper musste in jungen Jahren über enorme Kräfte verfügt haben. An der Art, wie er den Rechen trug, und an dem Holzkarren hinter ihm erkannte Clara, dass es sich um den Gärtner handelte. Er hatte starke, sehnige Arme, riesige knochige Hände mit langen Fingern und Nägeln, die durch die Arbeit in der Erde hart und schwarz geworden waren. Clara, die noch ein wenig außer Puste war, hob den Blick und sah dem Mann ins Gesicht, in dem sie den Ausdruck eines bescheidenen Menschen zu erkennen meinte. Er lächelte sie freundlich an, und ein Teil ihrer Angst verflog, als ob der Blick des Mannes sie fürs Erste beruhigt hätte.

»Wie tollpatschig von mir«, sagte er und sah dann auf den Eimer mit dem Wasser. »Entschuldige, lass mich dir helfen. Ist der Abfluss noch immer verstopft? Ihr solltet ihn einmal gründlich reinigen, Señora Escrivá, um den Gestank zu vermeiden, der manchmal daraus aufsteigt.«

»Das ist nicht meine Aufgabe, sondern die der Arbeiter.«

Der alte Mann seufzte, nahm den Eimer mit dem Rest des schmutzigen Wassers und kippte ihn in den Abfluss im Hof. Clara dankte Gott für ihr Glück, und als der Mann zurückkehrte, lächelte sie ihn an.

»Señorita Clara Belmonte«, sagte sie mit einer leichten, der

Gewohnheit der Etikette geschuldeten Verbeugung. »Vielen Dank für Eure Mühe.«

»Simón Casona, Chef der Gärtnerei, und, um Gottes willen, die Mühe war nicht der Rede wert«, entgegnete er leicht irritiert.

»Ich freue mich, Euch kennenzulernen«, sagte Clara eilig, die möglichst schnell in die Sicherheit des Küchenraums zurückkehren wollte.

»Was wollt Ihr denn hier, Simón?«, schnauzte die Chefköchin.

Der Gärtner lächelte sie ruhig an, als sei er die ruppige Art der Frau gewohnt. Clara wischte unterdessen mit einem Lappen das verschüttete Wasser auf, wobei ihr Puls sich allmählich wieder beruhigte.

»Ich bin gekommen, um zu fragen, ob Ihr mir etwas von der Asche aus dem Ofen geben könntet, wenn nicht schon alles für die Wäsche gebraucht wurde«, erklärte der Gärtner bedächtig. »Ich benutze sie als Dünger.«

Clara hob den Kopf, und er sah sie für einen Moment erneut lächelnd an. Schüchtern lächelte sie zurück.

»Ihr könnt so viel davon nehmen, wie Ihr wollt«, antwortete Señora Escrivá, als wäre der Mann ihr Untergebener, bevor sie sich an Clara wandte: »Und du füll den Eimer und hilf Señor Casona, ihn in den Garten zu tragen. Ich kann Doña Úrsula nicht warten lassen.«

Clara merkte, dass ihr Puls erneut zu rasen begann. Unterdessen begrüßte Rosalía den Gärtner kreischend, als ob ihr seine Anwesenheit erst in diesem Moment aufgefallen wäre. Señor Casona erwiderte den Gruß höflich und ging dann mit seinem Karren zur Luke des Aschekastens, der sich in einem kleinen Raum neben der Hoftür befand.

»Ihr müsst wissen, dass die Freunde des Herzogs ihn um die prächtigen Gärten von Castamar beneiden«, sagte der alte Mann freundlich, während er den Karren füllte.

Clara sah nach draußen und spürte, dass ihre Knie weich wurden. Sie biss die Zähne zusammen und konzentrierte sich darauf, mit einer kleinen Schaufel den Eimer mit Asche zu füllen. Der Gärtner ließ ein erschöpftes Seufzen hören, sagte etwas über seine verlorene Jugend und ging dann zum Ausgang hinüber. Sie heftete sich, möglichst ohne hinzusehen, an seine Fersen, verbarg sich hinter seinem breiten Rücken und folgte ihm mit steifen Bewegungen. Dennoch blieb sie, als Señor Casona die Schwelle übertrat, abrupt stehen. Von Angst gequält, musste sie sich zwingen, einen ersten Schritt nach draußen zu machen, wobei sie versuchte, die Warnsignale ihres Körpers zu ignorieren. Kaum war sie sich bewusst, wie unregelmäßig sie atmete und dass es in ihrer sich heftig auf und nieder senkenden Brust kribbelte, spürte sie, dass sie zurückgehen musste, um nicht ohnmächtig zu werden.

Der alte Mann war stehen geblieben und sah sie an. Clara, die wie eine Gefangene an die Türschwelle gekettet schien, erwiderte seinen Blick und schloss gleich darauf, bereits ohne jegliche Kontrolle über sich selbst, fest die Augen.

»Señorita Belmonte, wenn ich es recht bedenke, glaube ich, dass es besser für Euch wäre, heute nicht in den Hof zu gehen, der Boden ist ziemlich rutschig. Lasst mich die Asche allein in den Garten tragen«, flüsterte er ihr zu, während er sie an den Schultern fasste und zu einer der Holzbänke in der Küche führte. »Bevor ich in die Stadt gekommen bin, habe ich im Dorf Robregordo bei Buitrago gewohnt, wisst Ihr. Und ich erinnere mich an einen guten Freund von dort namens Melchor, dem es nicht möglich war, allein in der Dunkelheit zu sein.«

Clara öffnete langsam die Augen und versuchte, wieder zu sich zu kommen, indem sie ihre Aufmerksamkeit auf den Mann vor ihr richtete. Dieser war in die Hocke gegangen, um mit ihr auf einer Höhe zu sein, ließ seine Stimme noch freundlicher klingen, als es von Natur aus der Fall war, und streichelte ihre Hände, um sie zu beruhigen.

»Wenn Melchor in der Nacht einmal die Augen öffnete, begann er jedes Mal zu schreien und weckte das halbe Dorf«, fuhr der alte Mann fort. »Viele dachten, er wäre nicht richtig im Kopf, bis meine Großmutter, Gott hab sie selig, eines Tages ein Gegenmittel für sein Leiden fand.« Der Gärtner machte eine Pause und sah sie liebevoll an.

»Und ... was war es?«, fragte Clara, immer noch zitternd.

»Sie riet ihm, bei brennender Kerze zu schlafen«, schloss der Gärtner und richtete sich auf. »Das heißt, dass es immer besser ist, solche Dinge mit Ruhe anzugehen, Señorita. Jetzt, da ich sehe, dass es Euch besser geht, würde ich, wenn Ihr erlaubt, gern zu meinen Pflichten zurückkehren.«

Clara nickte, wischte sich mit einem Leinentuch den Schweiß von der Stirn, hielt noch für ein paar Sekunden die riesige Hand des Gärtners umklammert und hauchte ein »Danke«. Er schenkte ihr ein herzliches Lächeln, wobei er einen Teil seines breiten Gebisses sehen ließ.

»Adiós, Rosalía!«, sagte er freundlich und ging langsam davon.

Clara blieb noch einen Augenblick sitzen, bis sie wieder ruhig atmen konnte, und stand dann auf und begann, mithilfe eines kleinen Siebs das Eigelb vom Eiweiß zu trennen, um die Cremespeise für den Herzog zuzubereiten. Plötzlich fiel ihr auf, dass Señora Escrivá offenbar schon seit einer ganzen Weile abwesend war. Sie ging zum Holzofen hinüber, öffnete mit dem Schürhaken die Tür und überzeugte sich davon, dass das Brot unter dem Lamm sich mit dem Fett, das der Braten absonderte, vollgesogen hatte. Sie hielt einen Moment inne, spürte die Wärme des Ofens auf ihren Wangen, und während sie das brodelnde Fett in dem Tongefäß betrachtete, sagte sie sich, dass der graue Tag ein Abbild ihrer Stimmung war, und hatte das Vorgefühl, dass das Ausbleiben Señora Escrivás nichts Gutes bedeuten konnte.

12. Oktober 1720, am Nachmittag

Enrique fühlte, dass es draußen rasch abkühlte, was ein Zeichen für den sich nähernden Winter war. Dennoch hatte es weder bei ihrem Aufbruch in Valladolid am Vortag noch, als sie auf dem Weg über Coca in Segovia angekommen waren, geregnet. Nachdem sie dort übernachtet hatten, hatten sie die Reise wiederaufgenommen und den gefürchteten Gebirgspass Puerto de la Fuenfría überquert. Unterwegs hatte er die Kammerherren, die Doña Mercedes von Castamar begleiteten, an mehreren Stellen angewiesen, den Wagen anzuhalten, woraufhin er die alte Dame auf seinen kräftigen Rappen hatte aufsteigen lassen. Dabei war er überrascht gewesen, über welche Energie diese Frau in ihrem Alter noch verfügte.

»Ihr seid eine unerschrockene Frau«, hatte Enrique ihr geschmeichelt, »es ist wirklich ein Vergnügen, Euch auf dieser Reise zu begleiten.«

»Ich bin noch so gut unterwegs, weil ich in jüngeren Jahren, als mein Mann Don Abel von Castamar noch lebte, gemeinsam mit ihm gern lange Spaziergänge über unser Anwesen unternommen und auch oft zu Fuß die nahe gelegene Sierra de Guadarrama aufgesucht habe«, hatte sie erwidert.

Enrique hatte die Antwort, die zweifellos der Wahrheit entsprach, denn die alte Dame hatte weder Angst vor der Höhe noch vor dem Alter gezeigt, amüsiert zur Kenntnis genommen. Er seinerseits hatte, was das Lob ihrer Unerschrockenheit anging, ebenfalls nicht gelogen, doch was ihn in Wirklichkeit bewogen hatte, sie nach Castamar zu begleiten, war nicht der Wunsch nach Vergnügungen, sondern sein Interesse an Don Diego, ihrem Sohn – den er aus tiefster Seele hasste.

Diese Abneigung war ursprünglich durch ihre gegensätzlichen politischen Interessen begründet gewesen. Seit dem Tod seines Vaters war es Enriques größtes Ziel, seinen Namen mit dem Titel eines Granden zu krönen und zu den herausragendsten Adelshäusern zu gehören. Deshalb hatte er im Geheimen der Seite der Österreicher gedient und sie über alle möglichen Einzelheiten informiert, die den Hof König Philipps betrafen. Don Diego dagegen war der treueste Gefolgsmann des Monarchen. Diese politische Rivalität und die Erfolge Castamars hatten in ihm jedoch lediglich eine leichte Aversion hervorgerufen. Es gab schließlich viele adlige Gefolgsleute des Bourbonen, die für Enrique nicht mehr als zeitweilige Feinde waren. Die Abneigung Diego gegenüber hatte sich erst Jahre später in deutliche Ablehnung verwandelt, als Diego das einzige Lebewesen heiratete, das Enrique in dieser Welt jemals geliebt hatte: Doña Alba von Montepardo. Und diese Ablehnung wurde zu abgrundtiefem Hass, als Alba bei einem Reitunfall ihr Leben verlor. »Er ist schuld an ihrem Tod, und dafür muss er bestraft werden«, sagte er sich seitdem immer wieder.

Der Gedanke, sich an Diego zu rächen, war für Enrique zur Besessenheit geworden, die er bisher jedoch sorgfältig im Zaum gehalten hatte. Aus ebendiesem Grund hatte er sich vor ein paar Jahren um die Freundschaft zur Mutter des Herzogs, Doña Mercedes, bemüht. Zu diesem Zweck war er ihr bei mehreren gesellschaftlichen Anlässen scheinbar zufällig über den Weg gelaufen. Bei ihren ersten Begegnungen hatte er sie äußerst liebenswürdig zu ein paar leichten Mahlzeiten im privaten Kreis eingeladen, die er selbst organisiert hatte und zu denen sie stets äußerst vornehm gekleidet erschienen war. Das ein oder andere Mal hatten sie sich in Madrid bei einer Theateraufführung im Schlossgarten des Buen-Retiro-Palasts gesehen oder beim Frühstück im Alcázar, wo sie sich zusammen heiße Schokolade und süßes Gebäck hatten schmecken lassen. Wie er zugeben musste, hatte er die Sechzigjährige mit dem Schwanenhals durchaus zu schätzen gelernt, was seiner Abneigung gegen ihren Sohn jedoch keinerlei Abbruch getan hatte. Die greise Herzogin war für ihn trotz allem nicht mehr als eines der Instrumente, um seine Rache auszuführen, weshalb er in diesen Tagen eigens nach Valladolid gereist war, um mit ihr gemeinsam den Weg nach Castamar zurückzulegen.

»Ihr seid der perfekte Kavalier, Marquis«, sagte sie nicht nur einmal. »Wenn ich eine Tochter hätte, würde ich nicht zögern, sie mit Euch zu verheiraten. Habt Ihr bereits eine zukünftige Ehefrau gefunden?«

»Meine Liebe, ich werde nur eine Frau heiraten, die Euren Gefallen erregt«, entgegnete Enrique, »in dieser Hinsicht hoffe ich auf Eure Empfehlungen. Ich werde keine bessere Ratgeberin finden, was dieses Thema angeht.«

»Das stimmt«, bestätigte sie. »Ich wünschte, mein Sohn sähe dies ähnlich.«

»Keine Sorge, Euer Sohn wird wieder heiraten. Er ist ein Castamar und weiß, was seine Pflicht ist«, machte Enrique ihr lächelnd Mut und reichte ihr beim Spaziergang durch Valladolid höflich den Arm.

Als sie den engen Gebirgspfad endlich hinter sich gelassen hatten, gelangten sie am späten Nachmittag nach El Escorial und rasteten in den Parkanlagen von La Granjilla de La Fresneda, wo sie die zweite Nacht verbringen sollten.

Enrique verabschiedete sich von der Herzogin, und als er allein war, informierte er ihren Kammerherrn, dass er jenseits des Klosters ein wenig spazieren gehen wolle. Die Gutsarbeiter schliefen, und in Wahrheit hoffte er, seinen Vertrauensmann Hernaldo von la Marca dort zu treffen, der sich, so er denn dem Befehl, den Enrique ihm in einem Schreiben hatte zukommen lassen, gefolgt war, in der Gegend aufhalten musste.

Daher ging er nun auf das Dickicht zu, ließ die Gebäude hinter sich und verschwand in der Düsternis der Schatten. Hernaldo tauchte wie üblich im unerwartetsten Moment auf.

»Señor Marquis.« Nach der geflüsterten Anrede leuchtete eine kleine Laterne zwischen den Bäumen auf und erhellte kurz das sonnengegerbte Gesicht seines Vertrauensmanns.

Enrique trat zu ihm und fragte als Erstes, ob er seinen Befehl ausgeführt habe. Hernaldo, der ein altgedienter Soldat war, die vierzig bereits überschritten und früher zu der mächtigen habsburgischen Infanteriedivision der Tercios Viejos gehört hatte, nickte.

»So ist es, hochverehrter Herr. Wie Ihr es befohlen habt, hat Euer Verwalter sämtliche Schulden der Señorita übernommen. Sie ist bereits auf dem Weg nach Madrid.«

»Du hast doch gesagt, dass ein Gläubiger nicht verkaufen wollte.«

»Nachdem ich ihm einen Besuch abgestattet habe, hat auch er verkauft«, antwortete sein Vertrauensmann gleichmütig, als sei es für ihn die normalste Sache der Welt, jemandem mit dem Tod zu drohen.

Auch wenn Hernaldo nicht zur Politik taugte, hatte er doch einen klaren Blick auf die Dinge, der ihm deren Bedeutung verdeutlichte. Eine Narbe verunzierte seine rechte Wange und verlieh ihm einen ruchlosen Anblick, was eindeutig nicht seinem Charakter entsprach. Denn wenn Enrique eines gut konnte, dann das Gemüt anderer Menschen einschätzen, und obwohl Hernaldo bereits eine beachtliche Anzahl an Personen ins Jenseits befördert hatte, war er doch im Grunde nicht bösartig. Er war ein Überlebender mit einem enormen Pragmatismus, der Enrique auf ewig dankbar und treu ergeben war. Was allerdings durchaus zutraf, war, dass der Anblick seiner riesigen, von dicken Adern durchzogenen Hände, seiner harten, vernarbten Fingerknöchel und der eisenharten Arme bei jedem auf der Stelle einen unwiderstehlichen Drang zur Flucht auslösten.

»Und was ist mit dem anderen Auftrag?«

Hernaldo nickte erneut.

»In Kürze, glaube ich. Ich bringe ihn Euch, sobald ich ihn habe.«

Enrique zog sich die Handschuhe aus, kreuzte die Finger und schickte sich an zu gehen.

»Übrigens, schon bald habe ich einen neuen Auftrag für dich«, verkündete er. »In Kürze wirst du der Marquise Sol Montijos einen Besuch abstatten.«

»Lasst mich wissen, wenn es so weit ist.«

Hernaldo verschwand auf die gleiche gespenstische Art, wie er aufgetaucht war, und Enrique machte sich deutlich leichteren Herzens auf den Rückweg. Um etwas in den Magen zu bekommen, bevor er schlafen ging, befahl er einem Lakaien, ihm etwas Käse und in Essig eingelegte Gurken aufs Zimmer zu bringen. Als er den Raum betrat, fiel sein Blick auf ein Gemälde Seiner Majestät des Königs in jungen Jahren, als die Kämpfe um den spanischen Thron noch in vollem Gange waren. Philipp war darauf mit seinem roten Jagdrock zu sehen, mit jenem sanften Gesichtsausdruck, den die Maler so liebten. Enrique trat näher heran und stellte fest, dass es sich um eine Kopie des Werks von Miguel Jacinto Meléndez, dem Hofmaler des Königs, handelte.

»Der verdammte Bourbone!«, sagte er zu sich selbst und schnalzte angeekelt mit der Zunge. »Wenn er nicht wäre, wäre ich jetzt der herausragende Mann am Hofe von Kaiser Karl.« Wie schon oft warf er sich vor, nicht rechtzeitig begriffen zu haben, dass der Bourbone der klare Sieger des Krieges sein würde. Und der Gipfel war, dass die Bourbonen-Dynastie nach dem gewonnenen Krieg die verantwortungsvollen Posten im Rat von Kastilien Adligen von weniger nobler Abstammung anvertraut hatte – Leuten, die dem Studium der Gesetze und der Wirtschaft an Universitäten wie der von Salamanca zugeneigt waren. Er sagte sich, dass er sich, anstatt seine Kräfte als Spion für den Erzherzog zu vergeuden, darauf hätte konzentrieren sollen, am Hofe Philipps voranzukommen. Doch leider verstand er nur wenig von der Rechtswissenschaft und noch weniger von Regierungssystemen und dem Regieren selbst. Er war ein geborener Politiker, aber kein Patriot. Dass er den Erzherzog damals mit Enthusiasmus und Kampfeinsatz unterstützt hatte, hatte lediglich praktische Gründe gehabt.

Was ihn persönlich anging, waren sowohl Philipp als auch Karl ihm damals so gleichgültig wie heute. Wenn sie unversehens gestorben wären, hätte er nicht einmal ein Gebet für sie gesprochen. »Sie sind Herrscher, und Herrschern hat man Gefolgschaft zu leisten, bis sie zu einem Problem werden und es besser ist, sie zu stürzen«, sagte er sich. Dann stieß er ein trockenes Lachen aus, da ihm plötzlich das Bild vor Augen stand, wie er in seinem Haus in Guadalajara auf Neuigkeiten über den Ausgang der Schlacht von Villaviciosa de Tajuña gewartet hatte.

Bis heute erinnerte er sich an den ärgerlichen Seufzer, den er ausgestoßen hatte, als er die Nachricht erfuhr, die ein von Hernaldo ausgesandter Bote mitgebracht hatte. Der Mann war die Nacht durchgeritten, um am frühen Morgen des 11. Oktober 1710 in Guadalajara einzutreffen, und Hernaldos Gesichtsausdruck hatte schon alles gesagt, bevor er zu sprechen begann.

»Philipps Truppen haben die Habsburger zurückgeschlagen, Don Enrique. Als sie in Barcelona ankamen, war nicht mehr viel von ihnen übrig«, hatte sein Vertrauensmann erklärt.

Enrique hatte verärgert mit der Zunge geschnalzt und den Blick auf die schweißglänzende Stirn des Boten gerichtet, der vor ihm stand.

»Hernaldo«, hatte er verbittert erwidert, »ich fürchte, wir werden uns damit abfinden müssen, dass Philipp von Anjou noch lange unser König bleiben wird.«

Niemand hätte nur wenige Monate davor, als die Österreicher Madrid eingenommen hatten, gesagt, dass sie auf eine Niederlage zusteuerten. Doch die Politik, nicht nur Spaniens, sondern in ganz Europa, war wie der Wind: Jeden Tag schien er aus einer anderen Richtung zu wehen.

Hernaldo hatte Enrique besorgt angesehen und den Boten entlassen.

»Hochverehrter Herr, wir könnten dafür sorgen, dass der König einen Unfall erleidet.«

Dies wäre eine aus der Verzweiflung geborene letzte Möglichkeit gewesen, doch Enrique hatte den Kopf geschüttelt.

»Ein Königsmord liegt außerhalb unserer Reichweite, Hernaldo: Für das Leben dieses Königs stehen die Hauptmänner seiner Leibwache ein, genauer gesagt Don Diego, der Herzog von Castamar. Erinnerst du dich nicht mehr an den letzten Attentatsversuch?«

Damals waren die Mörder nicht am Herzog von Castamar vorbeigekommen, und der hatte anschließend bei der Suche nach den Verschwörern halb Madrid durchkämmt und dabei Enriques persönliche Sicherheit als Spion gefährdet.

»Mein Herr, dann müssen wir eben den Herzog aus dem Weg räumen«, hatte sein Vertrauter gesagt und das Glas Wein, das er sich eingeschenkt hatte, in einem Zug geleert.

Enrique war auch von diesem Vorschlag nicht überrascht gewesen. Denn eigentlich war es in der Tat mehr als angezeigt, Don Diego zu eliminieren. Bis dahin hatte Enrique aber aus praktischen Gründen von einem Attentat gegen ihn abgesehen, da auch dies seine Position als am Hofe eingeschleuster Spion stark gefährdet hätte: Don Diego, den Liebling des Königs, zu beseitigen, hätte eine Untersuchung nach sich gezogen, die ihn den Kopf kosten konnte. Der Ausgang der Schlacht von Villaviciosa änderte jedoch alles. Nun konnte nur der Tod König Philipps noch den Fortbestand der Dynastie der Habsburger und damit seine ersehnte politische Macht herbeiführen und – was für Enrique das Wichtigste war – die Eroberung seiner geliebten Alba. Bis zu diesem Moment hatte seine einzige

Hoffnung darin bestanden, dass seine Seite den Krieg gewann. Wenn es dazu gekommen wäre, hätte er die wegen der Unterstützung des bourbonischen Feindes an der Seite ihres Mannes zum Tode Verurteilte retten können. Die Niederlage der Österreicher machte diese Strategie jedoch unmöglich.

»Es kann sein, dass das unsere einzige Möglichkeit ist«, hatte sein Vertrauensmann insistiert. Dabei hatte Hernaldo keine Ahnung, wie gern Enrique Don Diego ins Jenseits befördern würde. Denn natürlich hatte er niemanden seinen Hass auf den Herzog spüren lassen, nicht einmal Hernaldo. Diskretion war die wichtigste Prämisse, um am Hof zu überleben.

»Da könntest du recht haben …«, hatte er erwidert. »Allerdings müsste sein Tod wie ein Unfall aussehen. Nicht, dass es anschließend eine Untersuchung gibt.«

In seine Gedanken versunken, hätte Enrique beinahe das Klopfen an der Tür überhört. Es war sein Kammerherr. Dieser half ihm, sich zu entkleiden, und während er die Nachtwäsche anzog, erinnerte er sich daran, dass in seiner Verzweiflung nach Albas Tod sein erster Impuls gewesen war, Don Diego auf der Stelle zu töten. Als der Schmerz ein wenig nachgelassen hatte und er wieder bei klarem Verstand war, war er jedoch zu dem Schluss gekommen, dass er einen anderen Plan schmieden musste, einen, bei dem Don Diego vor seinem Tod alles verlor, genauso wie es ihm ergangen war.

So war ein Jahrzehnt vergangen, und erst jetzt waren Umstände eingetreten, die es möglich scheinen ließen, dass er seine Rache endlich würde verwirklichen können. Zehn lange Jahre hatte er wie ein Raubtier auf der Lauer gelegen, um sich für all das Übel zu entschädigen, das Don Diego von Castamar ihm zugefügt hatte, und nichts auf der Welt hätte ihn nun davon abhalten können.

KAPITEL 4

12. Oktober 1720, am Morgen

Nach dem Gespräch bei Doña Úrsula war die Chefköchin wütend wieder aufgetaucht und hatte Gift und Galle gespuckt.

»Schreib die Speisenfolge auf!«, befahl sie Clara, legte Tinte und Feder auf den Tisch – »Los, beeil dich!« – und begann zu diktieren. Dabei verzog sie ihr Wildschweingesicht und versuchte festzustellen, ob Clara auch genau das schrieb, was sie ihr sagte, oder ob sie etwas notierte, was sie erneut bloßstellen würde.

Wie es schien, hatte die Haushälterin von der Köchin verlangt, die Speisenfolge für die Mahlzeiten anlässlich der Feierlichkeiten des Jahrestages in weniger als einer Stunde handgeschrieben zu erstellen, um sie dem Herzog zur Absegnung vorzulegen. Nun verstand Clara den rätselhaften Blick Doña Úrsulas, als diese die aufgeräumte, saubere Küche gesehen hatte.

»Seit du hier bist, hast du mir nichts als Probleme bereitet. Du wirst nicht mehr lange bei uns sein!«

Clara sagte nichts darauf. Während sie niederschrieb, was ihr diktiert wurde – das Frühstück, das Mittagessen, die Speise für den Nachmittag und das abendliche Mahl –, stellte sie sich vor, wie das Gespräch in Doña Úrsulas Dienstzimmer wohl abgelaufen war. Nicht ohne Schadenfreude sah sie das gerötete, bange Gesicht ihrer Chefin vor sich, während sie der Haushälterin – dem Drachen – gegenüberstand, die Dinge sagte wie: »Vor allem hat mich überrascht, dass Ihr die Gewürze richtig angeordnet habt, ohne lesen zu können. Aber da dies anscheinend plötzlich der Fall ist, seid Ihr sicher auch in der Lage zu schreiben. Daher werde ich Euch Feder, Tinte und Papier bringen lassen, damit Ihr die Speisenfolge notieren könnt. In einer Stunde komme ich, um die Menüs abzuholen. Und jetzt könnt Ihr Euch zurückziehen.«

Clara sagte sich, dass es nicht recht war, sich am Übel anderer zu ergötzen, und sandte ein kurzes Gebet zu Gott, dass er ihr diese kleine Sünde vergeben möge. Denn schließlich hatte sie die Küche nicht gereinigt, um Señora Escrivá in Schwierigkeiten zu bringen. »Wie hätte ich ahnen können, dass die Köchin von Castamar nicht lesen kann?«, dachte sie. Asunción Escrivá war eine effiziente, durchaus einfallsreiche Köchin, die in der Lage war, aus der begrenzten Anzahl an Gerichten und ihren Variationen, die sie beherrschte, den größtmöglichen Nutzen zu ziehen. Diese Effizienz und die Tatsache, dass der Herzog, wie es schien, keinen anspruchsvollen Gaumen hatte, hatten ausgereicht, dass sie ihren Posten behielt, sie entsprachen jedoch, Claras Meinung nach, nicht dem Niveau eines Hauses wie Castamar. Und dazu war die Frau auch noch Analphabetin; es war wirklich seltsam, dass der Herzog eine Küchenchefin hatte, die nicht lesen und schreiben konnte.

Marisa Cano, die als Köchin in ihrem Zuhause gedient hatte, als ihr Vater noch lebte, hatte einige Schwierigkeiten gehabt, fehlerlos zu schreiben, aber sie war wenigstens in der Lage gewesen, eine Einkaufsliste zu erstellen. Dass Señora Escrivá trotz ihrer Unkenntnis ihre Stellung gehalten hatte, lag daran, dass sie, was das Schreiben betraf, auf Carmen von Castillo, die Beiköchin, zurückgegriffen hatte, die zwar imstande war, die Speisenfolge zu notieren, aber, was die Fähigkeiten am Herd anging, mit Señora Escrivá nicht konkurrieren konnte. Wahrscheinlich hatte Doña Úrsula aus diesem Grund bewusst den einen Morgen gewählt, an dem Carmen nicht im Haus war.

Clara seufzte. Was für sie wirklich wichtig war, würde sich in wenigen Tagen ereignen, denn dann würde sich ihr die Gelegenheit bieten, in der Küche von Castamar zugegen zu sein, wenn eines der bedeutendsten gesellschaftlichen Ereignisse von Madrid stattfand. Carmen von Castillo, die bereits Ende vierzig war und seit dem Tod ihres Mannes, eines Lehrers, kein leichtes Leben gehabt hatte, hatte ihr erzählt, dass für diesen Anlass neben dem von Don Álvaro Luna geleiteten Hausorchester weitere Musikkapellen engagiert wurden. Luna würde mehrere Werke seines ehemaligen Lehrers, des Hofkomponisten Joseph Draghi, dirigieren.

Auch das hauseigene Ensemble der Schauspieler und Dramaturgen würde zum Einsatz kommen und mindestens zwei Darbietungen mit Texten von José de Cañizares zum Besten geben. Für diese besonderen Tage würden mehrere zusätzliche Majordomus eingestellt sowie Kammerherren und ihre Lakaien, Dienstboten für jeden Bereich, Kammerdiener, persönliche Türdiener für die adligen Gäste und Diener zur Begleitung der Speisen, Pagen, Burschen und Küchenjungen, Beiköche, Mundschenke, Wäscher, Parfümeure, Apotheker, um möglichen Leiden abzuhelfen, zusätzliches Gesinde, das nur für die Stallungen zuständig war, ein Oberster Stallmeister, ein ihm unterstehender Erster Stallmeister sowie Stallknechte, um den Herren beim Aufsteigen zu helfen, Treiber für die Jagd, Ärzte, Chirurgen, Dekorateure und Floristen, Wäscherinnen, Stärkerinnen, Küchenmeisterinnen, die für das Brot und die Tischwäsche zuständig waren, Maler, um Gemälde des Banketts zu erstellen, sowie ein Kutschendienst, um Fleisch jeglicher Art aus Madrid zu beschaffen. Dazu kam noch die jeweilige Dienerschaft der adligen

Gäste und Höflinge, die sich an Prunk gegenseitig übertrafen. Alle sonst verschlossenen Räume waren geöffnet worden, und Clara hatte am Morgen gehört, wie Doña Úrsula den Befehl erteilt hatte, dass Castamar im gleichen Glanz zu erstrahlen habe wie zu Zeiten Doña Albas.

Nachdem Clara die Speisenfolge aufgeschrieben hatte, wies Señora Escrivá sie an, Knoblauch und Zwiebeln zu schälen und den ganzen Tag zu putzen, als wäre sie ein frisch eingestellter Küchenjunge. Clara widersprach nicht. Nach der Abendmahlzeit ließ die Köchin sie zur Strafe allein zum Aufräumen in der Küche zurück.

»Wenn ich wiederkomme, hast du die Küche auf Hochglanz gebracht, Mädchen!«

»Ja, Señora.«

»Tu nicht so freundlich, und mach dich an die Arbeit, denn dafür wirst du bezahlt.«

Clara war sich bewusst, dass die Chefköchin sie beim geringsten Anlass rauswerfen würde. Allerdings war Señora Escrivá auch schlau genug, um sich darüber im Klaren zu sein, dass, wenn sie Clara entließ, Doña Úrsula ihr die Hölle heißmachen würde, falls die Küche nicht genauso sauber wäre wie in diesem Augenblick. Und die Haushälterin war auch in der Lage, keine neue Küchenhilfe einzustellen, um zu sehen, was die Köchin anstellen würde, um ihrem Anspruch gerecht zu werden. So verbrachte Clara die letzten Stunden bei Tageslicht damit, die Küche aufzuräumen und den Boden auf Hochglanz zu bringen.

Als sie fertig war, zog sie sich mit schmerzenden Knochen in ihre Kammer zurück. Es machte ihr nichts aus, dort, hinter einer Schiebetür, auf einer Pritsche zu schlafen. Sie zog die Tür zu, die kaum anderthalb Meter hoch war, deckte sich zu und blies die Kerze aus. Nur die glimmende Asche des Herds verbreitete noch ein wenig Licht in der Küche und sorgte für ein paar karmesinrote Farbtupfer in der tiefen Schwärze. In diesen Momenten, wenn der Raum in absoluter Stille dalag, stellte Clara sich, kurz bevor sie einschlief, vor, die Chefköchin zu sein. Schon bald sank sie in einen leichten Schlummer. Sie hatte einen düsteren Traum, in dem sie ihren toten Vater sah, der ihr aus der Ferne traurig zulächelte, und ihre Mutter, die unter einem großen Kupferkessel stand, in dem etwas bedrohlich vor sich hin brodelte. Sie fühlte sich weit weg von ihren Eltern und jenem Leben, das nicht mehr das ihre war, als sie plötzlich von einem harten, dumpfen Schlag geweckt wurde.

Clara öffnete die Augen und ahnte, dass in der Empfangshalle des Gebäudes, die direkt über ihr lag, etwas vor sich ging. Sowohl die Küche als auch der Weinkeller, die Speisekammern und die sonstigen Lagerräume befanden sich im Untergeschoss, das dem Dienstpersonal vorbehalten war und dessen einziger direkter Zugang der Lieferanteneingang im hinteren Hof war. Sie hörte einen zweiten Schlag etwas weiter entfernt und gleich darauf einen dritten über ihrem Kopf. Clara schob die niedrige Tür auf. Die Asche glühte kaum noch, weshalb sie annahm, dass es bereits früher Morgen war. Die Vorstellung, dass es sich um Diebe handeln könnte, machte ihr Angst. Doch dann sagte sie sich, dass der Herzog sie sicher beschützen würde, war er doch nicht umsonst während des Krieges der Hauptmann der Leibwache König Philipps gewesen und hatte den Ruf, einer der besten Fechter ganz Spaniens zu sein. Das beruhigte sie, doch sollte es sich tatsächlich um Leute mit bösen Absichten handeln, musste sie Alarm schlagen.

Clara verließ ihr kleines Refugium und legte sich einen Schal um die Schultern. Dann ging sie barfuß durch die Küche und merkte dabei, dass ihre Füße blitzschnell eiskalt wurden. Plötzlich hörte sie, wie einer der schweren Sessel durch den über ihr liegenden Salon geschoben wurde, dann brach das Geräusch plötzlich ab. Vorsichtig schlich sie die Holztreppe hinauf. Als sie den oberen Absatz erreicht hatte, konnte sie gedämpfte Stimmen hören. Sie überlegte, dass der Herzog vielleicht spät in der Nacht noch einen Besucher empfangen hatte, doch dann sagte sie sich, dass auch wenn es sich um Eindringlinge handelte, diese sich bestimmt nur leise unterhalten würden. Um wirklich sicherzugehen, musste sie sich Gewissheit verschaffen.

Dank des Lichts, das durch die kleinen Seitenfenster neben dem Haupteingang hereinfiel, gelang es ihr, den Raum zu durchqueren. Sie gelangte in den wesentlich dunkleren Gang, dessen Boden verräterisch knarrte. Vorsichtshalber blieb sie stehen. Da entdeckte sie, dass die Tür zu einem der Salons auf der rechten Seite ein Stück offen stand. Durch den Spalt drang Licht aus dem Inneren des Raumes in den Gang. Auf Zehenspitzen schlich sie näher, ging schließlich in die Hocke und spähte mit angehaltenem Atem in den Raum. Die erste Gestalt, die sie erblickte, sah nicht gerade wie ein Straßenräuber aus. Ganz im Gegenteil handelte es sich um einen gut aussehenden, dunkelhaarigen jungen Mann, der recht forsch wirkte und kaum über dreißig sein mochte. Er trug ein offenes Hemd und einen blauen maßgeschneiderten Gehrock.

»Mein lieber Freund«, sagte er, während er sich ein Glas Likör einschenkte, »schon mein Vater hat immer gesagt, dass du dich nicht selten reichlich derber Ausdrücke bedienst.«

Clara versuchte vergeblich, einen Blick auf den zweiten Redner zu erhaschen. Dessen Stimme hörte sie dafür umso besser. Tatsächlich schwang in ihr ebenjene Derbheit mit, die sein Freund ihm gerade vorgeworfen hatte.

»Ich kann diese dummen Hühner nicht ertragen, die über mich zu tuscheln beginnen, sobald sich mir ein weibliches Wesen nähert«, verkündete die verborgene Stimme.

Der gut aussehende junge Mann setzte sich so flegelhaft, wie er auftrat, auf einen Sessel und schwang ein Bein über die Armlehne, wobei es ihm nichts auszumachen schien, dass ihm der Schuh von der Ferse rutschte.

»Na, komm«, entgegnete er, bevor er einen kleinen Schluck von dem Likör nahm, »du wirst doch nicht abstreiten, dass du der begehrteste ledige Mann von ganz Madrid bist.«

»Witwer«, korrigierte sein Gegenüber.

Clara ahnte bereits, dass es sich um den Herzog handelte, der sich mit dem jungen Mann unterhielt, der nun mit spöttischem Lächeln erwiderte:

»Meinetwegen, ›Witwer‹. Aber dir ist sicher aufgefallen, dass gerade heute bei der Vorstellung im Corral del Príncipe Inés de Rojas von ihrer Galerie aus den Blick nicht von dir abwenden konnte. Was sagt Ihr dazu, Don Gabriel, denn immerhin seid Ihr zusammen aufgewachsen. Vielleicht misst er Eurem Wort mehr Gewicht bei.«

Plötzlich erklang eine dritte Stimme so dicht neben Clara, dass sie erschrocken zusammenfuhr. Zu ihrer Rechten zeichnete sich eine große, kräftige, in Seide gekleidete Gestalt ab, die Handschuhe und einen Gehrock in einem intensiven vanillegelben Ton trug und bisher geschwiegen hatte. Clara konnte ihr Gesicht nicht sehen, sagte sich jedoch, dass sie längst genug gehört hatte, um sicher zu sein, dass es sich bei den dreien nicht um Einbrecher handelte. Sie wollte sich gerade zurückziehen, als sie abrupt innehielt, denn der dritte Mann tat einen Schritt nach vorn, sodass sie sein Gesicht erkennen konnte. Vor Schreck legte sie sich die Hand vor den Mund und blinzelte mehrmals – denn was sie sah, war ein Mann mit schwarzer Hautfarbe.

»Er kennt meine Meinung bereits«, sagte er. »Vor einiger Zeit hat er mich darum gebeten, und nun möchte er nicht mehr über das Thema reden. Er weiß, dass er um Castamars willen wieder heiraten muss, und Mutter wird nicht müde, es immer wieder zu sagen, damit unser Name nicht ausstirbt.«

»Und was ist mit dieser Señorita Amelia Castro?«, unterbrach der junge Mann ihn dreist. »Sie ist doch eine sehr schöne junge Frau.«

»Daraus hat sich nichts ergeben«, antwortete jener Gabriel. »Wie der englische Barde sagt: Die Liebe schaut nicht mit den Augen, sondern mit der Seele.«

»Ein schwarzer Mann in eleganter, maßgeschneiderter Kleidung, der sich dazu wie ein adliger Herr verhält!«, wunderte sich Clara. Offenbar war er mit dem geheimnisvollen dritten Mann zusammen aufgewachsen, bei dem es sich nur um den Herzog handeln konnte. Sicher war der Schwarze ein Sklave, den der Herzog so sehr schätzte, dass er derart kameradschaftlich mit ihm sprach. Auf einmal war ein Schnauben zu hören.

»So ist es, und so wird es vermutlich auch weiterhin sein«, verkündete die dritte Stimme. »Mein Herz ist nicht aus Stein, Gabriel. Sicher ist dir aufgefallen, dass ich immerhin in geringem Maße wieder am gesellschaftlichen Leben teilnehme. Sogar Philipp hat mir dazu gratuliert.«

»Das ist die richtige Richtung, und du solltest noch einen Schritt weiter gehen, mein Freund. Du musst dich wieder bei den Festen am königlichen Hof sehen lassen. Die Damen werden dich umschwärmen, und der König wird sich freuen, dich zu sehen«, erwiderte der junge Mann.

»Nein«, sagte der Dritte harsch.

Eine angespannte Stille stellte sich ein, und der Mann mit dem Likör schnalzte verärgert mit der Zunge, als ob er bereits unzählige Male bei dem Versuch gescheitert sei, seinen Freund aufzuheitern. Clara richtete sich auf, um sich endgültig zurückzuziehen, als sie feststellte, dass der Herzog nach vorn getreten war, nun mit dem Rücken zu ihr stand und durch eines der Fenster in den Garten hinaus blickte. Er hatte breite Schultern und langes Haar, das er mit einem schwarzen Seidenband zusammengebunden hatte. Der dunkelhäutige Mann trat neben ihn und sprach ihn erneut mit einer Vertraulichkeit an, die einem Sklaven oder Dienstboten eindeutig nicht zustand.

»Diego, Francisco will nur dein Bestes.«

Die Nennung des Namens bestätigte Clara endgültig, dass es sich um den Herzog handelte. Sie wartete noch etwas in der Hoffnung, dass dieser sich umdrehen würde, und sah sich zuletzt tatsächlich einem vornehm reservierten Gesichtsausdruck und zwei großen, hellen Augen gegenüber, in denen die Entschlossenheit zu erkennen war, die einen Mann von Stand auszeichnen sollte. Don Diego kräuselte die Lippen, als dächte er über das Gesagte nach, und seufzte leicht.

»Entschuldige, mein Freund. Ich hätte nicht so mir dir reden dürfen. Ich weiß, du willst mein Bestes, und dafür bin ich dir dankbar. Dennoch bin ich noch nicht in der rechten Verfassung. Und nun, meine Freunde, denke ich, dass es das Beste ist, wenn ich mich wieder in meine Einsamkeit zurückziehe.«

Der junge Don Francisco lächelte sarkastisch, als sei er dieses Verhalten seines herzoglichen Freundes gewöhnt. Er stand auf, leerte das Likörglas, das er auf einen kleinen Tisch stellte, und legte dem Freund eine Hand auf die Schulter.

»Diego, deine Einsamkeit wird dir Alba nicht zurückbringen«, sagte er. »Behalte sie so gut in Erinnerung, wie du es dir wünschst, veranstalte jedes Jahr dieses Bankett und alles, was du willst, aber … Die Vergangenheit ist das eine und das andere dein Leben, das du leben musst, bevor es vorbei ist.«

Der Herzog sah seinen Freund traurig an, als sei er sich der unbequemen Wahrheit bewusst, auf die er nichts zu erwidern hatte. Dann nickte er. Don Francisco wandte sich nach kurzem Schweigen um, griff nach seinem Stock, seinen Handschuhen und seinem Hut, die auf einem Lehnstuhl lagen, und ging auf eine der Türen zu, die in den Garten führten.

»Während du deine Einsamkeit genießt, werde ich den beiden Señoritas einen Besuch abstatten, mit denen wir uns verabredet haben«, fügte er, bevor er ging, noch hinzu. »Um deinen guten Namen zu retten, werde ich es auf mich nehmen, sie beide zu befriedigen.«

Clara errötete, als sie diesen pikanten Ausspruch hörte. Don Francisco schien ein rechter Libertin zu sein. Don Diego lächelte über die gewagten Worte seines Gastes und sah ihm nach, als er durch eine der Seitentüren verschwand. Dann wandte er sich mit gerunzelten Brauen an den dunkelhäutigen Mann.

»Ich weiß, dass du mit Francisco einer Meinung bist, ich sehe dir deine Gedanken an«, sagte er. »Willst du mir aber nicht wenigstens zugestehen, dass ich auf einem guten Weg bin?«

Das war nun wirklich unerhört! Der Herzog Don Diego von Castamar, der einen Mann mit schwarzer Haut um Rat bat, als wäre er seinesgleichen! Sie hatte immer gehört, dass diese Leute von niederem Verstand seien und einer minderwertigen Rasse angehörten, dafür aber gut für körperliche Arbeiten einzusetzen waren. Hin und wieder war sie bereits einem von ihnen begegnet, wobei es sich fast immer um Sklaven gehandelt hatte und um einige wenige, denen man die Freiheit geschenkt hatte und die bei ihren ehemaligen Herrn weiterhin im Dienst standen. Ihr Vater hatte ihr erzählt, dass viele von ihnen die Sklaverei vorzogen, weil es ihnen im Blut liege zu dienen, auch wenn sie bereits ihre Freiheit erhalten hatten.

»Du weißt sehr gut, dass dem so ist«, antwortete der Schwarze gelassen. »Dennoch glaube ich, dass dein Temperament manchmal mit dir durchgeht und sich dann nur schwer wieder beruhigen lässt. Und nun werde ich, mit deiner Erlaubnis, zu Bett gehen.«

Clara wich hastig zurück, überzeugt, dass sie gleich entdeckt werden würde, doch der Mann verließ den Raum durch dieselbe Tür wie der Libertin und verschwand aus ihrem Blickfeld. Lediglich das Schließen der Tür war zu vernehmen, danach nur noch der ruhige Atem des Herzogs. Nachdem einige Zeit vergangen war, trat der Herzog an den Tisch und schenkte sich von dem Likör ein. Dabei blickte er irgendwann genau in Claras Richtung. Kaum hatte er sie entdeckt, riss er die Tür auf und stand hochgewachsen und mit vor Zorn blitzenden Augen vor ihr.

»Was machst du hier? Wer bist du?«, schrie er. »Wieso spionierst du an der Tür?«

Clara stammelte entsetzt:

»Señor … ich …«

»Ich kenne dich nicht. Hat man dir nicht beigebracht, dass es ungehörig ist, die Gespräche anderer zu belauschen? Wer hat dir das Recht gegeben, so etwas zu tun? Antworte!«

»Niemand, Señor. Ich habe Stimmen gehört … Es tut mir furchtbar leid, ich …«

Clara wickelte sich zitternd in ihren Schal, da ihr auf einmal bewusst wurde, dass sie im Nachthemd vor ihrem Herrn stand.

Der Herzog legte ihr den Finger unters Kinn und zwang sie so, den Kopf zu heben. Wie es schien, versuchte er, sie seiner Dienerschaft zuzuordnen. Bis er sich schließlich umwandte und so schnell wieder in dem Salon verschwand, wie er herausgekommen war.

»Geh zurück ins Bett!«, befahl er unwirsch, ohne sie noch einmal anzusehen.

Die Tür wurde geschlossen, und Clara eilte hastig in ihre Schlafkammer. Als sie die Schiebetür ihres Refugiums endlich hinter sich geschlossen hatte, atmete sie heftig und schalt sich für ihre Dummheit. Sie umwickelte ihre eiskalten Füße mit der Decke und sagte sich, dass der Herzog am Morgen zweifellos eine Erklärung dafür verlangen würde, warum eines der Dienstmädchen heimlich ein privates Gespräch belauscht hatte. Sie schalt sich dafür, den Referenzen, die Señora Moncada ihr ausgestellt hatte, nicht entsprochen zu haben, und schämte sich bei dem Gedanken daran, was Don Melquíades Elquiza, der Majordomus von Castamar, der ihr die Möglichkeit gegeben hatte, in diesem Haus zu dienen, von ihr denken würde.

Clara drückte ihr Gesicht ins Kissen, um die Tränen zu ersticken, die in ihr aufstiegen, was ihr jedoch nicht gelang. Sie weinte leise und warf sich vor, nicht gegangen zu sein, als sie die Gelegenheit dazu hatte. Dabei krallte sie sich an ihrer Bettdecke fest, bis es wehtat. So verharrte sie einen Moment, bis sie den Drang verspürte, auf den feinen Wollstoff einzuschlagen, um sich abzureagieren. Damit hörte sie erst auf, als sie spürte, dass ihre vom Leben gebeutelten Kräfte zurückkehrten. Sie drehte sich um und starrte in die Dunkelheit ihrer gerade einmal sieben Ellen langen und vier Ellen breiten Schlafkammer.

Aus eigener Dummheit hatte sie diese Anstellung verloren, und die Verzweiflung, ihre Welt erneut zusammenbrechen zu sehen, ließ sie wie üblich in Gedanken zu den zuletzt vergangenen Jahren ihres Lebens zurückkehren. Am Anfang hatte sie noch geglaubt, dass all das Leid nur vorübergehend wäre und irgendwann alles wieder sein würde wie früher. »Wie sehr ich dich vermisse, Vater«, sagte sie sich wie in so vielen Nächten zuvor. Doch es waren hohle Worte geworden. Sogar die Linien und Falten im Gesicht ihres Vaters, die sie jedes Mal deutlich vor sich gesehen hatte, wenn sie nur kurz die Augen schloss, waren nun verschwommen, wie von einem Schleier bedeckt.

Sie selbst war schuld, dass man sie bestimmt schon am nächsten Morgen entlassen würde. Von düsteren Gedanken gequält, fiel sie zuletzt in einen unruhigen Halbschlaf.

KAPITEL 5

13. Oktober 1720, am Morgen

Señor Elquiza, sein Majordomus, hatte ihn gerade darüber in Kenntnis gesetzt, dass seine Mutter und ihr Begleiter in Kürze eintreffen würden. Diego trug ihm auf, die nötigen Vorbereitungen zu treffen, woraufhin sich der Mann zurückzog. Gabriel, der in einem Lehnstuhl saß und Calderóns *Der standhafte Prinz* las, hob nur kurz den Kopf. Diego stand am Fenster des Lesesaals und blickte in den Garten. Sein Gemüt war noch immer so düster wie das Wetter. Um auf andere Gedanken zu kommen, hatte er seinem Bruder nach dem Frühstück vorgeschlagen, eine Partie Schach zu spielen. Und während Gabriel ihn schachmatt gesetzt hatte, war ihm die Begegnung der letzten Nacht mit dem Dienstmädchen, das ihm hinterherspioniert hatte, wieder in den Sinn gekommen. Plötzlich war seine Neugierde erwacht. Hätte sie sich irgendwie unhöflich verhalten oder den Eindruck gemacht, klatschsüchtig zu sein, hätte er ihre Vermessenheit bestraft. Doch angesichts ihrer Reaktion ging er davon aus, dass sie eher unbewusst gehandelt hatte. Seit der Schachpartie hatte er noch ein paarmal an sie gedacht, hin- und hergerissen zwischen seiner Neugierde und seiner trüben Laune.

Als er nun jedoch auf der Pappelallee, die zum Haus führte,

zwei Kutschen mit vier Pferden und daneben einen Reiter auf einem kräftigen Rappen entdeckte, war seine Wissbegierde wie weggeblasen.

»Da ist Mutter schon«, verkündete er, ohne den Blick vom Fenster abzuwenden.

Señor Elquiza hatte eine kleine Abordnung von Dienstboten zum Empfang berufen: die Haushälterin, den Oberkammerherrn Don Gerardo Martínez – einen kleinen Mann, der seinen kahlen Kopf unter einer gepuderten Perücke versteckte –, vier Fouriergehilfen, zwei Träger, die beiden Pförtner, zwei Stallburschen, die sich um die Pferde kümmern würden, sowie einen Stallmeister und einen Oberbereiter, um dem Gast beim Absteigen zu helfen. Die Kutscher zügelten die Pferde und hielten die Fahrzeuge an. Daraufhin traten der Majordomus und der Oberkammerherr an die vordere Kutsche, um Doña Mercedes beim Aussteigen zu assistieren. Die Träger gingen zu der zweiten Kutsche hinüber, die mit dem Gepäck beladen war, und die Stallburschen näherten sich hilfsbereit dem Kutscher.

Diego sah zu, wie seine Mutter in der Tür der Kutsche erschien, einen Fuß auf das Trittbrett setzte und die Hand auf die Schulter Señor Elquizas legte. Bei dem Anblick, wie selbstsicher und erhaben sie sich in dieser Welt bewegte, die sie für Gabriel und ihn aufgebaut hatte, lächelte er in sich hinein. Plötzlich kam ihm jene Nacht während seiner Kindheit in Erinnerung, in der er aufgewacht und äußerst beunruhigt gewesen war, als er plötzlich gedämpfte Stimmen im Haus gehört hatte. Daraufhin war er auf Zehenspitzen ins Schlafgemach seiner Mutter geschlichen, wo sein Vater am Bett saß, die Hände seiner Mutter in den seinen, und weinte. Er war gerade aus Cádiz gekommen und hatte ein zweijähriges schwarzes Kind mitgebracht, das er auf dem Sklavenmarkt gekauft hatte.

»Mercedes, ich konnte den Anblick dieses Kindes nicht ertragen, das voller Fliegen war, während die Mutter tot daneben lag«, hatte der Herzog zu seiner Frau gesagt. »Du weißt ja, dass ich die Sklaverei hasse, und ich musste etwas tun, ich musste einfach irgendetwas tun …«

Er selbst war damals vier Jahre alt gewesen und hatte nicht verstanden, was vor sich ging, war jedoch äußerst beeindruckt, weil er seinen Vater zum ersten Mal weinen sah. Seine Mutter hatte sich bereit erklärt, Gabriel aufzunehmen, ohne zu ahnen, dass ihr Mann dieses schwarze Kind wie einen eigenen Sohn erziehen lassen und in die Familie integrieren würde. Was die Mutter zunächst mit großem Entsetzen zur Kenntnis genommen hatte. Dann jedoch hatte ihr Herz über ihren Verstand gesiegt, und letztlich hatte sie sich für Gabriel genauso eingesetzt wie für ihren leiblichen Sohn. Was Gabriel und ihn selbst anging, waren sie zusammen aufgewachsen und hatten alles geteilt: die Abenteuer auf dem Dachboden, ihre »lebensgefährlichen« Kämpfe gegen englische Piraten, aufgeschlagene Knie und Krankheiten, Streitereien, Wettläufe auf dem Anwesen und auch die missbilligenden Blicke der Gesellschaft, als sie, bereits der Kindheit entwachsen, beide nach Madrid gegangen waren. Sein Vater hatte nie einen Unterschied zwischen ihnen gemacht und er selbst, der frei von jeglichen Vorurteilen der Hautfarbe gegenüber groß geworden war, genauso wenig. Gabriel war einfach sein Bruder.

Diego sah zu Gabriel hinüber, der noch immer in seine Lektüre vertieft war, und als er den Blick wieder seiner Mutter zuwandte, stellte er lächelnd fest, dass ein Windstoß ihr die Kopfbedeckung heruntergerissen hatte, bevor sie das Haus betreten konnte. Ihr Kammerherr Rafael, ein Dienstbote ihres Vertrauens, der jedoch ein wenig schwerfällig war, lief gerade gebückt, beinahe auf allen vieren, dem verlorenen Stück hinterher. Diego lachte auf, woraufhin Gabriel den Blick hob.

»Ist Mutter schon wieder etwas hinuntergefallen?«

Diego nickte, während er die Szene weiter verfolgte.

»Rafael, mein Hut«, hörte er sie sagen. »Ich kann das Haus meines Sohnes auf keinen Fall ohne Hut auf dem Kopf betreten. Um Gottes willen, warum dauert das so lange?«

Seine Mutter war immer auf alles vorbereitet, als hielte sie sich ständig bereit, für ein Ölgemälde Modell zu sitzen. Deshalb amüsierten ihn die wenigen Gelegenheiten, wenn etwas sie aus dem Konzept brachte, so sehr: wenn ihr etwas vom Nachtisch auf die Kleidung tropfte, wenn sie auf ihren Unterrock trat und ins Stolpern geriet... Wobei sie natürlich versuchte, das Missgeschick würdevoll zu überspielen. Und dank ihrer Schauspielkunst gelang es ihr auch, aus jeglicher peinlichen Situation einen Ausweg zu finden.

Als Nächstes richtete Diego seine Aufmerksamkeit auf den Gast, den seine Mutter mitgebracht hatte. Es handelte sich um einen gut aussehenden, hochgewachsenen Mann, der eher nach französischer als nach der spanischen Mode gekleidet war, mit einem Gehrock, der üppig mit blauer Seide und goldfarbenen Stickereien an den Knopfleisten ausgestattet war. Er trug keine Perücke, sondern hatte sein Haar sorgfältig zum Zopf gebunden, und er hielt eine Reitgerte in der Hand. Angesichts der Art, wie der Mann geritten war und fest im Sattel saß, meinte Diego, in ihm einen erfahrenen Reiter erkennen zu können. Kurz darauf konnte er auch sein markantes, wohlgeformtes Gesicht in Augenschein nehmen. Er hatte diesen Mann schon ein paarmal bei Hofe gesehen. Es hieß, dass er ein tadelloser Kavalier sei, der noch nicht die passende Ehefrau gefunden habe. Weshalb Diego annahm, dass auch er, genau wie er selbst, ständig gedrängt wurde, die Pflichten zu erfüllen, die sein Titel mit sich brachte.

»Mutters Gast ist auch angekommen«, informierte er seinen Bruder, ohne den Blick von dem Reiter abzuwenden.

»Kennst du ihn?«, fragte Gabriel, weiterhin auf sein Buch konzentriert.

»Ja, vom Hörensagen. Es ist der Marquis von Soto. Mutter

schätzt ihn sehr, es heißt, dass er ein sehr umgänglicher Mensch ist. Sie hat mir ein paarmal von ihm erzählt, aber ich hatte noch nie direkt mit ihm zu tun.«

Diego wartete, bis alle ins Haus getreten waren, und schaute noch eine Weile auf den Garten, wobei in seiner Erinnerung das Bild von Alba aufleuchtete. Wie könnte er jemals ihr Lächeln vergessen, das jeden Tag ein Geschenk des Himmels gewesen war, ihre plötzlichen Zornausbrüche, ihre Aufregung, wenn ihr beim Erwachen irgendein besonderer Gedanke durch den Kopf ging, ihre großen blauen Augen und das braune Haar, das ihn jeden Tag bezaubert hatte. Er spürte einen Kloß im Hals, und die Kehle wurde ihm eng, wie immer, wenn er daran dachte, wie an jenem furchtbaren Tag das Pferd auf sie gefallen war und sie unter sich zerquetscht hatte. Er hatte damals völlig wehrlos zusehen müssen, wie im Bruchteil einer Sekunde seine Welt unterging.

Diego verdrängte die Erinnerung und wandte sich um, als er hörte, dass die Tür geöffnet wurde. Der Majordomus kündigte seine Mutter an, und Diego lächelte, als ihm bewusst wurde, wie sehr er sie vermisst hatte. Daher blickte er ihr erfreut entgegen, und nachdem er sie zur Begrüßung auf beide Wangen geküsst hatte, fragte er sie, ob sie eine angenehme Reise gehabt habe. Mit einer perfekten, gut einstudierten Geste nahm sie sich den Hut vom Kopf. Diego und Gabriel warfen sich einen komplizenhaften Blick zu, da sie wussten, dass genau diese Geste der Grund dafür gewesen war, dass sie nicht ohne ihren Hut ins Haus hatte gehen wollen.

»Mir tut alles weh von dem Poltern der Kutsche den ganzen Weg über, meine Lieben. Zum Glück hat Don Enrique mich begleitet.« Während sie sich mit ihrem Tuch den imaginären Schweiß abtupfte, richtete Gabriel ihr den Reifrock, darauf bedacht, dass er ihre Fußknöchel bedeckte. »Ach, mein Lieber, immer so aufmerksam!«

Gabriel setzte sich neben sie, und im selben Moment verkündete der Majordomus die Ankunft von Don Enrique von Arcoa Marquis von Soto und Campomedina. Dieser trat, gelassen um sich blickend, ein und ließ sich die Besonderheit des Augenblicks nicht anmerken.

»Don Enrique, was für eine Freude, dass wir Euch hier in Castamar als Gast unserer Mutter empfangen dürfen!«, sagte Diego und hielt dem Gast zur Begrüßung die Hand hin.

»Es ist eine Ehre für mich, Euer Anwesen besuchen zu dürfen und in den Genuss Eurer Gastfreundschaft zu kommen.«

»Wenn Ihr es wünscht, zeige ich Euch gleich morgen persönlich den Besitz«, erklärte Diego und forderte seinen Gast auf, Platz zu nehmen. »Möchtet Ihr ein Glas Weinbrand?«

Enrique nickte und ließ sich auf dem mit Holzeinlegearbeiten und einem aus Silberfäden bestehenden floralen Muster geschmückten Sofa nieder, als sein Gesicht mit einem Blick auf Gabriel erstarrte. Diego sah zu, wie seine Mutter ihren Fächer öffnete – den eine höfische Liebesszene im Stil von Antoine Watteau zierte – und seinem Bruder mit den Augen ein resigniertes Zeichen machte, den Raum zu verlassen. Diego ging davon aus, dass seine Mutter wie üblich Gabriels Anwesenheit Don Enrique gegenüber nicht erwähnt hatte. Sein Vater hatte die Regel eingeführt, dass adlige Gäste, die zum ersten Mal nach Castamar kamen, vorab über Gabriels Anwesenheit unterrichtet werden sollten, damit diese sich nicht dadurch gedemütigt fühlten, dass sie einen Mann mit schwarzer Hautfarbe begrüßen oder sich mit ihm in einem Raum aufhalten mussten, als wäre er ihresgleichen. Denn es gab durchaus Leute, die dies als Beleidigung empfanden. Dennoch gefiel es Diego gar nicht, wenn jemand, selbst wenn es sich um seine Mutter handelte, darüber bestimmte, wo sein Bruder sich aufhalten durfte und wo nicht, weshalb er diesem mit einer Geste zu verstehen gab zu bleiben. Gabriel, der sich bereits erhoben hatte, hielt inne.

»Wie ich sehe, hat meine Mutter versehentlich vergessen, Euch über die Anwesenheit meines Bruders zu unterrichten, Don Enrique«, sagte er und warf seiner Mutter einen ungehaltenen Blick zu. »Ich bitte Euch, ihre Vergesslichkeit zu entschuldigen.«

Seine Mutter schien sich plötzlich ein wenig unwohl zu fühlen und wünschte sich sichtlich, dass der unangenehme Moment bald vorüber sein würde. Diego wusste, dass sie es hasste, Gabriels Geschichte zu erzählen. »Der Fall deines Bruders ist nichts, dessen wir uns rühmen können«, befand sie. Und nun musste er die Folgen ihres Schweigens ausbaden und in gewisser Weise auch sein armer Bruder, der ertragen musste, dass über ihn geredet wurde, als wäre er nicht im Raum.

»Zugegebenermaßen bin ich überrascht über die Anwesenheit eines Sklaven, der wie ein Herr gekleidet ist«, sagte Don Enrique.

»Das ist nur natürlich«, entgegnete Diego, während er seinem Gast den Weinbrand servierte. »Gabriel ist ein freier Mann. Mein Vater hat nichts von der Sklaverei gehalten und ihm die Freiheit geschenkt. Er ist hier bei uns aufgewachsen und zu einem weiteren Familienmitglied geworden.«

»Eine Extravaganz meines lieben Abel, Gott hab ihn selig«, schaltete sich seine Mutter ein, während sie heftig den Fächer schwang.

»Ich verstehe«, murmelte der Marquis.

»Unsere Gäste sollten im Voraus darüber unterrichtet sein, um Missverständnisse zu vermeiden, denn Gabriel wird sich genau wie wir in den Räumlichkeiten aufhalten und einen Platz bei dem Abendessen einnehmen, das wir, wie Ihr wisst, für uns nahestehende Freunde ausrichten. Es ist nicht meine Absicht, Euch zu beleidigen, nichts könnte mir fernerliegen. Sollte dies für Euch ein Problem sein, verstehe ich dies vollkommen, und es würde mir leidtun, wenn Ihr deshalb an den Feierlichkeiten nicht teilnehmen könntet.«

Angespanntes Schweigen breitete sich aus, und der Marquis sah erst Gabriel und dann Diego einige Sekunden lang an, bevor sich ein Lächeln auf seinem Gesicht abzeichnete.

»Mein lieber Don Diego, Doña Mercedes' Versehen scheint mir in jeder Hinsicht verständlich, und was mich angeht, stellt es für mich kein größeres Problem dar, mich mit einem Mitglied der Familie Castamar im selben Raum aufzuhalten und am selben Tisch zu sitzen. Solange Ihr nicht voraussetzt, dass ich ihn als meinesgleichen akzeptiere.«

Nun lächelte auch Diego.

»Niemand in diesem Haus wird Derartiges voraussetzen, Marquis. Da könnt Ihr ganz beruhigt sein.«

»Damit wäre das Problem also gelöst.«

»Ihr seid ein Engel, mein Lieber«, sagte Doña Mercedes, »entschuldigt mein Versehen, mein Kopf ist nicht mehr so, wie er mal war, denn ich hätte Euch zweifellos vorher unterrichten müssen. Gabriel lebt nun schon so lange bei uns, dass es für uns zu einer Gewohnheit geworden ist.«

»Ihr, meine liebe Doña Mercedes, braucht Euch wegen einer solchen Angelegenheit nicht zu entschuldigen. Auf jeden Fall nicht bei mir.«

Diego trat ein paar Schritte zurück und ging, ein starres Lächeln auf dem Gesicht, zu einem der Sessel hinüber. Dabei nahm er zur Kenntnis, dass Gabriel seufzte und sich mit einem Blick von ihm verabschiedete, bevor er den Salon verließ. Diego wusste, dass sein Bruder sich nicht mehr an den Rand gedrängt fühlte als bei anderen Gelegenheiten. Obwohl es ihm wehtat, Gabriel so zu sehen, hatte ihr Vater sie dahingehend aufgeklärt: Es war unmöglich, dass der Rest der Gesellschaft Gabriel als ein Mitglied der Familie Castamar ansah. Allerdings hatte er bei seinem Gast für einen Moment den Eindruck gehabt, einen sarkastischen Unterton wahrzunehmen, als ob dieser schon vorher gewusst habe, dass Gabriel zur Familie gehörte, und nur noch einmal den Finger in die Wunde legen wollte. Doch gleich darauf verwarf er diesen Gedanken wieder und sagte sich, dass Don Enrique nicht verständnisvoller hätte reagieren können. Denn es war mit Sicherheit so, dass die meisten Mitglieder der adligen Gesellschaft es ablehnten, mit einem Schwarzen am selben Tisch zu sitzen, und die, die es akzeptierten, taten es nur, weil sie sich bei dem Herzog von Castamar einschmeicheln wollten.

»Mein geliebter Abel war ein sehr karitativer Mensch, Don Enrique«, erklärte seine Mutter nun. »Er hat auch niemals zugelassen, dass ein Dienstbote schlecht behandelt wurde. Und was das angeht, kommt Diego nach seinem Vater. Ja, ich würde so weit gehen zu behaupten, dass er sich noch mehr für diese Leute einsetzt als mein verstorbener Ehemann. Ich erinnere mich daran, dass Diego sogar einmal einen Adligen zurechtgewiesen hat, der unseren Gärtner misshandeln wollte…«

»Darauf trinke ich«, entgegnete der Marquis und hob sein Glas. »Eine wahrhaft christliche Einstellung Eures Gatten.«

»Ich persönlich bin durchaus nicht der Ansicht, dass die Dienerschaft grundsätzlich schlecht behandelt werden sollte, aber diese Leute sind faul und anmaßend und brauchen manchmal einfach eine härtere Hand«, sagte Diegos Mutter in ihrer üblichen Art leichthin.

»Das denke ich auch«, gestand Don Enrique ihr zu.

Doña Mercedes strahlte ihren Gast an, und auch Diego verzog die Mundwinkel zu einem leichten Lächeln. Dann stießen sie miteinander an, wobei die beiden Männer sich gegenseitig in die Augen sahen.

Diego dachte, dass der Marquis zu den intelligenten Männern gehörte, denen man nicht anmerkte, was sie dachten. Vielleicht war es das, was seinen guten Ruf bei Hofe erklärte. Dass er wusste, wann es besser war zu schweigen, um im passenden Moment das Richtige zu sagen. Es war nicht leicht, dieses Gleichgewicht zu finden, und nur wenige beherrschten diese Kunst.

»Ich glaube, dass das Fest diesmal noch spektakulärer sein wird als in den letzten Jahren, nicht wahr, Diego?«, verkündete Doña Mercedes.

»Man sagt, die Feierlichkeiten von Castamar seien von allerhöchstem Niveau«, ergänzte Don Enrique.

Diego nickte und trat an ein Fenster. Die Unstimmigkeit mit seiner Mutter hatte seine Laune wieder deutlich verschlechtert, weshalb er es vorzog zu schweigen, statt ein banales Gespräch zu führen. Wahrscheinlich hatte seine Mutter, weil sie ihn kannte, genau aus diesem Grund das Wort ergriffen. Beide lachten hinter ihm über eine Bemerkung des Marquis. Diego langweilte sich, wie es ihm in Gesellschaft meistens erging. Nachdem er vor ein paar Minuten die Gegenwart seiner Mutter noch ersehnt hatte, ging sie ihm jetzt bereits auf die Nerven. Er kannte sich selbst gut genug, um zu wissen, dass es ihm während der Feier mit dem Rest des Hofstaats genauso ergehen würde und dass das Ganze lediglich eine Art war, sich selbst dafür zu bestrafen, dass er Alba nicht hatte retten können. Er fühlte sich unwohl und hatte das Bedürfnis, allein zu sein. Da fiel ihm erneut das Dienstmädchen ein.

»Wenn Ihr mich entschuldigen wollt, ich muss noch etwas mit dem Majordomus besprechen.«

»Und das muss jetzt sein?«

»Ja, Mutter. Es dauert nur einen Moment«, entgegnete er.

Mit einem gezwungenen Lächeln verließ er den Salon, und während die Stimme des Marquis hinter ihm verklang, merkte er, dass die Distanz ihm guttat.

Derselbe Tag, 13. Oktober 1720

Clara erwachte mit rasendem Herzen und dem Gefühl, völlig verloren zu sein. Als sie einen seltsamen Druck im Magen spürte, war ihr sogleich klar, was der Grund dafür war: An diesem Morgen würde sie entlassen werden. Sie stand auf und sammelte eilig ihre Sachen zusammen. Nachdem sie sich gewaschen hatte, begann sie mit der Erledigung ihrer täglichen Pflichten und zündete den Herd an. Da es Sonntag war, hatte die Mehrheit der Dienerschaft ihren freien Tag, um zum Gottesdienst zu gehen und sich um eigene Dinge zu kümmern. Während dieser Zeit wurden sie von anderen Dienstboten vertreten, denen Clara sich anschloss. Sie zog es vor, für sich zu beten und nicht zur Messe zu gehen, um das Gebäude nicht verlassen zu müssen und anschließend womöglich nicht wieder eingelassen zu werden. Ängstlich versuchte sie herauszufinden, ob einer der Kutscher des Herzogs an diesem Morgen mit irgendwelchen Gerätschaften oder anderen Dingen nach Madrid fahren würde. Denn es war üblich, dass die Wagen regelmäßig zwischen der Hauptstadt und Castamar hin- und herfuhren. Das böte ihr die Möglichkeit, erneut im Schutz von Strohballen nach Madrid zurückzukehren. Wie sie kurz darauf von einem der Diener erfuhr, würden am späten Vormittag tatsächlich einige Fahrzeuge aufbrechen.

Nach elf Uhr befahl Señora Escrivá ihr, für die Brühe zur Mahlzeit des Herzogs eine junge Taube zu rupfen und auszunehmen. Der Morgen zog sich für Clara endlos lange hin. Doch früher oder später würde der Herzog aufwachen und ihre Entlassung anordnen. »Wie konntest du nur so dumm sein, den Herrn von Castamar zu belauschen!«, schalt sie sich erneut.

Nachdem sie mit dem Geflügel fertig war, bereitete sie mehrere Makrelen vor, die gekocht und konserviert werden sollten.

Trotz Claras Befürchtungen ließ sich Doña Úrsula nicht in der Küche sehen. Tatsächlich kam niemand, um sie zu holen. Dabei musste der Herzog schon vor einer ganzen Weile aufgestanden sein. Vielleicht hatte er den Vorfall in der letzten Nacht nicht so wichtig genommen, und in diesem Fall war es das Beste, in keiner Weise auf sich aufmerksam zu machen.

Hin und wieder warf Señora Escrivá ihr einen fragenden Blick zu, da sie nicht verstand, warum Clara ständig sauber machte. Natürlich warf sie ihr vor, dass sie dabei zu viel Zeit verlor und dass sie, wenn sie putzen wollte, dies anschließend erledigen sollte. Wie konnte sie der Frau nur klarmachen, dass es wichtig war, dies während der Arbeit zu tun und nicht danach? Vorerst beschloss sie, immer dann sauber zu machen, wenn die Köchin ihr gerade keine Aufmerksamkeit schenkte.

Als Nächstes half sie Carmen von Castillo dabei, aus Kohl, hart gekochtem Ei und Kichererbsen eine Brühe für die Dienerschaft zu kochen. Wie in jedem adligen Haus, das etwas auf sich hielt, musste das Küchenpersonal stets zwei verschiedene Menüs zubereiten: die Speisen für die hohen Herrschaften und die für das Dienstpersonal. Sie selbst nahm, nachdem der Herrschaft serviert worden war, an letzterer Mahlzeit teil. Die Angst, die ihr seit dem Aufwachen den Magen abschnürte, wurde heftiger, als Don Melquíades in die Küche trat, obwohl er die Anwesenden freundlich anlächelte. Clara lächelte zurück und sah ihn danach nicht mehr an.

Nach einer kleinen Pause nach dem Essen kehrte das Küchenpersonal an seinen Arbeitsplatz zurück, um den Nachmittagsimbiss der Herrschaften zuzubereiten. In diesem Moment tauchte Elisa, das Dienstmädchen, mit dem Clara in diesen Tagen schon mehrfach zu tun gehabt hatte, in der Küche auf und bat um etwas Suppe. Die junge Frau hatte zusammen mit zwei anderen Kammermädchen dem Oberkammerherrn helfen müssen. Sie hatten mehrere sonst verschlossene Schlafräume geöffnet, die geheizt und zusammen mit dem Personal, das für das Kehren und die Reinigung der Aborte zuständig war, zurechtgemacht werden mussten. Aus diesem Grund war das Dienstmädchen kaum zum Essen gekommen.

»Stell dich nicht so an«, entgegnete Señora Escrivá. »Das ist schließlich nicht das erste Mal, dass du arbeitest, ohne gegessen zu haben.«

Carmen von Castillo schüttelte schweigend den Kopf, woraufhin die Köchin sie anfauchte. Carmen wandte sich um, als ob das Ganze sie weiter nichts anginge. Clara jedoch sagte sich, dass sie an der Grausamkeit ihrer Chefin und dem Schweigen der anderen nicht teilhaben wollte. Wenn sie schon entlassen wurde, wollte sie zumindest bei diesem Mädchen in guter Erinnerung bleiben. Sie wartete, bis Señora Escrivá und ihre Beiköchin, nachdem sie den Imbiss zubereitet hatten, der aus warmen Brötchen, Obststücken und mehreren Tassen heißer Schokolade für den Herrn und seine Gäste bestand, die übliche Pause machten. Beide zogen sich dabei in die kleine Schlafkammer der Chefköchin zurück, um sich ein wenig auszuruhen. Während María und Emilia, die beiden Küchenmädchen, den Boden fegten, die glimmende Asche entsorgten und die Öfen für das Abendessen vorbereiteten, nahm Clara ein wenig von der übrig gebliebenen heißen Brühe aus dem Kessel und gab sie unauffällig in eine Suppenschale. Anschließend, genau in dem Moment, als die beiden Mädchen in den Hof gingen, um das schmutzige Wasser auszugießen, versteckte sie die Schale hinter der Schiebetür ihrer Kammer und nahm Elisa beim Arm, um sie ihr blitzschnell zu übergeben.

»Hier, iss das in der Latrine, da bist du wenigstens ungestört.«

»Vielen Dank«, sagte die Arme, als sie zurückkam und Clara die leere Suppenschale übergab, »ich konnte mich kaum noch auf den Beinen halten.«

Kurz darauf kamen die Chefköchin und die Beiköchin zurück und begannen mit der Zubereitung mehrerer Geflügelspieße und dem Häuten des bei der Jagd erbeuteten Wildes, wobei es sich um zwei Hasen und mehrere Kaninchen handelte. Clara griff gerade nach einem Schabmesser, als plötzlich Doña Úrsula zusammen mit dem Kammerherrn Andrés Moguer, der den Kammerdienst für den Herzog verrichtete, und dem Küchenmeister Luis Fernández in die Küche trat. Andrés Moguer sah sie nur kurz an. Er war ein dünner Mann mit Ringen unter den Augen und einem viel zu schlanken Hals für seinen im Vergleich dazu riesigen Kopf. Der Küchenmeister dagegen, der klein und kugelrund war, warf ihr unter seinen zusammengewachsenen Augenbrauen ein leicht obszönes Lächeln zu. Der Mann vermittelte den Eindruck, dass es besser war, sich von ihm fernzuhalten.

Ohne weiter darüber nachzudenken und rein aus Gewohnheit verbeugte Clara sich tief vor ihnen, wie es bei den Damen von Stand üblich war, und die Küchenmädchen lachten sie aus. Der arme Señor Moguer war völlig aus dem Konzept gebracht und senkte verlegen den Kopf, während Señor Fernández in das allgemeine Lachen einstimmte und sich seinerseits so tief verbeugte, dass ihm beinahe das Papier, das Tintenfass und die Feder hinuntergefallen wären, die er bei sich trug. Señora Escrivá schnaubte hinter ihr und schüttelte den Kopf. Sie wollte etwas sagen, doch ein Blick von Doña Úrsula genügte, dass das Lachen und das Schnauben auf der Stelle verstummten. Die Haushälterin forderte sie mit einer Geste auf, ihr zu folgen. Clara sah zu Señora Escrivá hinüber, um sich deren Einverständnisses zu versichern, in der Hoffnung, damit das angemessene hierarchische Gleichgewicht zwischen den beiden Damen nicht zu stören.

»Na los, siehst du nicht, dass du gerufen wirst?«, fauchte die Köchin.

Doña Úrsula setzte sich in Bewegung, und Clara wusch sich mit bangem Herzen rasch die Hände, um ihr mitsamt den beiden Herren zu folgen. Dabei sagte sie sich, dass es wirklich naiv von ihr gewesen war, zu glauben, dass der Herzog den Vorfall vergessen haben könnte. Das Einzige, was sie nicht verstand, war, was der Kammerherr und der Küchenmeister damit zu tun hatten. Gleich darauf schlug die Haushälterin zu ihrer Verwunderung den Weg zu den Vorratsräumen ein, statt ihr Dienstzimmer anzusteuern.

»Ich muss zugeben, dass ich nach deiner so plötzlichen Ankunft zunächst nicht die Zeit hatte, deine Referenzen genau zu lesen. Nachdem ich dies nun jedoch getan und gesehen habe, wie du die Speisenfolge aufgeschrieben hast, ist mir bewusst geworden, dass du offensichtlich über einige Bildung verfügst«, sagte sie.

Clara nickte. Gleich darauf bogen sie um eine Ecke und näherten sich der Doppeltür, die zu den Vorratsräumen führte. Sie wurde von einem großen und korpulenten, nicht mehr ganz jungen Herrn mit Pockennarben im Gesicht bewacht. Er hatte die Lider geschlossen, riss jedoch sofort die Augen auf, als er das Kommen der Haushälterin bemerkte. Diese bedachte den Mann, der sofort strammstand und sich so gerade hielt wie die Türme des Alcázar, mit einem ihrer tödlichen Blicke.

»Señor Sales«, schnauzte sie ihn an, »wenn ich Euch noch einmal so unachtsam antreffe, könnt Ihr Eure Sachen packen.«

Der Türwächter nickte erschrocken. Clara passierte die Tür hinter der Haushälterin und fand sich zunächst in einem Gang mit hohen Decken wieder, von dem drei Türen abgingen. An seinem Ende lag eine Treppe. Im Vorübergehen las sie die Schilder, die oberhalb der Türen angebracht waren. Hinter der ersten olivgrün gestrichenen Tür befand sich das Reich des Küchenmeisters, die Speisekammer, in der sämtliches Fleisch, Eier und Fisch gelagert wurden; die zweite Tür führte zu dem Lagerraum für Gemüse und Obst und die dritte zu dem Magazin, in dem Kohle, Holz, das Brennöl und der Talg für die Lampen aufbewahrt wurden. Clara blickte fragend zu der Treppe am Ende des Ganges, und Doña Úrsula erklärte ihr, dass dies der Hintereingang der kleinen Kellerei des Herzogs sei, wo die Küchenhilfen Weine jeglicher Art lagerten, darunter auch den, der zum Kochen benutzt wurde.

»Kennst du dich mit Zahlen und mathematischen Berechnungen aus?«, fragte sie.

Clara nickte. Daraufhin wies die Haushälterin mit strengem Gesicht auf eine Doppeltür.

»Von jetzt an obliegt dir eine zusätzliche Aufgabe. Ich möchte, dass du dem Beschauer zur Hand gehst, wenn du verstehst, wovon ich rede.«

»Ja«, sagte Clara.

Am Hof des Königs übte einer der Chefköche das Amt des Fleischbeschauers aus, was eine der verantwortungsvollsten Aufgaben war. Jeden Morgen suchten der Beschauer und der Küchenmeister gemeinsam die Speisekammer auf, um das herauszunehmen, was für die Speisenzubereitung an jenem Tag gebraucht wurde.

»Jedes Mal, wenn etwas für die Küche herausgenommen wird, möchte ich einen entsprechenden Eintrag auf dieser Liste haben. Die Liste wird parallel zu den Listen geführt, die der hier anwesende Küchenmeister und der Leiter der Brotkammer und der Weinkellerei, Señor Herbasio García, verwalten«, erklärte sie, während der Küchenmeister ihr die beiden Listen zeigte. »Für diese Arbeit erhältst du zusätzlichen Lohn.«

Clara nickte erneut, und Señor Fernández erklärte ihr mit einem lüsternen Lächeln, wie die Anzahl der Apfelweinfässer, des Pökelfleischs, der Gläser mit eingemachtem Fisch, der Rotwein- und Weißweinflaschen unter Angabe des Herkunftsortes – Málaga oder Valdepeñas –, des Käses, der Wurst, der Blutwurst, des pfundweise verpackten Zuckers und der Gewürze je nach Menge und Sorte zu erfassen waren. Für alles gab es auf den Listen eigene Posten.

»Die Kontrolle dient nicht nur der gründlichen Überwachung der Vorräte und des Weins des Herzogs, sondern auch, um die Veränderungen des Inventars festzuhalten, vor allem der riesigen Menge an Fleisch, die für das jährliche Fest von Castamar aus Madrid eintreffen wird«, verkündete Doña Úrsula. »Wenn du damit fertig bist, übergibst du die Listen jeden Tag Señor Fernández und Señor García, damit sie darüber unterrichtet sind, was in der Küche verbraucht wurde. Am folgenden Morgen holst du dir die Listen in den jeweiligen Dienstzimmern der beiden Küchenmeister ab, um dann genauso wie am Vortag zu verfahren.«

»Ja, Señora, vielen Dank für Euer Vertrauen«, entgegnete Clara, bemüht, ihre Überraschung zu verbergen.

Das Ganze ließ darauf schließen, dass der Herzog aus irgendeinem unerfindlichen Grund ihre Entlassung noch nicht befohlen hatte. Sie seufzte erleichtert, als plötzlich die Tür des Weinkellers geöffnet wurde und der Herzog mit einer Flasche Rotwein aus Valdepeñas in der Hand auftauchte. Clara senkte sofort den Kopf und verbeugte sich genau wie alle anderen. Der Herzog, dem ihre Gegenwart sowie die der beiden Herren nicht einmal aufzufallen schien, wandte sich in freundlichem, respektvollem Ton an die Haushälterin.

»Ah, Señora Berenguer, hier seid Ihr«, begrüßte er sie angemessen mit ihrem Nachnamen. »Ich nehme an, dass Ihr und Señor Elquiza sich bereits davon überzeugt haben, dass für die Unterbringung meiner Mutter und ihres Gastes alles erledigt wurde.«

»Die Zimmer wurden ordnungsgemäß vorbereitet, Eure Exzellenz. Der Oberkammerherr und seine Gehilfen haben das Gepäck zu den jeweiligen Schlafräumen gebracht. Und sowohl für Eure Mutter als auch ihren Gast, den Marquis, halten sich ausreichend Kammerherren und Kammermädchen zur Verfügung, die ihnen bei jedem Wunsch zur Hand gehen werden«, erklärte Doña Úrsula.

»Wunderbar.«

Clara flehte aus tiefster Seele, dass der Herzog sie nicht wiedererkennen und sich nicht mehr an den Vorfall erinnern möge. Als der Herzog jedoch gerade weitergehen wollte, warf er ihr einen flüchtigen Blick zu und hielt inne. Vor den Augen der erstaunten Doña Úrsula, des Kammerherrn und des Küchenmeisters trat Don Diego auf sie zu und legte ihr sanft den Finger unters Kinn, was sie zwang, den Kopf zu heben. Sie fing an zu zittern, als er sie eindringlich ansah. Dabei widerstand sie der Versuchung, ihm in die Augen zu sehen, und löste den Blick nicht vom Boden. Er jedoch wartete.

»Eure Exzellenz…«, sagte Doña Úrsula, die sich sichtlich unwohl fühlte.

Der Herzog wartete weiter, offenbar in der Hoffnung, doch noch ihren Blick zu erhaschen, und da sie merkte, dass sie ihm nicht länger ausweichen konnte, sah sie ihn an. Die Augen, die auf sie gerichtet waren, schauten sie direkt und offen an, deutlich milder und weniger erzürnt als in der Nacht. Andrés Moguer und Luis Fernández, die noch immer das Kinn auf die Brust gedrückt dastanden, wurden unruhig, und die Haushälterin räusperte sich irritiert.

»Habt Ihr noch einen Wunsch, Eure Exzellenz?«, fragte Doña Úrsula schließlich.

»Nein«, entgegnete der Herzog, drehte sich um und verschwand, ohne noch ein Wort zu verlieren.

Doña Úrsula sah Clara neugierig an. Clara jedoch senkte bloß schweigend den Kopf, in der Hoffnung, dass Doña Úrsula sie anwies, sich zurückzuziehen, was diese aber nicht tat.

»Um das kleine Problem im Gemach Ihrer Exzellenz kümmern wir uns später«, sagte sie vielmehr, an den Kammerherrn gewandt. »Vorerst könnt Ihr Euch zurückziehen.«

Die beiden Herren nickten leicht und gingen. Als sie somit allein waren, trat Doña Úrsula näher an Clara heran.

»Hast du den Herzog in dieser Woche schon einmal gesehen?«, fragte sie.

Clara schwieg ein paar Sekunden unsicher, da sie wusste, dass eine Lüge ihr nicht helfen würde, während die Wahrheit womöglich ihr Schicksal besiegelte. Nachdem der Herzog dem Ganzen jedoch, wie es aussah, keine allzu große Bedeutung zumaß, entschied sie sich zuletzt für die Wahrheit.

»Ja, Señora«, antwortete sie, »ich habe ihn im Morgengrauen mit zwei anderen Herren kommen hören … letzte Nacht. Die Geräusche hatten mich geweckt, und ich bin ihnen begegnet, Señora. Ich dachte, es könnten Landstreicher oder Diebe sein. Das war alles.«

Die Haushälterin sah sie eindringlich an.

»Ich verstehe«, sagte sie schließlich. »Von jetzt an vermeidest du jeglichen Kontakt mit Don Diego, es sei denn, er selbst äußert ausdrücklich den Wunsch, dich zu sehen, verstanden?«

Clara nickte, woraufhin die Haushälterin sich mit knapper Höflichkeit verabschiedete und in den Kellerräumen verschwand, während Clara nachdenklich zu ihrer Arbeit in der Küche zurückkehrte.

KAPITEL 6

14. Oktober 1720, am Mittag

Úrsula hatte noch nie an das Gute im Menschen geglaubt, vielmehr war sie davon überzeugt, dass jenseits der scheinbaren Höflichkeit jeder Einzelne allein seine Existenz ertragen und erbittert darum kämpfen musste zu überleben. Das Leben hatte sie gelehrt, dass es mehr brachte, sich auf die eigenen Interessen zu konzentrieren, als sich mit Freundlichkeiten aufzuhalten, die einem niemand dankte. Dennoch gab es rühmliche Ausnahmen von der Regel, zum Beispiel was Doña Alba anging. Niemand anderer von der Dienerschaft hatte ihren Tod so sehr beweint wie sie. Selbstverständlich ohne dass es jemand bemerkt hatte. Denn Tränen waren ein Luxus, den sich nur vornehme Damen erlauben konnten, während der Rest der Menschheit gut daran tat, sich diese Schwäche niemals anmerken zu lassen. Nachdem Úrsula die Tragödie einigermaßen verkraftet hatte, hatte sie ihre Lektion gelernt: Alles, so sicher es auch scheint, kann von einer Sekunde auf die andere vorbei sein. »Zu überleben ist das Handwerk, das ich am besten beherrsche«, hatte sie sich schließlich gesagt. Und als es ihr selbst wieder besser ging, hatte sie sich geschworen, sich so gut wie möglich um Don Diego zu kümmern, damit ihre Herrin zumindest vom Himmel aus sehen konnte, dass sie ihr in Treue und Dankbarkeit ergeben war.

Wenn es neben diesen Gefühlen etwas Wichtiges im Leben gab, dann, dass man, wenn man einmal einen Platz für sich gefunden hatte, diesen niemals aufgeben durfte. Deshalb würde sie nie zulassen, dass die Macht, die sie mit viel Beharrlichkeit über Castamar errungen hatte, ihr entglitt. Dank der Zuneigung des Herzogs und der Herzogin und ihrer effizienten Arbeit hatte sie auf dem Anwesen die Kontrolle übernommen. Sie überwachte alles, insgeheim sogar den Majordomus. Das Einzige, wovon sie sich fernhielt, waren rein wirtschaftliche Dinge und die Kontrolle über die Finanzen. Dies überließ sie lieber Don Melquíades, der es gewohnt war, mit Zahlen umzugehen, und dem Zahlmeister Don Alfonso Corbo, der sie über alles informierte. Dies war auch der Grund, warum sie ihre Macht über die Chefköchin vor den Augen der neuen Küchenhilfe so demonstrativ deutlich gemacht hatte: um klarzustellen, wer über die Dienerschaft von Castamar das Sagen hatte.

Dabei war ihr aufgefallen, wie gut die junge Frau ihre Gefühle verbergen konnte. Wenn der Herzog sie im Gang zu den Vorratsräumen nicht so auffällig wiedererkannt hätte, wäre sie nie auf die Idee gekommen, dass die beiden sich bereits begegnet waren. Für einen Moment hatte sie gedacht, dass das Mädchen, um an Geld zu kommen, die Absicht hatte, ihren Herrn zu verführen, hatte diese Vorstellung jedoch gleich wieder verworfen. Denn Clara Belmonte schien intelligent genug zu sein, um zu wissen, dass Frauen, die mit derartigen Absichten zur Dienerschaft stießen, oft genug schwanger und mit ihrem Bastard ihrem Schicksal überlassen wurden. Abgesehen davon war der Versuch, einen Mann wie Don Diego von Castamar zu verführen, von vornherein zum Scheitern verurteilt. »Die einzige Liebe, die dieser Mann empfinden kann, ist die für das Gespenst seiner Frau«, sagte sich Úrsula.

Diese Señorita Belmonte gefiel ihr, und aus diesem Grund hatte sie heimlich einen Burschen ihres Vertrauens zur Puerta de

Vallecas geschickt, wo sich das Hospital Anunciación de Nuestra Señora befand. Laut Claras Referenzen hatte das Mädchen dort zuletzt gearbeitet, und deshalb sollte ihr Bote sich nach Empfehlungen und Details über ihre Geschichte erkundigen. Eine gewisse Doña Moncada hatte daraufhin in höchsten Tönen von ihr und ihrem Eifer bei der Arbeit geschwärmt. Außerdem hatte sie erzählt, dass Claras Vater, ein angesehener Arzt, im Krieg gestorben war.

Úrsula hatte die Absicht, Don Diego diese Einzelheiten wissen zu lassen. Wenn der Herzog erfahren würde, dass es sich um eine jener jungen Frauen handelte, die angesichts der Grausamkeit unter den Menschen auf ihren Stand verzichten mussten, würde dies seine Neugierde befriedigen. Und noch am selben Tag bot sich die Gelegenheit dazu, da der Herzog sie zu sich bestellte. Dieser hatte sich, nachdem er von einem Ausritt mit dem Marquis von Soto zurückgekehrt war, zur Arbeit in seine Büroräume zurückgezogen und seinen Gast Doña Mercedes überlassen.

Úrsula ging ins Obergeschoss und eilte durch den Gang, bis sie vor der Eichentür zu Don Diegos Arbeitsräumen stand. Sie klopfte leise an und wartete, bis er sie aufforderte einzutreten. Als sie die Tür hinter sich schloss, sah sie, dass Don Diego an seinem Schreibtisch saß und Señor Graneros, der Schreiber des Herzogs, ihm einige Papiere zur Unterschrift reichte.

»Dies ist das letzte, und Eure Unterschrift macht Euch zum Eigentümer einer der größten Anwesen in Amerika«, erklärte der Schreiber, während er die Papiere einsammelte. »Meinen Glückwunsch, Exzellenz«, fügte er hinzu, bevor er mit der großen Mappe unter dem Arm den Raum verließ.

»Exzellenz«, grüßte Úrsula ihren Herrn.

»Señora Berenguer«, entgegnete Don Diego, einem der Bücherregale zugewandt, »wer ist das Mädchen, das ich gestern in Eurer Gegenwart angetroffen habe?«

Úrsula schwieg ein paar Sekunden, um nicht gleich den Eindruck zu erwecken, dass sie auf die Frage vorbereitet war.

»Clara Belmonte, Eure Exzellenz«, sagte sie, ohne weitere Einzelheiten zu erwähnen, da sie herausfinden wollte, wie groß das Interesse des Herzogs war.

Dieser unterbrach seine Suche in dem Regal und blickte sie verwundert an.

»Das ist alles?«, fragte er.

»Oh, entschuldigt, Eure Exzellenz«, antwortete sie scheinbar ahnungslos. »Sie arbeitet in der Küche. Auf eine Empfehlung hin. Laut ihrer Referenzen war sie Erste Küchenhilfe, wobei ihr dies von ihrer Mutter bescheinigt wurde, für die sie in den letzten Jahren gearbeitet hat. Sie kann lesen und schreiben und unter anderem Englisch, Französisch, Latein und ein bisschen Griechisch. Außerdem spielt sie Klavier und ein wenig Harfe.«

Der Herzog hörte schweigend zu. Er hatte im Regal den Band gefunden, den er gesucht hatte, zog ihn heraus und ging wieder zu seinem Schreibtisch, auf dem er das Buch sorgsam ablegte. Für einen Moment verharrte er nachdenklich, und Úrsula hätte zu gern gewusst, was ihn so beschäftigte.

Schließlich trat der Herzog ans Fenster und betrachtete mit wohlgefälligem Blick die Gartenanlagen von Castamar.

»Wie ich erfahren habe, war ihr Vater ein gewisser Doktor Armando Belmonte«, erläuterte Doña Úrsula nach einer Weile.

Don Diego wandte sich zu ihr um und nickte. Úrsula dachte, dass dies vielleicht der Grund für seine Aufmerksamkeit für das Mädchen war: ein Gesicht, das er nicht einordnen konnte. Don Diego kehrte so nachdenklich wie zu Anfang an seinen Schreibtisch zurück und nahm Platz.

»Ich glaube, dass ich diesen Namen schon einmal gehört habe«, sagte er plötzlich. »Was ist mit dem Mann geschehen?«

»Er starb im Krieg. Eine tödliche Begegnung mit dem Feind«, erklärte Úrsula. »Soweit mir bekannt ist, steht ihre Mutter im

Dienst von Seiner Exzellenz Kardinal Alberoni und ist mit ihm fortgegangen, als er in Ungnade fiel. Wie es scheint, wünschte sich Señorita Belmonte, eine Anstellung in der Nähe von Madrid zu finden, und Don Melquíades hat sie eingestellt.«

Don Diego atmete tief ein und konzentrierte sich auf sein Buch.

»Vielen Dank. Ihr könnt Euch zurückziehen, Señora Berenguer.«

Die Haushälterin verließ den Raum und wartete einen Moment vor der Tür, um sich zu vergewissern, dass sich niemand im Gang befand. Dann legte sie die Hand erneut auf den Türknauf, drehte ihn mit über die Jahre erworbener Geschicklichkeit und öffnete leicht die Tür. Sie musterte Don Diego, der nach wie vor an seinem Schreibtisch saß. Sein Gesicht war kaum zu sehen, doch angesichts der Aufmerksamkeit, mit der er las, kam Úrsula zu der Überzeugung, dass jegliche Neugierde, die die Begegnung mit Clara Belmonte in ihm geweckt hatte, nun gestillt war.

15. Oktober 1720, am Morgen

Clara spürte einen Schlag, der die Wände der Küche erzittern ließ. Sie erwachte wie in der Nacht zuvor und schwor sich, dass sie, egal, ob es Diebe waren oder eine Truppe der Infanterie mit ihren Bajonetten, ihre Kammer nicht verlassen würde. Dass sie in diesem winzigen Raum in der Küche schlief, hatte den großen Vorteil, dass sie hinter der Schiebetür verborgen und vor Blicken geschützt war. Sie hörte ein weiteres Geräusch und erinnerte sich daran, Elisa Costa sagen gehört zu haben, dass der Herzog und seine Gäste sich nach dem Abendmahl in ihre Zimmer zurückgezogen hatten. Vielleicht war einer von ihnen noch einmal erwacht und in die Bibliothek gegangen. Dann jedoch hörte sie deutlich ein Lachen, das aus dem Hof vor der Küche kam. Leicht beunruhigt, öffnete sie die Schiebetür ein wenig. Draußen gingen zwei durch eine kleine Lampe nur schwach erleuchtete Gestalten am Auffangbecken für das Regenwasser vorbei. Verantwortungsbewusst, wie sie war, trat Clara in die Küche und schlich gebückt zu der Tür, die zum Ablauf für das Schmutzwasser führte. Zum Glück verhüllte die Dunkelheit den dahinter liegenden leeren Raum, was ihre Ängste und die Schwindelgefühle verhinderte.

Die beiden Gestalten gingen draußen bis zu der Tür, durch die man in den Gang zu den Vorratsräumen auf der anderen Seite der Küche gelangte. Dort zog einer der beiden einen Schlüssel hervor und öffnete die Tür, durch die das Fleisch und die Gerätschaften hineingetragen wurden, die für den Herzog aus Madrid angeliefert wurden. Es musste sich um jemanden aus der Dienerschaft handeln, da nur wenige Personen Zugang zu dieser Tür hatten. Clara sagte sich, dass die Sache sie nichts anging und sie in ihre kleine Höhle zurückkehren sollte. Das tat sie auch und kroch wieder unter die Decken, wobei sie weiterhin das Lachen der beiden Schatten hörte, bis es irgendwann verklang. Erneut wurde es still, bis Clara ein leises Stöhnen vernahm. Sie meinte zunächst, sich verhört zu haben, als das Geräusch ein weiteres Mal erklang. Wieder stand sie auf und schlich barfuß bis zu der Ecke, hinter der der Gang begann. Die Doppeltür, die zu den Vorratsräumen führte, stand ein Stück auf, und dahinter waren deutlich das erstickte Stöhnen einer Frau und der schwere Atem eines Mannes zu hören.

Clara näherte sich, im Schatten verborgen, durch den Gang der Tür. Die Zugänge zu den Vorratsräumen waren geschlossen. Lediglich an der Treppe zu dem kleinen Weinkeller erhellte ein Kerzenleuchter ein wenig die Dunkelheit. Während sie voranging, steigerte sich das genussvolle Stöhnen der Frau bis zur Ekstase, endete abrupt und mündete in heftiges Atmen. Clara wartete ab, bis sie sicher war, dass das heimliche Stelldichein vorbei war. Als sie zur Treppe gelangte, sah sie, dass die Tür zum Weinkeller offen stand. Dort, im Licht mehrerer Lampen, entdeckte sie Señora Escrivá mit angehobenen Röcken, während ihre Brüste obszön aus dem Korsett quollen. Ein großer, dürrer Mann, der ungepflegt aussah und einen mehrere Tage alten Bart trug, drückte sie, eine Hand noch im Schamhaar vergraben, an die Wand. Clara wandte entsetzt den Blick ab.

»Du musst gehen, Santiago«, sagte die Chefköchin in diesem Moment flüsternd zu ihrem Begleiter. »Beeil dich, Señor Casona schläft ganz in der Nähe.«

»Ich glaube nicht, dass dieser taube Gärtner irgendetwas hört«, entgegnete der Mann spöttisch.

Clara schaute wieder in den Raum. Señora Escrivá richtete sich das Korsett und ihren Unterrock. Der Mann hatte sich unterdessen umgewandt und betrachtete die Ansammlung an Weinflaschen.

»Jetzt geh schon!«

»Warte ... Ich leihe mir zwei Flaschen vom Wein des Herzogs aus. Der Schweinehund hat ohnehin viel zu viele davon«, erklärte der Fremde und bediente sich.

Señora Escrivá schnauzte ihn flüsternd an, dass er nicht schlecht über den Herzog reden solle. Dann gingen sie gemeinsam in Richtung der Tür zum Hof, sie mit geröteten Wangen und er mit zwei Korbflaschen Wein aus Valdepeñas in den Händen.

»Wir sehen uns nächste Woche, meine liebe Asunción«, sagte der Mann und küsste die Chefköchin gierig.

Clara ging davon aus, dass diese nicht durch den Hof, sondern durch den Gang in die Küche gehen würde, daher eilte sie auf Zehenspitzen zurück in ihre Kammer. Hastig schloss sie die Schiebetür und machte keinen Mucks, während sie den noch immer heftigen Atem Señora Escrivás hörte, als diese die Küche durchquerte. Zum Glück war sie diesmal nicht erwischt worden.

Erschöpft drehte Clara sich um, um wieder einzuschlafen. Dabei sagte sie sich, dass Castamar ein Ort voller Geheimnisse war wie der Hof des Königs, von dem es hieß, dass dort Intrigen und Gefälligkeiten an der Tagesordnung seien. Sie war bereits im Halbschlaf, als ihr dieser Gedanke kam, um dann für den Rest der Nacht nicht noch einmal aufzuwachen.

Clara wurde abrupt und mit brennenden Augen davon geweckt, dass Doña Úrsula sie mit ihrem Stock an der Schulter stieß.

»Such deine Sachen zusammen. Du bist entlassen.«

Müde stammelte sie verständnislos irgendetwas vor sich hin. Zuerst dachte sie, sie habe verschlafen, doch als sie aus dem Fenster sah, stellte sie fest, dass es noch vor der Zeit war, zu der sie üblicherweise aufstehen musste. Erneut blickte sie verwundert in Doña Úrsulas vor Wut funkelnde Augen, ohne zu verstehen, was sie so aufgebracht haben konnte.

»Wage nicht, es abzustreiten!«, warnte die Haushälterin. »Señor García hat gesagt, dass zwei Korbflaschen Wein fehlen, die gestern noch im Inventar gestanden haben. Daraufhin hat Señora Escrivá uns erzählt, dass du nachts männlichen Besuch erhältst und ihn mit dem Rotwein Seiner Exzellenz belohnst.«

Clara riss erschreckt die Augen auf und schaute ihre Chefin an, die hinter Doña Úrsula stand und sie mit einem herausfordernden Glänzen in den Augen ansah.

Daraufhin sagte sie sich, dass die Tatsache, dass ihr Liebhaber die beiden Flaschen entwendet hatte, möglicherweise zu einem Plan gehörte, den die Köchin geschmiedet hatte, damit sie entlassen würde. Doch als sie deren Blick aufmerksamer betrachtete, verstand sie, dass sie, die nicht lesen und schreiben konnte, dazu einfach zu dumm war und vermutlich furchtbare Angst hatte. Señora Escrivá hatte nicht einmal verstanden, wozu die Listen der Fleisch-, Wein- und sonstigen Bestände dienten, die Doña Úrsula zu erstellen angewiesen hatte.

»Das ist nicht wahr. Ich bin das nicht gewesen, warum klagt Ihr mich an?«, sagte Clara, während sie aufstand und sich den Schal um die Schultern legte.

Die Chefköchin kniff die Lippen zusammen, bis sie nur noch eine dünne Linie waren. Clara ballte erhitzt die Fäuste.

»Schändliche Diebin!«, kreischte Señora Escrivá. »Versündigt sich in der Nacht und streitet es auch noch ab.«

Vor Empörung brachte Clara kein Wort heraus. Ihre Erziehung verbot es, die Chefköchin ohne Beweis anzuklagen, und sich nur mit Worten zu verteidigen, würde den Vorwurf verschlimmern. Sie sah Doña Úrsula an, doch ihr Blick traf auf eisige Kälte.

»Ich muss zugeben, dass ich das nicht von dir erwartet hätte. Nimm deine Sachen, das ist mein letztes Wort«, befahl die Haushälterin und wandte sich um, um die Küche zu verlassen.

Ohne weiter darüber nachzudenken, stellte Clara sich aufrecht vor Doña Úrsula und sah sie entschlossen an.

»Ich habe weder etwas gestohlen, noch irgendeinen Besuch empfangen und schon gar nicht von einem Mann.«

Señora Escrivá tat eilig einen Schritt auf sie zu und fasste sie am Arm.

»Aber ich habe dich doch gesehen, laut stöhnend und mit hochgeschobenen Röcken«, fauchte sie.

Clara machte sich von ihr los, und als Doña Úrsula an ihr vorbeizugehen versuchte, verwehrte sie es ihr erneut.

»Doña Úrsula, ich stamme aus einer ehrenhaften Familie, die es niemals nötig hatte zu stehlen, und schon gar nicht, ihre Ehre zu verteidigen, die niemals infrage gestellt wurde. Es ist mir gleich, was Señora Escrivá Euch erzählt haben mag, die, wenn Ihr ihr in die Augen schaut, mit Sicherheit weiß, warum sie meint, Euch anlügen zu müssen«, sagte Clara entschlossen.

Doch Doña Úrsula ließ sich nicht von ihrer Entscheidung abbringen. »Ich möchte, dass du auf der Stelle dieses Anwesen verlässt«, erwiderte sie streng.

Señora Escrivá lächelte zufrieden. Schweigend senkte Clara den Kopf. Doña Úrsula schob sie beiseite und setzte sich in Bewegung, als plötzlich eine Stimme erklang.

»Ich fürchte, Doña Úrsula, dass das nicht gerecht wäre.«

In der Tür zum Hof zeichnete sich die groß gewachsene Gestalt Simón Casonas ab, der wie üblich auf der Suche nach Asche für seine Pflanzen zur Küche kam.

»Simón, ich glaube nicht, dass dies Euch etwas angeht«, entgegnete die Haushälterin brüsk. »Kehrt zu Euren Gärtnern zurück, um diesen Befehle zu erteilen, denn hier bin ich zuständig.«

Der Mann nahm sich den Strohhut vom Kopf und hielt ihn leicht in seiner großen Hand.

»Es geht mich aber doch etwas an, meine liebe Doña Úrsula. Ich sehe es als meine Pflicht an, eine große Ungerechtigkeit zu verhindern. Ihr dürft die junge Frau nicht aus diesem Grund entlassen, denn die Einzige, die hier nächtlichen Besuch von einem gewissen unerwünschten Herrn erhält, ist Señora Escrivá«, erklärte er.

Doña Úrsulas Augen blitzten, und sie sah die Köchin mit gerunzelten Brauen an.

»Ist das wahr?«, fragte sie

Die Köchin schüttelte hektisch den Kopf.

»Bitte, Doña Úrsula, Ihr wisst doch, wie es ist«, fuhr Simón nun fort. »Señora Escrivá klagt die junge Frau an, weil sie sich so am einfachsten ihrer besonderen Fähigkeiten am Herd entledigen kann.«

Die Haushälterin warf ihm einen kurzen Blick zu.

»Ich rede nicht mit Euch, Señor Casona«, sagte sie streng und heftete den Blick erneut auf die Chefköchin, die auf einmal ziemlich klein und eingeschüchtert wirkte. »Stimmt das, Señora Escrivá? Habt Ihr den guten Ruf des Hauses Castamar aufs Spiel gesetzt?«

Der Gärtner ging mit schleppenden Schritten auf Doña Úrsula zu, die ihn irritiert ansah und offensichtlich nicht verstand, warum dieser bescheidene alte Mann sich plötzlich in dieser Weise vor ihr aufbaute.

»Aber ich rede mit Euch, Señora«, entgegnete er entschlossen, »und bei allem Respekt habe ich Euch zu sagen, dass ich in diesem Fall auf der Wahrheit bestehe. Und wenn ich mich dafür an den Herzog wenden muss.«

Die Haushälterin sah ihn mit zusammengebissenen Zähnen an, bevor sie der Chefköchin einen letzten eisigen Blick zuwarf, die sich nicht länger zusammenreißen konnte und in Tränen ausbrach.

»Das wird nicht nötig sein. Die Wahrheit ist offensichtlich, Señor Casona«, versicherte Doña Úrsula. »Señora Escrivá, Ihr seid entlassen. Ab sofort habt Ihr in Castamar nichts mehr zu suchen.« Dann wandte sie sich erneut an den Gärtner: »Ich hoffe, Señor Casona, dass Ihr von nun an nur noch in Dingen das Wort ergreift, die in Eure Zuständigkeit fallen.«

Der Gärtner nickte und zuckte mit den Schultern, ohne ihren Worten größere Bedeutung zuzumessen. Clara seufzte erleichtert. Doña Úrsula verließ den Raum, womit sie die Angelegenheit für erledigt erklärte, und Señor Casona wirkte zufrieden, weil er für Gerechtigkeit gesorgt hatte. Clara wiederum kehrte erleichtert in ihren Verschlag zurück, um sich zurechtzumachen, bevor der Tag begann. Hinter ihr blieb nur Señora Escrivá in der Küche zurück, die in Tränen zerfloss und mit lautem Geheul verkündete, dass nun niemand für das Abendessen da sein würde.

15. Oktober 1720, am Morgen

Melquíades strich sich über den Schnurrbart, während er seinen Neffen lehrte, welche Aufgaben und Pflichten die Tätigkeit eines Kammerjungen mit sich brachte. Er musste wissen, dass er einer festen Hierarchie angehörte, die ihn oberhalb der Burschen, jedoch unterhalb der Kammergehilfen ansiedelte, so wie diese wiederum den Kammerherren unterstanden, die ihrerseits Señor Moguer, dem Kammerherrn des Herzogs, Rede und Antwort stehen mussten. Señor Moguer wiederum hatte sich gegenüber Doña Úrsula und ihm selbst, dem Majordomus, zu erklären. Melquíades hatte gerade eine dramatische Pause eingelegt, um sich davon zu überzeugen, dass der Junge seine Erklärungen bis zu diesem Punkt verstanden hatte. Die Unterarme aufgestützt und die gefalteten Hände vor sich auf dem Tisch, sah er seinen Neffen an.

Der Junge, dünn wie eine Spargelstange, aber kräftig, hatte eher das Auftreten seiner Mutter als das seines Vaters geerbt. Melquíades' Schwester Ángeles hatte ihm von Buitrago de Lozoya aus geschrieben und ihn gebeten, ihren Sohn als Latrinenputzer in den Dienst des Hauses Castamar aufzunehmen. Melquíades hatte sich daraufhin gesagt, dass der Junge, wenn er das aushielt, mit ein wenig Glück in seine Fußstapfen treten und Karriere machen könnte.

So waren ein paar Jahre vergangen, und der Junge war vom einfachen Burschen zum Burschen im Kammerdienst aufgestiegen, um nun zum Kammerjungen befördert zu werden. Inzwischen verdiente er bereits einen anständigen Lohn, von dem er seit dem Tod seines Vaters im Krieg jede Woche einen Teil an seine Mutter schickte. Melquíades stockte die Summe des Jungen großzügig noch etwas auf – er hatte dies auch schon vor dem Tod seines Schwagers getan –, damit seine Schwester ein bequemeres Leben führen konnte. Und nun musste er zugeben, dass er, als er seinen Neffen so in der Dienstuniform vor sich sah, durchaus einen gewissen Stolz auf seine Familie verspürte.

»Natürlich sind weibliche Besuche streng verboten, und falls du zufällig eine romantische Verbindung mit einem Mitglied der weiblichen Dienerschaft eingehen solltest, musst du dies sofort melden. Dann wende dich an mich oder, falls ich nicht zur Verfügung stehe, an Doña Úrsula«, stellte er klar.

»Vielen Dank, dass Ihr mir diese Gelegenheit gewährt, Don Melquíades, ich werde Euch nicht enttäuschen«, sagte der junge Mann in strammer Haltung, als stünde er vor einem militärischen Vorgesetzten.

Melquíades erhob sich und trat an den Jungen heran.

»Eines noch, Roberto«, sagte er und strich sich erneut über den Schnurrbart. »Vergiss nicht, was ich dir gesagt habe: sehen, hören und schweigen – es gibt nichts Schlimmeres als einen schwatzhaften Kammerjungen.«

»Ja, Señor«, antwortete der Junge, kurz bevor ein leises Klopfen an der Tür die Stille durchbrach.

»Ja, bitte.«

Als Melquíades sah, dass Doña Úrsula in den Raum trat, wies er Roberto an, zu den Pflichten zurückzukehren, die er ihm aufgetragen hatte. Der Junge machte, an den Majordomus und die Haushälterin gewandt, jeweils eine leichte Verbeugung und ging aus dem Zimmer. Melquíades seufzte und betrachtete die Gestalt Doña Úrsulas, die anstandshalber auf seine Begrüßung wartete. »Das ist alles, was ich von dieser Frau erwarten kann«, sagte er sich, »Förmlichkeiten, die die Tatsache überdecken, dass in Wahrheit nicht ich über die Dienerschaft Castamars herrsche.« Er verstand nicht, was in dieser Frau vorging, die ständig Streit suchte. Was ihn selbst betraf, hätte er den Krieg, den sie beide führten, schon vor langer Zeit beendet, aber er brauchte ihr nur einmal in die Augen zu sehen, um zu wissen, dass sich die Lage niemals ändern würde.

»Guten Tag, Doña Úrsula«, sagte er schließlich.

Sie grüßte, wie zu erwarten war, mit der gespielten Freundlichkeit zurück, mit der sie beide sich arrangiert hatten, und erklärte, dass sie gekommen sei, um eine unangenehme Angelegenheit von größter Tragweite zu besprechen. Mit bemühter Höflichkeit erwiderte Melquíades:

»Nehmt bitte Platz, Doña Úrsula, und erklärt mir, worum es geht.«

»Ich habe mich gezwungen gesehen, Señora Escrivá mit sofortiger Wirkung zu entlassen. Wie es aussieht, hat sie regelmäßig nächtliche Besuche von einem Mann erhalten«, erklärte Doña Úrsula. »Außerdem hat sie diesem Mann zwei Korbflaschen des Weins Seiner Exzellenz überlassen. Ich habe den Türwächtern, den Pförtnern und den Militärangehörigen hier im Haus bereits entsprechende Anweisungen erteilt, damit so etwas nicht noch einmal vorkommt.«

Don Melquíades bemühte sich um ein möglichst überraschtes Gesicht. Nicht, weil die Nachricht ihn kaltgelassen hätte, sondern weil er sich extrem erleichtert fühlte, dass Doña Úrsula sich doch nicht entschlossen hatte, die Geschichte aus seiner Vergangenheit Don Diego mitzuteilen. Aus diesem Grund erschien ihm jegliche andere Neuigkeit unbedeutend. Dennoch war das, was er gerade erfahren hatte, tatsächlich ein Problem größter Tragweite; und er musste zugeben, dass die Haushälterin ihn vor der unliebsamen Aufgabe bewahrt hatte, die Chefköchin zu entlassen.

»Dieses Verhalten von Señora Escrivá überrascht mich«, entgegnete er. »Doch Ihr habt getan, was Ihr tun musstet. Ich werde mit den Verantwortlichen sprechen und den Herzog informieren.«

In diesem Moment nutzte Doña Úrsula erneut ihre Macht über den Majordomus aus.

»Ich selbst werde Seine Exzellenz darüber in Kenntnis setzen, wenn ich das Problem gelöst und einen neuen Chefkoch eingestellt habe.«

Beide wussten zur Genüge, dass es eigentlich dem Majordomus oblag, die Herrschaft zu informieren. Er wechselte einen eisigen Blick mit der Haushälterin, bevor diese erklärte: »Ich werde sofort nach Madrid fahren, um unter meinen Bekannten eine kompetente Vertretung zu finden«, schloss sie.

Don Melquíades richtete sich auf, bemüht, möglichst autoritär zu wirken, und hob die Hand, um ihr Schweigen zu gebieten. Doch als er ihr gerade erklären wollte, dass es ihm oblag, den Herzog über diese Veränderung zu unterrichten, unterbrach sie ihn rücksichtslos.

»Ich wäre Euch sehr verbunden, wenn Ihr Euch darauf beschränken würdet, den Vorfall nur der Dienerschaft gegenüber zu erwähnen und sie anzuhalten, in dieser Angelegenheit zu schweigen. Danke, Don Melquíades.«

Er ballte die Fäuste, sodass seine Fingerknöchel weiß hervortraten. Wieder einmal musste er sich geschlagen geben, obwohl er ein Mann war, den höheren Rang innehatte und ihr Vorgesetzter war. In diesem Moment verspürte er den Wunsch, Don Diego selbst sein Geheimnis zu gestehen. Allerdings würde ihn dies in der Folge zu einem Leben in Armut verdammen: Er würde mit seinen Ersparnissen in seine geliebte katalanische Heimat zurückkehren müssen, ohne Aussicht, noch jemals eine Anstellung zu finden.

»Wie Ihr wünscht, Doña Úrsula«, antwortete er deshalb schließlich.

Daraufhin verließ sie mit einem knappen Gruß den Raum, und er blieb mit dem Gefühl zurück, kein richtiger Mann zu sein, sondern ein elender Feigling.

Er ließ sich auf den Stuhl fallen, der so laut knarrte, als drohe er wie seine Seele nach all den langen Jahren zu zerbrechen. Dann strich er sich über den Schnurrbart und ging mit gespielter Würde zur Tür. Dort verharrte er ein paar Sekunden, bevor er nach draußen trat, mobilisierte alles, was von seinem Stolz noch übrig war, und schritt mit einem einstudierten Lächeln über die Schwelle, um wie ein ungekrönter König der Dienerschaft gegenüberzutreten.

KAPITEL 7

15. Oktober 1720, am Mittag

Diego betrachtete Francisco, der für ihn der eleganteste Mann in ganz Europa war. Er saß dort mit einer Hand auf dem Löwenkopf seines Stocks und in der anderen ein Glas Weinbrand schwenkend. Dann richtete Diego den Blick auf Alfredo, der an den Kamin trat, um sich die Beine zu wärmen. Beide waren schon am Mittag nach Castamar gekommen, um mit ihm zu speisen und an den Feierlichkeiten des folgenden Tages teilzunehmen.

Alfredo Carrión Baron von Aguasdulces war schon seit Langem ein enger Freund der Familie. Er war um die fünfzig, und der Altersunterschied hatte ihm stets die Rolle eines älteren Bruders zugewiesen. Bereits ihre Väter waren seit der Ära der Habsburger gut befreundet gewesen und hatten seinerzeit zu den angesehensten Männern am Königshof gezählt, obwohl sie völlig unterschiedliche Charaktere gehabt hatten: Don Bernardo, Alfredos Vater, hatte gern dem Alkohol zugesprochen und zu übertriebenen Bestrafungen geneigt, sodass sein Sohn sich zu Kinderzeiten oft in die schützende Gegenwart von Diegos Vater geflüchtet hatte. Alfredo hatte die Ruhe seiner Mutter geerbt, einer friedliebenden Frau, die lieber gute Ratschläge als strenge Ermahnungen erteilte. Er beschäftigte sich sehr mit Politik, und so waren sie schon eine ganze Weile mit der Kritik an der fehlenden Initiative Spaniens in Europa befasst. Francisco und Diego waren dem Gespräch eine Zeit lang gefolgt, zeigten aber nun erste Anzeichen von Desinteresse, was Alfredo wie üblich nicht auffiel.

»Die Niederlage gegen die europäische Allianz ist ein klares Zeichen des Gleichgewichts der Kräfte auf dem Kontinent und der spanischen Schwäche«, dozierte er. »Man braucht sich nur mal den desaströsen Vertrag von Den Haag anzusehen: Ganz Europa hat entschieden, König Philipp sämtlicher Rechte zu berauben.«

Diego nickte wortlos.

»Alfredo, mein Lieber, ich glaube nicht, dass wir das Problem hier von Castamar aus lösen können«, sagte Francisco dagegen gelangweilt. »Außerdem habe ich Hunger. Lasst uns etwas essen.« Er legte Diego eine Hand auf die Schulter, und gemeinsam gingen alle drei in den Speisesalon hinüber. »Ach, übrigens: Werden deine Mutter und der Marquis sich uns nicht anschließen?«

»Nein, sie haben es vorgezogen, nach Madrid zu fahren. Um fünf gibt es eine Vorstellung im Corral del Príncipe, eine Verwechslungskomödie von Antonio de Zamora«, antwortete Diego.

»Wie ist er so, dieser Marquis?«, fragte Alfredo plötzlich.

Diego zuckte mit den Schultern, und zu dritt betraten sie den Speisesalon.

»Ich habe gerade mal ein paar Worte mit ihm gewechselt, habe aber das Gefühl, dass er nicht zu den typischen Adligen gehört, die mein Vertrauen gewinnen wollen, um mich anschließend um einen Gefallen zu bitten«, erklärte Diego. »Er ist bereits seit zwei Jahren mit meiner geliebten Mutter befreundet und hat bisher noch nie den Wunsch geäußert, nach Castamar zu kommen.«

Sie nahmen rund um den Tisch Platz, wo das Dienstpersonal bereits das Besteck aus Gold und Silber aufgelegt hatte.

Die perfekt angeordneten Teile hoben die Eleganz des Service aus Meißner Porzellan hervor, das eigens mit dem Wappen von Castamar dekoriert war. Señor Elquiza wartete gemeinsam mit Andrés Moguer, zwei weiteren Kammerherren und einigen Gehilfen auf das Zeichen, mit dem Servieren zu beginnen. Diego ließ seinen Freunden die Zeit, sich bequem hinzusetzen, und machte dann, indem er zur Serviette griff, die entsprechende Geste, dass mit dem Ausschenken der Brühe begonnen werden sollte. Alfredo strich seine Serviette glatt und legte sie sich um den Hals. Dann erklärte er, das Gespräch über den Marquis wiederaufnehmend, dass er am Hof gehört habe, dass dieser dem ältesten Sohn des Königs, Ludwig von Bourbon, nahestehe.

»Alles, was ich weiß«, begann Francisco, »ist, dass er in Liebesdingen eher zurückhaltend ist und …«

Er unterbrach sich, denn die Dämpfe, die von der Brühe aufstiegen, verbreiteten einen verführerischen Duft. Er atmete das Aroma tief ein und nahm eine Fülle an Gerüchen wahr, die perfekt miteinander harmonierten und ein vollendetes Ganzes bildeten. Francisco schmeckte Gewürznelken und frische Petersilie heraus. Dazu gab es frisch gebackenes Weizenbrot, in dünne Scheiben geschnitten und in Schweineschmalz geröstet. Als er sich über das Gericht beugte, sah er, dass seine beiden Freunde es ihm nachtaten und sich von dem wundervollen Duft einhüllen ließen.

Ohne ein Wort zu sagen, griff Diego nach dem Suppenlöffel, blies ein paarmal, um die Brühe abzukühlen, und kostete, ohne abzuwarten, dass Alfredo wie gewohnt den Tisch segnete. Wie ein Elixier entfaltete sich die Brühe in seinem Mund. Er nahm eine wunderbare Mischung der verschiedensten Geschmacksnoten wahr: Zimt, gehacktes Ei, Geflügelfleisch, langsam über dem Holzofen erhitzt, dazu genau die richtige Menge

Salz und Mandeln. Er bemerkte sogar einen leichten Nachgeschmack nach reifem Ziegenkäse. Keiner der Anwesenden sagte etwas. Überrascht beschränkten sie sich darauf, Löffel für Löffel diese grandiose Geflügelbrühe zu genießen. Als sie fertig waren, dankte Alfredo dem Herrn mit einem kurzen Gebet für ein derart exquisites Gericht. Diego pflegte seit Albas Tod derartige Momente nicht mehr mit Gott zu teilen, doch auch sein Magen war dankbar für die beste Brühe, die ihm jemals serviert worden war.

Anschließend wurden Spieße mit perfekt gebräunten und von einer Glasur aus Brotkrumen, etwas Pfeffer und Eigelb überzogenen gebratenen Tauben gereicht. Diego merkte, dass das Fleisch mit seinem intensiven Geschmack wie warme Butter geradezu in seinem Mund zerschmolz. Er hob den Blick, während er ein weiteres Stück Taubenfleisch vom Spieß löste, und schaute seine Freunde an, die genussvoll seufzten und sich gegenseitig erfreut und überrascht ansahen. Er selbst war vollkommen verwundert, dass seine Köchin es geschafft hatte, derart einzigartige Gerichte zu zaubern. Dabei hatten weder sein Vater noch er selbst jemals über einen besonders feinen Gaumen verfügt, ausgenommen beim Wein, den sie einzuschätzen gelernt hatten. Als Nächstes wurde gebratene Ente an gebuttertem, geröstetem Weizenbrot, übergossen mit Quittensauce, serviert. Wie konnte dieses Fleisch nur einen derart exquisiten Geschmack entwickeln? Für sich versuchte er, diese Köstlichkeit zu bestimmen, und während er noch die wunderbar zerschmelzende Masse genoss, kam ihm wie von selbst ein passendes Wort in den Sinn: aristokratisch. Er schmeckte Zwiebeln heraus, saftiges, kurz gebratenes Entenfleisch zusammen mit Gewürzen, Zucker, Wein und Essig, Zimt und den Quitten, die diese Sauce zu einem wahren Geschenk des Himmels machten. Entzückt sog er das gleichzeitig süße und weiche Aroma ein und beobachtete seine Freunde, die wie berauscht kein Wort mehr herausbrachten.

Diego sah amüsiert zu Señor Elquiza hinüber, der im hinteren Teil des Raumes, aufmerksam auf jede seiner Anweisungen achtend, unauffällig schluckte, als versuche er, sich den Geschmack dieses Fleisches vorzustellen, das einen derart deliziösen Duft verströmte. Direkt neben ihm versuchte Señor Moguer, der offensichtlich die Kontrolle über seine Nasenflügel verloren hatte, den göttlichen Geruch einzufangen, der sich im Salon verbreitete. Die Kammerherren und Gehilfen wiederum sahen sich mit zusammengepressten Lippen und offenkundigem Heißhunger aus den Augenwinkeln an. Es war nichts zu hören außer kleinen genießerischen Seufzern beim Verspeisen der Ente und leisen bewundernden Ausrufen angesichts des Quittenaromas.

Als dieser Gang verspeist war, tauschten Señor Moguer und der Rest der Dienerschaft auf einen schweigenden Befehl Señor Elquizas hin das Porzellan gegen ein kleines Keramikservice aus Mailand sowie saubere Servietten aus feinem Stoff aus. Dann boten sie in kleinen Kelchgefäßen sahnige Cremespeise an, dazu frisch gebackene, mit Zucker und Zimt bestreute Tortenschiffchen.

Diego sah aus dem Augenwinkel zu seinen Freunden hinüber, die sich in stummer Erwartung einer weiteren Überraschung die Lippen leckten. Bevor die Nachspeise serviert wurde, erklärte der Majordomus, dass die Köchin zwei verschiedene Kompositionen der Cremespeise zubereitet habe, eine mit Ziegenmilch und eine mit Mandelmilch. Als Diego die Süßigkeit probierte, musste er zugeben, dass er noch nie zuvor eine derart lockere und samtweiche Sahnecreme wie diese gegessen hatte, die köstlich nach frischem Eigelb schmeckte, weder klebrig noch zu stark gezuckert und wie alle anderen Gerichte dieser Speisenfolge genau auf den Punkt zubereitet war. Von Neugierde getrieben, machte Diego dem Majordomus ein Zeichen, sich zu nähern.

»Señor Elquiza, sagt, hat das tatsächlich Señora Escrivá gekocht?«, fragte er flüsternd.

Don Melquíades zog eine Augenbraue hoch und suchte nach einer Antwort.

»Mit Eurer Erlaubnis glaube ich, dass es adäquat wäre, dies mit Doña Úrsula zu besprechen. Sie hat darauf bestanden, es Euch selbst mitzuteilen«, antwortete er schließlich. »Und ich … ich habe ihr dies höflicherweise zugesagt.«

Diego nickte, ohne wirklich zu verstehen, warum sein Majordomus es vorzog, dass die Haushälterin ihm dies erklärte, anstatt es selbst zu tun, doch wenn die beiden es so unter sich besprochen hatten, sollte es so sein.

»Dann lasst Señora Berenguer doch bitte rufen, da ich mit ihr zu reden wünsche«, ordnete er an, während seine Freunde sich mit der Serviette die Lippen abtupften und lachend erklärten, keinen weiteren Bissen mehr herunterzubekommen.

Don Melquíades machte eine Geste, als müsste er über seine Antwort erst nachdenken, und näherte sich dann dem Ohr des Herzogs:

»Ich fürchte, dass Doña Úrsula nicht im Haus ist, Eure Exzellenz. Sie hat es genau in dieser Angelegenheit verlassen und wird wohl erst spät zurückkehren«, entgegnete er.

Diego sah ihm in die Augen und wies an, dass Señora Berenguer zu ihm kommen möge, sobald sie wieder da sei. Danach lächelte er zufrieden, während Francisco lobende Worte über die Köchin äußerte. Der Herzog lud seine Freunde ein, mit ihm in die Bibliothek zu kommen, um einen Sherry zu trinken und eine Havanna-Zigarre zu rauchen. Auf dem Weg dorthin fragte er sich neugierig, welches Mitglied seiner Dienerschaft wohl dieses unglaubliche Fest für die Sinne zubereitet hatte.

15. Oktober 1720, am Nachmittag

Endlich war das Glück einmal auf ihrer Seite, sagte sich Amelia erleichtert, die sich, mit einem kleinen Opernglas ausgestattet und in eine äußerst elegante Robe gehüllt, in der Damengalerie des Corral del Príncipe befand. Sie hatte in all dem Trubel die Loge der Herzogin von Rioseco in Augenschein genommen und darin in Begleitung ihrer Kammerherren, eines Türdieners und zweier Soldaten der Leibwache Doña Mercedes' entdeckt. Sie saß dort neben dem Marquis von Soto und Campomedina, Don Enrique von Arcona, einem scharfsinnigen Kavalier, der sich von Skandalen fernhielt und dem sie außerordentlich dankbar war. Denn ohne seine Mithilfe hätten sich ihre derzeitigen Absichten äußerst schwierig gestaltet. Sie betrachtete ihn und fand ihn ausgesprochen gut aussehend.

Amelia gönnte sich das Vergnügen, sich vorzustellen, wie es wohl wäre, einen Mann zu verführen, der die Intrigen am Königshof derart für sich ausnutzte, obgleich sie in Wahrheit nicht an ihm, sondern an Diego von Castamar interessiert war. Die Gerüchte besagten, dass der Herzog seine Frau noch immer nicht vergessen hatte, obwohl seit ihrem Tod bereits neun Jahre vergangen waren. »Ich brauche einen reichen Mann in guter Position«, sagte sie sich hoffnungsvoll. »So wie er eine neue Ehefrau braucht.«

Die Mutter des Herzogs, die verzweifelt nach einer jungen Frau suchte, die ihren Sohn die Trauer vergessen ließ, hatte es mit den Töchtern aus den besten Familien versucht, war jedoch jedes Mal gescheitert. Daraufhin hatte sie sich vor sechs Jahren auf die Freundschaft zu Amelias Vater besonnen und dessen heiratsfähige Tochter für einen ganzen Sommer nach Castamar eingeladen. Dort hatte Amelia zu Mutter und Sohn eine gute Beziehung aufgebaut. Und wenn es ihr auch nicht gelungen war, das Herz des Herzogs zu erobern, glaubte sie dennoch, die Einzige zu sein, die in der Lage war, ihn sein Leid vergessen zu lassen. Denn in jenen Monaten hatte sie ihn zumindest hin und wieder lächeln sehen.

»Ich bin mir sicher, meine Liebe, dass Ihr, wenn sein Herz nicht durch seinen Schmerz verschlossen wäre, seine Auserwählte wäret«, hatte Doña Mercedes damals zu ihr gesagt. »Ich weiß nicht, was ich tun soll. Wir werden wohl auf eine bessere Gelegenheit warten müssen.«

Doch diese Gelegenheit war bisher weder für sie noch für Don Diego gekommen. Und Amelias Leben hatte sich inzwischen deutlich verändert. Umso dankbarer war sie deshalb gewesen, als ihre Freundin Verónica Salazar sie vor Kurzem an ihre Verbindung zur Familie von Castamar erinnert und darauf hingewiesen hatte, dass sich bei Don Diego inzwischen offenbar doch das eine oder andere zu ändern begann.

»Meine Liebe, mein guter Freund Enrique von Arcona sagt, dass er den Herzog bei einigen gesellschaftlichen Anlässen gesehen hat«, hatte Verónica erzählt, »und er hat mir versichert, dass es durchaus sein könnte, dass das Herz Don Diegos bereit für eine neue Frau ist… Dies weiß er aus sehr guter Quelle, da er mit Doña Mercedes, der Mutter des Herzogs, gut befreundet ist.«

»In Castamar zu leben, wäre nicht nur in meiner derzeit schwierigen Lage ein Traum«, hatte Amelia geantwortet, »doch ich sehe nicht, wie ich ohne vorherige Einladung dorthin kommen sollte.«

»Wenn du es wünschst, kann ich den Marquis um Hilfe bitten. Vielleicht kann er ein scheinbar zufälliges Treffen in Madrid arrangieren und es ermöglichen, dass du zum jährlichen Fest auf dem Anwesen eingeladen wirst«, hatte Verónica vorgeschlagen. »Amelia, es könnte sein, dass du genau im richtigen Moment auftauchst. Schließlich bist du seinerzeit die Einzige gewesen, die den Herzog ein wenig aufheitern konnte.«

›In der Verzweiflung greift man zu jedem Strohhalm‹, hatte Amelia sich gesagt und ihre Freundin gebeten, in ihrem Interesse mit dem Marquis zu sprechen, ohne ihm gegenüber die Ereignisse in Cádiz zu erwähnen. Don Diego war zweifellos ihre letzte und einzige Möglichkeit. Sie wusste sehr gut, dass am Hof des Königs die heiratsfähigen adligen Männer zu sehr umworben waren und die Politik viel zu sehr eine Rolle spielte, als dass es ihr gelingen könnte, dort einen angemessenen Ehemann zu finden. Der Herzog hingegen war für die meisten heiratsfähigen Damen außer Reichweite. Es war zu lange her, dass er eine verantwortungsvolle Position am Königshof innegehabt hatte, obwohl er zu den Lieblingen des Königs zählte.

Die Antwort des Marquis hatte nicht lange auf sich warten lassen. Amelia sollte Doña Mercedes am 15. Oktober in der Nachmittagsvorstellung im Corral del Príncipe treffen. Ihr Platz war bereits auf ihren Namen reserviert und bezahlt. Abgesehen davon hatte der Marquis erklärt, dass, falls es nicht gelang, für sie eine Einladung nach Castamar zu erhalten, sowohl sie als auch ihre Mutter jederzeit auf seinem eigenen Anwesen willkommen seien. Deshalb saß sie nun nervös an ihrem Platz in der Loge und betete, dass ihr Missgeschick in Cádiz sich noch nicht bis in die Hauptstadt herumgesprochen hatte. Denn dann wäre ihr Schicksal entschieden.

Sobald die Vorstellung beendet war, verließ Amelia die Galerie, um, wie abgesprochen, die Begegnung mit Doña Mercedes zu suchen. Am verabredeten Ort in der Calle del Príncipe wartete sie auf den geeigneten Moment, während draußen die Dämmerung einsetzte. Sie stand auf Zehenspitzen und versuchte, die beiden in der Menge zu entdecken, als sie plötzlich hinter sich eine männliche Stimme hörte, die sie mit ihrem Namen anrief. In der Annahme, dass es sich um den Marquis handelte, wandte sie sich mit einem strahlenden Lächeln um, das jedoch gleich wieder erstarrte. Denn ihr gegenüber stand ein Bekannter ihres Vaters aus Cádiz, Don Horacio von Valle, ein Gewürzhändler, dessen Bauchumfang mit der Größe seines Egos wetteiferte.

»Was für eine Freude, Euch hier zu treffen«, sagte er und strich sich über den Schnurrbart.

»Die Freude ist ganz auf meiner Seite, Don Horacio«, entgegnete sie knapp und flehte zum Herrn, dass ihm ihr Pech noch nicht zu Ohren gekommen war.

»Wie schade, dass wir uns jetzt erst begegnet sind, meine Liebe«, sagte er, »denn ich muss sofort wieder nach Cádiz reisen.«

»Das ist wirklich schade«, erwiderte Amelia, während sie in der Menschenmenge verzweifelt nach den Gesichtern des Marquis und Doña Mercedes' Ausschau hielt, in der Furcht, dass sie in diesem unpassenden Moment auftauchen könnten. »Denn sonst hätten wir uns in Ruhe unterhalten können.«

»Sicher, meine Liebe«, sagte er, wobei er sich mit einem lasziven Lächeln leicht zu ihr vorbeugte. »Ich bin mir sicher, wir wären uns um einiges nähergekommen.«

Amelia wurde von Panik erfasst, als der Fettwanst seine Hand auf die ihre legte. »Ich wusste es«, sagte sie sich, »ich bin verloren.« Instinktiv wich sie einen Schritt zurück, ohne ihren Blick von den glänzenden fleischigen Lippen des Mannes lösen zu können. Die Berührung seiner Hand war ihr unerträglich, und sie versuchte, die ihre zurückzuziehen, was er jedoch nicht zuließ. Amelia fühlte sich gefangen und widersetzte sich, als der Fettwanst plötzlich einen heftigen Stockschlag auf den Unterarm erhielt. Der Mann trat mit schmerzverzogenem Gesicht einen Schritt zurück, woraufhin ein elegant gekleideter Adliger zwischen sie beide trat und Amelia abschirmte.

»Merkt Ihr nicht, wenn Eure Gegenwart einer Dame unangenehm ist?«, fragte der Mann den aufdringlichen Verehrer ernst.

»Ich lasse mich nicht ungestraft schlagen. Das wird Folgen

haben«, rief Don Horacio wütend. »Darf ich wissen, an wen ich mich wegen der Entschädigung wenden muss?«

»Aber natürlich, mein Herr. Erlaubt mir, die Situation zu erklären«, erwiderte der Marquis und trat ganz nah an den anderen heran. »Ich bin Don Enrique von Arcona, Marquis von Soto, und diese junge Frau, die Ihr bedrängt habt, steht unter meinem Schutz.«

Die aufgeblasenen Wangen Don Horacios verloren deutlich an Luft, und der wütende Glanz in seinen Augen wich einer feigen Blässe.

»Zweifellos … Zweifellos ha… handelt es sich um ein Missverständnis, Señor.«

Don Enrique sagte nichts mehr und warf dem Mann lediglich einen unerbittlichen Blick zu, woraufhin dieser sich mit einer gepresst gemurmelten Verabschiedung in der Menge verlor. Doña Mercedes – die in sicherem Abstand stehen geblieben war und die Szene beobachtet hatte – trat auf Amelia zu, umarmte sie und erkundigte sich besorgt nach ihrem Befinden.

»Es geht mir gut«, antwortete Amelia. »Und ich freue mich sehr, Euch zu sehen, zumal in so angenehmer Begleitung«, fuhr sie mit einem dankbaren Blick auf den Marquis fort.

»Aber nein, meine Liebe … Ihr ahnt ja nicht, wie oft ich von Euch gesprochen und Eure Gegenwart ersehnt habe. Erlaubt mir …«

Daraufhin wurde ihr Don Enrique durch die Herzogin als einer der unterhaltsamsten Kavaliere von ganz Madrid vorgestellt, und Amelia gestattete ihm, ihre in einen fingerlosen Seidenhandschuh gehüllte Hand zu nehmen und sie formvollendet zu küssen.

»Es ist mir eine Freude, Euch kennenzulernen«, sagte sie, machte einen kleinen Knicks, beugte den Kopf ein wenig und lächelte ihm verführerisch zu.

»Die Freude ist ganz meinerseits.«

Die Herzogin war aufrichtig beglückt über die Begegnung, und da sie die junge Frau in so angenehmer Erinnerung hatte, lud sie sie auf der Stelle nach Castamar ein, um dort so lange zu bleiben, wie sie wollte, oder zumindest bis zum Ende der jährlichen Feier auf dem Anwesen. Dies lehnte Amelia zunächst jedoch wohlerzogen, wenn auch gegen ihren Willen ab, was Enrique von Arcona aufmerksam zur Kenntnis nahm.

»Ich kann nicht zulassen, dass Ihr hier in Madrid in einem Gasthaus unterkommen müsst«, sagte Doña Mercedes. »Und es ist höchste Zeit, dass das traurige Haus meines Sohnes durch die Anwesenheit von ein paar Damen aufgeheitert wird.«

Von diesem Moment bis zu ihrer Ankunft in Castamar verging die Zeit in angeregter Stimmung, was hauptsächlich an der Gegenwart des Marquis und seinen unauffälligen Blicken lag. Letztere beantwortete Amelia nur flüchtig, leicht nervös und gespielt scheu. Zweifellos verfügte dieser Mann über eine intensive und äußerst reizvolle Ausstrahlung, mit der er allein durch seine Anwesenheit die Kutsche erfüllte. Angesichts dessen konnte sich Amelia ein verspieltes Lächeln nicht verkneifen, auf das er mit einem noch verschmitzteren Lächeln reagierte. Sollte ihr ursprünglicher Plan mit dem Herzog keine Früchte tragen, wäre der Marquis vielleicht eine gute Alternative. Doch dafür war dies nicht der richtige Moment, sodass sie für den Rest des Weges seinem Blick auswich. Stattdessen führte sie mit Doña Mercedes ein angenehmes Gespräch über die Vorstellung im Corral del Príncipe. Die Herzogin empfahl ihr die Lektüre eines gewissen Molière, genauer gesagt seiner Komödie *Die lächerlichen Preziösen*, und einer weiteren, leicht skandalösen mit dem Titel *Tartuffe*, die in Frankreich bis ins erste Drittel des vergangenen Jahrhunderts verboten gewesen war.

»Wenn ich recht verstehe, geht es Eurer armen Mutter noch nicht besser«, fügte Doña Mercedes hinzu. »Als wir von der

Tragödie erfahren haben, habe ich Eurem Vater gleich geschrieben.«

»Dafür danken wir Euch sehr. Seit diesem Anfall, der ihr Gehirn angegriffen hat«, murmelte Amelia, »ist meine Mutter nicht mehr sie selbst. Deshalb hat mein Vater beschlossen, sich vom Königshof zurückzuziehen.«

»Der Königshof… manchmal ist es in der Tat nicht ratsam, sich dort aufzuhalten«, entgegnete Doña Mercedes angewidert.

»Andererseits aber auch sehr nützlich, meine liebe Doña Mercedes«, merkte der Marquis an.

Schließlich erreichte die Kutsche die Mauer, die das Anwesen von Castamar umgab, und bog in einen von Kastanienbäumen gesäumten, gepflasterten Weg ein, der zum Hauptgebäude führte. Sie ließen das Pförtnerhaus, die Kapitanerie mit der kleinen militärischen Besatzung und das Gebäude, in dem die Kutscher und Stallmeister untergebracht waren, hinter sich. Dann überquerten sie eine steinerne Brücke, die von Pilastern eingerahmt wurde, auf denen Granitkugeln lagen, und die Amelia noch genau in Erinnerung hatte. So überwanden sie den Wasserlauf des Cabeceras und fuhren anschließend ein paar mit Kiefern bewachsene Anhöhen hinauf, bis sie zu einem kleinen Plateau gelangten. Je höher sie kamen, desto deutlicher erhob sich die von innen beleuchtete Silhouette des Herrenhauses von Castamar vor ihnen. Amelia hatte das gleiche Gefühl wie beim ersten Mal. Das Gebäude erschien ihr gleichzeitig schlicht und majestätisch und passte eher in die Zeit der Bourbonen als in die der Österreicher des vergangenen Jahrhunderts.

Sie durchquerten ein Gitter, dessen Spitzen mit goldenen Halbkugeln geschmückt waren, um dann über einen der geradlinigen, von Pappeln und Blumenbeeten gesäumten Wege weiterzufahren. Amelia dachte mit leuchtenden Augen, dass diese Gärten mit den roten, orangefarbenen und gelben Farbtönen der hinter dem Horizont untergehenden Sonne mit den berühmten französischen Grünanlagen durchaus wetteifern konnten. Sie erreichten das Gebäude von der linken Seite her und kamen schließlich zu einem länglichen Platz an der Vorderseite. Dort hielten sie vor dem Haupteingang, wo sie bereits von der Dienerschaft erwartet wurden. Als Amelia den Fuß auf das oberste Trittbrett stellte, bewunderte sie das vierstöckige Herrenhaus und hatte das Gefühl, in ein schützendes Heim zurückzukehren.

Sie entstieg, von einem der Kammerherrn geleitet, der Kutsche und ließ Don Enrique hinter sich. Doña Mercedes nahm ihren mit Federn verzierten Hut ab und fragte den Majordomus nach ihrem Sohn. Anschließend lud sie den Marquis und Amelia lächelnd ein, in einem der kleinen Salons neben der riesigen, aus geädertem Marmor errichteten Eingangshalle zu warten. Das taten sie, während Doña Mercedes dem Majordomus die Anweisung gab, ihnen zur Verfügung zu stehen, und dann durch einen der Gänge entschwand.

Amelia legte ihren Hut ab und trat ans Fenster.

»Was für ein schöner Blick«, sagte sie. Der Marquis platzierte seinen Dreispitz auf einem der Sessel und schenkte sich einen Likör ein. Als der Majordomus sah, dass sie keine weiteren Wünsche an ihn hatten, lehnte er die Türen des Salons an und beauftragte die Türwächter, dort stehen zu bleiben, falls sie gebraucht wurden.

»Señorita Castro, ich muss Euch etwas gestehen. Unsere gemeinsame Freundin hat mir von Eurem Geheimnis erzählt«, sagte der Marquis auf einmal leise.

Amelia erstarrte.

»Ich weiß, dass Euer Vater vor zwei Jahren gestorben ist«, fuhr der Marquis fort, »und das Anwesen in Cádiz in dem Versuch, seine Spielschulden zu tilgen, für einen viel zu geringen Preis verkauft hat, weshalb Ihr von ihm nur das Elend geerbt habt.« Außerdem hatte er über Doña Mercedes von dem Bemühen Señor Castros erfahren, Amelia in die Familie Castamar einheiraten zu lassen, und verstand, dass sie in ihrer Verzweiflung nun einen neuen Versuch wagte. »Ihr müsst extrem vorsichtig sein, denn wenn jemand am Königshof herausfindet, in welcher Situation Ihr Euch befindet, werdet Ihr eine Ausgestoßene sein. Niemand wird Euch mehr in seinem Haus empfangen.«

Ob er sie hergebracht hatte, um ihre unglückliche Lage auszunutzen, wie andere es in Cádiz getan hatten? Mit gesenktem Kopf wandte Amelia sich um.

»Verónica hätte Euch nichts davon sagen dürfen«, meinte sie. »Es hätte ausgereicht zu behaupten, ich wolle an der Feier teilnehmen.«

»Eine wahre Freundin lügt nicht«, entgegnete er. Dann nahm er einen Schluck von seinem Likör und ging langsam auf sie zu. »Aber hört mir gut zu: Ihr habt nichts zu befürchten«, sagte er. »Ich bin hier, um Euch zu helfen, was die Bewahrung Eures Geheimnisses angeht. Mit Verónica Salazar verbindet mich eine langjährige Freundschaft, der zu Ehren ich mich um Euch kümmern werde, wobei ich eine Dame in Not ohnehin niemals im Stich lassen würde.«

Amelia schluckte. Wie sehr sie sich wünschte, diesen Worten Glauben schenken zu dürfen … Trotzdem wusste sie nicht, was sie sagen sollte. Dieser Mann hatte sie nach Madrid geführt, hatte sie vor nicht einmal zwei Stunden vor den grapschenden Fingern des fetten Don Horacio gerettet und hatte sie nach Castamar gebracht, und all das hatte er getan, obwohl er über ihre Vergangenheit Bescheid wusste. Sie war hin- und hergerissen zwischen überschwänglicher Dankbarkeit und der Sorge vor der Möglichkeit, ihm zu schaden.

»Wenn man hier in Castamar von meiner Lage erfährt und davon, dass Ihr, obwohl Ihr davon gewusst habt, mich hergebracht habt, ist es möglich, dass Ihr …«

Sie wurde von einer Welle der Erinnerungen an die letzten vier Jahre überflutet. Ihr Vater hatte in jungen Jahren mit der

Einfuhr von Tabak aus Amerika ein Vermögen gemacht. Dadurch hatte er sich in Sevilla, Cartagena und Cádiz den Ruf erworben, ein guter Kaufmann zu sein. So hatte er sich bei den Adligen, denen er den importierten Tabak verkauft hatte, beliebt gemacht. Amelia hatte seine Worte noch im Ohr, die er eines Tages zu ihr gesagt hatte, als sie in ihrer Kutsche durch Sevilla gefahren waren: »Du wirst in ein adliges Haus einheiraten, meine liebe Tochter.« So hatte sie einige gute Gelegenheiten ausgeschlagen, die reiche andalusische Familien ihr geboten hatten, während ihr Vater nach dem »perfekten Ehemann« gesucht hatte, der ihr einen Titel einbringen würde. Und letztlich glaubten sie, diesen in Castamar gefunden zu haben. Doch leider war die Rechnung nicht aufgegangen. Ein Jahr nach dem Reinfall mit Don Diego, als sie fünfundzwanzig Jahre alt und damit volljährig wurde, war dann der Baron von Zahara, Don Luis Verdejo und Casón, aufgetaucht, den ihr Vater zu ihrer Geburtstagsfeier eingeladen hatte. Amelia hatte bereits mehrere Gespräche mit ihm geführt und war nun entschlossen, trotz seines Alters – achtunddreißig Jahre – seine zweite Ehefrau zu werden. Ihrem Vater war dies als die perfekte Partie erschienen, doch all das wurde dadurch vereitelt, dass ihre Mutter jenen Anfall bekam, der sie ihres Verstandes beraubte. Von dem Verlust seiner Frau in den Wahnsinn getrieben, hatte ihr Vater sich dem Spiel und dem Alkohol verschrieben und seine väterlichen Pflichten Amelia gegenüber vergessen. In den folgenden zwei Jahren hatte er sein Vermögen, die Mitgift seiner Frau und die Mitgift seiner Tochter durchgebracht. Don Luis, der Baron, verschwand, sobald ihm die Gerüchte zu Ohren kamen, dass sein zukünftiger Schwiegervater verrückt geworden sei und der Zustand seiner zukünftigen Schwiegermutter sich nicht bessern würde.

Amelia, die sich in ihren besten Jahren der Bewerber aus der angesehenen Gesellschaft Andalusiens nicht hatte erwehren können, wurde nun wegen fehlender Mittel abgelehnt. Nur mit Mühe hatte sie ein wenig den Schein wahren können, während die Gläubiger vor der Tür Schlange standen. Ein Jahr später hatte es sie nicht gewundert, eines Januarmorgens die Leiche ihres Vaters vorzufinden. Von jenem fatalen Moment an war sie mit ihrer Mutter allein gewesen, die nur sabbernd ein paar Worte sagen konnte. Amelia hatte lediglich ihr Pflichtteil geerbt, womit sie in den letzten Jahren mehr schlecht als recht überlebt hatten, während sie die mächtigen Männer in Andalusien um Unterstützung bat. Zuletzt, als sie völlig verzweifelt gewesen war, hatte einer von ihnen sein Mitleid in ein gegenseitiges Abkommen verwandelt, bei dem sie seinen Avancen entgegenkommen musste, um nicht vollständig zu verarmen.

Als Amelia merkte, dass Don Enrique noch näher an sie herangetreten war, versuchte sie, die traurigen Erinnerungen zu verdrängen.

»Señorita Castro«, sagte er leise zu ihr. »Seht mich an.«

Sie gehorchte langsam. Der frische Pfirsichduft des Marquis hüllte sie zart ein, und er sah sie beschützend an.

»Macht Euch deswegen keine Sorgen … Das ist unser Geheimnis«, raunte er ihr zu. »Wenn Ihr meine Hilfe nicht mehr wünscht, werde ich das respektieren, es ist nur ein Angebot.«

»Was wollt Ihr von mir?«, fragte sie. »Ich weiß, dass niemand umsonst etwas tut und …«

»Beleidigt mich nicht, Señorita Castro. Aus meinem Mund werdet Ihr keine Bitte hören.«

»Glaubt mir, Ihr habt mich in der Hand … Ich …«

Amelia spürte, dass sie den Druck nicht länger ertragen konnte, und versuchte mühsam, die Tränen zurückzuhalten. Sie fühlte sich hilflos und enttäuscht. Sie, die nach dem tiefen Fall ihres Vaters so viele Erniedrigungen hatte ertragen müssen, sah nun in Madrid eine ähnliche Situation auf sich zukommen.

»Hört auf, Euch wie ein kleines Mädchen zu benehmen. Ich versichere Euch, dass nichts und niemand auf dieser Welt Euch jemals wieder Schaden zufügen wird«, sagte der Marquis. »Ich werde Euer Schutzschild sein und jeden vernichten, der es wagt, Euch zu bedrohen.«

In diesem Moment klopfte es laut an der Tür. Don Enrique trat hastig zurück, und Amelia sah verwirrt und zitternd durchs Fenster, während die Tür geöffnet wurde, ohne dass jemand den Eintritt gestattet hatte.

Im Spiegelbild der Fensterscheibe konnte Amelia einen dunkelhäutigen Mann sehen, der die Kleidung eines Adligen trug. Sie erkannte ihn sogleich wieder.

»Señor Marquis, Señorita Castro, entschuldigt die Unterbrechung. Meine Mutter hat mich gebeten, Euch zu Don Diego zu führen«, sagte Gabriel außerordentlich höflich.

»Guten Abend, Don Gabriel«, grüßte Amelia und wandte sich um.

Es schien ihr, als seien seine Gesichtszüge, die er zweifellos von einem weißen Vater und einer Mutter, die eine schwarze Sklavin gewesen war, geerbt hatte, seit ihrer letzten Begegnung weicher geworden.

»Es ist eine Freude, Euch wiederzusehen, Señorita Amelia«, entgegnete Don Gabriel und senkte höflich den Kopf.

»Ich habe nicht gehört, dass dir Einlass gewährt worden wäre«, sagte Don Enrique deutlich verärgert.

Amelia sah zu, wie Don Gabriel aus der Höhe, die seine Statur ihm verlieh, den Blick Don Enrique zuwandte, der vor ihm stehen geblieben war. Für einen Moment war sie irritiert von der ungewöhnlichen Situation. Der Marquis, der ein gutes Stück kleiner war als sein Gegenüber, war sich offensichtlich seiner Macht bewusst. Dennoch hatte sie in ihrem ganzen Leben noch keinen schwarzen Mann gesehen, der einem Weißen derart entschieden gegenübertrat. Jeder andere Adlige hätte sich beleidigt gefühlt und das Haus zur Schande des Gastgebers verlassen.

»Die Tür stand halb offen, hochverehrter Herr. Es lag nicht in meiner Absicht, Euch zu verärgern«, entgegnete Gabriel, ohne den Blick abzuwenden.

Der Marquis trat noch näher an Gabriel heran.

»Betritt nie wieder ohne Erlaubnis einen Raum«, sagte er abschätzig. »Du weißt, was die Etikette verlangt.«

»Es tut mir leid, Euch dies sagen zu müssen, Señor Marquis, aber ich brauche hier nicht um Erlaubnis zu fragen«, entgegnete Don Gabriel selbstsicher. »Ich bin ein Castamar, und dies ist mein Zuhause, und angesichts der Tatsache, dass Ihr mich duzt, bitte ich Euch, mich meiner Position gemäß anzusprechen.«

Amelia wich einen Schritt zurück und legte fassungslos eine Hand vor den Mund. Der Marquis hätte für diese erniedrigende Behandlung von seinem Gastgeber eine formale Entschuldigung verlangen können, er beschränkte sich jedoch darauf, zu lächeln, und bewies damit seine Gewandtheit.

»Das hast du von mir nicht zu erwarten, doch angesichts der Tatsache, dass Doña Mercedes sich als deine Mutter ansieht und ich sie aufrichtig schätze, ist das Maximum, zu dem ich bereit bin, dich zu ignorieren«, antwortete er gelassen.

»Das wird vollkommen ausreichen, Señor Marquis«, entgegnete sein Gegenüber. »Und wenn Ihr mir nun folgen wollt, führe ich Euch in die Räumlichkeiten, in denen sich die anderen aufhalten.«

Amelia nickte, ohne zu wissen, was sie von der eben erlebten Szene halten sollte. Sie sah Don Gabriel an und lächelte korrekt, aber distanziert, wie sie es in der Vergangenheit schon getan hatte. Bis heute war ihr nicht wirklich klar, wie sie sich diesem Mann gegenüber verhalten sollte. Mit gemischten Gefühlen folgte sie ihm durch den Gang, der zu dem Innenhof mit dem Kreuzgang führte. Und während sie durch den Kreuzgang mit den dorischen Säulen und den Spitzbögen ging, überkam sie die Vorahnung, dass die Entscheidung, nach Castamar zu kommen, ungeahnte Folgen für sie mit sich bringen würde.

KAPITEL 8

15. Oktober 1720, in der Abenddämmerung

Clara fachte den Herd an, um mit der Zubereitung des Geflügels für die Suppe und den drei Fleischvorspeisen für das Abendessen zu beginnen: in Zwiebeln geschmorte Rindermedaillons mit Apfelkompott, Geflügelbällchen und Taubenspieße. Danach würde sie über der Glut des Holzofens gegrillten Gänsebraten servieren. Zur Nachspeise hatte sie neben einem Salat aus gehackten Früchten eine Milchspeise mit Brombeeren zubereitet, die, wie sie dachte, dem Herzog sicher besonders gut schmecken würde. Denn wie sie von dem Dienstmädchen Elisa Costa – ihrer bisher einzigen Freundin im Haus – erfahren hatte, pflückte Don Diego auf seinen Spaziergängen gern die Früchte der Brombeersträucher im Garten.

Clara war sich bewusst, dass die Freude, die ihr die Zubereitung dieses Abendessens machte, nur ein paar Stunden währen würde, bis die gefürchtete Haushälterin aus Madrid zurückkehrte. Trotzdem erinnerte sie sich an keinen Tag in den letzten zehn Jahren, an dem sie so glücklich gewesen war. Lächelnd fütterte sie die arme Rosalía mit warmem Brei. Diese zeigte mit dem Finger irgendwo ins Nichts und versuchte, ein Wort auszusprechen, das nur sie selbst verstand. Nachdenklich sagte sich Clara, dass es an ein Wunder grenzte, dass sie die ersten sechs

Tage in Castamar überstanden hatte. Aber nicht nur das, heute hatte sie, die erwartet hatte, den ganzen Tag Knoblauch schälen, Getreide mahlen, Geflügel ausnehmen und Butter verstreichen zu müssen, das ganze Menü für den Herrn und seine Gäste zusammenstellen und kochen dürfen. Und das Seltsamste dabei war, dass sie dies ausgerechnet der Haushälterin zu verdanken hatte.

Denn bevor Doña Úrsula nach Madrid aufgebrochen war, war sie zu Carmen von Castillo gegangen und hatte dieser gesagt, dass sie die Verantwortung dafür trage, dass bis zu ihrer Rückkehr am Abend niemandem die Abwesenheit der Chefköchin auffiel. Carmen, die eigentlich nicht mehr als eine Küchenhilfe unteren Ranges war, konnte gerade einmal zwei Dutzend Gerichte problemlos zubereiten, und davon gingen ihr nur zwei oder drei wirklich gut von der Hand. Daher hatte sie, nachdem Doña Úrsula gegangen war, vor Angst so heftig zu zittern begonnen, dass sie kaum noch ein Ei aufschlagen konnte. Die Küchenmädchen, die alles andere als gewitzt waren, saßen derweil mit gebeugten Köpfen am Tisch, rupften die Tauben und schnitten das Brot in Streifen. So verging eine halbe Stunde, bis Carmen plötzlich in dem Gang zum Weinkeller verschwand. Dort fand Clara sie weinend hinter der Tür zu dem kleinen Weinlager. Sanft hatte Clara ihr die Hand auf die Schulter gelegt. Daraufhin hatte Carmen sich zu ihr umgedreht, sich die Tränen abgewischt und sie mit einem Blick angesehen, in dem das ganze Elend ihres Lebens stand.

»Sie wird mich rausschmeißen«, hatte sie gesagt. »Ich kann nicht gut genug kochen für den Herrn …«

»Ich aber«, hatte Clara selbstsicher entgegnet. »Wenn du es mir erlaubst, versichere ich dir, dass Don Diego und seine Gäste das beste Mahl zu sich nehmen werden, das sie seit langer Zeit gegessen haben.«

Carmen hatte Clara angesehen, als wäre sie ein Engel. Gemeinsam waren sie daraufhin an ihre Plätze zurückgekehrt und hatten unter Claras Leitung begonnen, das Essen für den Señor und seine Gäste sowie das Mahl für die Dienerschaft zuzubereiten. So war der Tag am Herd vergangen, und nun, als er seinem Ende zuging, war das Einzige, was sie sagen konnte, dass es wunderbar gewesen war, wie ein Traum, unvergesslich.

Clara gab Rosalía den letzten Löffel von dem Brei und wischte ihr anschließend die Lippen ab. Das arme Mädchen, das so viel Zuneigung nicht gewohnt war, umarmte sie und nannte sie bei ihrem Namen. Clara lachte, und danach reinigte sie ihr mit einem sauberen Tuch die Hände und das Gesicht. Es war ein Wunder, dass diese arme Kreatur die Behandlung von Señora Escrivá überlebt hatte. Clara stand auf, um das Feuer im Herd zu schüren, als Carmen und die beiden Küchenmädchen von ihrer Pause zurückkamen.

Nachdem sie ihnen ein paar Anweisungen erteilt hatte, wandte sie sich an den Küchenmeister, damit dieser die Burschen anwies, das Rinderfilet für die Medaillons zu bringen. Anschließend ging sie in den Vorratsraum, in dem das Obst aufbewahrt wurde, damit ihr die Äpfel gebracht wurden und sie sie für das Kompott entkernen und andicken konnte. Dabei nahm sie ihre Listen mit, das Fässchen mit der Tinte und die Feder, um zu notieren, was verbraucht worden war. Doch als sie die Tür öffnete, stieß diese irgendwo an. Claras Hand rutschte von der Klinke, und sie schlug mit den Fingerknöcheln gegen das Holz der Tür. Der Schmerz ließ sie aufstöhnen, und als sie daraufhin über die Schwelle trat, sah sie sich plötzlich dem Herzog gegenüber und begriff, dass er derjenige gewesen war, der die Tür blockiert hatte. Sie holte tief Luft, senkte den Kopf und machte einen Knicks.

»Entschuldigt, Eure Exzellenz, ich wusste nicht…«

»Nein, es ist nichts passiert, Señorita Belmonte«, unterbrach er sie. »Eine Ungeschicklichkeit von mir.«

Sie neigte erneut den Kopf, während ihr bewusst wurde, dass er sie höflich bei ihrem Nachnamen genannt hatte. Offensichtlich hatte der Herzog Erkundigungen über sie eingezogen.

»Exzellenz.«

»Lass mich deine Hand sehen«, sagte Don Diego nun und nahm vorsichtig ihre Hand in die seine.

Clara spürte seinen sicheren Griff und konnte nicht anders als den Blick heben. Sie musterte seine Gesichtszüge und die bernsteinfarbenen Augen, die auf ihre Hand gerichtet waren. Da hob der Herzog auf einmal den Blick, und für einen Moment sahen sie sich schweigend an. Er lächelte und senkte erneut den Kopf, ließ elegant ihre Hand los und trat einen Schritt zurück. Das Ganze dauerte nur wenige Sekunden.

»Wie es scheint, ist es nicht allzu schlimm. Entschuldige erneut«, sagte er und schien sich plötzlich ein wenig unwohl zu fühlen. Dann wandte er sich um und ging.

Clara holte tief Luft und verbeugte sich noch einmal, als er plötzlich stehen blieb und zurückkam, als sei ihm der eigentliche Grund eingefallen, warum er in den Küchenbereich heruntergekommen war. Diesmal hielt Clara den Blick gesenkt und wartete darauf, dass der Herzog sprach.

»Ich bin hier, um Señora Escrivá mitzuteilen, dass ich heute Abend allein speisen werde. Die anderen werden außer Haus essen, und Don Francisco und Don Alfredo werden kaum Hunger haben. Sicher sind sie nach der Jagd von heute Nachmittag erschöpft«, sagte er.

Die darauffolgende Stille zwang Clara, ihn erneut anzusehen. Es war nicht üblich, dass der Herr des Hauses zu den Vorratsräumen hinunterging, und es war klar, dass der Grund dafür nicht war, der Köchin die Anzahl der Gäste zum Abendessen anzugeben, denn dazu hätte es ausgereicht, einen der Dienstboten die Nachricht überbringen zu lassen. Doch Clara konnte sich nicht vorstellen, was ihn sonst an diesen Ort geführt haben könnte.

Sie nickte, während sie beschloss, vorsichtshalber zu schweigen. Es war nicht ihre Sache, den Herzog über Señora Escrivás Entlassung zu informieren, von der er offensichtlich noch nichts wusste. Vielleicht wollte Doña Úrsula dies ja erst tun, wenn sie alles wieder unter Kontrolle hatte. Der Herzog räusperte sich.

»Aber außer dem Marquis und meiner Mutter haben wir noch einen weiteren Gast im Haus, Señorita Amelia Castro, die in ihrem Zimmer speisen wird«, fügte Don Diego hinzu. »Ich hoffe, es ist kein Problem, wenn Señora Escrivá dies erst so kurz zuvor erfährt.«

Sie blickten sich ein weiteres Mal in die Augen, und Clara schluckte, ohne zu wissen, was sie sagen sollte.

»Überhaupt nicht, Eure Exzellenz«, entgegnete sie schließlich, mühsam ihre Nervosität verbergend.

Der Herzog wandte sich um, ohne noch ein weiteres Wort zu sagen, und sie blieb stehen, bis er im Gang um die Ecke bog und verschwand. Dann, ohne zu wissen, warum, und während sie sich sagte, dass es gut wäre, eines der Küchenmädchen auszuschicken, um in Erfahrung zu bringen, was diese Señorita Castro zu speisen wünschte, führte sie die Hand an die Nase und atmete den blumigen süßen Duft nach den Essenzen von Rosen und Lavendel ein, den Don Diego auf ihrer Haut hinterlassen hatte.

15. Oktober 1720, am Abend

Nach seiner Begegnung mit Clara war Diego genauso neugierig davongegangen, wie er gekommen war. So unwohl, wie die junge Frau sich offensichtlich gefühlt hatte, als er von Señora Escrivá gesprochen hatte, war sicher, dass sich in der Küche irgendetwas ereignet hatte. Allerdings hatte er es vorgezogen, sie nicht weiter zu befragen. Niemand vom Personal hatte ihm sagen können, wer diese Köstlichkeiten am Mittag gezaubert hatte, und jeder Dienstbote, einschließlich des Majordomus, hatte auf Señora Berenguer als die Einzige, die ihn angemessen unterrichten könne, verwiesen. Er musste zugeben, dass Señora Berenguer in Castamar unverzichtbar war, allein durch ihre Anwesenheit sorgte sie dafür, dass auf dem Anwesen alles funktionierte. Don Diego nahm an, dass Don Melquíades sie sehr schätzte und für die Arbeit, die sie leistete, dankbar war, zumal die Haushälterin auch die Finanzen im Auge behielt, was dem Majordomus viele Probleme ersparte.

Für Alba war Doña Úrsula eine Vertrauensperson gewesen – das, was für ihn selbst, wie früher für seinen Vater, zweifellos Simón Casona, der Gärtner, war. Denn mit ihm verband ihn nicht nur die gemeinsame Leidenschaft für den Gartenbau, sondern auch der ähnliche Charakter.

In diese Gedanken versunken, ging Diego nun an den Blumenbeeten entlang. Es war bereits dunkel, und ohne die Lampen, die, wenn es dämmerte, entzündet wurden, hätte er ihn gar nicht gesehen. Er traf Simón mit einem leeren Düngerkarren an, der in der Nähe des Werkzeugschuppens einen fauligen Geruch verströmte.

»Simón, ist es nicht ein bisschen spät, um noch zu arbeiten?«, fragte er, während er die kühle Brise vom Gebirge her verspürte, die den Wechsel der Jahreszeit ankündigte.

Simón lächelte, was noch mehr Falten in seinem sonnengebräunten Gesicht sichtbar werden ließ.

»Exzellenz, die Pflanzen müssen im richtigen Moment gedüngt werden. Das wisst Ihr besser als jeder andere«, entgegnete der Gärtner.

»Lasst es gut sein «, befahl der Herzog freundlich.

»Gleich bin ich fertig, Eure Exzellenz, es dauert nur eine Sekunde«, antwortete Simón gelassen.

Diego seufzte und wartete, bis der alte Mann auch noch das letzte Werkzeugteil zurückgelegt hatte, da er Simóns unermüdlichen Geist, für den es ein unabweisbares Bedürfnis war, seine Arbeit gründlich auszuführen, nur allzu gut kannte. Als Simón schließlich fertig war, gingen sie gemeinsam zu einem weiteren Schuppen, in dem der Gärtner seine Lederschürze und die Handschuhe aufbewahrte.

»Ich würde Euch gern etwas fragen, was mich neugierig gemacht hat«, sagte Diego.

Der alte Mann nickte, und der Herzog zögerte einen Moment, offensichtlich fürchtete er, falsch verstanden zu werden.

»Das neue Mädchen in der Küche«, sagte er nur.

Der Gärtner lächelte und gab zu verstehen, dass er genau wusste, von wem die Rede war.

»Sie ist ein Engel, Eure Exzellenz«, entgegnete er.

»Señora Berenguer hat mir gesagt, dass sie ein gebildetes Mädchen ist. Tatsächlich ist mir der Name ihres Vaters, Doktor Belmonte, nicht unbekannt. Wie es heißt, war er ein angesehener Mann.«

»Es ist nicht zu übersehen, dass sie eine höhere Erziehung genossen hat«, bestätigte Simón.

»Was mir nicht in den Kopf will, ist, dass eine junge Frau mit einer solchen Erziehung lieber am Herd einer Küche arbeitet, anstatt zu heiraten oder Lehrerin zu werden«, erwiderte Diego.

Simón zuckte mit den Schultern.

»Das ist zweifellos ein wenig seltsam. Mit ihrer Schönheit und ihrem Eifer könnte sie das Herz eines jeden Mannes erobern«, sagte er schließlich.

Diego nickte.

»Ehrlich gesagt, kann ich Euch weitere Fragen zu der jungen Frau nicht beantworten. Das Einzige, was ich Euch versichern kann, ist, dass sie ein Engel ist«, fuhr Simón fort.

Diego schwieg, und der alte Mann verabschiedete sich und schritt in seiner bedächtigen Art, leicht gekrümmt, weiter, als hätte er alle Zeit der Welt. Doch kaum hatte er ein paar Schritte getan, sprach der Herzog ihn noch einmal an.

»Simón, übrigens, wisst Ihr vielleicht, wer das Essen für heute Mittag gekocht hat?«, fragte er wie nebenbei.

Der alte Mann lächelte.

»Ohne Euch zu nahe treten zu wollen, ist dies doch eine Angelegenheit, über die Ihr mit Doña Úrsula sprechen solltet. Denn Ihr wisst ja, was geschehen würde, wenn Eure Exzellenz darauf besteht, dass ich es Euch sage …«

Don Diego lachte und gab mit einer Geste zu verstehen, dass Simón die Frage vergessen solle.

»Ist gut«, meinte er. »Ich werde warten, bis sie wieder da ist.«

So sollte es sein. Ohne Näheres über den geheimnisvollen Koch zu wissen, genoss Diego, nachdem er Alfredo und Francisco verabschiedet hatte, die sich in ihre jeweiligen Zimmer zurückzogen, allein ein Mahl, das eines Kaisers würdig gewesen wäre. Diesmal erfreute eine köstliche Suppe mit Basilikum, Minze, Brotstückchen, Eierfäden und auf den Punkt zubereitetem Fleisch vom Kapaun, das so weich war wie eine Quitte, seinen Gaumen. Danach enthüllte Señor Moguer, als er den Deckel der Porzellanschüssel hob, Rindermedaillons, die in einer Sauce von Zwiebeln, Knoblauch und frisch geschälter Tomate auf niedrigem Feuer gegart worden waren. Diego atmete das Aroma ein und nahm neben dem angenehmen Räuchergeruch des Holzofens ein Bukett an Gewürzen wahr, das dem Fleisch auf der Basis von Kumin, Koriander, Safran, Pfeffer und einem Hauch Ingwer einen wunderbaren Geschmack verlieh. Zu dem Gericht wurde zur perfekten Abrundung eine Kompottschüssel mit blauem Blumenmuster gereicht, in der sich ein unvergleichliches Apfelmus befand, das mit den gewölbten Blütenblättern weißer

Tulpen dekoriert war. Wie bereits am Mittag schien sich Señor Elquiza nur mühsam einen Kommentar über das Aroma, das dieses Essen verbreitete, verkneifen zu können. Zum Abschluss gab es eine lockere Cremespeise aus Brombeeren und dazu frisch gebackene Blätterteigplätzchen, die mit Zimt und extrem fein gemahlenem Zucker bestreut waren. Diego war versucht, um einen Nachschlag zu bitten, obwohl er vollkommen gesättigt war. Doch er widerstand der Verlockung und wies Señor Elquiza an, die Reste des Abendmahls bis zur Rückkehr der Haushälterin nicht abzuräumen. Dann wartete er bis zum späten Abend, las in der *Geschichte des jüdischen Kriegs* von Flavius Josephus und trank dazu einen Anislikör.

Es war beinahe elf Uhr, als Doña Úrsula endlich bei ihm vorsprach. Sie trat zu dem Sessel am Kamin, in dem er saß, und verbeugte sich.

»Exzellenz, ich bin sofort nach meiner Rückkehr zu Euch gekommen«, verkündete sie.

»Señora Berenguer, wer hat dieses Essen gekocht?«, fragte Diego, der das Geheimnis endlich entschleiert sehen wollte. »Und wer hat das Essen von heute Mittag zubereitet?«

Doña Úrsula schluckte, da sie fürchtete, der Herzog könne unzufrieden oder verärgert sein.

»Mit Eurer Erlaubnis, Señor, möchte ich Euch mitteilen, dass ich mich heute Morgen verpflichtet gesehen habe, Señora Escrivá zu entlassen«, antwortete sie sodann entschieden.

Das überraschte ihn. Er hatte eher erwartet, dass die Chefköchin aus irgendeinem Grund indisponiert war und im Hinblick auf die Feierlichkeiten am nächsten Tag eine Vertretung diese Köstlichkeiten gezaubert hatte. Señora Escrivá hatte viele Jahre über für ihn gekocht, nachdem sie noch zu Lebzeiten seines Vaters als Küchenhilfe für Macario Moreno, den damaligen Chefkoch, eingestellt worden war. Obwohl die Hoheit über die Küche im Haus üblicherweise nur von Männern ausgeübt wurde, hatte Señora Escrivá nach dem Tod des Chefkochs dessen Posten übernommen, und der Herzog hatte darin kein Problem gesehen, was möglicherweise an dem Kummer lag, unter dem er in jenen Jahren gelitten hatte. Und nun konnte er sich nicht vorstellen, welches Problem eine derart plötzliche Entlassung nach sich gezogen haben konnte, zumal die jährlichen Feierlichkeiten vor der Tür standen. Er bat um Erklärung, und die Haushälterin nickte beflissen.

»Wie es scheint, hat sie im Weinkeller heimlich nächtliche Besuche eines Herrn empfangen, mit dem sie …« Die Haushälterin unterbrach sich für einen Moment und fuhr dann mit verschämtem Blick fort: »… fleischliche Gelüste auslebte.«

»Unter meinem Dach?«, entfuhr es Diego.

»So ist es, Señor«, bestätigte sie. »Und zu diesem Vergehen kommt noch hinzu, dass dieser Mann sich mit dem Einverständnis Señora Escrivás an Eurem Wein bedient hat, Eure Exzellenz.«

Diego sah sie fassungslos an. Er war schlichtweg nicht in der Lage, sich vorzustellen, wie diese dicke Frau sich in seinem Weinkeller einem Mann hingab. Wenn er an seiner Haushälterin eines besonders schätzte, dann, dass sie die Diskretion in Person war und zweifellos absolut korrekt gehandelt hatte, damit das Ansehen von Castamar keinen Schaden nahm. »Ich nehme an, dass Señor Elquiza auf dem Laufenden ist«, sagte er.

»So ist es. Schon seit heute Morgen. Aber ich wollte Euch nicht beunruhigen und habe ihn gebeten, Euch gegenüber Stillschweigen zu bewahren, bis ich eine Lösung für das Problem gefunden habe.«

»Das erklärt dann wohl auch Eure Abwesenheit, nehme ich an«, meinte Diego.

»Meine Absicht war, so schnell wie möglich eine Vertretung für die Feier zu finden«, erklärte sie. »Es tut mir leid, dass das Mittagessen und das Abendmahl sicher nicht Euren Erwartungen entsprochen haben. Dafür bitte ich um Entschuldigung, Eure Exzellenz, zumal Eure Gäste im …«

Diego stand auf und unterbrach sie mit erhobener Hand.

»Señora Berenguer, es gibt keinen Grund, sich zu entschuldigen. Ihr habt wie gewohnt mit gebührender Sorgfalt und absolut korrekt gehandelt.«

»Ich danke Euch für das Vertrauen, das Ihr in mich setzt, Exzellenz«, sagte sie mit einer leichten Verbeugung.

»Was Ihr durchaus verdient habt«, erwiderte er knapp.

Das alles erklärte die Abwesenheit seiner Haushälterin und die Diskretion, mit der alle auf seine Fragen reagiert hatten, doch wusste er immer noch nicht, wem er die deliziösen Speisen zu verdanken hatte. Daher bat er nun seine Haushälterin, das zu bestätigen, was er inzwischen vermutete.

»Wer hat dann heute das Essen zubereitet?«

»Oh, entschuldigt, dass ich Eure Frage noch nicht beantwortet habe: Soweit ich informiert bin, ist Señorita Belmonte das gewesen, Eure Exzellenz, aber ich versichere Euch, dass dies keinen Grund zur Beunruhigung darstellt. Ich habe einen neuen Koch gefunden, dessen Referenzen …«

»Vergesst es«, unterbrach er sie freundlich.

Der Haushälterin war ihre Verwirrung deutlich anzusehen.

»Werte Señora Berenguer, sowohl das heutige Mittagessen als auch das Abendmahl waren möglicherweise die besten kulinarischen Köstlichkeiten, die ich in meinem Leben gegessen habe. Ich wage sogar zu behaupten, dass man einen solchen Genuss nicht einmal bei den feinsten Banketten des Königs serviert bekommt.«

Die Haushälterin schüttelte völlig verstört den Kopf.

»Ich wünsche, das Señorita Belmonte von nun an unsere Chefköchin ist«, sagte Diego lächelnd. »Ihr könnt völlig beruhigt sein und braucht Euch wegen der Feier keine Sorgen zu machen. Es steht außer Frage, dass Señorita Belmonte nicht nur über außerordentliches Talent verfügt, sondern auch mit der nötigen Sorgfalt vorgeht. Und sie weiß ganz genau über die Bedürfnisse der Küche in einem herzoglichen Haus Bescheid.«

Diego, der niemals allzu großen Wert auf das gelegt hatte, was auf den Tisch kam, hatte nun den Unterschied zwischen einer einfachen Küche und erlesener Qualität kennengelernt. Er war sich sicher, dass sowohl das Abendessen *en petit comité*, das üblicherweise mit wenigen ausgewählten Gästen vor dem großen Ball stattfand, als auch das spätere Bankett seine Gäste positiv überraschen würden. »Vielleicht wird mehr gegessen und getrunken werden als getanzt«, sagte er sich lächelnd. Anders, als es in Frankreich üblich war, hatte er schon immer auf übermäßigen Prunk verzichtet. Seiner Meinung nach war zu viel Essen auf dem Tisch kein Zeichen von Prestige, sondern von Unvernunft. Doch die herausragenden Fähigkeiten von Señorita Belmonte hatten ihm bewusst gemacht, dass eine exzellente Küche ihm neues Ansehen verleihen konnte. Und ihre Küche war tatsächlich unvergleichlich. Er war sich sicher, dass sogar Pedro Benoist und Pedro Chatelain, die Küchenchefs Ihrer Majestäten, versuchen würden, diese junge Frau abzuwerben, sobald sie ihre Köstlichkeiten probiert hatten. Was er natürlich nicht zulassen würde.

»Ihr könnt Euch zurückziehen, Señora Berenguer«, sagte er schließlich.

Die Haushälterin verabschiedete sich mit einer kurzen Verbeugung und versicherte, dass alles seinen Wünschen gemäß erledigt werde. Dann verließ sie, das Erstaunen noch im Blick, den Raum. Diego empfand Mitleid. Die Arme war umsonst nach Madrid gefahren und hatte sicherlich mehrere nun überflüssige Einstellungsgespräche geführt. Zugleich war ihm klar, dass das Problem nicht jetzt erst entstanden war, sondern lange vorher durch seine Schuld, weil er sich nach dem Tod von Macario Moreno mit Señora Escrivá zufriedengegeben hatte. Es war seine Frau gewesen, die sich mit ihrem erlesenen Geschmack immer um solche Einzelheiten gekümmert hatte: Dekoration, Kleidung, Schmuck, die Auswahl der Speisen je nach Jahreszeit. Zwar hatte sie zwischendurch angeregt, dies zu ändern, doch er hatte dem nicht die entsprechende Bedeutung beigemessen, da er viel zu sehr mit König Philipps Krieg beschäftigt gewesen war. Nun war ihm bewusst, wie wichtig es war, eine Köchin von hohem Niveau zu beschäftigen. Nicht nur wegen des Ansehens und des Bildes, das sie vor den anderen Adelshäusern und vor ihren Gästen abgaben, sondern auch zum eigenen Vorteil.

»Ach, meine geliebte Alba«, sagte er sich, »wie recht du damit hattest, jede Einzelheit zu beachten.«

KAPITEL 9

15. Oktober 1720, Mitternacht

Úrsula setzte sich auf den Stuhl in ihrem Dienstzimmer. Sie trank eine Tasse warme Milch mit Honig, um sich von dem anstrengenden Tag zu erholen, der hinter ihr lag, während sie auf den schüchternen Kammerherrn, Señor Moguer, wartete. So etwas war ihr in ihrem gesamten Arbeitsleben noch nicht untergekommen. Clara Belmonte, die am Morgen noch als einfache Küchenhilfe erwacht war, war zur neuen Fleischbeschauerin und persönlichen Chefköchin des Herzogs befördert worden. Die Haushälterin konnte nicht fassen, dass Seine Exzellenz einer Küchenhilfe ein Bankett derartigen Ausmaßes und von solcher Bedeutung überlassen wollte.

Auch wenn sich am kommenden Tag ein Tross an guten Dienstboten zur Unterstützung der Feierlichkeiten um die Bewirtung kümmern würde, garantierte dies nicht die lückenlose Abfolge der überwältigenden Menge an Schmorbraten und sonstigen Fleischgerichten. Úrsula sagte sich, dass sie vorsichtshalber die Referenzen des erfahrenen Kochs, den sie in Madrid gefunden hatte, behalten würde.

Nach dem Gespräch mit dem Herzog hatte Úrsula Elisa Costa geweckt, damit diese sie zu dem Flur, auf dem die Zimmer der männlichen Dienstboten lagen, begleitete. Dort hatte sie dann den verschlafenen Señor Moguer angewiesen, sich zurechtzumachen und in ihr Dienstzimmer zu kommen. Selbstverständlich war Elisa Costa die ganze Zeit zugegen gewesen, damit niemand behaupten konnte, dass es sich um einen anstößigen Besuch handelte. Während Señor Moguer sich angezogen hatte, waren das Dienstmädchen und sie in die Küche gegangen. Dort hatte sie Elisa aufgefordert, über der noch glimmenden Asche Milch mit Honig zu erwärmen. Dank dieser hatte Úrsula sich während des Wartens Schluck für Schluck ein wenig beruhigt. Sie nahm einen weiteren Schluck, und im selben Moment erschien Señor Moguer mit seinem dünnen Hals und dem für ihn typischen traurigen Hundeblick. Er klopfte an die Tür, die sie nur angelehnt hatte, und sie gewährte ihm mit der Aufforderung, die Tür ein Stück weit offen stehen zu lassen, Eintritt. Auch während des Gesprächs hielt das Dienstmädchen sich draußen in der Nähe auf, jedoch mit genügend Abstand, um nichts von dem zu hören, was beredet wurde. Úrsula machte dem Mann ein Zeichen, näher zu treten. Dieser zitterte angesichts der unerwarteten nächtlichen Störung, und die Angst stand ihm ins Gesicht geschrieben. Offensichtlich fürchtete er, dass sie ihn hatte rufen lassen, weil sie mit seiner Arbeit unzufrieden war. Im Grunde unterstand er nicht direkt ihrem Urteil, doch Señor Moguer war intelligent genug, um zu wissen, dass tatsächlich sie die Herrschaft über das Personal innehatte und dass ihre Meinung ausreichte, um entlassen zu werden. Der Kammerherr trat näher, wie Úrsula ihn angewiesen hatte, und sie forderte ihn leise auf, die Angelegenheit mit Diskretion zu behandeln.

»Worum handelt es sich, Doña Úrsula?«, fragte er.

»Señor Moguer, ich bin … ich bin ehrlich überrascht. Sagt, hat Señorita Belmonte irgendeinen direkten Kontakt zu Seiner Exzellenz gehabt?«

Die Gesichtszüge des Mannes entspannten sich, als er begriff, dass die Haushälterin nur über das, was an diesem Tag während ihrer Abwesenheit geschehen war, informiert werden wollte.

»Nein, sie hat sich den ganzen Tag über in der Küche aufgehalten, soweit ich weiß«, antwortete er.

»Seid Ihr sicher?«, hakte Doña Úrsula misstrauisch nach.

»Absolut«, sagte er, ohne auch nur eine Sekunde zu zögern. »Ich selbst habe dem Señor beinahe den ganzen Tag über aufgewartet. Erst am Abend hat er mir aufgetragen, mich nach ihrer Rückkehr von der Jagd um seine Gäste, Don Francisco und Don Alfredo, zu kümmern. Ich weiß nicht, ob sich in dieser Zeit ein Kontakt zwischen den beiden ergeben hat. Falls der Señor in die Küche hinuntergegangen ist, natürlich, denn Señorita Clara hatte heute keine Zeit, die Küche zu verlassen.«

Es war offensichtlich, dass der Mann nicht log, und genauso offensichtlich, dass ein möglicher Kontakt zwischen Señorita Belmonte und Seiner Exzellenz von ihm ausgegangen sein musste und nicht von ihr.

»Der Señor hat mir aufgetragen, dass ab morgen Señorita Clara den Dienst als Fleischbeschauerin und Chefköchin antreten soll«, verkündete Úrsula.

»Wenn Ihr erlaubt, meine Meinung zu äußern, dann wundert mich das überhaupt nicht. Denn das von ihr zubereitete Mittag- und Abendessen war einfach … köstlich«, sagte der Kammerherr.

»Das habe ich schon gehört«, antwortete sie.

Sie musste den Tatsachen ins Auge sehen: Dieses Mädchen war außergewöhnlich und für so manche Überraschung gut. Nach einem Blick in die müden Augen Señor Moguers dankte sie ihm und gestattete ihm, genauso wie dem Dienstmädchen, wieder zu Bett zu gehen. Dann lehnte sie sich zurück, nahm noch einen Schluck Milch mit Honig und sagte sich, dass sie diese Clara Belmonte gut im Auge behalten musste. Nachdem sie in der Vergangenheit am eigenen Leib erfahren hatte, was es bedeutete, unterdrückt zu werden sowie vor Angst nicht mehr zu wissen, wann sie reden, sich hinsetzen, essen oder nicken sollte, hatte sie sich geschworen, nie wieder zuzulassen, von einem Mann oder einer Frau gleichen Standes herumkommandiert zu werden.

In nur sechs Tagen war Señorita Belmonte ihrer Kontrolle entglitten, und sie konnte nicht einmal wirklich sagen, wie dies gekommen war. Ihr unabhängiger Charakter, ihr gebildeter Geist, ihre Entschiedenheit, Probleme anzugehen, ihr Talent in der Küche und diese intellektuelle Überlegenheit, die sie ausstrahlte, gepaart mit ihrer unwiderlegbaren Schönheit, wiesen darauf hin, dass es nicht leicht sein würde, ihren Schwachpunkt zu finden, da sie ihn sehr gut verstecken konnte.

Úrsula leerte die Tasse mit der warmen Milch und sagte sich, dass Clara Belmonte, wenn sie nicht aufpasste, zu einer gefährlichen Gegnerin werden konnte.

16. Oktober 1720, am Morgen

Bei Tagesanbruch erschien Doña Úrsula in der Küche, wo Clara gerade dabei war, der armen Rosalía mit auf dem Herd erwärmtem Wasser die Hände zu waschen. Das Erste, was sie dachte, war, dass die Haushälterin kam, weil jemand sich über sie beklagt hatte. Doch diese forderte sie in dem üblichen unwirschen Ton auf, ihr zu folgen.

»Seine Exzellenz hat mir seinen Wunsch mitgeteilt, dass Ihr von nun an die Chefköchin von Castamar sein sollt«, erklärte die Haushälterin plötzlich.

Doña Úrsula hatte sich nicht einmal umgedreht, als sie dies gesagt hatte, und Clara war so überrascht, dass sie den Kopf gesenkt hielt, damit die Haushälterin ihre glühenden Wangen und ihr Lächeln nicht sah.

Bevor sie den Flur erreichten, an dem die Schlafzimmer der

Kammerdiener lagen, wandte sich Doña Úrsula einer Tür aus Eichenholz zu. An dieser war ein kleines Holzschild angebracht, das anzeigte, dass sie nun den Bereich der Zimmer des Küchenpersonals betraten. Als sie dem Gang folgten, schloss Clara daraus, wie die Zimmerbewohner sie grüßten, dass sie bereits wussten, wer die neue Chefköchin von Castamar war. Sie erwiderte jeden Gruß, wie es sich gehörte, bevor sie die Treppe zu den Zimmern hinaufgingen, die dem höheren Dienstpersonal zur Verfügung standen. In diesem kürzeren und schmaleren Gang befanden sich fünf Türen an den Seiten und eine sechste am Kopfende.

Als sie bei Letzterer ankamen, öffnete Doña Úrsula sie behutsam und ohne Clara anzusehen. An dem starren Gesichtsausdruck der Haushälterin erkannte Clara, dass ihre Beförderung dieser nicht gefiel. Sicher hatte diese Entscheidung sie vollkommen verwirrt, und nun fürchtete sie, dass die neue Chefköchin auf ein Ereignis, wie es in Castamar stattfinden würde, nicht vorbereitet war. Doch da irrte sie sich, schließlich hatte Clara als Erste Küchenhilfe im Haus von Kardinal Alberoni mehr als einmal für eine größere Anzahl an Gästen kochen müssen und dabei auch das Küchenpersonal angeleitet. Wenn sie sich auch einer gewissen Furcht nicht erwehren konnte, denn ein Essen für ein Dutzend Gäste zuzubereiten war dann doch etwas anderes als für die weitaus größere Anzahl, die nun in Castamar erwartet wurde. Clara nahm an, dass Señora Escrivá in diesen Fällen die Zubereitung der Speisen den ihr unterstellten Chefköchen überlassen hatte, in der Hoffnung, dass diese unter ihrer Leitung gute Arbeit leisten würden. Denn Befehle erteilen konnte sie gut. In gewisser Weise würde Clara es genauso machen müssen: Anstatt selbst zu kochen, würde sie Aufsicht führen müssen, damit genau die richtige Menge Salz, Gewürze und Zucker hinzugefügt wurde, und sie musste für die angemessene Anrichtung und Dekoration der Gerichte sorgen.

»Dürfte ich Euch um den Gefallen bitten, Seiner Exzellenz mitzuteilen, wie sehr ich mich geehrt fühle, dass er dieses Vertrauen in mich setzt«, bat sie die Haushälterin, bevor sie den Raum betrat.

»Dies wird von nun an Euer Zimmer sein«, sagte Doña Úrsula anstatt einer Antwort und hielt ihr den Schlüssel hin. »Euer Lohn wird auf fünfundzwanzig Reales de Vellón am Tag erhöht sowie um zusätzliche vier Reales für die Fleischbeschau.«

Clara riss verblüfft die Augen auf. Dieser Lohn entsprach dem eines Chefkochs am Königshof. Das würde ihr sogar erlauben, für ein zukünftiges eigenes Wohnhaus zu sparen! Zumal sie ja kein Geld für Kost und Logis ausgeben musste ...

Das Zimmer war nur mit dem Nötigsten ausgestattet, doch Clara erschien es wie das schönste Gemach für die Gäste Seiner Exzellenz.

»Ich setze voraus, dass Ihr Euch wie Eure Vorgängerin um Señorita Rosalía kümmern werdet. Ansonsten muss ich sie in ein Heim der Wohlfahrtspflege bringen lassen«, sagte Doña Úrsula drohend.

»Es ist nicht nötig, Rosalía irgendwohin bringen zu lassen, Doña Úrsula«, erwiderte Clara. »Ich garantiere Euch, dass es mir nicht schwerfallen wird, mich besser um Rosalía zu kümmern, als Señora Escrivá es getan hat.«

Sie spürte, dass die Haushälterin verärgert war, und als Doña Úrsula einen Schritt auf sie zu machte, musste sie sich zusammenreißen, um ihrem Blick standzuhalten.

»Vergesst nicht, dass ich in diesem Haus das Sagen habe, Señorita Belmonte, und für mich seid Ihr immer noch auf Probe hier. Ihr wisst nun, welches Euer Zimmer ist, und könnt in die Küche zurückkehren.«

Clara verbeugte sich knapp und machte sich, ohne ein weiteres Wort zu sagen, auf den Weg zurück. Als sie den Zimmerschlüssel in ihre Schürze steckte, spürte sie deutlich Doña

Úrsulas Blick im Rücken. In der Küche angekommen, machte sie sich sogleich an die Arbeit, und noch vor Sonnenaufgang war das Frühstück, das in den Zimmern im Obergeschoss serviert werden sollte, fertig. Mit der Zubereitung dieses ersten Gerichts des Tages beschäftigt, blieb ihr kaum Zeit, die arme Rosalía zu füttern, sodass sie dies Emilia Quijano, einem der Küchenmädchen, überließ, mit der Anweisung, sie anschließend zu säubern und zum Spielen in den hinteren Hof zu bringen, wo an Regentagen die Wagen standen, auf denen das Fleisch zum Anwesen transportiert wurde.

Kurz darauf stellte sich ein Heer an Burschen, Küchenjungen, Dienern, Lakaien, Küchenhilfen, Beiköchen, Chefköchen und Fleischdienern zu ihrer Verfügung. Um diese Menschenmenge unterzubringen, wurden die beiden zusätzlichen Küchen geöffnet, damit das entsprechende Küchenpersonal dort arbeiten konnte, sowie mehrere Flure mit Zimmern, die außer an diesen besonderen Tagen ständig verschlossen waren. An diesem Abend würde zunächst ein Essen im kleinen Kreis mit den engsten Freunden stattfinden, und später, während der großen Feier, würde jede Menge gegessen und getrunken werden. Das Fest würde im Garten mit einem ausgiebigen Feuerwerk eröffnet werden, das den nächtlichen Himmel über Castamar erhellen würde. Anschließend würden die Feierlichkeiten noch den folgenden Tag über andauern, der in den abschließenden zweiten Abend mündete.

Den Tag über war Clara damit beschäftigt, die Speisenfolge für den Mittag und für das Abendessen im engen Kreis zu organisieren, wie auch für das große Bankett, wenn anschließend die anderen Gäste eintrafen. Während der gesamten Feierlichkeiten mussten genügend Suppen, Bouillons, Sülze und Eintöpfe zur Verfügung stehen sowie ausreichend Geflügelbrühe von gemästeten, gut gerupften Hühnern und Tauben, genauso wie Rinderbrühe. Sie ordnete an, dass ein Teil der Brühe mit Eigelb, Wein,

Zimt und Zucker *au chaudron* verarbeitet werden solle. Die Zubereitung all dessen hatte sie dem Küchenchef Martín Garrido anvertraut, der laut seiner Referenzen ein Experte für Geflügelsuppen war. Dennoch probierte sie jede Brühe und fügte dort, wo es nötig war, noch ein wenig Zimt oder Nelken hinzu, ein paar andere Gewürze oder eine Prise Salz. Clara konnte sich über den nicht mehr jungen Mann mit den dichten Augenbrauen nicht beklagen, der ihre Anweisungen genau befolgte. Sie überließ seiner Küche auch einige Gerichte des zweiten Ganges wie frittiertes Kalbsbries, Leber, Keule, Eierstöcke und andere Geflügelinnereien, Kalbshirn, Schinken und Lammhoden. Außerdem sollten im Laufe des Tages noch weitere Speisen zubereitet werden, wie gebratene Schweineleber, Geflügelbällchen und leicht mit Petersilie, Minze, Knoblauch und Brotkrumen gewürzte Ochsenzunge. Dazu kamen verschiedene Vorspeisen wie marinierte Schweinepfoten, gefüllte Eier, Fasan auf Sellerie und Weizenbrot mit Champignonsauce sowie einige Platten mit Wursthäppchen und eingelegtem Gemüse.

Die zweite Küche unter der Leitung des Franzosen Jean-Pierre de Champfleury – eines Chefkochs, der für seine Grillgerichte und Beilagen berühmt war – würde sie damit beauftragen, die gesamten Hauptgerichte zu kochen und die großen Fleischstücke zu verarbeiten, unter anderem auch zu Wildpasteten. Champfleury, der aus der Zeit von Señora Escrivá gewohnt war zu tun, was er wollte, gefiel es gar nicht, dass Clara anordnete, die Entenfilets auf einem Bett aus Orangensauce anzurichten, der Gänsebeilage mehr Substanz zu verleihen oder die Rebhuhnküken mit Trüffeln zu aromatisieren. Nachdem sie ihn korrigiert hatte, tat der Franzose zuerst freundlich, um dann in dem Glauben, dass sie ihn nicht verstünde, in seiner Muttersprache vor sich hin zu brummen: »Ich lasse nicht zu, dass eine Frau meinen Gaumen kritisiert. Alles ist genau so, wie es sein sollte.« Daraufhin war Clara höflich zu ihm getreten und hatte lächelnd zu ihm gesagt: »Aber natürlich werdet Ihr das zulassen, denn deswegen seid Ihr hier.« Ohne ein Wort zu entgegnen, hatte der Koch daraufhin der Gans ein wenig Brühe hinzugefügt und die Rebhuhnküken mit Trüffeln gewürzt, und Clara war zufrieden. Abgesehen von diesem kleinen Zwischenfall gab es bei den Fleischgerichten – gegrilltes Rinderfilet mit Englischer Sauce, Frikandeau, Hackbraten mit Speck, Würste und Schinken, Keule vom Schwein, Milchziege und Lammbraten – kaum etwas zu korrigieren, und sie gratulierte dem Franzosen, ohne ihm böse zu sein.

In Claras eigener Küche arbeitete eine dritte Chefköchin unter ihrer Anleitung, Alfonsina Serrano, eine redliche Frau, die einen wenig originellen Geschmack hatte, aber bescheiden und zielstrebig war. Im Gegensatz zu dem Franzosen machte es ihr nichts aus, korrigiert zu werden. Sie kümmerte sich um den dritten Gang, Bratengerichte, die aufeinander abgestimmt serviert werden würden: Wachteln, Tauben, Kapaune, Hähnchen und gemästete Hühner. Parallel dazu bereitete sie eine zweite Variation an Schmorgerichten von Geflügel zu, gefüllt mit in Essig eingelegten Hoden und Leber sowie Taube mit Sardellen und Kapern. Später würde noch weiteres Geflügel auf kleiner Flamme gegrillt werden müssen, einiges davon mit einer Panade aus Weizenbrotkrumen, Schweinespeck, Eigelb und Pfeffer. Für die Nachspeisen waren mehrere Patissiers mit einem Chefpatissier an der Spitze angestellt worden, denen Clara auftrug, sowohl süßes als auch gesalzenes Blätterteiggebäck, Sahnetorten, süße und gesalzene Pasteten, Biskuit mit und ohne Cremefüllung, Schokolade, Milchgebäck, Sahnecreme mit Sauerkirschen, Cremespeisen mit Ei und Sahne und Crema catalana herzuhalten sowie in Sirup eingelegte Früchte bereitzuhalten, die während des gesamten Festes gebraucht werden würden.

Clara trank einen Schluck Wasser, wischte sich mit einem sauberen Tuch den Schweiß von der Stirn und begutachtete die

Menüs für den Abend und den nächsten Tag. Während sie die Anweisungen durchging, um den zweiten Gang mit Fleischspießen vom Kleinwild zu vervollständigen, hob sie für einen Moment den Blick und schaute in den Hof. Zunächst erkannte sie die Gestalt nicht, die sich jenseits der schrägen Fenster aus geschliffenem Glas befand, und richtete ihre Konzentration auf die Kessel mit den Schmorgerichten. »Sie müssen auf kleiner Flamme garen, bis der Knoblauch glasig, die Zwiebeln mit Flüssigkeit durchtränkt und das Ganze mit gutem Wein, Essig, Nelken, Pfeffer, Safran und ein bisschen Wasser abgeschmeckt ist«, rief sie sich selbst in Erinnerung. »Und das Schmorfleisch im Topf muss ebenfalls auf kleiner Flamme, auf einem Bett von Speckwürfeln garen und unter Zugabe von ein wenig Ingwer gut gewürzt werden.«

Dann erklärte sie dieses Kapitel für abgeschlossen und ging noch einmal die Liste mit den Fischgerichten durch, die sie für die Gäste, die weniger schwere Speisen zu sich nehmen wollten, zusammengestellt hatte. Dabei richtete sie erneut den Blick auf die undeutliche Gestalt hinter dem Glas, die nun über eine der Säulen auf das Dach über den Kutschen hinaufkletterte. Sie sagte sich, dass wohl jemand den Befehl erhalten hatte, dort hinaufzusteigen, möglicherweise, um etwas zu reparieren. Daher kehrte sie gleich wieder zu ihren Barschen, Stören, Aalen, Zackenbarschen und Steinbutten sowie zu den Meeresfrüchten, einschließlich der Langusten, Venusmuscheln in Sauce und der Garnelenkuchen, zurück. Dies alles würde sie zusammen mit den vorbereiteten Früchten anrichten und später Salate dazu servieren, damit das Ganze nicht zu trocken würde. »Perfekt«, sagte sie sich und widmete sich dem Kapitel der Getränke. Sie hatte vorgesehen, hauptsächlich am Mittag und am Nachmittag eine Anzahl an Erfrischungsgetränken anzubieten: Mandelmilch, Zitronenwasser, geeiste Kuhmilch, eine Mischung aus dickflüssiger Mandelmilch und Zitronen- und Orangenschale sowie Zimtwasser. Dazu eine Auswahl alkoholischer Getränke. Clara ging auch diese Liste noch einmal durch: Aniswasser, Rosolí sowie hochwertiger Weiß- und Rotwein aus Valdepeñas, Jerez und Alicante und außerdem süßer Málaga Virgen. Natürlich würde auch eine große Menge Schokolade von unterschiedlicher Konsistenz verzehrt werden, und zusätzlich brauchten sie Eis aus dem Kühlraum, um Getränke und andere Flüssigkeiten zu kühlen.

Clara feuchtete sich die Fingerspitze an und blätterte zur nächsten Seite in ihrem Heft, um das letzte Kapitel ihrer Notizen für das Abendessen durchzugehen, als ihr Blick erneut auf den farbigen Flecken draußen fiel, der nun in etwa drei Metern Höhe zu erkennen war. Die Gestalt, die sich ungeschickt hinter den Milchglasscheiben bewegte, kletterte noch immer an dem Pfeiler hinauf. Clara ging mit gerunzelten Brauen langsam auf die Tür zu, die von der Küche in den Hof führte, da sie nun doch wissen wollte, wer die Person dort draußen war. Dabei rief sie sich ins Gedächtnis, dass sie für den folgenden Tag bereits verschiedene Gemüseeintöpfe vorbereitet hatten, mit Kichererbsen, Kohl, Chorizo, Schweinshaxe, Blutwurst, einer Füllung aus Ei und Brot, Hühnchen, Schmalz auf galicische Art und natürlich Kartoffeln. Die Dienstboten aus jedem Bereich mussten ihre Anweisungen genau befolgen, vor allem, was die Dekoration anging. Dabei hatte sie an Blumenmotive gedacht, Ornamente aus Blätterteig, Formen aus Schokolade, kleine Fruchtstücke, gekürzte, gefächerte Fasanenfedern, um einen Pfau darzustellen, kurz: ein wahres Fest an Formen und Farben. »Auch das kleinste Dekorationselement zu jedem Gericht muss …« Ihr Gedankengang brach schlagartig ab, als sie begriff, um wen es sich bei der Person jenseits der Glasscheibe handelte. Sie holte tief Luft, versuchte, nicht an die immense Leere im Hof zu denken, warf einen Blick nach draußen und stieß ein unterdrücktes Stöhnen aus. Ganz oben, am Übergang zum Dach über den Lastkutschen, kletterte Rosalía in mittlerweile über fünf Metern Höhe herum. Claras erste Reaktion war, das Mädchen herunterzuholen, doch ihre altbekannte Schwäche hielt sie an der Türschwelle zurück. Dennoch wagte sie einen Schritt nach draußen, begann zu zittern und merkte, dass ihr kalter Schweiß auf die Stirn trat.

»Rosalía, komm runter! Rosalía!«, schrie sie hilflos von der Tür aus.

Das Mädchen hielt inne, als sie Claras Stimme hörte, sah sie an und löste eine Hand, um ihr zuzuwinken.

»Ich will fliegen …«, sagte sie sabbernd.

Clara biss die Zähne zusammen und tat einen Schritt nach vorn. Hinter ihr war auf ihren Schrei hin die gesamte Küchenbesatzung zusammengekommen.

»Rosalía! Komm da runter!«, schrie Clara erneut mit heiserer Stimme.

Als das Mädchen das Schimpfen all der Burschen und Küchenhilfen hörte, zögerte sie. Clara spürte, wie ihre Kräfte sie verließen, und musste sich an die Wand lehnen. Rosalía kletterte noch ein Stück höher.

»Aber ich kann fliegen …«

Clara versuchte erneut zu schreien, doch es gelang ihr nicht. Verzweifelt klammerte sie sich an die Mauer, um nicht zu Boden zu stürzen. Rosalía kletterte ungerührt weiter. Die Küchenmädchen und Carmen von Castillo, die sich noch im Gebäude befanden, schrien auf. Da wurde plötzlich die Dienstbotentür geöffnet, an der Clara am Tag ihrer Ankunft vergeblich versucht hatte, sich bemerkbar zu machen, und Elisa Costa trat heraus. Sie ging durch den Hof und postierte sich direkt unterhalb von Rosalía.

»Komm sofort da runter!«, befahl sie dem Mädchen und zeigte zu Boden.

Rosalía begann mit dem Abstieg, und als sie unten ankam, begann sie bitterlich zu weinen.

»Wir haben dir schon tausendmal gesagt, dass du nicht da raufklettern sollst, weil du sonst runterfällst«, sagte Elisa, als sie zusammen mit Rosalía an Clara vorbeiging. Clara unterdrückte ein Stöhnen. Sie musste wieder hineingehen und so tun, als ob alles in Ordnung wäre, doch vorläufig war sie nicht in der Lage, auch nur einen Schritt zu tun. Elisa wandte sich zu ihr um und zögerte, als sie die Panik bemerkte, die sich auf Claras Gesicht abzeichnete. Das Dienstmädchen verstand den Grund für ihren Zustand nicht. Dafür nahm sie nun Rosalía wieder bei der Hand und führte sie in die Küche. Clara biss sich auf die Lippe, doch die Übelkeit wurde nur immer schlimmer, während ihr Körper unkontrolliert zitterte. Alle würden es merken. Sie sah sich um und stellte fest, dass Elisa wieder auf der Türschwelle stand. Daraufhin schloss Clara die Augen, streckte wie eine Blinde den Arm aus und griff nach Elisas Hand, die die ihre nahm und fest drückte. Ohne sich noch einmal umzusehen, ließ Clara sich von Elisa in die Küche ziehen. Als sie im Inneren angekommen war, umarmte das Dienstmädchen sie und sagte, dass Rosalía in Sicherheit sei und sie sich keine Sorgen mehr zu machen brauche. Daraufhin löste sich Clara von Elisa und dankte ihr. Alle anderen hatten bereits wieder die Arbeit aufgenommen, als wäre nichts geschehen, und sie selbst wischte sich mit einem Leinentuch den Schweiß von der Stirn. Mit wiedererstarkten Kräften ging sie zu Rosalía hinüber, die zusammengekauert hinten im Raum in einer Ecke lag und schimpfte.

»Ich kann fliegen«, sagte das Mädchen, am Daumen lutschend.

»Nein, kannst du nicht! Verstehst du? Das kannst du nicht!«, schalt Clara energisch. »Also versuch es nie wieder! Niemals!«

»Sie tut es immer wieder«, sagte Elisa. »Das war längst nicht das erste Mal.«

Clara nickte.

»Danke«, wiederholte sie und griff noch einmal nach Elisas Hand.

Diese schüttelte, dem Ganzen keine weitere Bedeutung zumessend, den Kopf und ging in ihrer fröhlichen Art davon. Clara kehrte zu ihren Speiseplänen zurück, ohne Rosalía aus den Augen zu lassen, die kurz darauf schnaufend einschlief. Sie musste besser auf sie aufpassen. Wenn der Armen etwas geschah, würde sie sich das niemals verzeihen können. Außerdem würde Doña Úrsula dies als Vorwand nutzen, um sie zu entlassen, weil sie ihre Pflicht vernachlässigt hatte.

KAPITEL 10

16. Oktober 1720, vor dem Frühstück

Diego hatte Señorita Amelia die Umgebung des Herrenhauses gezeigt. Dies war ein Einfall seiner Mutter gewesen. Gabriel hatte sich angeschlossen, nicht so jedoch der Marquis, der kein Frühaufsteher war. Alfredo und Francisco waren ihrerseits im Morgengrauen nach Madrid aufgebrochen, um sich dort um ihre Angelegenheiten zu kümmern. Sie würden erst zum Abendessen zurück sein. Nachdem der Herzog seiner Gastgeberrolle gerecht geworden war, war ihm die bewaldete Gegend ins Auge gefallen, zu der er an Herbsttagen wie diesem früh am Morgen gern mit Alba geritten war, um dort ein wenig für sich zu sein. Während Gabriel und seine Mutter Señorita Amelia die Zuchtteiche mit den erlesenen Fischen zeigten, beschloss Diego, von den Erinnerungen getrieben, dorthin zu reiten. Er streichelte den Hals des Pferdes, das einmal seiner Frau gehört hatte, und galoppierte los. Er durchquerte den Steineichenhain, ließ die Kaplanei und die Grabstätte seiner Familie hinter sich und ritt noch ein Stück am Ufer des Wasserlaufs entlang. Jedes Mal, wenn er sich in dieser Gegend befand, überkam ihn die Erinnerung an den Tag, der alles verändert hatte.

An jenem Morgen vor neun Jahren war er früher als sonst aufgestanden, da Königin Maria Luisa zu heißer Schokolade und Gebäck eingeladen hatte. Alfredo und Francisco hatten am Vortag zugesagt, dass sie da sein und ihn erwarten würden. So hatten sie, zu dritt in einem der sonnigen Höfe des Buen-Retiro-Palasts sitzend, über die damalige Politik und den Verlauf des Krieges geredet. Damals hatte alles darauf hingewiesen, dass sie gewinnen würden. Dann war Alba in den Hof getreten, in einem himmelblauen Kleid, das aus einem wunderschönen Rock und einer kurzen Jacke mit goldfarbenen Stickereien bestand. Das Haar zurückgebunden, was ihren eleganten, schlanken Hals betonte, hatte sie den Hut abgenommen, der einen Teil ihres Gesichts und ihre großen blauen Augen verdeckt hatte. Sie war zwischen den adligen Gästen umhergegangen, war hin und wieder grüßend stehen geblieben und hatte eine erwartungsvolle Spannung erzeugt, als wäre die Königin selbst im Hof erschienen.

Francisco und Alfredo hatten sie begrüßt, und sie hatte kokett zugelassen, dass sie hilfsbereit aufstanden, während sie ihren Perlmuttfächer öffnete und Platz nahm. Dann hatte sie Diego mit ihrem entwaffnenden Lächeln scheinbar verärgert vorgeworfen, sie einsam und schutzlos zurückgelassen zu haben, weil er ihren morgendlichen Ausritt vergessen habe. Alfredo hatte im Vorwissen, dass Diego kampflos aufgeben würde, gelächelt.

»Wieder eine Schlacht, die von vornherein verloren ist«, hatte er gesagt.

Nachdem Diego sich von seinen Freunden verabschiedet hatte, hatte er den Buen-Retiro-Palast verlassen und war gemeinsam mit Alba nach Castamar zurückgekehrt, die ihn neckte, wie schlecht er sich benommen habe und welch grausame Strafe ihn erwarte. Noch heute musste er bei dem Gedanken daran lachen. Für Alba war das ganze Leben purer Genuss gewesen. Sie hatte es geliebt, zu reiten, zu tanzen, zu lesen, zu singen, Cembalo zu spielen, zu lachen und vor allem zu reisen.

Diego drang in den Wald aus Kastanienbäumen und Steineichen ein und folgte dem Weg, den sie damals immer gemeinsam zurückgelegt hatten. Er ritt eine kleine Anhöhe hinauf, und als er oben ankam, bewunderte er eine Weile die Landschaft. Inmitten des scheinbar unendlichen Waldes, in dem das Rauschen des Cabeceras zu hören war, der eilig in Richtung des Manzanares floss, befand er sich genau an dem Ort, wo er seine Frau verloren hatte. Bis zu dieser Stelle waren sie gekommen, nach einem Wettritt, den sie wie üblich gewonnen hatte. Der Einsatz, um den es dabei ging, war die Feier ihres Geburtstages gewesen, die jedoch auch stattgefunden hätte, wäre er der Sieger gewesen. »So wie in jedem Jahr«, sagte er sich mit einem melancholischen Lächeln. Er erinnerte sich an ihr strahlendes, unschuldiges Lächeln und an den Kuss, den sie ihm gegeben hatte, in dem Bewusstsein, in jedem Fall die Siegerin zu sein.

»Ihr vermisst sie, nehme ich an.« Eine weibliche Stimme hinter ihm unterbrach seine Erinnerungen.

Sein Pferd schüttelte den Kopf, und als er sich umwandte, sah er Señorita Amelia hinter sich. Er betrachtete ihre zarte Haut, ihre ansprechenden Gesichtszüge, ihre fein geschwungenen Lippen und die gerade, prägnante Nase, die das ein wenig zu schmale Gesicht prägte. Sie näherte sich ihm auf einem der Pferde aus dem Marstall Castamars. Er grüßte sie mit einem Kopfnicken und ging angesichts der Stimmen, die aus dem Wald schallten, davon aus, dass seine Mutter und sein Bruder ganz in der Nähe waren.

»Sehr. Alba und ich waren sehr eng verbunden. Wir haben uns schon als Kinder gekannt. Sie ist unter diesem Pferd gestorben«, erklärte Diego und streichelte das goldfarbene Fell des Reittiers.

Amelia betrachtete das Pferd.

»Viele andere hätten das Tier geopfert.«

Er lächelte traurig.

»Das Pferd hatte keine Schuld. Offensichtlich hat es sich vor irgendetwas erschreckt… Und ich konnte es nicht zurückhalten«, schloss er unbarmherzig.

Amelia ritt noch näher zu ihm heran, beugte sich im Sattel nach vorn und legte eine Hand auf die seine. Diego folgte der Geste mit dem Blick und sah ihr dann in die Augen.

»Ich nehme an, Ihr habt sehr gelitten«, flüsterte sie.

»Das spielt keine Rolle«, antwortete er ernst und zog seine Hand zurück.

»Natürlich spielt das eine Rolle, Don Diego«, sagte sie und griff erneut nach seiner Hand.

Wieder schwiegen sie, bis von der anderen Seite her erneut die Stimmen seiner Mutter und Gabriels zu hören waren, die nach ihnen suchten.

»Ach, hier seid ihr. Kommt, meine liebe Amelia, ich zeige Euch einen der schönsten Blicke von Castamar«, sagte Doña Mercedes, die in eleganter Haltung im Damensattel saß.

Amelia warf Diego einen letzten Blick zu.

»Wenn Ihr mich entschuldigt…«, sagte sie und entzog ihm mit einer unbewussten Liebkosung die Hand.

Amelia lenkte ihr Pferd zu Doña Mercedes, und Diego machte eine höfliche Geste, während Gabriel langsam auf ihn zu ritt. Neben seinem Bruder angekommen, blickte Gabriel über die Schulter nach hinten, um sich zu überzeugen, dass seine Mutter und Amelia sich bereits weit genug entfernt hatten.

»Sei vorsichtig«, sagte Gabriel warnend. »Amelia ist nicht mehr das unreife junge Mädchen, das wir kennengelernt haben. Gestern habe ich sie überrascht, als sie ganz dicht bei Don Enrique stand. Sie haben miteinander geflüstert.«

»Danke, Bruder«, sagte Diego, bevor er sein Pferd antrieb, um seiner Mutter und Amelia zu folgen.

Gabriel schloss sich ihm an, und Diego warf einen letzten

Blick auf die Stelle, an der neun Jahre zuvor Alba gestorben war. Bis zu diesem Tag war es ihm nicht gelungen zu verstehen, was damals geschehen war. Nach dem Wettrennen waren sie beide im Schritt weitergeritten, und sie hatte von der dringenden Notwendigkeit gesprochen, den gesamten rechten Flügel des Herrenhauses zu renovieren, woraufhin er verwundert gemeint hatte, dass sie doch nicht einmal einen Monat zuvor die Arbeiten der letzten Renovierung abgeschlossen hatten.

»Aber es gefällt mir überhaupt nicht«, hatte Alba insistiert.

»Lass es gut sein«, hatte er gereizt erwidert. »Ich hasse es, Geld zu verschwenden.«

Doch sie hatte keine Ruhe gegeben:

»Du hast recht. Ich gebe zu, es stimmt. Es ist genau so, wie ich es möchte, aber wir müssen es ändern.«

»Warum?«, hatte er gefragt.

Sie hatte mit verschmitztem Gesichtsausdruck geschwiegen, und ihr war anzusehen, dass sie ein Geheimnis hatte. Ein Lächeln hatte ihr Gesicht erstrahlen lassen, und dann hatte sie etwas gesagt, was ihn mit unglaublicher Freude erfüllt hatte:

»Nun ja, weil es nicht zu einem Kind passt.« Er hatte sein Pferd gezügelt, hatte sie fragend angesehen, und das Glänzen ihrer Augen war Antwort genug gewesen. Daraufhin hatte er ihr gesagt, wie sehr er sie liebe, hatte sich ihr langsam genähert und sie geküsst.

Plötzlich hatte er, noch mit geschlossenen Augen, gespürt, dass Alba abrupt zurückgerissen wurde. Er hatte die Augen geöffnet und gemerkt, dass sein Pferd sich ohne Vorwarnung aufgebäumt hatte. Sofort hatte er sich in den Steigbügeln erhoben, um es in den Griff zu bekommen. Ein Blick nach rechts hatte ihm verraten, dass auch Albas Pferd auf den Hinterbeinen stand, und er musste zusehen, wie es zusammen mit ihr hintenüber fiel. Alba hatte noch versucht auszuweichen, doch dafür war es bereits zu spät. Sie fiel zu Boden, und die Kruppe des mächtigen Tieres prallte auf ihre Brust. Mit einem furchtbaren Knacken brachen die Knochen ihres zarten Körpers. Der Aufprall war so heftig, dass der Boden dröhnte. Das Pferd richtete sich sofort wieder auf, wobei es Alba noch mehr Knochen zerstörte, ohne dass diese auch nur ein Stöhnen von sich gab.

Niemand konnte verstehen, warum die Pferde so reagiert hatten. Die Tiere waren Zwillinge und sehr ruhig. Auch der Oberstallmeister Belisario Coral konnte sich das Verhalten der beiden nicht erklären. Er meinte, dass das Pferd vielleicht vor einer Schlange erschrocken war, möglicherweise einer Viper, die in den Madrider Bergen so häufig waren, oder durch einen Insektenstich. Doch Diego war der Grund für den Unfall zu diesem Zeitpunkt bereits völlig egal. Seinen Engel beerdigen zu müssen, war der heftigste Schmerz, den er jemals empfunden hatte. In jenen Tagen hatte er nichts anderes getan, als Albas Tod und den seines ungeborenen Kindes zu beweinen. Seitdem klammerte er sich an den Gedanken, dass Alba auf irgendeine unbegreifliche Art noch immer in Castamar war, dass ihr Geist über ihn und die Seinen wachte.

Diego zügelte sein Pferd, weil ihm plötzlich ein Gedanke kam. Erschrocken sagte er sich, dass Alba schon vor so langer Zeit von Castamar fortgegangen war und dass nur er die Vergangenheit nicht loslassen konnte.

Auf dem Rückweg ignorierte Diego Amelias verstohlene Blicke, während seine Mutter die Vorzüge des Anwesens pries und Gabriel, wie immer bemüht, möglichst keine Aufmerksamkeit zu erregen, schweigend neben ihnen herritt. Als sie die Stallungen erreichten, traten mehrere Stalldiener und Diegos Bereiter zu ihnen und ergriffen die Zügel, damit sie von den Pferden steigen konnten. Danach nahm Amelia Diegos Arm, und sie gingen den schmalen gepflasterten Weg entlang zum Hauptgebäude hinüber.

»Ich weiß nicht, ob Ihr schon einmal in meiner Heimat gewesen seid, Eure Exzellenz«, sagte sie. »Es ist so schön dort.«

»Um ehrlich zu sein, habe ich zwar einige Besitztümer in Sevilla, Málaga und Huelva, aber nicht in Cádiz«, antwortete er. »Vielleicht sollte ich in der Nähe des Anwesens Eures Vaters noch ein Stück Land erwerben, denn der Ruf der Schönheit dieser Gegend hat sich bis nach Madrid herumgesprochen.«

Amelia lächelte flüchtig und schwieg.

Sie betraten das Gebäude durch den Haupteingang und ließen sich von Señor Elquiza in den Salon führen, wo der Tisch bereits mit einem edlen Service aus Talavera-Keramik auf einer Spitzentischdecke aus La Coruña für das Frühstück eingedeckt war. Als sie eintraten, nahmen sie ein duftendes Aroma von geröstetem Brot, Geflügelbrühe, frischen Eiern, gerade gebackenem Milchgebäck, Olivenöl-Tortas, Schokolade und verschiedenen Arten von Biskuitgebäck sowie frisch aufgeschnittener Wurst wahr. Allein der Duft sorgte für Lob in höchsten Tönen. Der Marquis, der eilig am Tisch Platz nahm, hatte auf die anderen gewartet, um mit ihnen gemeinsam zu frühstücken.

»Gut, dass Ihr endlich da seid!«, rief er aus und grüßte kurz zu Doña Mercedes, Señorita Amelia und Diego hinüber, wobei er Gabriel demonstrativ ignorierte. »Ich hätte diesen köstlichen Geruch nicht länger ausgehalten, ohne mit dem Essen zu beginnen.«

Sie setzten sich an den Tisch, und Diego machte seinem Majordomus ein Zeichen, dass die Kammerherren, angeführt von Señor Moguer, die Brühe servieren sollten. Als der Porzellandeckel von der Schüssel genommen wurde, brach das gerade begonnene informelle Gespräch am Tisch schlagartig ab. Das Aroma des zarten Geflügelfleischs, das mit kleinen Scheiben gerösteten Brots, Nelken und Zimt gewürzt war, vermischte sich mit dem Duft der Schokolade, der Milchbrötchen und der Tortas, was freudige Seufzer hervorrief. Diego wechselte einen komplizenhaften Blick mit seinem Bruder. Nachdem Doña Mercedes die Brühe gekostet hatte, schloss sie die Augen und versuchte, den perfekt abgerundeten Geschmack noch ein wenig auf der Zunge zu behalten; Amelia, die sich in einer wahren Lobeshymne erging, konnte nicht anders, als eifrig zu löffeln, um das wohlige Gefühl am Gaumen voll auszukosten; der Marquis war mit gerunzelten Brauen in der Betrachtung der Brühe verharrt, offensichtlich ohne zu verstehen, wie eine einfache Suppe einen derart einzigartigen Geschmack haben konnte.

»Mein lieber Freund, ich beneide Euch«, sagte Don Enrique. »Diese Gerichte hat zweifellos ein Koch von außergewöhnlicher Begabung zubereitet.«

»Mein lieber Sohn, lass ihn nie wieder gehen«, forderte Doña Mercedes, bevor sie sich an einem weiteren Löffel Suppe ergötzte. »Dieser Mann verfügt über einzigartige Fähigkeiten.«

Diego nickte und genoss das Frühstück und die Reaktion der anderen.

»Es ist eine Frau. Und ja, ihre Fähigkeiten sind unbestreitbar«, entgegnete er.

Erneute Stille setzte ein, die immer wieder durch glückliche Seufzer unterbrochen wurde, und als sie sich dem Biskuitgebäck zuwandten, sagte sich Diego zum wiederholten Mal, dass er in seiner neuen Köchin einen wahren Schatz entdeckt hatte.

»Eine Frau mit besonderem Vermögen also«, sagte seine Mutter. »Und da sie in deinen Diensten steht, gehe ich davon aus, dass sie nicht verheiratet ist.«

»Ganz recht«, entgegnete Diego. »Und wie mir Señora Berenguer erzählt hat, ist sie dazu auch noch eine gebildete junge Frau.«

»Dann kann sie also lesen und schreiben?«, erkundigte sich der Marquis skeptisch.

Diego konnte nur bestätigend nicken, denn er schmeckte gerade die zarte Schokolade, die locker war wie eine Cremespeise, genau richtig gesüßt, und einen in perfekter Weise bitteren Geschmack hinterließ. Nach einer Weile hob der Marquis seine

Tasse mit der Schokolade und bekräftigte, dass eine gebildete Köchin wirklich ein außergewöhnlicher Fall war.

»Sie wurde in Englisch, Französisch und alten Sprachen unterrichtet, wie ich erfahren habe«, entgegnete Diego.

»Gütiger Gott…«, rief Don Enrique aus. »Bei diesen Fähigkeiten wundert es mich nicht, dass sie nicht geheiratet hat. Welcher Dienstbote will schon eine solche Ehefrau haben. Das muss unerträglich sein!«

Alle nickten. Don Diego spürte jedoch einen leisen Stich im Inneren.

Er hatte das Gefühl, dass dieser leichtfertige Kommentar eine gewisse Impertinenz enthielt. Er merkte, dass einer seiner Zornausbrüche drohte, und verspürte den Drang, dem Marquis eine unangemessene Antwort zu geben. Doch er riss sich zusammen und konzentrierte sich auf den Geschmack des Biskuitgebäcks. Nachdem sie sich mit der bestickten Serviette die Lippen abgetupft hatte, äußerte seine Mutter ihre Verwunderung darüber, dass eine solche Frau zu Lebzeiten ihres Vaters keinen Ehemann gefunden hatte.

»Wünscht sie sich denn nicht, Kinder zu bekommen?«, fragte Doña Mercedes.

»Wahrscheinlich ist sie unansehnlich oder zu alt«, sagte Don Enrique.

»Eher das Gegenteil ist der Fall«, erwiderte Don Diego brüsk und fügte für sich, aber für alle hörbar hinzu: »Diese Köchin ist eine Señorita, die…«

Sein Bruder, dem aufgefallen war, dass der Ton des Marquis den Herzog erzürnt hatte, bedeutete ihm mit einer Geste, dass er sich nicht von seinem Temperament hinreißen lassen solle. Doch Diego war in Gedanken schon längst nicht mehr bei Don Enrique, denn sein letzter Satz hatte nur seine Neugierde auf Clara Belmonte verstärkt, die ihn schon seit Tagen intensiv beschäftigte. Auf einmal wurde ihm bewusst, dass diese junge Frau eine Señorita aus gutem Hause war, und sie in seiner Küche arbeiten zu sehen, war das, was ihn die ganze Zeit über irritiert hatte. Unvermittelt stand er vom Tisch auf. Den anderen blieb nicht einmal Zeit, sich höflich zu erheben.

»Entschuldigt mich«, sagte er und machte sich unter den erstaunten Blicken seiner Gäste auf den Weg in die Küche.

16. Oktober 1720, während des Frühstücks

Clara schnalzte irritiert mit der Zunge. Doña Úrsula war genau in dem Moment erschienen, als sich vor der Tür zur Küche, vom Essensduft angezogen, eine größere Gruppe von Dienstboten versammelt hatte. In dem üblichen unwirschen Ton hatte die Haushälterin gefragt, was sie dort taten, da das Fleisch, das so gut roch, doch, wie alle wussten, gar nicht für sie bestimmt war. Alle schickten sich an, wieder zu verschwinden, aber Doña Úrsula hielt sie zurück.

»Wie alle wissen, beginnen heute Abend die jährlichen Feierlichkeiten in Castamar, und ich vertraue darauf, dass alles absolut fehlerlos abläuft, so wie Doña Alba es sich gewünscht hätte, die, auch wenn sie nicht mehr unter uns weilt, nach wie vor die Seele dieses Hauses ist. Sollte ich noch einmal einen von euch beim Herumstehen erwischen, wird das sofortige Folgen haben. Ich hoffe, ich habe mich klar ausgedrückt. Und jetzt zieht euch zurück«, befahl die Haushälterin.

Eilig suchte jeder, der mit der Küche nichts zu tun hatte, das Weite. Doña Úrsula wartete, bis alle weg waren, und warf dann Clara einen Blick zu, der ihr bedeutete, dass die Warnung auch für sie galt. Dabei fiel Clara jedoch auf, dass auch die Haushälterin unbewusst die köstlichen Dämpfe schnupperte, die die ganze Küche und die angrenzenden Flure erfüllten. Da tauchte unversehens der Herzog in der Küche auf. Die Haushälterin, der die

Überraschung ins Gesicht geschrieben stand, machte eine Verbeugung.

»Braucht Ihr etwas, Eure Exzellenz?«, fragte sie.

Auch Clara verbeugte sich, als der Herzog ihr plötzlich gegenüberstand, genau wie alle anderen in der Küche anwesenden Dienstboten. Don Diego ließ die Haushälterin einfach an der Tür stehen, ohne ihre Frage zu beachten.

»Geht es Eurer Hand gut, Señorita Belmonte?«, fragte er stattdessen.

Clara nickte verwirrt. Aus dem Augenwinkel sah sie, dass die Haushälterin die Szene beobachtete.

»Ja, Eure Exzellenz. Danke, dass Ihr Euch darum sorgt«, antwortete Clara irritiert, in dem Bewusstsein, dass er sie in der Höflichkeitsform angesprochen hatte.

Offenbar war es Don Diego vollkommen gleichgültig, dass das gesamte Küchenpersonal anwesend war und der ungewöhnlichen Szene beiwohnte. In diesem Moment stieß Rosalía, die gerade erwacht war, einen gutturalen Laut aus und wies von ihrem Platz hinten in der Küche aus mit dem Finger auf den Herzog.

»Bitte seid nicht verärgert, Señor«, sagte Clara. »Sie weiß nicht, was sie tut.«

Der Herzog ging zu Rosalía hinüber und strich ihr liebevoll über die Wange.

»Wie geht es dir, Rosalía?«, fragte er, während das Mädchen ihn anlächelte. »Seid unbesorgt. Sie ist die Tochter meiner leider verstorbenen Amme, die ich sehr geschätzt habe.«

Erneut hatte er Clara angesprochen, als wäre sie eine Señorita.

»Das wusste ich nicht, Exzellenz«, erwiderte Clara verlegen.

»Ich bin persönlich heruntergekommen, um Euch zu sehen …«, sagte er.

Clara errötete. Der Herzog ging auf sie zu, und wie bei ihren vorherigen Begegnungen legte er seinen Finger unter ihr Kinn und hob es an. Erneut roch sie jenen Duft, der sie an ihren Vater erinnerte, und spürte die sanfte Berührung.

»... denn ich möchte Euch eine Frage stellen«, beendete der Herzog den Satz.

»Exzellenz ...«, sagte sie, den Blick verschämt auf den cremefarbenen Gehrock des Herzogs gerichtet.

»Seht mich an«, befahl er.

Sie gehorchte und blickte in seine bernsteinfarbenen Augen.

»Während wir Euer exquisites Essen genossen haben, hat sich ein interessantes Gespräch ergeben. Dabei kam die Frage auf, warum eine Frau mit Eurer Bildung nicht längst verheiratet ist, sondern sich den Lebensunterhalt in der Küche verdient. Es wurde sogar der Gedanke geäußert, dass Ihr womöglich gar nicht danach strebt, zu heiraten«, erklärte er.

Clara schluckte, bevor sie antwortete, und wägte ihre Worte genau ab.

»Nichts liegt mir ferner, Eure Exzellenz. Angemessen zu heiraten, entspricht durchaus meinem Erstreben, doch ich muss gestehen, dass ich das Kochen so sehr liebe wie das Leben selbst. Daher habe ich Doña Úrsula gegenüber geäußert, wie sehr ich mich geehrt fühle, dass Eure Exzellenz mir Ihr Vertrauen schenkt. Ich bin sehr glücklich, in dieser Küche zu sein.«

»Glücklicher, als Ihr es wäret, wenn Ihr einen guten Mann heiraten könntet?«, fragte er verwundert.

»So ist es.«

»Wie ist das möglich? Ist es denn nicht das natürliche Bestreben der Frau, zu heiraten und Nachkommenschaft zu gebären?«

Mehr als ihre Meinung in dieser Sache zu erfahren, schien er sie auf die Probe stellen zu wollen.

»So ist es. Mein Vater hat mich stets gelehrt, so zu denken, Exzellenz«, antwortete sie ruhig. »Meine Mutter jedoch hat mir beigebracht, dass man neben der Ehe auch noch andere Dinge erstreben kann.«

In der Dienerschaft war ein leises Raunen zu hören, was sowohl Clara als auch Don Diego nicht entging. Clara merkte, dass die meisten sie inzwischen verblüfft mit großen Augen anstarrten.

»Da heißt, ich kann daraus schließen, dass Ihr nicht zu heiraten wünscht?«, fragte der Herzog und sah ihr fest in die Augen.

»Ich weiß nicht, ob ich je dem Mann begegnen werde, der meine Gedanken, die allgemein für mein Geschlecht als unangemessen angesehen werden, ertragen kann. Aber jedes Mal, wenn ich am Herd stehe, fühle ich mich vollkommen zufrieden«, erklärte sie. »Und … ich bin überzeugt, dass eine Ehe mit einem normalen Mann mir dieses Glück verwehren würde.«

Daraufhin tat der Herzog etwas, womit sie absolut nicht gerechnet hatte und was die Augen der Dienerschaft noch größer werden ließ: Er trat entschlossen noch dichter an sie heran und beugte vor ihr den Kopf, als wäre sie eine Dame seines Standes.

»Nicht alle Männer haben den gleichen Charakter und das gleiche Gemüt. Ich bin sicher, dass Ihr in der Zukunft einen Ehemann finden werdet, der Eure Gedanken nicht nur erträgt, sondern sogar stolz darauf ist, dass seine Frau derartige Gedanken hat«, sagte er, »Señorita Belmonte.«

Clara war zu keiner Antwort fähig, sondern verbeugte sich nur wie der Rest der Anwesenden. Als sie wieder aufschaute, sah sie, dass Doña Úrsula ihr einen vernichtenden Blick zuwarf. Mit zitternden Knien wandte Clara sich um und richtete ihre Aufmerksamkeit wieder auf ihre Arbeit, während Don Diego im Gang verschwand.

16. Oktober 1720, nach dem Frühstück

Als Diego in den kleinen Speisesalon zurückkehrte, hatte der Marquis sein Frühstück bereits beendet, seine Mutter saß in einem der Sessel, um sich auszuruhen, und Señorita Amelia unterhielt sich im Hintergrund mit seinem Bruder.

»Sie liebt es zu kochen, deswegen heiratet sie nicht«, verkündete er dem Marquis.

Der zog erstaunt die Augenbrauen hoch.

»Mein lieber Freund, ohne Euch zu nahe treten zu wollen, war mir jedoch nicht bewusst, dass Ihr derartig nebensächliche Äußerungen so ernst nehmt«, erwiderte Don Enrique lächelnd.

Diego meinte, erneut jenen herablassenden Tonfall herauszuhören. Dieser aufgeblasene Adlige schien über die besondere Fähigkeit zu verfügen, gesellschaftliche Konventionen dazu zu benutzen, ihn bloßzustellen. Er riss sich zusammen und sah den Marquis scheinbar gleichgültig an. Der erwiderte seinen Blick, und in diesem Moment meinte Diego, hinter dem aufgesetzten Lächeln einen gefährlichen Glanz in seinen Augen zu erkennen. Seine Mutter lächelte ebenfalls, um die Angelegenheit, die Don Enrique ins Rollen gebracht hatte, zu beenden.

»Was Don Enrique sagen möchte, ist, dass die Meinung der Köchin nicht von Bedeutung ist«, erklärte Doña Mercedes von ihrem Platz im Sessel aus.

»Natürlich«, entgegnete Diego.

Der Marquis hielt noch einige Sekunden seinem Blick stand und ging dann zu Doña Mercedes hinüber, die ihm mit einem süßlichen Lächeln vorschlug, eine Partie Dame zu spielen. Diego ergriff die Tasse mit der heißen Schokolade und dachte, dass hinter den kleinen Giftpfeilen, die Don Enrique immer wieder abschoss, vielleicht eine bestimmte Absicht stand und sie nicht nur Ausdruck seines natürlichen Charakters waren. Dabei war er sich jedoch sicher nicht bewusst, dass er Gefahr lief, den Tiger in Diego zu wecken, der sich, wenn er so weitermachte, auf ihn stürzen würde. Und das würde er bitter bereuen.

KAPITEL 11

16. Oktober 1720, später Vormittag

Hernaldo hörte mehrere Schläge an der Tür und öffnete verschlafen die Augen. Er ging davon aus, dass seine Tochter Adela zum Einkaufen auf die Plaza Cebada gegangen war, während er geschlafen hatte. Also erhob er sich von seinem Strohsack und stellte fest, dass die Asche vom Vorabend kaum noch glühte. Es musste kurz vor Mittag sein, denn das Sonnenlicht, in dem die Staubkörner umhertanzten, fiel, von den Fensterläden in Lichtbündel unterteilt, von oben in den Raum. Es klopfte zum dritten Mal, woraufhin er sich die Stiefel anzog, den Degen – ein Geschenk seines Herrn – aus der Scheide nahm und nach dem Messer griff. Madrid war kein sicherer Ort und schon gar nicht für ihn, der er bereits so viele Unglückliche ins Jenseits befördert hatte. Es fehlte gerade noch, dass da jemand vor der Tür stand, um für seinen Bruder oder sonst einen Verwandten Rache einzufordern. Hernaldo rief energisch, dass er, wenn dieser Lärm nicht aufhöre, nach draußen kommen werde, um den Verursacher zu erwürgen. Wer es auch war, schien sich die Drohung zu Herzen zu nehmen.

»Wer ist da?«, fragte Hernaldo, während er zur Tür ging.

»Eine Lieferung«, sagte die Stimme eines Knaben.

Hernaldo öffnete die Tür nur ein Stück weit und stellte den

Stiefel in den Spalt. Ein höchstens zwölfjähriger Junge stand auf dem Treppenabsatz.

»Hier bitte, Señor«, sagte er und übergab Hernaldo einen kleinen, in ein Tuch eingewickelten Gegenstand. »El Zurdo hat mir gesagt, dass er Euch im El Zaguán erwartet, um zu kassieren, was ihm zusteht.«

Hernaldo nahm den Gegenstand entgegen und verabschiedete den Jungen. Nachdem er sich versichert hatte, dass die Tür gut verschlossen war, entfernte er das Tuch. Der Schlüssel, den er gleich darauf in der Hand hielt und der materiell nicht von Wert war, entlockte ihm ein Lächeln. Das waren gute Nachrichten für seinen Herrn, Don Enrique von Arcona. Denn es bedeutete für den Marquis, dass er in Castamar tun und lassen konnte, was er wollte. Er seufzte und kleidete sich vollständig an. Den Schlüssel zu besorgen, war der erste Auftrag gewesen, den er von Don Enrique erhalten hatte. Den zweiten würde er an diesem Morgen ausführen müssen, und er hatte mit Doña Sol Montijos zu tun, einer Frau, vor der man sich besser in Acht nahm.

Schon seit einer ganzen Weile war Doña Sol eine nützliche Verbündete für den Marquis, und auch diesmal hatte er sie um ihre Unterstützung gebeten. Hernaldo hatte keine Ahnung, worum genau es dabei ging. Das Einzige, was er sicher wusste, war, dass Doña Sol und ihr Ehemann ebenfalls als Gäste an dem Abendessen im kleinen Kreis teilnehmen würden, das an diesem Abend in Castamar stattfand. Und das passte sehr gut in Don Enriques Pläne. Doña Sol hatte, was den Auftrag des Marquis anging, für die Festsetzung ihres Preises um ein paar Tage Bedenkzeit gebeten. Wobei Hernaldo sich nicht vorstellen konnte, was das für ein Preis sein könnte. Doña Sol Montijos war ein teuflisches Weib, deren Ehemann zwanzig Jahre älter war als sie. Sie hatte Feuer im Blut und war hinterhältig wie eine Schlange. Am Vorabend hatte Hernaldo endlich die Nachricht des Marquis erhalten, dass Doña Sol die »Gegenleistung« festgelegt habe. Deswegen sollte er, Hernaldo, an diesem Morgen Doña Sol aufsuchen, um die entsprechende Information zu erhalten.

Er steckte den Degen in die Scheide, zog seine lederne Jacke zurecht und versteckte den Degen am Rücken, damit er jederzeit schnell danach greifen konnte. Er, der lange als Soldat in den Reihen der berühmten Tercios gekämpft hatte, wusste, dass es im Zweikampf keine Ehre gab, hier zählten einzig die Geschicklichkeit und die Tricks, die man im Soldatenleben lernte oder in den nächtlichen Gassen, wo für ein paar Reales offene Rechnungen beglichen wurden. In einem derartigen Duell zählte lediglich, schnell und gut zu töten, vor allem, wenn der Gegner genau wie man selbst dafür bezahlt wurde. Nur so konnte man die eigene Haut retten. Weil Hernaldo diese Lektion gelernt hatte, die einem kein Lehrer beibringen konnte, war er in der Lage, die Angst im Inneren der Menschen zu erkennen. Er glaubte, dass die Furcht, die so viele erfasst hatte, ein Spiegelbild dessen war, was in Spanien geschah, von dem nur noch die Fassade übrig geblieben war. Das größte Reich Europas war zu einer französischen Marionette geworden. »Zur Hölle! Ein halbes Leben lang habe ich gegen diese Gallier gekämpft, damit sie sich nun als die Herren aufspielen!« Deshalb hatte er, nachdem Versailles vor mehr als fünfzehn Jahren die Auflösung der Tercios befohlen hatte, gewusst, dass seine Zeit beim Militär vorbei war.

Nach der Entlassung, mit über vierzig Jahren auf dem Buckel hatte er keine andere Möglichkeit gesehen, als seine Klinge dem Meistbietenden zu verkaufen. Daraufhin war er jedoch schon bald, zum Tod am Galgen verurteilt, im Gefängnis von Sevilla gelandet.

Hernaldo hob ein kleines Glas Weinbrand an die Lippen und leerte es in einem Zug, wobei er das Brennen in der Kehle genoss, das ihn daran erinnerte, dass er noch am Leben war. Dabei war er in Gedanken wieder in jenem verwünschten Loch, wo auf einmal dieser Adlige durch den Gang geschritten war. Gefolgt von dem Wächter, war er vor seiner Tür stehen geblieben.

»Der ist es«, hatte der Wächter gesagt und auf ihn gezeigt. »Morgen landet er auf dem Schafott.«

Hernaldo hatte kurz aufgesehen, während der Adlige ihn mit einem Taschentuch vor der Nase gemustert hatte.

»Ich verstehe. Dann kann es sein, dass er der Mann ist, den ich brauche.«

Nach diesen Worten hatte der Adlige dem Wächter ein paar Reales gegeben, damit er sich zurückzog.

»Was wollt Ihr von mir?«, hatte Hernaldo mürrisch gefragt.

Daraufhin hatte der Marquis etwas gesagt, was er niemals vergessen würde, solange er auf Gottes Erde lebte.

»Du stehst auf der Schwelle des Todes, Hernaldo von la Marca, doch wenn du mir zuhörst, kann es sein, dass dein Leben um einiges länger und deutlich bequemer werden wird.« Hernaldo hatte das Gesicht verzogen und verständnislos den Kopf geschüttelt. Don Enrique hatte milde gelächelt, als hätte er ein Kind vor sich.

»Willst du morgen früh am Galgen sterben, oder nicht?«

»Nein … Nein, Señor.«

»Hör zu, Hernaldo«, hatte Don Enrique daraufhin gesagt. »Wir sind im Krieg. Einem Krieg, der über das Schicksal Europas, Spaniens und seines Königs entscheiden wird. Du hast dein ganzes Leben lang dem Hause Habsburg als Soldat gedient, und ich weiß, damit ist es bei dir schon seit Längerem vorbei, aber du kannst von nun an dem Haus Arcona dienen.«

»Holt mich hier raus, und ich schwöre, dass ich Euch so diene, wie ich König Karl gedient habe. Bis auf den letzten Blutstropfen, hochverehrter Herr. Ich werde alles tun, worum Ihr mich bittet, und seid sicher, ich werde Euch nicht enttäuschen«, hatte Hernaldo begeistert erwidert.

Der Marquis hatte sich erhoben, den Löwenkopf seines Stocks auf die Lippen des Gefangenen gelegt und ihm mit einer Geste seiner Hand befohlen zu schweigen.

»Hernaldo, es werden Tage kommen, an denen du zwischen der Treue und deinem Leben wählen musst. Dann rufe dir deine heutigen Worte in Erinnerung. Den wirklichen Wert deiner Treue kannst du nur in den schlimmsten Momenten der Folter unter Beweis stellen«, hatte der Marquis zuletzt gesagt, bevor er durch den Gang, an dem die Zellen der Gefangenen lagen, verschwunden war.

Dies alles war nun bereits fünfzehn lange Jahre her. Seitdem hatte Hernaldo dem Marquis im Guten wie im Schlechten gedient und war, wie er geschworen hatte, auch jetzt noch entschlossen, jederzeit für seinen Herrn zu sterben. Den Habsburgern zu dienen, hatte ihm nur Unglück gebracht, und die Bourbonen hatten ihn nach Jahren treuer Dienste verabschiedet und seinem Elend überlassen.

Don Enrique dagegen hatte sich als würdiger, kluger, tapferer und umsichtiger Herr erwiesen, und dazu als mächtig und zu allem fähig. Und als ihm der Marquis eines Tages aufgetragen hatte, den Herzog auf eine unauffällige Art und Weise zu beseitigen, war ihm dies auch beinahe gelungen. Nur wenige wussten hierüber Bescheid, und käme die Wahrheit heraus, würden sie alle am Galgen landen und Don Enrique im Gefängnis, und doch war dies einer der Fälle gewesen, in denen er seine Treue hatte beweisen können: der tragische Unfall Doña Albas. Kein noch so Gelehrter konnte erklären, warum das Pferd sie so brutal erdrückt hatte. Für Hernaldo dagegen war dies ein offenes Geheimnis, trug die Angelegenheit doch seine ganz persönliche Handschrift.

Um diesen Auftrag auszuführen, hatte er zunächst einen

alten Apotheker aufgesucht, der sich auf gewisse Dinge spezialisiert hatte. Dieser Mann, mit Namen Vicente Hermosilla, hatte ihm genau das angeboten, wonach er gesucht hatte, einen Gegenstand, der nichts anderes war als eine einfache Holzpfeife. Als der Alte ihm das simple Ding gezeigt hatte, hatte Hernaldo ihm zunächst nicht geglaubt. Der Mann hatte ihm erst vorführen müssen, wie man diesen Gegenstand einsetzen konnte, ohne Spuren zu hinterlassen. Der Apotheker hatte die Pfeife genommen und hineingeblasen, woraufhin kein Laut zu hören gewesen war. Dennoch war kurz darauf die Bulldogge des Mannes aufgetaucht und hatte sich neben ihn gesetzt.

»Die Pfeife macht ein Geräusch, das für keinen Menschen, wohl aber für Tiere zu hören ist«, hatte Hermosilla erklärt.

»Das ist ja das reinste Hexenwerk«, hatte Hernaldo gesagt.

»Nein, nein. Das ist ganz natürlich, seht noch einmal zu. Wenn ich einmal pfeife, kommt der Hund, pfeife ich zweimal …« Er blies in die Pfeife, und die Bulldogge kehrte wieder dorthin zurück, woher sie gekommen war. »Seht Ihr?«

»Gut. Und was genau, meint Ihr, soll ich damit tun?«, hatte er gefragt.

»Ach, Hernaldo, mit den Waffen seid Ihr zweifellos sehr geschickt, aber was diese Art zu kämpfen angeht … Benutzt die Pfeife, um ein Tier abzurichten. Es wird den für uns Menschen unhörbaren Laut mit Schmerz in Verbindung bringen, mit Wut, womit Ihr wollt, sodass derjenige, der den Menschen tötet, auf den Ihr es abgesehen habt, das Tier ist«, hatte der Alte erklärt. »Ihr könnt zum Beispiel einem Hund beibringen, dass er auf einen Pfiff hin angreift. Und niemand wird sagen können, dass Ihr darin verwickelt seid. Es wird wie ein Unfall aussehen.«

Damit hatte der alte Mann ihm zweifellos den Schlüssel gegeben, um Don Diego ins Jenseits zu befördern, ohne dass eine Untersuchung folgen würde. Obwohl der Herzog ihm persönlich kein schlechter Mensch zu sein schien. Es hieß, er sei ein

Adliger, der das Kämpfen gewohnt war und auf dem Schlachtfeld schon oft seinen Mut bewiesen hatte, und das war etwas, was er respektierte. Aber natürlich war seine persönliche Meinung über den Herzog kein Hinderungsgrund, ihn zu töten. In jedem Fall war sein Ziel an jenem Tag Don Diego gewesen und nicht dessen Frau, doch die beiden hatten die Pferde getauscht, mit denen sie auszureiten pflegten. Wäre das Glück damals auf seiner Seite gewesen, läge seitdem der Herzog unter der Erde und nicht seine Frau. »Die ganze Mühe umsonst«, hatte er sich später immer wieder gesagt, fest entschlossen, die Angelegenheit eines Tages doch noch im Sinne seines Auftraggebers zu erledigen.

Und nun war es offenbar so weit. Hernaldo steckte seinen Vorderlader ein und machte sich auf den Weg zur Marquise von Villamar. Denn wenn er sich einer Sache sicher war, dann, dass Don Enrique Spanien zu neuem Ruhm verhelfen und der Herzog von Castamar nicht mehr lange am Leben sein würde.

Derselbe Tag, 16. Oktober 1720. Später Vormittag

Die Küche war ein einziges Gebrodel an Dämpfen, Hitze und Feuer; die Küchenjungen nahmen unzählige Lämmer und Fische aus und entfernten die harten Teile; die Küchenhilfen entnahmen die Knochen, tränkten das Fleisch in Mandelsauce, zuckerten, spickten Fleisch mit Hirschbutter oder mit Speck. Das ganze Gemenge aus Menschen, Kesseln, Pfannen, Schaumlöffeln, Spießen und Tranchiermessern hatte Clara von dem Vorfall mit Rosalía – der die Arme beinahe das Leben gekostet hätte – und dem unerwarteten Besuch Don Diegos in der Küche abgelenkt. Nur das verblüffte Gesicht Doña Úrsulas kam ihr hin und wieder in den Sinn. Eine derartige Einmischung seitens des Herzogs war schon ungewöhnlich, doch dass er sich außerdem noch von der Chefköchin wie von einer Dame seines Standes verabschiedet hatte, machte die ganze Szene zu einer völligen Ungereimtheit.

Clara wandte sich um, atmete tief ein und rief sich noch einmal den Besuch des Señors und den giftigen Blick der Haushälterin ins Gedächtnis. Bei dem Gedanken, dass endlich einmal etwas der strengen Kontrolle Doña Úrsulas entglitten war, musste sie lächeln. Ihr nächster Gedanke galt dem neuen Dienstmädchen, das auf ihren ehemaligen Posten als Küchenhilfe befördert worden war: Beatriz Ulloa, eine tollpatschige junge Frau, die nicht viel Ahnung vom Kochen hatte. Clara nahm an, dass Doña Úrsula es vorgezogen hatte, Beatriz mit dieser Aufgabe zu betrauen, um zu vermeiden, dass die neue Chefköchin selbst jemanden, der ihr ähnlich war, aussuchte.

Clara rührte noch einmal im Schmortopf und kostete, um abzuschmecken, ob die richtige Menge Wein hinzugefügt worden war. Dies war nicht der Fall, sodass sie noch ein wenig Rotwein nachgoss. Anschließend überließ sie den Topf der Küchenchefin Alfonsina Serrano. Da fiel ihr Blick auf ihre neue Küchenhilfe, die in der Kammer schlafen würde, in der sie selbst noch an diesem Morgen aufgewacht war. Beatriz war gerade äußerst ungeschickt dabei, Kartoffeln in Bâtonnets zu schneiden. Doch in ihren kastanienbraunen Augen entdeckte Clara jenes Glitzern, das den Willen zu überleben verriet, wenn man schon viel erlitten hatte. Das gleiche Glitzern, das sie von sich selbst kannte.

Als sie durch einen der Gänge zu den anderen Küchen hinüberging, hörte sie plötzlich eine Melodie, die von jemandem im Stockwerk über ihr auf dem Cembalo gespielt wurde. Das rief ihr den Tag in Erinnerung, an dem sie mit ihrer Schwester übend am Cembalo gesessen und auf ihren Vater gewartet hatte, der, wie er ihnen einige Tage zuvor geschrieben hatte, zum Essen bei ihnen sein wollte. Doch er sollte nie wieder nach

Hause kommen. Stattdessen war ein Bote mit einem Brief vom Kriegsminister eingetroffen. Sie selbst war damals an die Tür gegangen, um ihren Vater willkommen zu heißen. Nachdem sie das Schreiben gelesen hatte, hatte sie sich unter den erstaunten Blicken ihrer Mutter und ihrer Schwester erst einmal hinsetzen müssen. Nach einigem Zögern hatte sie dann gesagt:

»Nichts. Nichts ist geschehen.«

Anschließend hatte sie das Bewusstsein verloren. Und als sie wieder zu sich gekommen war, war ihr Leben nicht mehr dasselbe gewesen. Ihr Vater war tot, und sie sollte von da an mit einem nervösen Leiden geschlagen sein, das es ihr unmöglich machte, einen offenen Raum unter freiem Himmel zu betreten. Wenige Tage später hatte sie dann aus dem Mund des Kriegsministers persönlich von den genauen Todesumständen ihres Vaters erfahren.

»Er starb als Held und Patriot«, hatte José von Grimaldo begonnen.

Wie es schien, war eine österreichische Truppeneinheit bis hinter die feindlichen Linien der Bourbonen vorgedrungen und hatte auf der Suche nach Opium und Essen das Lazarettzelt überfallen. Ihr Vater hatte zusammen mit den nur leicht verletzten Patienten und ein paar Reservisten auf der Brücke über den Fluss Tajuña Widerstand geleistet. Während sie sich verteidigt hatten, hatte er angeordnet, dass sämtliche Reserven an Opium und Lebensmitteln sowie die Verletzten und die Frauen über den Fluss in Sicherheit gebracht wurden. Später hatte sich dann herausgestellt, dass auch ein entfernter Neffe des Königs unter ihnen gewesen war.

»Ihr Vater hat etwa eine Stunde durchgehalten, doch weil er der Letzte war und wusste, dass die Österreicher, wenn sie erst den Fluss überquert hatten, alle Verletzten töten würden, hat er die Brücke mit sich selbst darauf in die Luft gesprengt«, hatte der Minister mit feierlicher Stimme gesagt. »Ich bedauere diesen

Verlust sehr. Ihr Vater war ein aufrichtiger, guter und tapferer Mensch. Er hat in jener Nacht vielen Menschen das Leben gerettet. Ich weiß, dass der König, als er die Nachricht erhielt, gesagt hat, dass er ihm posthum eine Ehrung verleihen möchte.«

Doch zu dieser Ehrung war es nicht gekommen. Clara hatte nie verstanden, warum der Bourbone sein Wort nicht gehalten hatte. Und seitdem hatte sie, abgesehen von ein paar besonderen Momenten, nur noch Armut und Leid erfahren.

Sie wurde abrupt aus ihren Gedanken gerissen, als sie um die Ecke bog und plötzlich Doña Úrsula gegenüberstand. Diese wurde von zwei Dienstmädchen begleitet, an deren Schürzen zu erkennen war, dass sie zum zusätzlich eingestellten Küchenpersonal zählten. Als die Haushälterin Clara sah, gab sie ihr mit einer Geste zu verstehen, dass sie warten solle. An ihrem Gesichtsausdruck erkannte Clara, dass sie sich noch immer nicht von dem seltsamen Besuch Don Diegos in der Küche erholt hatte.

»Ihre Exzellenzen Don Diego und Doña Mercedes wünschen, gemeinsam mit dem hochehrwürdigen Don Enrique und Señorita Castro ein leichtes Mahl in den Gärten von Villacor einzunehmen«, informierte die Haushälterin sie, ohne ihr auch nur die Gelegenheit zum Gruß zu geben.

»Einer der Fleischbegleiter hat mir dies auf Anweisung von Don Melquíades bereits mitgeteilt. Wie ich verstanden habe, wird auch Don Gabriel sie begleiten«, sagte Clara.

»So ist es«, entgegnete Doña Úrsula und hob leicht eine Augenbraue, als sei dies nicht von Bedeutung.

»Dies sind zwei neue Küchenhilfen für die Feier«, sagte Doña Úrsula, abrupt das Thema wechselnd.

Die beiden, die mindestens zehn Jahre älter waren als Clara, grüßten sie, wie es sich gehörte, blickten dabei jedoch ein wenig skeptisch.

»Ich freue mich, Euch kennenzulernen«, meinte sie und begrüßte ihre Kolleginnen damit, als wären sie von Stand.

Noch während sie die Worte aussprach, fiel ihr ihr Fehler auf, den sie aufgrund ihrer Erziehung immer wieder beging, und sie ärgerte sich über sich selbst. Die beiden Frauen sahen sie an, ohne zu wissen, was sie sagen sollten, und machten eine ungeschickte Verbeugung. Doña Úrsula runzelte die Stirn, und Clara wusste, dass sie ihren Fauxpas nutzen würde, um ihre Macht über sie zu festigen.

»Von nun an untersteht ihr beiden der hier anwesenden Chefköchin. Señorita Belmonte, könnte ich Euch einen Moment sprechen?«, sagte die Haushälterin.

Clara nickte und ordnete an, dass die beiden Kompott für die Beilage zubereiten sollten. Anschließend wartete Doña Úrsula mit unwirschem Gesichtsausdruck darauf, dass die beiden Küchenhilfen außer Sichtweite waren, während Clara sich auf ihren Angriff vorbereitete.

»Señorita Belmonte, Ihr solltet darauf achten, die Küche nicht mit einem Ballsaal Seiner Exzellenz zu verwechseln. Diesen beiden einfachen Dienstmädchen gegenüber war Eure Höflichkeit völlig deplatziert. Sie sind hier, um zu arbeiten«, sagte sie streng.

Clara ließ ein paar Sekunden verstreichen, bevor sie antwortete.

»Mit dem gebotenen Respekt, Doña Úrsula, wage ich einzuwenden, dass ich diese Höflichkeit von meiner Mutter gelernt habe«, entgegnete sie. »Ich denke nicht, dass meine Erziehung diesen beiden irgendein Übel …«

Es musste das erste Mal sein, dass jemand Doña Úrsula auf diese Art widersprach, denn sie riss überrascht die Augen auf und fiel ihr ins Wort:

»Entschuldigt, Señorita Belmonte …« Die Haushälterin sah sie warnend an. »Es ist unübersehbar, dass Eure Mutter Euch gute Manieren gelehrt hat, aber nicht die richtigen für den Umgang mit dem Küchenpersonal, denn, wie ich annehme, hat Eure Mutter nicht allzu viel Zeit in der Küche verbracht, außer um sich ein wenig zu amüsieren.«

Clara ballte die Fäuste, bis ihre Knöchel weiß hervortraten, und schickte sich an, etwas zu erwidern, was Doña Úrsula jedoch nicht zuließ.

»Und wie nur allzu deutlich wird, hat sie Euch nicht gelehrt, wann es besser ist, eine direkte Anordnung einfach nur auszuführen und zu schweigen«, schloss sie. »Behandelt das Dienstpersonal angemessen, damit wir uns nicht plötzlich alle für Exzellenzen halten. Und nun kehrt an die Arbeit zurück.«

Clara beschränkte sich darauf, dem Befehl Folge zu leisten, und setzte ihren Weg zu den Nebenküchen fort.

KAPITEL 12

16. Oktober 1720, am Mittag

Melquíades schrieb gerade die letzten Zeilen in sein Heft. Seit er nach dem Tod seines Vaters und Vorgängers Don Ricardo Elquiza zum Majordomus ernannt worden war, führte er diese Tagebücher, als handelte es sich um das Logbuch eines Schiffs, und hielt darin die wichtigsten Ereignisse jedes Tages fest. War eines einschließlich der letzten Seite gefüllt, fügte er es der nummerierten Sammlung hinzu, die er wie einen kleinen Schatz in einem verschlossenen Schrank in seinem Dienstzimmer aufbewahrte. Er fühlte sich in gewisser Weise wie ein Chronist, da er jeden Tag in allen möglichen Einzelheiten beschrieb und sogar einige Zeichnungen hinzufügte. Natürlich hatte er nicht die Absicht, sein Werk zu veröffentlichen; diese Beschäftigung war ein persönliches Vergnügen und gleichzeitig eine Art, das Leben auf dem Anwesen zu strukturieren.

Während er auf seinen Neffen wartete, um ihm genaue Anweisungen zu erteilen, beschrieb er gerade den Versuch, Clara Belmonte zu entlassen, von dem sein guter Freund Simón Casona ihm berichtet hatte. Wie es schien, hatte die Einstellung der jungen Frau, die zunächst nur ein weiteres Dienstmädchen unter den vielen war, die sich in Castamar aufhielten, das ganze Personal vollkommen durcheinandergebracht.

Als bekannt wurde, dass ein einfaches Dienstmädchen den Posten von Señora Escrivá eingenommen hatte, hatte dies für viel Klatsch und Tratsch unter den Dienstboten gesorgt. Allerdings war dieser sofort verstummt, als das Essen serviert worden war.

Der Geschmack der Gemüsesuppe mit Spinat und Kichererbsen hatte alle verblüfft. Im Vergleich zu der schlichten Küche Señora Escrivás hatte dieses Essen einfach himmlisch geschmeckt.

Nur die Haushälterin hatte die Küche der jungen Frau noch nicht gekostet, da sie den Vortag auf der Suche nach einem Koch in Madrid verbracht hatte. Sie hatte lediglich das Frühstück probiert, und an der Art, wie sie die Augenbrauen hochgezogen hatte, hatte er gemerkt, dass sie überrascht gewesen war. Melquíades kannte sie nur allzu gut: Doña Úrsula hatte nichts gesagt, weil ihr Hochmut es ihr verbot, und er musste zugeben, dass die kleine Auflockerung der strengen Kontrolle der Haushälterin wie eine frische Brise in der Augusthitze wirkte.

Als er Doña Úrsula zum ersten Mal gesehen hatte, hatte er sie für die perfekte Haushälterin gehalten, und trotz der vielen Jahre, in denen diese Frau ihn bereits bedrängte, musste er zugeben, dass sie das auch tatsächlich war. Er hatte sich sogleich heftig von ihr angezogen gefühlt. Vielleicht wegen ihrer sorgfältigen Art, Dinge zu tun, wegen ihres Perfektionismus und der Hingabe, mit der sie ihre Arbeit tat. Und nach wie vor war er der Meinung, dass sie hinter ihrem spröden Gebaren eine sehr gut aussehende Frau war. Heimlich hatte er manchmal sogar die Hoffnung genährt, dass in der öden Landschaft ihres Gemüts doch irgendwo ein wenig Gefühl spross; dass vielleicht, wenn er dieses zarte Pflänzchen mit viel Zuneigung goss, doch noch eine menschliche Seite dieser strengen Frau zutage treten würde. Doch das war nur eine Illusion gewesen, und mit der Zeit hatte sich diese Hoffnung als vergeblich erwiesen. Daher schalt er sich jedes Mal, wenn er daran dachte, wie sie sein Vertrauen missbraucht und sein Geheimnis entdeckt hatte, seiner Dummheit. Dies hatte sich einige Monate nach ihrem Dienstantritt in Castamar ereignet. Melquíades war kurz davor gewesen, ihr seine Gefühle zu offenbaren, als sie jede Art von Zuneigung mit einem Schlag zerstört hatte. Er erinnerte sich noch genau daran, wie Doña Úrsula in sein Dienstzimmer getreten war, um ihn darüber in Kenntnis zu setzen, dass Doña Alba, dieser Engel von einer Frau, ihn zu sehen wünschte. »An jenem unheilvollen Tag, der so böse endete«, sagte er sich. »Doña Alba starb, und ich war plötzlich nicht mehr der wahre *maior domus* von Castamar.« Melquíades, der damals gerade dabei war, etwas in sein Tagebuch zu schreiben, hatte zusammen mit der Haushälterin eilig den Raum verlassen und das offene Heft auf dem Tisch liegen lassen. Auf halbem Weg war ihm sein Versäumnis aufgefallen und pedantisch, wie er war, wollte er dem sogleich Abhilfe schaffen. In dem Moment war Doña Úrsula so aufmerksam gewesen anzubieten, anstatt seiner zurückzugehen und das Heft an seinen Platz zu stellen, damit er unverzüglich zu Doña Alba gehen konnte. Doch seine Einfältigkeit hatte ihm einen Streich gespielt und ihn im Folgenden zur Marionette gemacht.

»Ich zähle auf Eure Diskretion«, hatte er gesagt.

»Aber sicher, Don Melquíades. Nichts liegt mir ferner, als Eure vertraulichen Enthüllungen zu lesen«, hatte Doña Úrsula entgegnet.

Also hatte er sie gebeten, das Heft, das er auf dem Tisch hatte liegen lassen, in den kleinen Schrank zu räumen, und ihr den Schlüssel dafür gegeben. Anschließend war er voller Vertrauen zu dem kleinen Salon gegangen, wo er von Doña Alba erwartet wurde. Und während die Señora ihm enthüllt hatte, dass sie schwanger war und den Herzog am selben Tag noch damit überraschen wollte, hatte Doña Úrsula – zufällig oder nicht –, als sie das Heft in den Schrank stellen wollte, den Brief entdeckt. Den verdammten Brief, der nun seine Zukunft gefährdete. Er selbst hatte ihn zwei Tage zuvor in das Heft gelegt, als jemand ihn wegen irgendeiner Angelegenheit unterbrochen hatte. Anschließend hatte er ihn dort vergessen. Dieses Versehen und seine Naivität waren schuld, dass er nun ohne echte Autorität durch Castamar ging und zum Hauptdarsteller in einer Tragikomödie geworden war. Die harte Strafe für seine Einfältigkeit hatte er sich selbst zuzuschreiben, da er nicht den Mut hatte, dem Herzog zu offenbaren, um was für einen Brief es sich handelte und von welch gottlosen Taten darin die Rede war. Und solange er dies nicht tat, hatte Doña Úrsula ihn in der Hand und konnte ihn vor sich hertreiben, wie sie wollte.

Er hasste sich für seine Feigheit und auch für die Gefühle, die er ihr gegenüber empfunden hatte und die ihn manchmal wie eine längst vergangene Stimme in seinem Inneren überfielen. In all den Jahren war er mehrfach kurz davor gewesen, dem Herzog alles zu gestehen, und hatte es dann doch nicht gewagt. Schon oft hatte er daran gedacht, das Anwesen zu verlassen, aber mit fünfundfünfzig Jahren würde es schwer sein, eine andere Anstellung als Majordomus zu finden. Außerdem beunruhigte ihn der Gedanke, dass Doña Úrsula jenen Brief nutzen würde, um ihn auch dort, wo er dann wäre, zu ruinieren. So waren die Jahre vergangen und mit ihnen seine Möglichkeiten, sich irgendwo weit weg von Castamar ein anderes Leben aufzubauen, während die Last seines Geheimnisses immer schwerer wurde.

Ein Klopfen an der Tür unterbrach ihn. Er schloss das Heft, bevor er Eintritt gewährte. Sein Neffe Roberto Velázquez trat ein, untadelig in seine Uniform gekleidet, und stellte sich mit leuchtenden Augen vor ihn.

»Don Melquíades, Ihr habt mich rufen lassen?«, fragte er.

»Ja, Roberto. Wie du weißt, wird Seine Exzellenz heute in den Gärten von Villacor ein leichtes Mahl einnehmen«, sagte er. »Sprich bitte mit Don Pedro Cebrián, unserem Oberstallmeister, oder, falls er nicht da ist, mit Don Belisario Coral, dem

Stallmeister, und richte ihm aus, dass zwei Kutschen dorthin gebracht werden müssen.«

Wie er erwartet hatte, wunderte sich der Junge, denn der Herzog und seine Gäste wünschten, den Weg zu Fuß zurückzulegen. Geduldig wartete Melquíades darauf, dass sein Neffe die entsprechende Frage äußerte. Denn er wollte ihn lehren, dass ein guter Diener oder Gehilfe jegliche Situation vorhersehen und immer einen Schritt vorausdenken musste.

»Entschuldigt, Don Melquíades«, sagte der Junge schließlich, »Don Diego selbst hat gesagt, dass Ihre Exzellenzen und die Gäste zu Fuß gehen werden.«

»Angesichts der kurzen Zeit, die du in diesem Haus weilst«, entgegnete der Majordomus und machte eine dramatische Pause, »nehme ich an, dass du die Gärten von Villacor nicht kennst.«

Der Junge schüttelte den Kopf.

»Sie liegen weniger als eine Meile entfernt in westlicher Richtung und sind der vollkommene Ort, um das Leben auf dem Land zu genießen«, erklärte sein Onkel. »Ich versuche nur zu verhindern, dass du Fehler wiederholst, die andere in der Vergangenheit gemacht haben.«

Der Junge nickte, während er vor Aufregung zu schwitzen begann, ohne zu ahnen, worauf sein Onkel hinauswollte. Melquíades wartete ein paar Sekunden, bevor er seinen Neffen wissen ließ, was auf dieser Entfernung von einer halben Meile geschehen konnte. Den Rat, den der junge Roberto heute erhalten sollte, hatte er selbst einst von seinem Vater Ricardo Elquiza bekommen.

»Dienen heißt, die Wünsche seines Herrn im Voraus zu erahnen«, hatte er ihm damals erklärt. »Voraussicht ist die essenzielle Fähigkeit jedes guten Dienstboten.«

Nun war es an der Zeit, dass sein Neffe dies lernte.

»Die Entfernung reicht aus, dass Ihre Exzellenzen, falls das

Wetter sich verschlechtert, durch und durch nass werden können«, erklärte er. »Kümmere dich also darum, dass die Kutschen dort sind, sollte dieser Fall eintreten.«

»Danke, Don Melquíades«, sagte der Junge und prägte sich das Gelernte ein.

»Beim nächsten Mal erwarte ich, dass dieser Vorschlag von dir kommt. Du musst derartige Schwierigkeiten jederzeit vorhersehen. Und sollte es zu einer entsprechenden Situation kommen, war die Vorsorge deine Idee, verstanden?«

Roberto wunderte sich und erklärte, dass dies doch offensichtlich nicht der Fall war, aber ein Blick seines Onkels reichte aus, dass der Junge keine weiteren Einwände äußerte. Nachdem Melquíades ihm den Hemdkragen gerichtet hatte, legte er ihm eine Hand auf die Schulter und meinte, dass er seine Sache gut mache. Der Junge verließ den Raum fast wie auf Zehenspitzen, bemüht, so elegant wie ein Adliger mit neuer Garderobe einherzuschreiten.

In diesem Moment nahm Melquíades einen betörenden Duft nach *olla podrida* wahr, einer Art Eintopf, der aus einer verführerischen Mischung von Gemüse, Chorizo, zartem Haxenfleisch, Schweinerüssel, Schweineschwanz, weichem Brot mit Ei, Knochen, Kohl und anderen Köstlichkeiten bestand.

Der Duft erinnerte Melquíades daran, dass es jemand Neuen in der Küche gab, jemand ganz Besonderen, der, ohne es selbst zu wissen, für große Veränderungen sorgen konnte. Er sagte sich, dass er Clara Belmonte unbedingt persönlich kennenlernen musste, denn letztendlich war er, wenn auch nur dem Titel nach, noch immer der Majordomus hier im Haus. Und auch wenn es nicht gut war, sich derartigen Hoffnungen hinzugeben, erlaubte er sich, von dem köstlichen Aroma getragen, den Gedanken, eines Tages könne er vielleicht doch wieder der wahre Herr über die Dienerschaft von Castamar sein.

Je länger Enrique in Castamar war, desto wohler fühlte er sich. Don Diego hatte sich als recht fader Mensch herausgestellt, längst nicht so vornehm, wie er es von einem spanischen Herzog erwartet hatte. Das Auffälligste an ihm war seine schwankende Laune, wobei für ihn noch nicht recht klar war, welcher Charakterzug überwog. Der Staatsmann in Don Diego war gebildet, belesen und offenkundig schon als Kind darauf vorbereitet worden, eines Tages Castamar zu führen und ein auserlesenes Mitglied des Hofstaates zu sein, das in der Lage war, gefährliche Situationen zu kontrollieren, seine Taten und deren Folgen abzuwägen und erfolgversprechend Pläne zu entwickeln. Doch hinter dieser Fassade verbarg sich ein aufbrausendes Tier, das in der Lage zu sein schien, alles um sich herum zu zerstören.

Enriques letztem, während des Frühstücks abgeschossenem Pfeil waren noch ein paar weitere gefolgt, die sich auf die Dienerschaft, Menschen mit schwarzer Haut oder allgemein akzeptierte Ansichten bezogen, von denen er wusste, dass Don Diego sie nicht teilte. Er hatte gemerkt, dass er den Herzog mit seinen Kommentaren zusehends irritierte. Dabei hielt er sich noch zurück. In jedem Fall war es aber sein Ziel, den Herzog gegen sich aufzubringen, jedoch so, dass die anderen seine Absichten nicht bemerkten. Tatsächlich würde er schon bald schwerere Geschütze auffahren, um ihn aus der Reserve zu locken. Jedenfalls war Enrique äußerst befriedigt, dass der Charakter des Herzogs seinem Plan so sehr entgegenkam.

In Wahrheit hatte Enrique bereits vor seiner Ankunft auf dem Anwesen von der laxen Art gewusst, mit der Don Diego mit der Dienerschaft umging. Doch in diesen Tagen hatte er sich mit eigenen Augen davon überzeugen können. Die Art, wie er sich an den Majordomus wandte, machte dies deutlich, oder auch die freundliche, respektvolle Haltung gegenüber der Haushälterin. Außerdem hatte Doña Mercedes ihm am Tag ihrer Ankunft eine Anekdote erzählt, wonach der Herzog einen Adligen bestraft hatte, der zu harsch mit seinem Gärtner umgegangen war. Für Enrique wie auch für die meisten anderen Titelträger waren Dinge dieser Art Zeitverschwendung. Denn wie Machiavelli in *Der Fürst* bereits geschrieben hatte: *Wer auf das Volk baut, baut auf Sand.* Und es war besser, von der Dienerschaft gefürchtet als geliebt zu werden. Enrique waren die Gefühle, die sein Personal ihm entgegenbrachte, gleichgültig. Das Gesinde hatte zu dienen, seit es im Schmutz geboren war, denn das war sein Element. Und der Herr entschied, wie viel Freiheit er ihm gewährte, schließlich war der größte Teil dieser Leute gar nicht in der Lage, mit Freiheit umzugehen oder sein Leben selbstständig zu lenken. Im Allgemeinen war die niedere Schicht von geringem Verstand und würde niemals seinesgleichen sein.

Während Don Enrique neben Señorita Amelia und Don Diego in Richtung der Gärten von Villacor spazierte, überlegte er, wie genau er im Weiteren vorgehen sollte. Es war nicht leicht gewesen, eine Kandidatin zu finden, die Don Diego verführen könnte. Denn sie musste über gewisse Eigenschaften verfügen: scheinbare Respektabilität, Erfahrenheit im Umgang mit Männern, eine gewisse Begabung, was die Verführungskünste betraf, und vor allem musste sie manipulierbar sein, sich in einer heiklen Situation befinden, die er ausnutzen konnte. Er hatte lange warten müssen, während er sämtliche in Ungnade gefallenen reichen oder adligen Familien belauert hatte, und plötzlich war Amelia aufgetaucht. Doña Mercedes hatte ihn in einem nebensächlichen Kommentar auf sie aufmerksam gemacht:

»Glaubt mir, Marquis, die einzige junge Frau, für die mein Sohn trotz seines Schmerzes ein wenig Interesse aufgebracht hat, war Señorita Amelia Castro. Und nicht wenige haben es versucht. Ein wunderbares Mädchen aus einer respektablen, wenn auch nicht adligen Familie. Es ist sogar so, dass, wenn mein Sohn sich in sie verliebt hätte, ich mich trotz der bescheidenen Herkunft der jungen Frau nicht gegen diese Ehe ausgesprochen hätte, damit sie ihn von seiner Trauer erlöst. Doch leider ist nichts daraus geworden, und mein Sohn ist noch immer eine verlorene Seele.«

Und nun ging diese Amelia scheinbar ahnungslos und fröhlich plaudernd vor ihm her und wickelte Don Diego mit ihren Verführungskünsten ein, ganz wie Enrique es sich gewünscht hatte. Hinter ihm folgte der Bruder des Herzogs, der ihn nicht aus den Augen ließ. Diese Kreatur hatte ja keine Ahnung, was er mit ihr machen würde, wenn sein Plan aufging.

»Während meines letzten Besuchs in Castamar habe ich die Gärten von Villacor nicht kennengelernt, richtig?«, sagte Amelia in diesem Moment.

»Ein unverzeihlicher Fehler, den wir heute unbedingt beheben müssen«, entgegnete Don Diego.

Enrique, der derartige Gespräche nicht ertrug, dachte zur Ablenkung daran, wie er das Unglück der Señorita Castro noch vergrößert hatte: Zuerst hatte er das Anwesen ihrer Familie gekauft, dann hatte er die Schulden ihres Vaters übernommen, und zuletzt hatte er sich um ihre Lebenskosten gekümmert. Außerdem war er für das sich in Cádiz verbreitende Gerücht verantwortlich, dass sie von einem gewissen Herrn ausgehalten werde. Zuletzt hatte er Amelia dann über Verónica Salazar, eine Bekannte von ihm – eine Witwe mit einem gewissen gesellschaftlichen Einfluss in Cádiz, die nur zu gern die hundert Escudos, die er dafür bezahlte, angenommen hatte –, wissen lassen, dass Don Diego einer neuen Ehe vielleicht doch nicht mehr ganz abgeneigt sei.

»Doña Mercedes hat mir gesagt, dass es einer ihrer liebsten Plätze ist«, erzählte Amelia gerade.

»Das trifft auf die ganze Familie zu. Vor allem im Frühling, wenn es so schön grün ist«, entgegnete Don Diego lächelnd.

»Die arme Señorita Castro«, sagte sich Enrique. »So unschuldig und voller unerfüllter Sehnsüchte.« Sie hatte ja keine Ahnung, dass es seine Intrigen gewesen waren, die zu ihrer

Flucht nach Madrid geführt hatten. Enrique hatte nur in Ruhe auf ihren Hilferuf und ihre Ankunft warten müssen, während Hernaldos Männer sie überwacht hatten. Und schließlich hatten sie sich im Corral del Príncipe getroffen, sie mit der Absicht, nach einem möglichen Ehemann Ausschau zu halten, er in der Erwartung, dass sie die Rolle spielte, die er für sie vorgesehen hatte. Es war ein großartiges Theater gewesen, das sie dort zum Schein aufgeführt hatten, und in jedem Fall eine wesentlich bessere Vorstellung als die, die sie an jenem Abend auf der Bühne gesehen hatten.

»Und Eure Mutter, Don Diego, sie wird uns nicht begleiten?«, brachte sich Enrique in das Gespräch ein, um an seine Gegenwart zu erinnern.

»Sie ist heute schon früh dorthin aufgebrochen, denn sie liebt es, am Morgen nach Villacor zu spazieren«, antwortete der Herzog.

Amelia, die die Aufmerksamkeit Don Diegos nicht teilen wollte, lächelte kokett.

»Hätte ich das gewusst, wäre ich vielleicht mit ihr gegangen. Eine Frau allein mit zwei Männern … Ich denke nicht, dass das wirklich dem Anstand entspricht«, sagte sie mit einem Blick auf die beiden Herren.

»Wie dumm von ihr«, sagte sich Enrique. »Wenn sie die Herrin von Castamar werden will, sollte sie niemals seinen Stiefbruder vergessen. Denn mit ihrem Kommentar hat sie deutlich gemacht, dass sie den Schwarzen nicht als wirkliches Mitglied der Familie ansieht.« Allerdings hatte der Herzog die Bemerkung offenbar gar nicht richtig wahrgenommen, abgesehen davon, dass er an derartige Fehlgriffe gewöhnt sein musste.

»Ich gebe Euch mein Wort, dass Ihr keinerlei Gefahr ausgesetzt seid. Schließlich befindet Ihr Euch in Gesellschaft von drei Ehrenmännern«, entgegnete der Herzog.

Sie bemerkte ihren Fehler und lächelte bemüht.

»Ich bin vollkommen zufrieden, Don Diego«, sagte sie. »Niemand könnte sich sicherer fühlen als ich in der Begleitung zweier erlauchter Herren von Castamar und dem Marquis von Soto.«

Enrique lächelte in Reaktion auf die Schmeichelei, wobei der wahre Grund seines Lächelns die Feststellung war, dass sie die Lage im Griff hatte. »Gut herausgeredet«, sagte er sich. Plötzlich war das quietschende Rad eines Karrens zu hören, und zu ihrer Linken tauchte die kräftige Gestalt des Gärtners auf. Er transportierte ein paar kleine Pflanzen, die zur Düngung mit Asche bedeckt waren. Der Mann blieb stehen, nahm die Mütze ab und grüßte höflich.

»Ich wünsche Euch einen guten Tag, Exzellenz, hochverehrte Dame und Euren Begleitern.«

»Guten Tag, Simón, wir sind unterwegs zu den Gärten von Villacor«, entgegnete der Herzog und behandelte den Gärtner wie einen guten Bekannten.

»Ich habe vor einer Weile Eure Mutter dorthin begleitet, da sie mich darum gebeten hat. Zu dieser Jahreszeit ist es dort besonders schön«, antwortete der Mann darauf in freundlichem Ton.

Don Diego und sein Bruder blieben kurz stehen, um mit dem Gärtner ihre Eindrücke auszutauschen, was Enrique dazu veranlasste, mit ein paar Schritten zu Amelia aufzuschließen.

»Señorita Castro, wir sind gestern unterbrochen worden«, begann er, »und ich konnte Euch nicht mehr sagen, dass es nicht mein Wunsch ist, dass Ihr Euch in meiner Gegenwart unbehaglich fühlt.«

»Ganz im Gegenteil, Don Enrique, Ihr könnt Euch nicht vorstellen, wie dankbar ich Euch bin«, antwortete sie leise.

»Es gibt keinen Grund, mir dankbar zu sein«, erwiderte er. »Ihr kennt ja meine Beweggründe. Also lasst mich Euer Wohltäter sein.«

»Das auch noch? Das wäre unhöflich von mir.«

»Ich verstehe«, meinte er nickend. »Ihr habt recht, wir kennen uns erst seit ein paar Tagen. Doch ich kann nicht zulassen, dass Ihr unglücklich seid, deshalb habe ich heute Morgen Señor Barroso, meinen Verwalter, angewiesen, in meinem Namen all Eure Schulden zu begleichen … Die Eures Vaters und die Euren«, führte Enrique aus, »einschließlich des Rückerwerbs des Anwesens Eurer Familie. Eure Schulden existieren nun nicht mehr.«

»Aber, Don Enrique!«, flüsterte sie aufgeregt.

Er amüsierte sich über ihre zitternden Lippen, die ihre Furcht und Fassungslosigkeit verrieten. Schließlich war sie vor ihren Gläubigern und ihrem zerstörten Ruf aus Cádiz geflüchtet, um nun in der Hand eines einzigen Gläubigers zu sein. Die Arme hatte plötzlich begriffen, dass er, anstatt ihr uneigennützig zu helfen, inzwischen der Herr über ihr Leben war.

»Ich … Ich werde das niemals zurückzahlen können«, sagte sie. »Das ist mir unmöglich …«

»Macht Euch keine Sorgen. Ich konnte die Vorstellung nicht ertragen, dass Ihr leidet, obwohl es in meiner Macht steht, Euch zu helfen. Eine Señorita wie Ihr sollte nicht den ihr zustehenden Status verlieren.« Er lächelte sie an. »Zumal Ihr, wenn Ihr Don Diegos Ehefrau werden wollt, dies ohne Mitgift wohl nicht erreichen werdet. Denn Ihr wisst ja, das sähe nach einer unvorteilhaften Heirat aus.« In gewisser Weise war es das sowieso, da sie ja keinen Titel hatte und Don Diego einer alten spanischen Adelsfamilie entstammte. Allerdings hatte sie den Vorteil, dass man am Königshof davon ausging, dass der Herzog eines Tages unverheiratet sterben würde.

»Ohne Euch beleidigen zu wollen«, erwiderte Amelia unsicher, »bitte sagt mir die Wahrheit … Was wollt Ihr von mir?«

Don Enrique antwortete nicht und lächelte nur, da er gemerkt hatte, dass sich hinter ihnen der Herzog und sein Stiefbruder näherten.

Daher tat er so, als ob sie sich angenehm unterhielten, während Don Diego an ihre andere Seite trat, Don Gabriel neben sich, der seinerseits Don Enrique nicht aus den Augen ließ.

»Ihr seid hier mit äußerst fähigem Personal gesegnet: die Küche, die Gärten. Ich bin wirklich beeindruckt, Don Diego«, schloss sich Amelia dem Schauspiel an.

»Ja, die Dienerschaft ist hier in Castamar wirklich vortrefflich«, sagte Don Gabriel, sich unerwartet in das Gespräch einmischend. »Das ist für meinen Bruder schon immer eine Herzensangelegenheit gewesen.«

Enrique spürte, dass der Mestize ihn von der anderen Seite her ansah. Dieser unverschämte Bursche war wirklich eine Plage! Ständig tauchte er im falschen Moment am falschen Ort auf, und dazu ließ er ihn die ganze Zeit nicht aus den Augen. Allerdings war es noch nicht so weit, dass er ihm für seine Unverschämtheit eine Lektion erteilen konnte. Er musste seine Ungeduld im Zaum halten.

»Der Gärtner scheint mir ein wenig zu alt dafür zu sein, sich um einen solch großen Besitz zu kümmern«, meinte er daher, ohne Don Gabriel eines Blickes zu würdigen.

Sie waren am Ende eines Weges angelangt, der zwischen trockenen Binsengewächsen, Sand und Steinen entlangführte.

»Das stimmt. Und obwohl er über unzählige Hilfskräfte verfügt, ist er stur wie ein Maultier, Don Enrique«, entgegnete der Herzog. »Unser Majordomus, Señor Elquiza, hat ihm ganze sieben Gärtner zur Seite gestellt, doch am Ende macht er die Arbeit immer selbst, anstatt sie zu delegieren.«

»Andere nicht anleiten zu können, ist ein allgemeines Übel, das in der Natur des Gesindes liegt«, sagte Enrique.

»Ich habe irgendwo gelesen, dass die Ursache für einen Dienstboten, der sich nicht angemessen verhält, die schlechte Behandlung durch seinen Herrn ist«, wandte Amelia mit unschuldigem Lächeln ein.

»Ihr würdet gut daran tun, Bücher, in denen solche Dinge behauptet werden, zu meiden. Denn meiner Erfahrung nach ist das vollkommener Blödsinn«, meinte der Marquis.

»Was meine Erfahrung angeht, kann ich dagegen diese Aussage nur bestätigen«, sagte der Herzog darauf mit einem Lächeln. »Señorita Castro hat durchaus recht mit ihrer Ansicht. Allerdings bin ich der Meinung, dass es innerhalb der Dienerschaft genauso unterschiedliche Charaktere gibt wie in der höheren Schicht.«

»Da kann ich nicht zustimmen, mein Freund, denn es herrscht allgemeine Einigkeit darüber, dass Dienstboten generell nicht über die nötige Charakterstärke verfügen, andere anzuleiten«, versetzte Don Enrique.

Don Diego entgegnete nichts darauf und zuckte nur mit den Schultern, um das Thema nicht zu vertiefen. Auch Don Enrique schwieg und sagte sich, dass der Herzog die gleiche Charakterschwäche zeigte wie sein Vater, der einem Schwarzen die Freiheit geschenkt hatte. Während er weiterging, konnte er sich des Gefühls nicht erwehren, dass er noch am selben Tag die Initiative würde ergreifen müssen, damit seine Strategie aufging.

Sie gelangten in einen Wald, in dem sich natürlich gewachsene Bäume mit künstlich angelegten Pflanzungen abwechselten. Nachdem sie diesen durchquert hatten, ließen sie den Wasserlauf am Fuß eines Hügels hinter sich, den sie in Serpentinen erklommen.

Oben angekommen, trafen sie auf Doña Mercedes, die auf einem Stuhl saß und von einer kleinen Gruppe, bestehend aus mehreren Kammerherren, einem Fleischbegleiter und mehreren Burschen, umringt wurde. Hinter ihr stand ein kleines zweigeschossiges Gebäude, das der Herzog »Das Landhaus von Villacor« nannte. Er erklärte, dass das Gebäude schon seit langer Zeit leer stehe, aber einmal im Jahr auf Vordermann gebracht werde, damit es nicht verfiel. Als Enrique näher trat, stellte er fest, dass man von der Anhöhe aus in der Ferne den Alcázar und den Manzanares sehen konnte. Nachdem er Doña Mercedes begrüßt hatte, ließ er sich auf einem kleinen samtbezogenen Sofa nieder, das sicher aus dem Landhaus stammte. Er genoss weiterhin die Aussicht, höchst angetan von der Schönheit des Moments, und ließ sich ein paar Trauben und süßen Málaga-Wein bringen.

»Offen gesagt ist dieses Sofa außerordentlich bequem, Don Diego. Ich muss unbedingt für mich eines in identischer Ausführung herstellen lassen«, sagte Enrique schmeichlerisch.

Der Herzog lächelte und erwähnte, um eine Anekdote zu erzählen, dass dieses Sofa das liebste Möbelstück seiner Frau gewesen sei. Enrique erstarrte. Für einige Sekunden sah er das engelhafte Gesicht Albas vor sich, die ihm die Worte zuflüsterte, die sie jedes Mal zu ihm gesagt hatte, wenn sie sich irgendwo begegnet waren: »Ihr seid der attraktivste Mann am ganzen Königshof.«

KAPITEL 13

16. Oktober 1720, vor dem Essen

Nachdem die Herrschaften aufgebrochen waren, saß Doña Úrsula in ihrem Dienstzimmer und sagte sich einmal mehr, dass sie, wenn sie die Küche weiterhin so gut unter Kontrolle haben wollte wie den Rest des Anwesens, mehr über Clara Belmonte herausfinden musste. »Jeder hat Geheimnisse«, wiederholte sie für sich. »Jeder hat eine Vergangenheit.«

So wie sie selbst ein Geheimnis hatte, zu dessen Schutz sie ihre Seele mit einem dicken Panzer gewappnet hatte, und bereit war, jeden zu vernichten, der ihr zu nahe kam: Dieses Geheimnis war Elías Pereda, ein riesiger Mann mit starken Armen und Fingern so hart wie Wacholderzweige. Sie hatte ihn geheiratet, als sie achtundzwanzig Jahre alt gewesen war, um vor den Schlägen und dem Missbrauch durch ihren Vater zu fliehen. Naiv, wie sie damals gewesen war, hatte sie gedacht, dass Elías eine gute Partie wäre, da er als Oberstallmeister für den Baron de Robles arbeitete. Geliebt hatte sie ihn nie. Er dagegen war wirklich verliebt gewesen. Zumindest am Anfang. Vor der Hochzeit war er gefühlvoll und voller Leidenschaft gewesen. Doch kaum waren sie verheiratet und er hatte sie entjungfert, hatte er in ihr nur noch eine Frau gesehen, die man schlagen und beschimpfen konnte, um seine Verbitterung darüber zu betäuben, dass er sein Leben dem Glücksspiel verschrieben hatte.

An einem Abend im Jahr 1704 hatte Úrsula ihrer Ehe schließlich ein Ende gesetzt. In dem kleinen Wohnzimmer in ihrer winzigen Wohnung hatte Elías sie skeptisch angesehen, als sie ihm sagte, dass sie ihn verlassen werde.

»Was sagst du da, Frau? Bist du verrückt geworden?«, entgegnete er, während er die Suppe direkt aus der Schale schlürfte.

Voller Angst hatte sie auf seinen Wutausbruch gewartet und noch einmal wiederholt, was sie gesagt hatte. Ihren ganzen Mut zusammennehmend, hatte sie ihm in die Augen geblickt und erklärt, dass sie ihn nicht liebe, ihn niemals geliebt habe und ihn nur aus Hass auf ihren Vater geheiratet habe.

Daraufhin hatte er einen Moment gezögert. Dann war er in zwei Schritten bei ihr gewesen und hatte ihr rechts und links ein paar Ohrfeigen verpasst, dass ihr Trommelfell vibrierte.

»Spiel nicht mit dem Feuer, Úrsula.«

Sie war langsam aufgestanden, während von ihrer Lippe das Blut troff, und hatte sich vor ihm aufgebaut.

»Mit deiner Macht über mich ist es seit heute Abend vorbei«, hatte sie mit blitzenden Augen und zitternd vor Angst gesagt.

Anschließend hatte sie ihm ins Gesicht gespuckt. Er, dem die Verblüffung und der Zorn im Gesicht standen, hatte die Faust gehoben. Doch sie war keinen Zentimeter zurückgewichen, hatte ihr Kinn gehoben und ihm so seine Macht über sie genommen. Dann, als Elías ihr gerade das Gesicht zertrümmern wollte, hatte jemand laut an die Tür geklopft.

»Öffnet im Namen des Königs!«, war zu hören gewesen.

Das Auftauchen des Bürgermeisters und des Gerichtsboten mit einer kleinen Abordnung Soldaten Seiner Majestät hatte Úrsula für immer von ihren Ketten erlöst. Die unwirschen Worte der Wache, die Elías dazu aufgefordert hatten, die Tür zu öffnen, hatten diesen zunächst noch kaltgelassen.

»Was geht hier vor, Úrsula?«, hatte er sie gefragt, während er auf sie zugegangen war und sein gekerbtes Messer hervorgezogen hatte. »Was hast du getan?«

Sie, die mit dieser Reaktion gerechnet hatte, hatte sich hinter dem Tisch in Sicherheit gebracht und laut gerufen, dass der Verräter sie umbringen wolle. Elías hatte den Tisch zur Seite gekippt, doch die Kugeln aus den Musketen hatten das Schloss zerstört, und ehe er sichs versah, hatten mehrere Soldaten vor ihm gestanden und auf ihn angelegt. Dann hatten sie ihn festgenommen, da er von der eigenen Frau beschuldigt worden war, ein Kollaborateur der Österreicher zu sein.

Úrsula hatte anschließend das Geld, das sie gespart hatte, genommen und war nach Castamar gegangen, wo sie eine Woche zuvor eingestellt worden war, ohne dass ihr Mann davon wusste. Damals ahnte sie noch nicht, dass sich ihre Vergangenheit nicht so leicht würde abschütteln lassen. Dennoch war dieser Tag ihr erster Schritt in die Freiheit, und als sie Madrid in Richtung Castamar verlassen hatte, hatte sie sich gesagt, dass sie, was auch geschehen mochte, niemals mehr zulassen würde, dass ein Mann über ihren Willen und ihr Leben bestimmte.

Ein Klopfen an der Tür ihres Dienstzimmers riss Úrsula aus ihren Erinnerungen. Sie gewährte Eintritt, woraufhin das neue Küchenmädchen, Beatriz Ulloa, schüchtern hereinkam. Úrsula wusste, dass Beatriz, so unschuldig sie auch tat, keine Gelegenheit auslassen würde, sich bei ihr beliebt zu machen, was sie zu ihrem Vorteil nutzen konnte.

»Wisst Ihr, Doña Úrsula, ich möchte nicht indiskret sein, aber …«, begann sie und tat ein wenig scheu.

»Ich habe dich eingestellt, damit du indiskret bist, Mädchen. Ansonsten kannst du dieses Haus gleich wieder verlassen!«, sagte

Úrsula scharf, um keinen Zweifel an ihren Absichten zu lassen und die Zeit nicht mit Heuchelei zu verschwenden.

»Ja, Doña Úrsula, deshalb bin ich gleich gekommen, um Euch von einem Gespräch zwischen Señorita Costa und Señorita Belmonte zu erzählen«, sagte sie. »Es ging um …«

Sie hielt inne, vielleicht, weil sie daran dachte, welche Folgen es haben könnte, wenn irgendwann herauskam, dass sie die Vertraute der Haushälterin war.

»Ich habe nicht den ganzen Tag Zeit«, drängte Doña Úrsula.

Die junge Frau nickte und sprach weiter.

»Sie haben über Euren schlechten Charakter geredet, und Señorita Costa hat hinzugefügt, dass Ihr wahrscheinlich so verbittert seid, weil … weil Ihr lange keinen Mann mehr gehabt habt«, sagte Beatriz und senkte mit geröteten Wangen den Kopf. »Sie hat es sogar gewagt zu erwähnen, dass … Euer Mann … Euch verlassen hat, weil Ihr eine … alte Hexe seid.«

Úrsula wusste, wie das Personal über sie redete, weshalb sie dem kaum eine Bedeutung beimaß. Sie hatte bereits Gespräche und Gerüchte jeder Art über sich gehört, und über einige davon hatte sie sogar lachen können. Ein Mädchen, das nicht sehr lange in Castamar geblieben war, hatte einmal behauptet, dass sie einen heimlichen Pakt mit dem Teufel abgeschlossen habe und ihn nachts zum Beischlaf empfange. »Gütiger Gott!«, hatte sie damals gedacht. Die Angst löste bei manchen Menschen wirklich unglaubliche Fantasien aus. Daher war Elisa Costas Meinung über sie nichts, was sie belastete.

»Noch etwas?«, fragte sie.

»Ja, laut Elisa könnt Ihr es wegen seiner schwarzen Haut nicht ertragen, dem Bruder des Herzogs zu Diensten zu sein, und Señorita Belmonte hat behauptet, dass Ihr gern die Herrin des Hauses wäret.«

Úrsula sagte sich, dass Beatriz Ulloa offensichtlich die Macht genoss, ihr die Beschimpfungen der anderen ins Gesicht sagen zu können, ohne dafür bestraft zu werden. Doch auch das war ihr egal. Außerdem hatte Elisa Costa recht. Sie ertrug die Vorstellung nicht, einen gezähmten Wilden aus Afrika zu bedienen, der das Glück gehabt hatte, in Don Abel von Castamar eine wohltätige Seele zu finden. Aber so war es nun einmal mit den Anwandlungen der Herrschaften, die im Guten und im Schlechten über das Leben von ihnen allen bestimmen konnten. Úrsula sah Beatriz fragend an, falls diese noch etwas hinzufügen wollte.

»Das ist alles«, sagte das Dienstmädchen. »Ich hoffe, ich habe recht gehandelt, Doña Úrsula. Ihr wisst ja, dass es mein größter Wunsch ist, in der Dienerschaft so weit wie möglich aufzusteigen…«

»Du hast gehandelt, wie du solltest«, unterbrach die Haushälterin den Sermon in Sachen Lauterkeit, Hingabe und Dienstbereitschaft. »Schließlich habe ich dich hergeholt, damit du mir alles erzählst, was in der Küche vor sich geht. Danken wir dem Herrn, dass du für diese Dinge ein so gutes Gedächtnis hast, genau wie deine Mutter gesagt hat.«

Die junge Frau nickte.

»Haben sie auch über Seine Exzellenz geredet?«, fragte Úrsula.

Beatriz schüttelte den Kopf. Die Haushälterin hatte das Gefühl, dass das Mädchen mehr in dem Bestreben, sich hervorzutun, bei ihr erschienen war, als um ihr wirklich etwas mitzuteilen.

»Vor allem will ich alles über Señorita Belmonte wissen, verstehst du?«, rief sie der jungen Frau in Erinnerung. »Behalte sie gut im Auge. Und jetzt geh und mach weiter so.«

Beatriz verschwand durch die Tür, und Úrsula blieb mit ihrer gepanzerten Seele allein in ihrem Dienstzimmer zurück. Sie war ein wenig müde und sagte sich, dass Macht auszuüben ganz schön anstrengend war, da einem keine Zeit blieb, glücklich zu sein. Sie war vollauf damit beschäftigt, ihre Macht zu nähren und zu sichern. Denn ansonsten konnte es sein, dass sie diese Macht verlor, und dann wäre sie nichts weiter als eine Frau mehr in diesem gesegneten Land, die vom Leben misshandelt worden war und nichts als Schmerz, Groll und wenig Freude mit sich herumschleppte.

16. Oktober 1720, beim Essen

Amelia war schon vor Jahren zu dem Schluss gekommen, dass die Frauen nichts anderes waren als zerbrechliche Wesen, die sich den Gesetzen der Männer zu unterwerfen hatten. Und dass die Heirat und das Leben in der Gesellschaft nur für die Freiheit des Mannes gemacht waren, während der Reiz, über den die Frauen in jungen Jahren verfügten, unweigerlich verschwand. Deshalb war es für eine Dame so wichtig, eine gute Partie zu machen. Und nun wusste sie, hoffnungslos verschuldet und Don Enrique machtlos ausgeliefert, nicht, wie es mit ihr weitergehen sollte. In jedem Fall musste sie einen kühlen Kopf bewahren und dem Marquis möglichst aus dem Weg gehen.

Dieser Mann ließ sie erschaudern. Er hatte etwas überaus Attraktives an sich. In nur zwei Tagen hatte er die widersprüchlichsten Gefühle in ihr geweckt. Einerseits fühlte sie sich sehr von ihm angezogen. Denn er war ein Symbol des Erfolges, den sie anstrebte, der Eleganz, des Status, und er verkörperte genau die Art von Ehemann, die sie sich erträumte. Seine Art, sich auszudrücken, seine Intelligenz, seine Kühnheit gegenüber Don Horacio und seine sinnliche Art, sie anzusehen, wühlten sie auf, entfachten ihre Leidenschaft und weckten in ihrer Fantasie Vorstellungen, die sie gleichermaßen erregten und beschämten.

Gleichzeitig warnte eine innere Stimme sie, vorsichtig zu sein. »Niemand übernimmt einfach so sämtliche Schulden einer mittellosen jungen Frau ohne Ansehen«, sagte sie sich. »Im Gegenzug will er etwas von dir.« Der Beweis dafür war, dass der

Marquis zu keinem Zeitpunkt von einem Heiratsabkommen zwischen ihnen beiden gesprochen hatte. Mehr noch, er hatte sie ermutigt, Don Diego zu heiraten. Als »Wohltäter« hatte er sich bezeichnet. Ein raffiniertes Wort, das eine düstere Bedeutung haben konnte.

Was sie auch tat, sie war in seiner Hand. Er war über den Skandal, für den ihre Familie in Cádiz gesorgt hatte, im Bilde und ihr einziger Gläubiger. Ein Wort von ihm würde ausreichen, dass das Gerücht über ihren zerstörten Ruf sich wie die Pest in der adligen Gesellschaft verbreitete.

Auf der anderen Seite war da Don Diego, der, anders als der Marquis, über den Intrigen und dem Königshof stand. Er war der perfekte Ehrenmann, von schlichter Eleganz und so selbstsicher, dass allein seine Gegenwart sie beruhigte, als ob ihr nichts Schlimmes geschehen könnte, solange er in der Nähe war. Obwohl er ein leidgeprüfter Mann war, strahlte sein Blick eine unwiderstehliche Kraft aus, und sie spürte, dass er sie, sollte es ihr gelingen, seine Liebe zu gewinnen, niemals im Stich lassen würde. Sie war zutiefst fasziniert von Don Diego und von dem Vermögen, das sich hier in Castamar vor ihren Augen entfaltete. Es war eines der größten Spaniens. Der Herzog hatte überall im Land Besitztümer, verfügte über Plantagen in Amerika, Anwesen in den Spanischen Niederlanden und im Herzogtum Parma, hatte Eigentum in London und Paris geerbt und nannte sogar eine kleine Schiffsflotte in Cartagena und Málaga sein Eigen. Sie sagte sich, dass Castamar eines der wenigen Adelshäuser war, das mit dem Reichtum des ehemaligen Herzogs von Medinaceli konkurrieren konnte, der neun Jahre zuvor, der Verschwörung gegen den König angeklagt, im Schloss von Pamplona gestorben war. Castamar war eines der Adelsgeschlechter, die dem König am nächsten standen. Außerdem hatte Doña Mercedes ihr anvertraut, dass der Monarch Don Diego ermahnt habe, seinem Beispiel zu folgen und eine neue Ehe einzugehen.

»Ein leidendes Herz lässt sich allein durch den Willen nicht heilen, Cousin, und nur die Zeit kann den Schmerz lindern«, hatte der Herzog seiner Mutter zufolge daraufhin vor Kurzem noch geantwortet.

Im Augenblick war Amelia deshalb vor allem daran interessiert, Don Diego zu verführen und die furchtbare Unruhe, die der Marquis mit der Übernahme ihrer Schulden in ihr ausgelöst hatte, zu verdrängen.

Sie hatten mit dem »rustikalen Mahl«, das für derartige Ausflüge typisch war, früher als üblich begonnen, da die frische Luft und die Bewegung ihren Appetit geweckt hatten. Zwei Wasserträger schenkten das Zitronenwasser, das Zimtwasser und die milchhaltige *bebida imperial* aus. Die Kammerherren hatten außerdem fein geschnittenen Käse angerichtet, der mit ein paar Tropfen edlen Olivenöls, Trauben, süßem Eigelb, fein bestrichenen Blätterteigplättchen und frisch gebackenem Weizenbrot verziert war. Zuvor hatten sie eine große Pastete aus dem Fleisch eines Damhirschs verspeist, die alle Anwesenden hatte verstummen lassen.

»Ich muss sagen, Don Diego, dass ich schon lange nicht mehr in den Genuss einer so wundervollen Landschaft und eines so köstlichen Essens gekommen bin«, sagte Amelia und sah dem Herzog tief in die Augen.

Diesem fiel es schwer, ihren eindringlichen Blick zu ertragen.

»Das freut mich, Señorita Castro«, erwiderte er. »Ich bin schon oft an diesem Ort gewesen, um bei angenehmer Lektüre und mit dem Blick auf die Landschaft auf andere Gedanken zu kommen.«

»Liebe Amelia, wie Ihr ja bereits wisst, ist Diego ein leidenschaftlicher Leser«, sagte Doña Mercedes.

Der Herzog spielte die Schmeichelei seiner Mutter mit einem Lächeln herunter, während sein Stiefbruder ihn bat, den Anwesenden doch etwas vorzulesen. Der Herzog weigerte sich mit dem Hinweis, dass er niemanden langweilen wolle. Amelia sah unauffällig zu Don Enrique hinüber, der sie nicht aus den Augen ließ, und erklärte dann, dass sie entzückt wäre, aus Diegos Mund ein paar Gedichte zu hören.

»Bitte tut mir den Gefallen, beim letzten Mal, als ich Euer Gast war, habt Ihr mir bei zwei Gelegenheiten vorgelesen, und ich habe mir immer ein drittes Mal gewünscht«, versuchte sie ihn zu überzeugen.

»Komm schon, zier dich nicht so«, ermunterte Doña Mercedes ihren Sohn.

Don Diego lächelte und stand auf.

»Schon gut, schon gut«, sagte er. »Aber ich habe Euch gewarnt. Nicht, dass es nachher heißt, dass ich meinen Gästen den Tag verdorben habe.«

»Don Diego, seid vorsichtig, bei den Frauen muss man auf alles gefasst sein«, meinte Don Enrique, während er an seinem Zimtwasser nippte. »Und man kann ihnen einfach nichts abschlagen.«

Amelia sah ihn, ein Lächeln vortäuschend, an. Don Diego schien nichts von ihren Hintergedanken zu ahnen, Gabriel jedoch musterte sie, als wisse er, dass sie und der Marquis ein abgesprochenes Spiel spielten. Doña Mercedes ihrerseits fächelte sich, von dem ganzen Theater unbeeindruckt, ein wenig Luft zu.

»Für Eure Warnung ist es bereits zu spät, Don Enrique. Glücklicherweise nehme ich, wenn ich nach Villacor komme, immer ein paar Bücher mit, und ich denke, ich kann den beiden Damen diesen Gefallen tun«, entgegnete der Herzog, während er sich in vollendeter Manier erhob.

Er ging ein paar Schritte in Richtung des großen Steineichenhains, der in einiger Entfernung von ihnen den Hügel krönte und in dem alles abgestellt worden war, was die Dienerschaft mitgebracht hatte. Amelia begriff sofort, dass dies eine einzigartige Gelegenheit war, um mit dem Herzog allein zu sein und dem Marquis für eine Weile zu entkommen.

»Tut mir den Gefallen und lasst mich unter den Büchern, die Ihr mitgebracht habt, wählen«, bat sie in der Hoffnung, dass er sie auffordern würde, ihm zu folgen.

»Darf ich Euch darüber in Kenntnis setzen, dass Señorita Castro, soweit mir bekannt ist, eine große Literaturliebhaberin ist«, behauptete der Marquis.

Der Herzog bot Amelia lächelnd den Arm, damit sie sich unterhaken konnte, und bat sie, vor Ort ihre Wahl zu treffen. Sie erhob sich mit seiner Hilfe, und gemeinsam gingen sie zur Spitze des Hügels hinauf. Hinter sich hörte sie noch, wie die gute Doña Mercedes verkündete, dass sie ein wahrhaft zauberhaftes Wesen sei. Der Marquis entgegnete, dass sie sicher bald einen Ehemann finden werde. Wenig später standen sie vor einer Truhe, in der Don Diego, gut verschlossen, seine Bücher aufbewahrte. Amelia ging neben ihm in die Hocke und legte als Erstes Lope und Garcilaso zur Seite, da sie, wie sie versicherte, bestimmt etwas Eindringlicheres finden würden. Der Herzog zeigte ihr einen weiteren Band, und sie beeilte sich, danach zu greifen, mit dem Ziel, seine Finger zu streifen.

»Quevedos Sonette scheinen mir eine … ausgezeichnete Wahl zu sein«, sagte sie lächelnd, als sie spürte, dass sich ihre Hände berührten.

Don Diego hielt für einen Moment inne und blickte auf seine Hand. Schweigend wandte er sich ihr zu. Sie versuchte, seinem Blick standzuhalten, was ihr jedoch schwerfiel. Inständig wünschte sie sich, dass das stürmische Meer in seinen Augen sie vor allen rätselhaften Marquis, gefährlichen Wölfen und Bluthunden in Sicherheit bringen würde. Er trat auf sie zu, und ihre Hoffnung wuchs, als sie sah, dass seine andere Hand die ihre erfasste. Ihr Herz klopfte schneller, da zum ersten Mal er die Initiative ergriff.

»Señorita Castro, erlaubt Ihr mir, Euch beim Vornamen zu nennen?«, fragte er sanft.

Sie nickte stumm.

»Amelia, ich erkenne in Euch jene mächtige Stärke, die einen Menschen in den schlimmsten Situationen, egal, was passiert, über sich hinauswachsen lässt …«

»Ich verstehe nicht, ich …«, begann sie, als er leicht den Finger auf ihre Lippen legte.

»Still«, sagte er und sah sie eindringlich an. »Erlaubt mir die Kühnheit, Euch einen Rat zu geben, auch wenn Ihr mich nicht darum gebeten habt, aus der Freundschaft heraus, die uns einst verbunden hat: Was auch immer mit Euch geschieht, hört niemals auf die falschen Einflüsterer.«

Amelia sah ihn hilflos und verstört an.

»War… Warum sagt Ihr das?«, fragte sie und versuchte, nicht die Kontrolle über sich zu verlieren.

»Weil ich weiß, dass wir, um zu überleben, in dieser Welt manchmal Dinge tun, die wir unser Leben lang bereuen.«

Ihre Verwirrung war offensichtlich. Sie schluckte erneut. Don Diego schien bis in die kahle, öde Tiefe vorzudringen, die das Leben in ihrer Seele hinterlassen hatte, als ob er sie mit einer Geste wie einen Brunnen mit frischem Wasser füllen könnte. Plötzlich kam ihr wieder in den Sinn, wie sie von dem Mann, den sie eigentlich heiraten sollte, den Baron von Zahara, zurückgewiesen worden war, der, nachdem er von dem Unglück ihrer Eltern erfahren hatte, blitzschnell aus ihrem Leben verschwunden war. Sie erinnerte sich, wie alle ihre Freunde sie im Stich gelassen hatten, sie nicht mehr beachtet, nicht mehr empfangen, nicht mehr eingeladen und die Straßenseite gewechselt hatten, als wäre sie eine Aussätzige. Die Worte blieben ihr im Halse stecken und schnürten ihr die Kehle zu wie eine zu enge Kette. Und schließlich kam ihr der Graf von Guadalmin, Don Arturo von Orca und Nardiel, ein Freund ihres Vaters, ins Gedächtnis, der fünfzehn Jahre älter war als sie und in dem Moment aufgetaucht war, als sie vor den Trümmern ihres Lebens stand, scheinbar um sie zu beschützen.

Tränen stiegen ihr in die Augen. Beschämt senkte sie den Kopf.

»Seht mich an. Ich werde Euch nicht im Stich lassen, Amelia«, sagte Don Diego.

Sie richtete den tränennassen Blick auf ihn und nahm erneut das aufrichtige Leuchten in seinen Augen wahr. Sanft führte Don Diego ihre Hand an seine Brust.

»In diesem Herzen werdet Ihr weder Liebe noch Leidenschaft finden, aber ich möchte, dass Ihr wisst, dass Ihr, wenn Ihr es wünscht, stets auf meine aufrichtige Freundschaft und Hilfe zählen könnt«, sagte er leise.

»Offen … offen gestanden«, stammelte sie, »möchte ich Euch sagen, dass …«

»Geht es Euch gut?«, erklang plötzlich die Stimme des Marquis hinter ihnen. »Doña Mercedes wartet ungeduldig auf die versprochene Lektüre.«

Amelia wandte sich ab und trocknete sich die Tränen, während Don Diego sich schützend vor sie stellte.

»Wir haben uns bereits entschieden, Don Enrique«, sagte der Herzog lächelnd und zeigte dem Marquis das Buch. »Ich hoffe, Ihr seid einverstanden.«

»Ich bin sicher, Ihr habt eine hervorragende Wahl getroffen«, erwiderte Don Enrique.

Don Diego wandte sich um, um Amelia zu helfen, sich aufzurichten. Sie versuchte, sich zu beruhigen, und ging neben ihm zu der Lichtung zurück, wobei sie hin und wieder einen verstohlenen Blick auf ihn warf. Für einen Moment hatte dieser Mann seine Arme um ihre wunde Seele gelegt und ihr ein derartiges Gefühl von Sicherheit vermittelt, dass sie beinahe dem Drang nachgegeben hätte, ihm alles zu erzählen. Und wahrscheinlich hätte er sich daraufhin genauso verhalten wie die angesehene Gesellschaft in Cádiz. Sie durfte sich nicht täuschen lassen, denn sie war kein naives Mädchen. Nicht mehr. Diesen Schritt durfte sie erst wagen, wenn sie sich absolut sicher sein konnte, dass ihre Zukunft gut abgesichert war.

Sie spürte eine furchtbare Angst, die ihr ins Gedächtnis rief, in welcher Lage sie sich befand: hoch verschuldet, ihre hilfsbedürftige Mutter in einer geliehenen Wohnung in El Escorial und sie auf der Suche nach ihrem Glück. Plötzlich erschien ihr das wunderschöne Herrenhaus von Castamar wie ein Schlachtfeld, auf dem sie möglicherweise nicht mehr als eine Trophäe für Don Enrique und eine Dirne mit verlorener Ehre für Don Diego war.

Sie verstand, dass sie in ein gefährliches Spiel verwickelt war, in der es um etwas viel Größeres, Komplexeres ging als um ihr Interesse, einen Ehemann zu finden. Amelia schalt sich ihrer Dummheit, nicht daran gedacht zu haben, dass die Jagd nach einem der größten Vermögen des Landes nicht ganz ungefährlich war.

Während sie an Don Diegos Arm den Abhang hinunterging, sagte sie sich verängstigt, dass sie niemandem vertrauen durfte: weder Doña Mercedes und ihrer Freundlichkeit, die nur gespielt sein konnte, noch Don Diegos Offenheit, die vielleicht nicht aufrichtig war; schon gar nicht dem schwarzen Don Gabriel, der sie nicht aus den Augen ließ, und erst recht nicht Don Enrique.

KAPITEL 14

16. Oktober 1720, am Mittag

Wenn Francisco eines über Alfredo wusste, dann, dass er zu den Besten im Umgang mit dem Degen zählte, ausgenommen Diego, dessen Geschicklichkeit legendär war. Alfredo, der zweifellos mit weniger Feingefühl agierte, war jedoch ein Meister wahrer Handfertigkeit, beherrschte außerdem den französischen und den toskanischen Stil und war in der Lage, erfolgreich von einem zum anderen zu wechseln. Außerdem konnte er auf spanische Art mit dem Umhang und dem Degen umgehen, mit beiden Händen und äußerst kunstfertig. Und so hatte Alfredo ihn mehr als einmal in einen Hinterhalt gelockt. Dann provozierte er ihn – zum Beispiel mit einer verzögerten Quartparade, die etwas schwächer ausfiel als gewohnt – so, dass er den Moment für einen Gegenangriff gekommen sah, während Alfredo in Wahrheit die Gelegenheit nutzte, sich auf seinen stumpfen Degen zu stürzen.

Nach mehreren kurzen Zweikämpfen, von denen Francisco die meisten verlor, beschlossen die beiden, an dem leichten Mahl Ihrer Majestäten teilzunehmen, das am späten Vormittag im Buen-Retiro-Palast stattfinden würde. Sie wählten einen Platz unter einem Sonnensegel, wo man ihnen zwei Gläser mit *Aurora* servierte, die nach ihrem Geschmack zu viel Zitrone und

Zimt und zu wenig Erdmandelmilch enthielt. Sie sprachen über Politik und den Krieg um Sizilien und Sardinien, den Europa, einschließlich Frankreich, gegen Spanien geführt hatte. Letztendlich hatte Spanien in Den Haag die Kapitulation unterzeichnen müssen und damit Sardinien und Sizilien verloren. Nach einer Weile wurde Francisco das Thema jedoch zu langweilig, und er wandte sich etwas für ihn viel Interessanterem zu:

»Wirst du heute Abend jemanden zu dem Fest in Castamar mitbringen?«

»Nein, ich habe keine passende Begleitung gefunden«, entgegnete Alfredo. »Ich fürchte, sich in meinem Alter zu verlieben, ist weder angemessen noch vernünftig, und ein Verliebtsein vorzutäuschen noch weniger.«

»Ich habe es dir ja immer gesagt, letztendlich wirst du heiraten müssen«, meinte Francisco. »Wie willst du sonst für Nachkommenschaft sorgen?«

Während Francisco sich durchaus in der Lage sah, im richtigen Moment eine Frau, die seinem Stand, seinem Titel und seinem Vermögen entsprach, zu heiraten, um Nachkommen zu zeugen und die Besitztümer seiner Familie zu vergrößern, war Alfredo nicht bereit, neben einer Frau, die nicht wirklich zu ihm passte, den glücklichen Ehemann zu spielen. So waren die Jahre vergangen, und während Alfredo alle Heiratsmöglichkeiten ausgeschlagen hatte, war Francisco der Ehe entgangen, indem er einen Skandal nach dem anderen verursachte.

Statt auf Franciscos Äußerung einzugehen, erwiderte Alfredo nun:

»Deinen Worten entnehme ich, dass du sehr wohl jemanden eingeladen hast, dich zu dem Fest zu begleiten, richtig?«

Francisco nahm einen Schluck von seinem Getränk und ignorierte die Frage seines Freundes verschmitzt. Genau wie Diego sah er in Alfredo so etwas wie einen älteren Bruder.

»Da du dich wie üblich zierst, frage ich noch einmal«, sagte

Alfredo lächelnd: »Kann ich davon ausgehen, dass du jemanden eingeladen hast?«

»Möglich ...«, sagte Francisco und nahm, statt einer Antwort, einen weiteren Schluck von seinem Getränk.

»Ich kenne dich gut und habe Gerüchte gehört, die hoffentlich nicht der Wahrheit entsprechen«, versetzte sein Freund.

Francisco lachte.

»Bin ich so vorhersehbar?«

»Für mich bist du wie ein offenes Buch ...«

Alfredos Frage kam nicht von ungefähr. Er wusste genau, welche Frauen seinen Freund reizten und dass er in der Regel Damen bevorzugte, die viel zu früh mit einem älteren Mann verheiratet worden waren und über die die Zeit hinweggegangen war, ohne dass sie die wahre Liebeskunst erfahren hatten. Logischerweise hatte dies schon mehrfach zum Skandal geführt, der dann im Morgengrauen in einem schnellen Duell mit einem gehörnten und betagten Ehemann geendet hatte.

Unbescholtene junge Damen fand Francisco dagegen langweilig. Außerdem hatte sich sein Ruf als Verführer unter diesen bereits herumgesprochen. »Geht dem Grafen von Armiño aus dem Weg«, hieß es, »denn hinter seinen guten Umgangsformen verbirgt sich nichts als Wollust.« Und das stimmte. Nicht umsonst hatte seine gute Freundin Leonor, die er wie eine Schwester liebte, in einem ihrer Briefe aus Valencia geschrieben: *Mein Lieber, es hat sich bis hierher herumgesprochen, dass die jüngste Tochter des Barons Rodrigo del Valle untröstlich ist, weil Du Dich nicht mehr sehen lässt.*

»Denkst du, ich habe nicht von dem Gerücht gehört, das dich mit Doña Sol Montijos in Verbindung bringt?«, sagte Alfredo nun und zog eine Augenbraue hoch. »Ich weiß, dass sie zu der Feier eingeladen wurde, und ich nehme mal an, von dir.«

»Lieber Alfredo, ich weiß nicht, wovon du sprichst.«

»Natürlich weißt du das ...«, entgegnete dieser. »Sei vorsichtig mit ihr. Es könnte sein, dass sie eine Nummer zu groß für dich ist.«

Francisco konnte nicht mehr an sich halten und lachte, da er genau wusste, wie das Gespräch weitergehen würde. Es war offensichtlich, dass das Gerücht von seinen beiden Begegnungen mit Doña Sol, die seiner Meinung nach viel zu züchtig abgelaufen waren und nicht weit genug von ihrem Ehemann entfernt stattgefunden hatten, sich am Königshof wie ein Lauffeuer verbreitet hatte.

»Angeblich verführt sie gern junge Männer, um sie anschließend gleich wieder fallen zu lassen«, sagte Alfredo und leerte sein Glas.

»Dann weiß ich nicht, warum sie mich interessieren sollte.«

Dabei wusste Francisco ganz genau, dass Doña Sol genau der Typ Frau war, den er am liebsten eroberte. Sie hatte gerade die vierzig überschritten, war in zweiter Ehe verheiratet und hatte ihre betörende Schönheit bewahrt. Ihre Reife verlieh ihr eine geheimnisvolle Aura, die sie unter den anderen Reifrockträgerinnen herausragen ließ. Er hatte die Wölbungen ihrer Brüste mit den Augen gestreichelt und sich von dem beinahe unnatürlich strahlenden Blau ihrer Augen und ihrem schwarzen Haar, das sich unter der Perücke und dem zarten Kopfschmuck versteckte, wie magisch angezogen gefühlt. Intelligent, gewitzt und berechnend, wie sie war, hatten zwei von ihrem Fächer verschleierte Blicke von ihr ausgereicht, die sie ihm beim morgendlichen Spaziergang in den Anlagen des Buen-Retiro-Palasts am Arm ihres Mannes, des Marquis von Villamar, zugeworfen hatte. Und wahrscheinlich hatte sie sich nach dieser Begegnung genauso über seinen Ruf informiert, wie er es über den ihren getan hatte.

»Bitte sag mir, dass du nicht vorhast, sie während des Fests in Castamar zu verführen.«

»Machen wir uns auf den Weg?«, entgegnete Francisco mit unschuldigem Lächeln.

Sein Freund stand nickend auf, erwiderte dann aber:

»Du bist ein schamloser Lüstling.«

»Und ich habe den Eindruck, dass du zu einer neugierigen alten Gouvernante geworden bist.«

»Du solltest lieber auf mich hören«, entgegnete Alfredo mit einem Lächeln, »denn ich bin älter als du und kann dir durchaus den einen oder anderen Rat geben.«

Doch Francisco ließ sich nicht erweichen. Schweigend ritten sie wenig später über die Segoviana-Brücke in Richtung Castamar. Alfredo würde nichts von dem, was er für den Abend geplant hatte, aus ihm herauskriegen. Umso mehr genoss er es, sich die lustvolle Begegnung auszumalen, die ihn erwartete.

16. Oktober 1720, am Mittag

Clara klopfte an die Tür des Majordomus. Sie nahm an, dass er sie hatte rufen lassen, um sie persönlich kennenzulernen. Während des Mittag- und des Abendessens des Personals am Vortag hatte er wie üblich den Vorsitz am Tisch innegehabt, als sie für die Gemüsesuppe mit Spinat und Kichererbsen gelobt worden war. Von der anderen Seite der Tür her erklang Don Melquíades' raue Stimme, die sie einzutreten bat.

Der Majordomus in seiner tadellosen Uniform und mit gepflegtem Schnurrbart erhob sich, sobald er sie sah. Sie grüßte ihn auf angemessene Art, und er empfing sie, als wäre sie eine Verwandte, die er lange Zeit nicht gesehen hatte. Er stellte ein Heft ins Regal und wandte sich zu ihr um.

»Ich habe Euch rufen lassen, weil Ihr bereits seit mehreren Tagen im Haus seid und wir noch nicht das Vergnügen hatten, uns zu unterhalten.«

»Vielen Dank, Don Melquíades«, entgegnete Clara. »Ich fühle mich sehr wohl, auch wenn mir vieles hier natürlich noch ein wenig neu ist. Ich hoffe, dass ich das Vertrauen, das Ihr bei meiner Einstellung in mich gesetzt habe, nicht enttäusche.«

»Unsinn, Señorita Belmonte. Ihr habt es Euch schon jetzt mehr als verdient, auf diesem Anwesen zu sein. Sogar Seine Exzellenz hat Euer herausragendes Talent erwähnt«, sagte er mit überschäumender Sympathie.

»Ich danke Euch für Eure Worte«, antwortete Clara und fragte sich, ob diese außerordentliche Freundlichkeit einem heimlichen Interesse zuzuschreiben war.

Doch das Glänzen in Don Melquíades' Augen überzeugte sie, dass es sich um eine spontane Äußerung handelte, die seinem tiefsten Inneren entsprang.

»Was mich angeht, bin ich zum letzten Mal so freudig zum Essen erschienen, als meine Mutter, die in Frieden ruhen möge, noch für mich gekocht hat. Tatsächlich fragen sich nach dem gestrigen Mittag- und Abendessen alle, womit Ihr uns heute überraschen werdet.«

»Also heute wird es wegen des Festes *olla podrida* geben, und ich hoffe, dass das Essen Euren Erwartungen gerecht werden wird, Don Melquíades«, sagte Clara, der man die Überarbeitung ein wenig anmerkte. »Ich fürchte, die Vorbereitung des Banketts für heute Abend hat all meine Kraft gekostet.«

»Nur keine falsche Bescheidenheit. Ich habe es im Vorbeigehen bereits gerochen und sehne mich danach, mich endlich zu Tisch zu begeben«, entgegnete er.

Sie lächelte und bemühte sich, nicht zu erröten. Dieser Beweis des Respekts und der Zuneigung Don Melquíades' ihr gegenüber rührte sie.

»Die beste Art festzustellen, ob das Aroma dem Geschmack entspricht, ist, das Essen zu kosten«, regte sie in ähnlich umgänglichem Ton an.

Er nickte, verzog die Lippen unter seinem Schnurrbart zu einem Lächeln und wies ihr mit einer Handbewegung den Weg, nahm sie jedoch, bevor sie den Raum verließen, am Arm, um sie zurückzuhalten und feierlich zu erklären:

»Señorita Belmonte, erlaubt Ihr mir die Freiheit, etwas zu sagen?«

»Aber natürlich, Don Melquíades«, entgegnete Clara.

»Wir alle sind entzückt von Eurer Gegenwart, und diejenigen, denen sie nicht gefällt, ... müssen es wohl ertragen.«

Clara riss bei seinen Worten überrascht die Augen auf und dankte ihm. Anschließend verließen sie beide den Raum und machten sich auf den Weg zu dem Speiseraum für das Personal. Clara ging davon aus, dass Don Melquíades' letzter Satz sich auf Doña Úrsula bezog, denn sie wusste von keinem anderen Mitglied der Dienerschaft, dem ihre Anwesenheit nicht passen könnte. In jedem Fall brauchte, wenn sowohl er als auch der Herzog mit ihrer Arbeit derart zufrieden waren, die Meinung Doña Úrsulas sie nicht weiter zu kümmern.

Sie erreichten den Speiseraum, in dem das Personal bereits am Tisch saß und auf Don Melquíades wartete. Alle erhoben sich, als er eintrat, und er wies sie mit einer geschäftsmäßigen Geste an, wieder Platz zu nehmen. Der Raum, der lang und schmal war und weiß gekalkte Wände hatte, die bis auf halbe Höhe mit lackiertem Pinienholz verkleidet waren, beeindruckte sie. Sie spürte, dass sie, symbolisch gesehen, feindliches Gebiet betrat, in dem Doña Úrsula, die rechts neben dem Majordomus saß, mit strenger Hand regierte. An ihrem angespannten Gesichtsausdruck erkannte Clara, dass Doña Úrsula keineswegs entgangen war, dass Don Melquíades und sie gemeinsam gekommen waren.

Don Melquíades nahm Platz und gab Anweisung, dass die Suppe serviert werden sollte. Wie am Vortag schwiegen alle Anwesenden, gebannt von den köstlichen Essensdüften im Raum.

Clara gratulierte sich selbst zu diesem Schweigen. Für mehrere Minuten war nichts als das Schlürfen der Suppe zu hören.

»Offen gesagt, Señorita Belmonte, hat die Dienerschaft in Castamar meiner Erinnerung nach noch nie so hervorragend gespeist«, erklärte Don Melquíades mit fester Stimme.

Sofort schlossen sich Señor Moguer und Señor Ibañez, der Kammergehilfe Seiner Exzellenz, dem Lob an. Viele der anderen nickten, während sie weiterhin die Suppe schlürften, ohne den Löffel auch nur für einen Moment stillzuhalten.

»Das ist nicht allein mein Verdienst, sondern auch meinen Küchengehilfen und Beiköchen sowie den Küchenjungen und den Küchenmädchen zu verdanken«, erklärte Clara, wobei sie aus dem Augenwinkel zu Doña Úrsula hinübersah, um herauszufinden, welche Wirkung das Essen auf sie hatte.

Die Haushälterin, deren Wangen sich vom intensiven Genuss der Suppe gerötet hatten, während die Dämpfe ihren Blick verschleierten, konnte nicht verhindern, dass ihre Gesichtsfarbe sie verriet. Doch ihr Hochmut verbat ihr, sich dazu zu äußern. »Ich weiß wirklich nicht, was ich mit dieser Frau machen soll«, sagte Clara sich ratlos im Stillen.

»Ihr seid eine hervorragende Köchin«, unterbrach Simón Casona von der anderen Tischseite her ihre Gedanken.

»Dabei habt Ihr die mit Honig und flandrischer Butter zubereiteten warmen Brötchen, die sie für Seine Exzellenz gemacht hat, noch gar nicht probiert«, sagte Elisa. »Ich durfte ein wenig von dem Teig kosten und habe noch nie etwas Köstlicheres gegessen.«

Der Oberkammerherr, die Kutscher, die Kammergehilfen und Kammerherrn tauschten sich mit erfreuten Äußerungen über den fabelhaften Geschmack des Essens aus. Clara tupfte sich, nachdem sie ihre Suppe gegessen hatte, mit der Serviette die Lippen ab und lächelte schüchtern.

»Ihr treibt mir noch die Schamesröte ins Gesicht«, meinte sie verlegen auf all die Schmeichelei hin.

»Angesichts Eurer kulinarischen Kunstfertigkeit habt Ihr wohl keine andere Wahl, als dies zu ertragen, Señorita Belmonte«, sagte Don Melquíades, was die anderen Mitglieder des Personals zum Lachen brachte.

Aus dem Augenwinkel beobachtete Clara, wie Doña Úrsula den Löffel umklammert hielt und mit saurer Miene ihre Suppe verzehrte, ohne ein Wort zu sagen. Tatsächlich war ihr Schweigen so auffällig, dass es alles besagte, doch nach dem, was die Haushälterin im Gang über ihre geliebte Mutter geäußert hatte, nämlich dass diese nur zu ihrem Vergnügen in die Küche gegangen sei, würde ihr ein wenig Demut guttun. Clara bemerkte, dass Don Melquíades, während er mit der Hand vor dem Mund lachte, der Haushälterin einen fragenden Blick zuwarf. Und seine blitzenden, rachedurstigen Augen verrieten Clara, dass es etwas zwischen den beiden gab, was über ein paar harmlose Uneinigkeiten hinausging.

»Was meint Ihr, Doña Úrsula, ist dies nicht einfach köstlich?«, fragte der Majordomus schließlich. »Ihr sagt ja gar nichts.«

Das Gelächter verstummte auf der Stelle, und alle sahen zu der Haushälterin hinüber, die den Kopf gehoben hatte und Don Melquíades mit versteinertem Gesichtsausdruck in die Augen blickte. So verharrten sie eine Weile, und Clara war sich sicher, dass auf diese Provokation eine furchtbare Rache folgen würde. Der ganze Saal wartete, während Clara sich fragte, wie Doña Úrsula es sich erlauben konnte, den Majordomus von Castamar auf solche Art herauszufordern. Dieser harrte mit einem von seinem Schnurrbart verdeckten Lächeln auf den Lippen und leicht hochgezogenen Augenbrauen einer Antwort. Die Haushälterin wandte den finsteren Blick den anderen Dienstboten am Tisch zu, die automatisch die Köpfe senkten. Dann richtete sie die Augen auf Clara, die erschauderte, ihrem Blick aber dennoch standhielt.

»Köstlich, ja. Herzlichen Glückwunsch, Señorita Belmonte«, sagte sie schließlich gleichmütig.

»Danke, Doña Úrsula«, entgegnete Clara und senkte nun auch den Kopf.

Sie atmete tief durch, während der Rest des Essens serviert wurde, und sagte sich, dass die Haushälterin das Vorausgegangene zweifellos als einen Angriff auf ihre Autorität aufgefasst hatte. Und dass sie Clara spätestens jetzt als ihre Feindin betrachtete. Dennoch besiegelte sie mit jedem weiteren Löffel, den sie aß, ihren festen Willen, sich von der Haushälterin auf keinen Fall kampflos aus ihrer Küche vertreiben zu lassen.

KAPITEL 15

16. Oktober 1720, nach dem Mittagessen

Enrique hatte die Verzweiflung, die die Armut verursachte, nie am eigenen Leib erfahren, und er war sich sicher, dass er sich deren verheerende Wirkung auf diejenigen, die damit geschlagen waren, nicht vorstellen konnte. Er nahm an, dass es eine Art von Angst war, die alles überflutete, ein eisiger Sturm, der die Menschen zwang, ihre Würde aufzugeben, um zu überleben. Daher nutzte er die Armut als Druckmittel, um einen Teil seiner Ziele zu erreichen. Es hieß, dass Hunger, Elend und Schulden in Wahrheit den Tod nährten, da sie das Leben der Menschen beträchtlich verkürzten und ihnen ihre besten Jahre und jegliche Freude raubten. Nur wenige waren charakterstark genug, um dies zu ertragen, ohne sich von den Widrigkeiten besiegen zu lassen oder im Laufe der Zeit ihre Prinzipien zu verraten. Und er wusste genau, welche Tasten er anschlagen musste, damit diese Menschen nach seiner Pfeife tanzten.

Die arme Amelia Castro glaubte tatsächlich, dass er ihre Angst nicht bemerkte und dass es ihr gelang, ihre Verzweiflung hinter der Etikette zu verbergen. Nachdem sie Don Diegos Vortrag von Quevedos Sonetten über die Vergänglichkeit des Ruhms gehört hatten, hatte sie fröhlich vorgeschlagen, abwechselnd aus dem Werk anderer Autoren zu lesen, darunter auch etwas aus der Komödie *Don Juan de Espina en Milán* von José de Cañizares. Doch da hatte Gabriel für eine Überraschung gesorgt, indem er ein Werk ausgewählt und dazu verkündet hatte, die Lektüre ihm, Enrique, zu widmen.

»*Der mutige Neger von Flandern*«, sagte er, »von Andrés de Claramonte.«

Gabriel versuchte also, ihn mit der Lektüre eines Textes in Verlegenheit zu bringen, in dem es um einen schwarzen Sklaven aus Mérida ging, der schließlich die Freiheit erhielt und ein hoher Befehlshaber bei den Tercios wurde. »Was für ein Blödsinn!«, sagte sich Enrique. »Niemand mit klarem Verstand würde einem Schwarzen den Befehl über eine Tercio-Kompanie übertragen.« Er lehnte sich zurück, ohne dem Stück auch nur die geringste Aufmerksamkeit zu widmen, gab dabei jedoch, um den Schein zu wahren, sein Lächeln in keinem Moment auf. Ihm war klar, dass der Mestize ihm zeigen wollte, dass er genauso gebildet war wie ein Adliger und kein gerade aus Afrika eingeführter Sklave war, der nicht lesen und wie ein Christ sprechen konnte.

Enrique ertrug die vulgäre Lektüre, bis Señorita Castro sie mit einer unterhaltsamen Seguidilla erfreute, die sie, begleitet von einer Gitarre, die aus dem Haus herbeigeschafft wurde, mit melodiöser Stimme vortrug. Enrique, der derartige Aktivitäten, die der Zerstreuung dienten, normalerweise durchaus schätzte, konnte sich diesmal kaum darauf konzentrieren, da er unablässig darüber nachdachte, ob es Hernaldo wohl gelungen war, an den Hauptschlüssel zu gelangen, der es ihm erlauben würde, sich in Castamar frei zu bewegen. Falls dem so war, würde Hernaldo ihm diesen bei seinem Ausritt vor Sonnenuntergang übergeben, was seinen Plan um einiges erleichtern würde.

Auf einmal setzte Regen ein. Sie zogen sich unter die Sonnenschirme und das schützende Dach eines Baumes zurück, während die Dienerschaft die Körbe, die Decken und das Geschirr einsammelte.

»Ich fürchte, dass die Schirme schon bald völlig durchnässt sein werden«, sagte Enrique pikiert.

Don Diego erklärte, dass sie im Schutz des kleinen Hauses abwarten konnten, bis es wieder aufklarte, doch da näherte sich einer der Dienstboten und teilte mit, dass dies zum Glück nicht nötig sein würde.

»Ich habe Señor Cebrián vorsichtshalber angewiesen, uns mit zwei Kutschen zu folgen, da ich einen derartigen Umstand vorhergesehen habe«, fügte er hinzu. »Die Fahrzeuge warten nicht weit von hier.«

»Welch weise Voraussicht …«, sagte Don Diego und wartete darauf, dass der Kammerdiener seinen Namen nannte.

»Roberto Velázquez, Exzellenz.«

»Der Neffe von Don Melquíades, richtig?«, fragte der Herzog freundlich.

Der junge Mann nickte, und Don Diego beglückwünschte ihn zu der guten Idee, um ihn dann zu bitten, die Kutschen so schnell wie möglich vorfahren zu lassen. Enrique dachte, dass dieser Zwischenfall möglicherweise eine gute Gelegenheit wäre, um mit Señorita Castro allein zu sein. Er ging davon aus, dass der Herzog und der Schwarze zu der zweiten, etwas weiter entfernt wartenden Kutsche gehen würden, um ihre Mutter vor dem Regen in Sicherheit zu bringen. Er dagegen würde Señorita Castro folgen, die es eilig hatte, ins Trockene zu kommen und vielleicht auch vor ihm zu fliehen, und sicher auf den ersten Wagen zulaufen würde. Deshalb gesellte er sich, während sie auf die Kutschen warteten, zunächst zu Don Diego und nicht zu ihr, damit sie seine Absichten nicht erriet, und erklärte, dass das mit dem Wetter wirklich Pech sei, um ein belangloses Gespräch zu beginnen. Als die Wagen eintrafen, verabschiedete sich der Herzog höflich und nahm den Arm seiner Mutter, um ihr zu Diensten zu sein.

Amelia ging in der Meinung, dass Don Diego dicht hinter

ihr wäre, tatsächlich auf die erste Kutsche zu. Enrique beeilte sich, ihr zu folgen, während der Schwarze in die zweite Kutsche stieg. Amelia trat eilig auf das Trittbrett und schickte sich an, im Inneren des Wagens zu verschwinden. Als sie sich vorher mit ihrem schönsten Lächeln noch einmal umwandte, weil sie Don Diego hinter sich wähnte, entglitten ihr leicht die Gesichtszüge, als sie Enrique sah, und sie presste die Lippen zusammen. Enrique ließ ihr keine Zeit zu reagieren und folgte ihr, um einzusteigen und ihr den Ausstieg zu verwehren. Anschließend zog er gleich die Gardine vors Fenster. Als die Kutsche anfuhr, stellte sich eine angespannte Stille ein. Sie wich seinem Blick aus, und er wartete geduldig. Schließlich sah sie ihn an.

»Marquis«, begann Amelia, »bitte seid ehrlich. Was wollt Ihr von mir?«

»Señorita Castro… Ich habe Euch ohne jeglichen Hintergedanken geholfen. Wie ich bereits sagte, war es mir unerträglich, Euch in einer derart ungerechten Lage zu sehen. Ich bin nur um Eure Freundschaft bemüht und darum, der Freundschaft, die mich mit unserer gemeinsamen Bekannten Verónica Salazar verbindet, Genüge zu tun.«

»Ihr wisst nur allzu gut, dass ich Euch nicht beleidigen möchte, Don Enrique. Ich bin Euch überaus dankbar.«

»Nun, dann ehrt Eure Dankbarkeit, indem Ihr mir vertraut. Ich hege überhaupt keine dunklen Absichten Euch gegenüber. Lasst mich Euch helfen, und Ihr werdet in Don Diego einen guten Ehemann finden.«

»Bitte nehmt mir nicht übel, dass es mir schwerfällt, dies zu glauben«, sagte sie verlegen. »Wie Ihr wisst, wurde ich einmal durch angebliche Wohltätigkeit und Hilfsbereitschaft schwer getäuscht, um dann meine Ehre zu verlieren. Das… das soll mir nicht noch einmal passieren.«

»Natürlich nicht«, entgegnete Enrique gelassen. »Ihr seid eine Kämpferin, und das ist es auch, was mir an Euch gefällt.«

»Marquis, bitte versteht, dass ich…« Ihre Stimme zitterte. »…so verängstigt bin.«

Sanft nahm er ihre Hand, um sie zu trösten, und sie entzog sie ihm nicht. Er sah ihr in die Augen, und sie erwiderte seinen Blick, wobei ihr ihre Verletzlichkeit anzusehen war, die Sehnsucht, seinen Worten Glauben zu schenken, und die Angst, es nachher zu bereuen.

»Lasst mich Euer Wohltäter sein, und Ihr werdet nie wieder Probleme haben«, wiederholte er dicht an ihrem Gesicht, »egal, welcher Art.«

»Ich weiß nicht, wie Ihr das anstellen wollt, Don Enrique«, erwiderte Amelia. »So schwer, wie die Vergangenheit auf mir lastet.«

»Schon morgen werdet Ihr so viel Geld haben, dass Ihr niemanden mehr braucht, nicht einmal mich«, sagte er und nahm sich die Freiheit, wie zufällig mit den Lippen ihr Ohrläppchen zu berühren.

Sie sah ihn verunsichert an.

»Ein Vermögen, das Euch ein Leben lang mit einer festen Rente ausstattet, um Dienstboten, Liegenschaften und einen angemessenen Lebensstatus zu finanzieren«, flüsterte Enrique, während er den Duft einatmete, der von ihrem Hals aufstieg.

Amelia blickte auf und gab sich geschlagen. Enrique flüsterte weiter und streifte immer wieder ihr Ohrläppchen. Sie spürte, wie sich ihr die Nackenhaare aufrichteten, und wich ein Stück zurück, woraufhin er einen Augenblick innehielt.

»Bitte lügt mich um Gottes willen nicht an«, sagte sie und fühlte sich immer hilfloser.

Enrique fuhr mit seinen Versprechungen fort, zählte alle möglichen Reichtümer auf, über die sie verfügen würde.

»Lebenslanger Nießbrauch in Bezug auf das Anwesen in Cádiz, außerdem bekommt Ihr das Haus in Madrid, das Euer Vater verloren hat.«

»Wie kann ich dessen, was Ihr sagt, sicher sein?«, fragte sie mit erstickter Stimme.

Enrique lächelte selbstgefällig.

»Wenn all das nicht ausreicht, dann sagt Ihr mir, was ich sonst noch tun kann, um Euer Vertrauen zu gewinnen.« Bei diesen Worten legte er ihr den Finger unters Kinn, um ihr Gesicht zu sich umzuwenden, damit er ihr aus der Nähe in die Augen sehen konnte.

»Ich kann Euch einfach nicht …«, sagte sie, als sie spürte, wie Enrique über ihr Kinn strich, »vertrauen.«

»Ich bin sicher, Ihr werdet einen Weg finden, Señorita Castro«, erwiderte Enrique, wobei seine Lippen erneut ihr Ohrläppchen berührten und anschließend über ihre Wange strichen.

Sie seufzte, da sie das Ende ihrer Verhandlungen vor sich sah, das ihr die ersehnte Unabhängigkeit bringen würde, während ihre Brust sich unter ihrem Korsett hob und senkte. Nachdem sie die Stimme der Vernunft, die sie vor ihm warnte, endlich zum Schweigen gebracht hatte, brach sie unter der Last der Schulden und des Leids der letzten Jahre zusammen und bat kapitulierend um Sicherheit:

»Werdet Ihr dies im Beisein eines Notars schriftlich festhalten lassen?«, fragte sie, als sie wieder zu Atem gekommen war, und blickte ihm in die Augen.

Er lächelte und genoss seinen Sieg, während er ihr Gesicht streichelte wie das einer unterwürfigen Geliebten.

»Ihr könnt den Allmächtigen als Zeugen nehmen, wenn es so sein soll«, sagte Enrique, während er seine Fingerkuppen zu ihrem Nacken hinabwandern ließ.

Sie stöhnte und nannte ihn flüsternd einen Betrüger, während sie die Kontrolle über sich verlor, woraufhin er, angesichts ihrer vollständigen Kapitulation, nur schweigend lächelte. Er sah sie an wie ein perfekter Galan und küsste sie sanft auf die Lippen, was ihr die Röte in die Wangen trieb, um dann mit seiner Zunge die ihre zu berühren. Erhitzt ließ sie sich gehen. Enrique merkte, dass sie noch nie auf diese Art geküsst worden war, noch niemand so ihr tief verborgenes Verlangen geweckt hatte.

Seine Finger glitten sanft über ihren Hals und weiter bis zu ihren Brüsten. Von Leidenschaft ergriffen, fasste sie ihm ins Haar und schob ihn von sich.

»Sagt mir endlich, was Ihr von mir wollt…«, sagte sie verzweifelt.

Er antwortete nicht, sondern hob ihre Röcke, und während sie erschauderte, beugte er sich vor und tastete nach ihrem Geschlecht, um ihr eine bisher unbekannte Lust zu verschaffen. Überrascht legte sie sich die Hand auf den Mund, damit ihr Stöhnen nicht nach außen drang. In diesem Moment gab es für sie nichts anderes als die Wonne und die Hoffnung, dem Sturz in den Abgrund zu entrinnen. Enrique dagegen sagte sich selbstzufrieden, dass Amelia Castro nun ganz ihm gehörte.

16. Oktober 1720, in der Abenddämmerung

Hernaldo ritt wie üblich ohne Eile mit ins Gesicht gezogenem Hut und in seinen Umhang gehüllt dahin. Er war auf dem Weg zu Don Enrique, um ihm den Schlüssel zu übergeben. Dabei wusste er, dass sein Herr sich sehr darüber freuen würde, und war glücklich, ihm einmal mehr gute Dienste geleistet zu haben. Er sah auf und konnte den vom Vollmond beleuchteten Steinwall sehen, der das Anwesen von Castamar umgab und um den er herumreiten musste.

Jedes Mal, wenn er sich diesem Gebiet näherte, hatte er das Gefühl, einen Friedhof zu betreten, auf dem er der Totengräber war. Er hatte sein halbes Leben lang mit dem Tod zusammengelebt und jeden Störenfried beseitigt, ohne darüber nachzudenken, ob er es verdient hatte oder nicht, nur um seinen eigenen

Unterhalt zu sichern. Der Tod von Doña Alba von Montepardo zählte jedoch nicht zu den Ergebnissen seiner Arbeit, die er schnell wieder vergessen hatte. »Im Grunde tragen wir mit unserem Plan, den Herzog umzubringen, die Schuld am Tod der Herzogin«, sagte er sich. Genau das hatte er auch einmal Don Enrique gegenüber ausgesprochen, der ihm mit einem mörderischen Blick geantwortet hatte, dass der einzig Schuldige Don Diego sei, weil er die Idee gehabt habe, an jenem Morgen die Pferde zu tauschen. »Wage es nicht, diese Worte noch einmal zu wiederholen«, hatte er hinzugefügt, »wenn dir dein Leben lieb ist.«

Um den Plan in die Tat umzusetzen, hatte Hernaldo damals nach einem Stallmeister gesucht, der Don Diegos Pferd entsprechend abrichten sollte. Er musste sichergehen, dass der Mann dieser Aufgabe gewachsen und nicht irgendein tumber Stallbursche ohne Erfahrung war, denn es handelte sich um keine leichte Sache. Das Pferd sollte darauf abgerichtet werden, sich auf den Pfeifton hin auf die Hinterbeine zu stellen, um sich dann nach hinten fallen zu lassen und mit dem ganzen Gewicht auf dem Reiter zu landen. Nach langer Suche war ein einäugiges Großmaul aus dem Vorort Lavapiés aufgetaucht und hatte ihm von einem Mann erzählt, der unter dem Namen »El Zurdo« – der Linkshänder – bekannt war, einem dreisten und gefährlichen Halunken, der sich sowohl mit Pferden als auch mit dem Töten auskannte und mit dem man sich besser nicht anlegte.

»Der Mann weiß, was er tut«, hatte das Großmaul den Pferdeknecht empfohlen. »Er hat schon mit vielen Pferden von adligen Herren gearbeitet. Ihr könnt ihn im El Zaguán finden, da ist er oft bei einer der Huren.«

El Zaguán war ein Freudenhaus in Lavapiés, in dem Spieler, kleine Betrüger, Huren, Glücksritter, Nichtstuer und sonstige Gauner ein und aus gingen. Hernaldo hatte dem Großmaul ein paar Münzen gegeben und sich wieder auf den Weg gemacht.

Nun kam er bei der Steineiche an, die eine in den Wall gehauene Öffnung verdeckte. Das hatten seine Männer zwei Tage zuvor erledigt, damit er ungesehen auf das Anwesen gelangen konnte. Nachdem er sich noch einmal aufmerksam umgesehen hatte, ritt er hindurch und hielt auf den vereinbarten Treffpunkt zu, eine nahe gelegene Baumgruppe. Dort erwartete ihn sein Herr, auf seinem Pferd sitzend, und als er ihn sah, machte er ihm ein Zeichen, sich zu beeilen. Hernaldo trieb sein Pferd an, und erst als er direkt neben Don Enrique war, flüsterte der:

»Ich muss wieder zurück sein, bevor sie mich vermissen, sie werden sich gleich zu Tisch begeben«, sagte er. »Und, hast du ihn?«

Hernaldo zeigte ihm mit einem zufriedenen Lächeln den Schlüssel. Don Enrique steckte ihn mit einer eleganten Geste ein und sah seinen Vertrauensmann lobend an. Dem gefiel dieser Blick seines Herrn. Für ihn war dies der beste Lohn.

»An Eurem Gesichtsausdruck erkenne ich, dass Amelia Castro Euch bereits ins Netz gegangen ist«, sagte Hernaldo.

Don Enrique beschränkte sich auf ein vielsagendes Lächeln.

»Das freut mich, hochverehrter Herr.«

»Warst du bei Doña Sol? Hat sie dir gesagt, womit sie für ihre Dienste entlohnt zu werden wünscht?«

»Damit, dass wir ihren Ehemann beseitigen, den Marquis von Villamar. Es soll wie ein Unfall aussehen. Wie sie sagt, ist er eine allzu große Last für sie.«

Angesichts dieser Aussage musste Don Enrique lächeln, als hätte er mit dieser Art von Entlohnung gerechnet.

»Dann bereite die Sache mal vor, aber keine Eile. Dieser Lohn lässt sich nicht in Raten auszahlen, daher muss zuerst sie ihren Teil erledigen«, erklärte er und trieb sein Pferd an, um zurückzureiten.

»Ich werde bereit sein, sobald der passende Moment gekommen ist, hochverehrter Herr.«

Don Enrique nickte, und Hernaldo wartete, bis sein Herr zwischen den Bäumen verschwunden war. Dann machte er sich auf den Rückweg nach Madrid. Er lachte leise. Alles schien genau nach dem Plan seines Herrn zu verlaufen: Amelia Castro war bereits in Castamar, Doña Sol hatte ihren Preis genannt, nun mussten sie nur noch abwarten, dass die Früchte reif wurden. Und der arme Don Diego hatte keine Ahnung, dass sich über ihm und seiner Familie tödliches Unheil zusammenbraute.

KAPITEL 16

16. Oktober 1720, am Abend

Diegos Freunde Alfredo und Francisco erwarteten ihn in einem der Salons. Auch Gabriel gesellte sich zu ihnen, und zusammen verbrachten sie die Zeit bis zum Abendessen mit einem angeregten Gespräch über das Gleichgewicht der Kräfte auf dem Kontinent und König Philipps mögliches Streben nach dem französischen Thron.

Als es draußen vollkommen dunkel war, meldete ein Kammerherr die Ankunft des ersten weiblichen Gastes, und Diego ging, um die Dame zu empfangen. Es handelte sich um Doña Almudena Belizón und Villarejo, Baroness von Belizón, mit der er eng befreundet war. Sie hatte sehr jung geheiratet und ihren zwanzig Jahre älteren Ehemann verloren, nachdem er Garnelen gegessen und sich dabei den Magen verdorben hatte. Die Baroness war ein häufig gesehener Gast in Castamar, vor allem, weil Alba ihre Mentorin bei Hofe gewesen war. Und nun war Diego ihr Vertrauter in beinahe allen wichtigen Angelegenheiten, da ihr nach dem Krieg kein Verwandter geblieben war.

Bald darauf wurde die Ankunft des Marquis und der Marquise von Villamar verkündet, Don Esteban und Doña Sol. Es war das erste Mal, dass sie an dem Abendessen im kleinen Kreis teilnahmen, und das überraschenderweise auf die Einladung

Franciscos hin. Denn für alle Gäste bestand die Möglichkeit, jemanden mitzubringen, insofern derjenige darüber informiert war, dass ein Mann mit schwarzer Haut mit am Tisch sitzen würde. Als Francisco Diego von seinen Gästen berichtet hatte, hatte dieser an dem Blick und dem Lächeln seines Freundes erkannt, dass die Einladung mehr Doña Sol galt als ihrem Mann, den er kaum kannte. Alfredo hatte Francisco gescholten wie ein älterer Bruder, weil er sich die Freiheit genommen hatte, eine Frau einzuladen, die den Ruf hatte, hinter dem Rücken ihres Gatten *affaires* mit jüngeren Männern zu haben. Diego musste zugeben, dass ihn das amüsierte, womit er dem Ganzen die Brisanz nahm, und er begrüßte die beiden herzlich.

Nach der Vorstellung des Marquis und der Marquise von Villamar traten alle bereits recht früh in den Salon, im dem das Abendessen *en petit comité* stattfinden sollte, um später genügend Zeit zu haben, die anschließend eintreffenden Gäste, einschließlich des Königs, gebührend zu empfangen.

Diego wartete stehend, bis alle Platz genommen hatten. Als Gabriel sich am Tisch niederließ, breitete sich eine angespannte Stille aus. Diego sah zu dem Marquis und der Marquise von Villamar hinüber. Er schwitzte und warf Gabriel unauffällige Blicke zu, und Doña Sol ignorierte ihn, als wäre er nur ein schlecht platzierter Dienstbote.

Um das Schweigen zu durchbrechen, hielt Diego seine kurze Willkommensansprache. Als er fertig war und ebenfalls Platz genommen hatte, ergriff Don Enrique das Wort:

»Lieber Freund, ich möchte eine formale Bitte an Euch richten: Würdet Ihr mir für das nächste Fest, das ich veranstalten werde, Eure Köchin ausleihen?«

»Darauf kann er warten bis zum Jüngsten Gericht«, sagte sich Diego insgeheim, während die Gäste angesichts dieses Einfalls lachten und nicht an lobenden Worten über das Essen sparten.

Während der ersten beiden Gänge und dem Gebratenen bezogen sich die meisten Aussagen, die an diesem Abend zwischen belanglosen Gesprächen, vielsagenden Blicken zwischen Francisco und Doña Sol und einigen Kommentaren des Marquis am Tisch erfolgten, auf die exquisiten Gerichte, vor allem auf das Geflügel, das so zart war, dass es auf der Zunge zerging. Erst gegen Ende wandte sich das Gespräch wieder anderen Dingen zu, zum Beispiel den neuesten Skandalen am Königshof.

Diego versuchte stets, derartige Themen zu verhindern, was aus Gründen der Höflichkeit jedoch nicht immer gelang, sodass er gezwungen war, sich an dem Klatsch und Tratsch zu beteiligen. So entspann sich, während zum Nachtisch eine Cremetorte mit Waffeln verspeist wurde, unter den Gästen eine Unterhaltung über Doña Leonor Komtesse von Bazán, eine Freundin von Diego und Francisco, die die meiste Zeit des Jahres über in Valencia lebte. Doña Leonor war zweimal verheiratet gewesen, und beide Male waren die Ehemänner verstorben. Der letzte, Roberto von Bazán, ein enger Freund Diegos, war wie Franciscos Vater und viele andere Männer in jenen Jahren heldenhaft in der Schlacht von Almansa gefallen. Daraufhin war Leonor mit nur fünfundzwanzig Jahren und ohne Nachkommenschaft allein zurückgeblieben. Seitdem hatten ihre Jugend und ihr Vermögen ihr eine Unabhängigkeit verschafft, die sie nicht durch eine erneute Ehe verlieren wollte. Daher hatte sie entschieden, nicht wieder zu heiraten.

»Ich kann die Leichtlebigkeit, die man Doña Leonor vorwirft, zwar nicht bestätigen, würde aber ihre Neigung dazu, Edelmänner und Vasallen in ihr Bett zu lassen, auch nicht bestreiten«, sagte Don Enrique lachend und sorgte damit für Heiterkeit.

Lediglich Don Esteban, der Marquis von Villamar, war mit seinen Gedanken woanders und widmete sich lieber dem Nachtisch. Dabei fiel dem Armen zum Glück nicht auf, dass Francisco jenseits des Gesprächs unter dem Tisch das Bein seiner Gattin streichelte, was diese sanft zurückwies.

Kurz darauf warf Diego Francisco einen auffordernden Blick zu, damit dieser eingriff. Dieser bemühte sich daraufhin mehrfach erfolglos, das Gespräch in andere Bahnen zu lenken. Schließlich riss Diego der Geduldsfaden, als Don Enrique ihn fragte, ob er vielleicht von einer neuen Eskapade der Dame gehört habe.

»Es reicht!«, sagte Diego und schlug mit der Hand auf den Tisch.

»Bitte?«, fragte der Marquis hochmütig.

»Es wird nicht länger über Doña Leonor geredet. Es stört mich, da sie eine gute Freundin ist. Und wenn jemand etwas über sie oder ihr Leben andeuten, äußern oder sonst wie mitteilen möchte, bitte ich, dies nicht in meiner Gegenwart und schon gar nicht unter meinem Dach zu tun.«

Nach diesem Vorfall wandte sich das Gespräch anderen Dingen zu, und alle lobten erneut das hervorragende Essen. Daher beschloss Diego, dass es nur angemessen sei, dies Señorita Belmonte persönlich auszurichten. Ohne weitere Erklärung entschuldigte er sich dafür, sich kurz zurückziehen zu müssen, und verließ mit einem Lächeln auf den Lippen den Salon.

Derselbe Tag, 16. Oktober 1720

Clara hatte nur einen Gedanken – wenn das Menü im kleinen Kreis den Gästen schmeckte, war ihr Posten als Chefköchin gesichert. Die Herrschaften saßen inzwischen seit zwei Stunden am Tisch, und in Kürze würde sich das große Bankett anschließen.

Gerade hatte Clara noch einmal nach dem Geflügel gesehen und das Fleisch mit der von ihr zubereiteten Reduktion aus Butter, Pfefferpulver, geriebenem Brot und Eigelb beträufelt. Sie hatten jede Menge Geflügel gebraten und es anschließend mit Honig, Melasse oder Konfitüre gewürzt. Nun ging sie zu den Rinderfilets hinüber. Sie atmete den Duft des gebratenen roten Fleischs ein, dessen Fett zum größten Teil auf die gerösteten Brotscheiben geträpfelt war, die sie selbst unter das geschnittene Fleisch gelegt hatte. Der köstliche Geruch weckte ihre Erinnerung, und sie sah sich selbst vor dem Rezeptbuch ihrer Mutter, dem sie nach und nach eigene Kreationen und Rezepte aus anderen Quellen hinzugefügt hatte.

Jene Momente mischten sich mit anderen, sodass sie ihre Lippen zu einem traurigen Lächeln verzog. Sie sehnte sich danach, wieder den Gesang ihrer Mutter zu hören, wenn sie ihr und ihrer Schwester nach dem Bad über den Nacken strich und ihr Haar kämmte. Die Arme hatte dies auch noch getan, als Clara nach dem Tod ihres Vaters mehr tot als lebendig gewesen war. Nachdem Clara, auf die Nachricht hin, dass ihr Vater nie mehr nach Hause zurückkommen würde, das Bewusstsein verloren hatte, war sie jedes Mal von Panik erfasst worden, wenn sie einen weiten, offenen Raum betrat. Damals hatte sie mehrere Wochen im Bett verbracht und gerade genug getrunken und gegessen, um zu überleben. Eines Abends, als sie es nicht mehr im Bett aushielt, wo ihr ständig der kalte Schweiß ausbrach, war sie trotz ihrer Übelkeit aufgestanden und, vom Kerzenlicht geleitet, das durch den Türspalt schien, durch den scheinbar unendlichen Flur zum Wohnzimmer gegangen. Als sie gerade eintreten wollte, ließen die Stimmen ihrer Mutter und ihrer Schwester sie innehalten.

Die beiden hatten über das Elend gesprochen, das ihnen bevorstand. Denn ihr Heim war ein Teil des Majorats, das ihr Urgroßvater Santiago Belmonte eingerichtet hatte, nachdem er ein Leben lang unter dem Befehl des Herzogs von Lerma und anschließend des Herzogs von Uceda als hoher Beamter am Hof König Philipps III. gedient hatte. Darin hatte er festgelegt, dass die Gesamtheit seiner Güter seinem ältesten Sohn zufallen sollte und, wenn es keinen Sohn gab, dem nächsten männlichen Verwandten. Nur in dem Fall, dass kein männlicher Erbe zur Verfügung stand, konnte das Majorat an die älteste Tochter übergehen. So war es seit jeher gehandhabt worden, weshalb ihr Onkel Julián, der ein eifersüchtiger Kriecher war, nach dem Tod seines Bruders seine Stunde für gekommen hielt. Seine Habgier hinter guten Manieren verschleiernd, hatte er Claras Mutter einen Brief geschrieben, um ihr mitzuteilen, dass er sich, seinem Recht gemäß, um das Erbe kümmern und es zu ihrem Wohl verwalten werde.

Anders als Claras Vater hatte er im Studium der Rechtswissenschaft nie eine Möglichkeit gesehen, sein Wissen zu mehren, sondern nur seine persönlichen Vorteile vor Augen gehabt. Inzwischen arbeitete er dank seiner Neigung, angesehene Menschen zu hofieren, als Schreiber für den Marquis von Valdetorres. Claras Vater und er hatten bereits vor Claras Geburt den geschwisterlichen Kontakt abgebrochen, als sich herausgestellt hatte, dass ihr Onkel Julián ein fünfzehnjähriges Mädchen aus einer befreundeten Familie verführt und geschwängert hatte. Daraufhin hatte Claras Großvater, Don Pedro Belmonte, eingegriffen, bevor es zu einer Anklage wegen Verführung Minderjähriger kam und sein Sohn vor Gericht landete. Er hatte der Familie des Mädchens versichert, dass sein Sohn die Schwangere heiraten würde, und hatte für eine großzügige Mitgift gesorgt. Die Hochzeit hatte, vom Skandal überschattet, auch tatsächlich stattgefunden, doch die junge Frau war bei der Geburt des Kindes, das ebenfalls nicht überlebte, gestorben. So war Claras Onkel unbelastet und mit reich gefüllten Taschen davongekommen und hatte dennoch die Frechheit besessen zu behaupten, dass seine Ehe kein gutes Geschäft gewesen sei.

Nach dem Tod des Großvaters hatte Claras Vater, als sie noch sehr klein war, das Majorat geerbt und seinen Bruder hochkantig herausgeworfen. Er hatte ihm lediglich ein kleines Haus in

Salamanca und ein wenig Geld, das ihm als Pflichtteil zustand, überlassen. Deshalb war Clara an jenem Abend, als sie ihre Mutter sagen hörte, dass ihr Onkel kommen und ihre Welt zerstören würde, leichenblass geworden und hatte sich, in Schweiß gebadet, an die Wand im Flur gelehnt.

»Sei unbesorgt, mein Mädchen«, hatte ihre Mutter ihre Schwester getröstet, »wir haben einige Ersparnisse, von denen wir erst einmal leben können, und ich werde mir etwas überlegen. Aber sag vorerst nichts zu deiner Schwester. Sie muss unbedingt erst wieder gesund werden.«

Das Echo dieser Worte hallte noch immer in Clara wider. Sie runzelte die Brauen und sagte sich, dass sie diese schlechten Erinnerungen unbedingt beiseiteschieben musste, um dem Bankett und allem, was damit zusammenhing, gewachsen zu sein. Ihr Vater hatte immer gesagt, dass man aus der Vergangenheit für die Zukunft lernen könne, aber nicht in der Vergangenheit leben dürfe, da sie dann zur Last werde. Allerdings sollte man auch nicht nur auf die Zukunft hin leben und von Luftschlössern träumen. Denn das Glück war nur auf dem schmalen Grat zwischen dem Morgen und dem Gestern zu finden.

Das Geräusch, mit dem einer der Fleischbegleiter schwungvoll die Tür zur Küche aufstieß, ließ Clara in die Gegenwart zurückkehren. Sie konzentrierte sich wieder auf die Arbeit in dem Trubel zwischen den Wetzsteinen, auf denen die Küchenjungen die Messer schliffen, den Brettern, auf denen das Fleisch zerteilt wurde, den Halbmondmessern, um Hackfleisch herzustellen, und dem betäubenden Lärm all der Stimmen und sonstigen Geräusche. Die Küche schien einem unaufhörlichen Ansturm ausgesetzt. Die Heerschar an Dienstboten wirkte auf Clara wie eine nicht enden wollende Flut an Menschen, die in den Raum strömte, um kurz darauf, mit Silber- und Porzellantabletts voller Fleisch beladen, wieder durch die Tür zu verschwinden. Sie genoss das wunderbare geschäftige Treiben – die Saftpressen, die Mörser, die unter den Küchenjungen weitergereicht wurden, um Gewürze und Knoblauch zu mahlen, die brodelnden Kessel, das Hantieren mit Spießen und Schaumlöffeln, die Schöpflöffel, die Tranchiergabeln und das ständige Hin und Her der Standgeräte mit drei oder vier Metallbeinen, die dazu dienten, Kessel und Pfannen über dem Feuer zu befestigen – all das erklang den ganzen Abend und bis in die Nacht in einem harmonischen Konzert, das sie inspirierte.

Clara sah in den beiden anderen Küchen nach dem Rechten und stellte beruhigt fest, dass alles zum Besten stand. Anschließend kehrte sie in die Hauptküche zurück und fuhr mit der Zubereitung der geschmorten Kaninchen fort, die die Jäger des Herzogs am Morgen gebracht hatten. Irgendwann entdeckte sie Elisa mit zwei Begleitern, die achtsam die großen Schüsseln aus blauem Porzellan trugen, die aus der Königlichen Manufaktur in Delft stammten.

»Seit der Nachtisch serviert worden ist, hört man nur noch ›Mhm‹ und ›Aah‹«, flüsterte Elisa Clara mit einem verschmitzten Lächeln ins Ohr. »Übrigens, der Marquis von Soto ist unwiderstehlich. Diese Umgangsformen …«

Dies war bereits das dritte Mal, dass Elisa heruntergekommen war, um Clara darüber zu informieren, wie das Essen ankam, und nebenbei den Marquis erwähnte. Sie hatte das Glück, zu den Dienstmädchen zu gehören, die den Wein und das Brot servierten, beides unter der Aufsicht des zuständigen Küchenmeisters Herbasio García, eines dicken Mannes mit tumbem Schritt, der jedoch einen exzellenten Weingeschmack hatte.

Clara seufzte erleichtert, als sie hörte, dass der Herzog und seine Gäste zufrieden waren. Dabei dachte sie, dass sie sich nun, nachdem das Mahl im kleinen Kreis vollständig serviert worden war, eine kleine Pause erlauben konnte. Elisa und sie gingen in den Gang hinaus, der zu den Vorratsräumen führte.

»Vielen Dank für diese erfreuliche Nachricht«, sagte sie.

Elisa ließ die Tür ein wenig offen und winkte ab, während sie aus dem Augenwinkel Beatriz Ulloa beobachtete, das Küchenmädchen, das sich ihnen scheinbar zufällig genähert hatte. Elisa machte Clara ein Zeichen, um sie darauf aufmerksam zu machen, denn tatsächlich folgte ihnen Beatriz jedes Mal, wenn sie zusammen waren.

»Das ist mir vollkommen egal«, entgegnete Clara. »Wenn sie spionieren will, dann soll sie es tun.«

Abgesehen von ihrem Leiden hatte sie nichts zu verbergen. Ihre Freundin verzog verärgert das Gesicht und nahm Clara am Arm, um weiter in den Gang hineinzugehen und die Küche hinter sich zu lassen.

»Ich sage dir, dass die Hexe und Beatriz irgendwas zusammen ausbrüten«, sagte Elisa. »Wundere dich nicht, wenn sie alles weitererzählt, worüber wir reden. Dabei tut sie, als ob sie kein Wässerchen trüben könnte …«

»Na und? Das ist ihr Problem und das von Doña Úrsula«, erwiderte Clara. »Wenn man sich zu sehr mit solchen Dingen beschäftigt, macht man alles nur schlimmer.«

Elisa tupfte sich mit einem kleinen Tuch den Schweiß ab.

»Du bist einfach zu gut erzogen«, meinte sie.

Clara lachte leise, während erneut die Musik der Hauskapelle zu hören war, die ein paar Tanzstücke einübte. Im Laufe des Tages waren bereits die Takte einer Gavotte und einer Gaillarde zu vernehmen gewesen und sogar, dem Geschmack des Königs gemäß, die Akkorde einiger französischer Tänze, eines Menuetts, eines Passepied oder eines Contredanse, die gerade in Mode waren. Clara erinnerte sich an ihre eigene Einführung in die Gesellschaft im Beisein der verstorbenen Königin Marie-Louise von Savoyen auf einem der Bälle des Grafen von Montemar, der ein enger Freund ihres Vaters gewesen war.

»Wie gern würde ich an einem solchen Ball teilnehmen und

mir einen reichen Ehemann angeln«, murmelte Elisa plötzlich, die der Musik genauso aufmerksam lauschte.

»Als mein Vater noch lebte, sind wir mehrfach auf Bälle gegangen«, sagte Clara. »Und wenn der Krieg nicht gewesen wäre, hätte ich sicher auf noch mehr Bällen getanzt.«

»Du musst all das sehr vermissen.«

»Nicht allzu sehr. Was mir mehr fehlt, ist das Lesen. Die Bibliothek meines Vaters war so groß wie die Küche hier, und er hat jede Woche neue Bücher bekommen.«

Schließlich gestand Elisa ihrer Freundin, dass es ihr größter Wunsch sei, einen Ehemann zu finden.

»Wenn der Marquis mich doch nur heiraten würde ... Oder Seine Exzellenz selbst!« Sie lachte herzlich über ihr unmögliches Ansinnen. »Der Herzog ist mir stets als äußerst attraktiver Mann erschienen.«

»Er scheint einen starken Charakter zu haben und etwas mürrisch zu sein. Aber ich glaube, dass sich hinter der rauen Schale ein gutes Herz verbirgt«, sagte Clara. »Ich denke, er ist ein ... guter Mensch.«

»Señorita Belmonte.«

Die Stimme erklang von der anderen Seite des Ganges her. Clara wandte sich um, wo wie eine erleuchtete Erscheinung im Gegenlicht zweier Kerzen Don Diego auftauchte. Elisa und Clara grüßten freundlich und tauschten unauffällig einen erstaunten Blick. Sie wussten nicht, wie lange der Herzog schon dort stand und wie viel von ihrem Gespräch er mitbekommen hatte. Clara wollte gar nicht daran denken, dass er ihre Aussage über ihn gehört haben könnte, und wie schon bei früheren Gelegenheiten ließ ihre Schüchternheit ihre Wangen erröten. Sie verbarg ihre Verlegenheit, indem sie den Kopf senkte. Erst am Morgen, bevor er zu den Gärten von Villacor aufgebrochen war, war er in die Küche gekommen, um sie zu befragen. Und nun war er wieder hier unten und ging mit der für ihn typischen Sicherheit auf sie zu, ohne den Blick von ihr abzuwenden.

»Seht mich an, Señorita Belmonte«, befahl Diego und wartete, bis ihr Blick dem seinen begegnete.

»Ich bin nur heruntergekommen, um Euch die herzlichen und vielfachen Glückwünsche auszurichten, die man mir für Eure wunderbaren Speisen heute Abend ausgesprochen hat«, sagte er ruhig.

»Ich fühle mich von den Worten Eurer Gäste äußerst geschmeichelt und danke Euch sehr, dass Ihr persönlich heruntergekommen seid, um sie mir auszurichten«, entgegnete Clara.

»Und um Euch zu sagen, dass die Glückwünsche, die ich Euch überbracht habe, natürlich auch die meinen enthalten«, fügte Diego hinzu.

»Damit lasst Ihr mir eine große Ehre zukommen, Exzellenz«, antwortete Clara nach kurzem Zögern.

Diego reagierte nicht gleich darauf. Plötzlich fühlte er sich unbehaglich bei dem Gedanken, dass er vor seiner Köchin stand und nicht vor einer wohlerzogenen Tochter aus adligem Hause. Er verabschiedete sich wie ein Kavalier, wandte sich, die Anwesenheit Elisas weiterhin ignorierend, um und ging davon. Nachdem er um die nächste Ecke gebogen war, verhielt er seinen Schritt und lauschte auf das nervöse Kichern der beiden jungen Frauen.

Erst nach einer Weile kehrte er versonnen lächelnd zu seinen Gästen zurück.

KAPITEL 17

16.–18. Oktober 1720

Immer wieder meldete sich in Amelia eine innere Stimme zu Wort, die sie warnte, vorsichtig zu sein. Sie sagte sich, dass sie ihrem anfänglichen Plan folgen und erst einmal Don Diego erobern sollte. Was in der Kutsche passiert war, durfte sich nicht wiederholen, nicht, solange der Marquis das, was er versprochen hatte, nicht schriftlich niedergelegt und besiegelt hatte. Erst wenn es so weit war, wäre sie wirklich frei zu entscheiden, welches Leben sie führen wollte. Und dennoch konnte sie sich des so intensiven Gefühls nicht erwehren, das der Marquis in ihr ausgelöst hatte. Während des Essens im kleinen Kreis an diesem Abend hatten sie sich, obwohl sie es zu vermeiden versucht hatte, ein paarmal zugelächelt, was ihre Begierde erneut entflammt hatte.

Dann, während des Banketts, des Feuerwerks, des Balls und der Trinksprüche, hatte Don Enrique zu ihrer Überraschung jedoch Distanz gewahrt. Und sie hatte zufrieden festgestellt, dass er immer einmal wieder auftauchte, um für ein scheinbar zufälliges Zusammentreffen von Don Diego und ihr zu sorgen. Schließlich hatte sie genug davon gehabt, erfolglos mit dem Herzog zu kokettieren, und sich in ihr Gemach zurückgezogen. »Das reicht für den ersten Abend«, hatte sie sich gesagt.

Nun, als das Kammermädchen ihr beim Auskleiden half und dabei ihr Korsett aufschnürte und den Reifrock abstreifte, reichte es aus, wenn die junge Frau nur leicht ihren Nacken streifte, um ihr die Berührung des Marquis in Erinnerung zu rufen. Nachdem Amelia das Mädchen entlassen hatte, legte sie sich in das mit weicher Baumwolle bezogene Bett zwischen die frisch gestärkten Laken und löschte die Kerze in dem Leuchter auf dem Nachttisch. Trotz ihrer Erschöpfung berauschte und erregte es sie, das Gesicht des Marquis vor sich zu sehen, bis sie schließlich einschlief. Sie träumte davon, in einem ruhigen Ozean zu treiben, während die Wellen ihr Haar kämmten und ihren Körper streichelten. Diesem angenehmen Gefühl gab sie sich hin und merkte irgendwann verwirrt, dass ihre Wangenknochen sich erwärmten und ihre Lippen feucht waren. Plötzlich begriff sie, dass Hände über ihre Brust und ihr Geschlecht strichen und ein angenehmer Pfirsichduft sie berauschte. Sie spürte Lippen in ihrem Nacken und richtete sich erschreckt auf, um festzustellen, dass Enrique nackt neben ihr im Bett lag. Sie bereute, nach dem Weggang des Kammermädchens die Tür nicht abgeschlossen zu haben, und versuchte, sich von ihm zu lösen, doch seine Hand berührte erneut ihr Geschlecht, was sie lustvoll aufstöhnen ließ.

»Lasst es einfach geschehen, Señorita Amelia«, flüsterte er ihr zu wie der Teufel persönlich. »Macht Euch keine Sorgen, morgen wird mein Schreiber Euch die gewünschten Papiere vorlegen.«

Wieder versuchte sie, ihn von sich zu schieben, doch er drückte sie nur noch fester an seine Brust und streichelte sie. Er roch so gut, fühlte sich so wohltuend an, und seine Worte waren so verführerisch, dass sie verärgert, verwirrt, erregt und angetrieben von den geflüsterten Zärtlichkeiten, die dieser Mann in ihr Ohr träufelte, bald nicht mehr gegen ihn, sondern gegen sich selbst kämpfen musste.

»Lasst Euch gehen. Ich weiß, dass Ihr mich so sehr begehrt wie ich Euch«, lockte er. »Ich werde Euren Körper bis zum Morgen beglücken und Euch unzüchtige Worte zuflüstern, während ich Euch zu der meinen mache. Ich werde mich Eurem Geschlecht unterwerfen, Euren Kurven, Euren Brüsten, jede Stelle Eurer Haut küssen und Euch eine Lust verschaffen, die in Ekstase münden wird. Ich werde für Euch geheime Freuden entdecken, in die wir bis zur Erschöpfung eintauchen werden, und wenn wir aufhören, werdet Ihr eine andere sein, denn Ihr werdet unsere gemeinsame Nacht niemals vergessen können.«

Diesen Mann zu begehren, war furchtbar. Ihr Körper glühte und war gegen ihren Willen bereit, sich ihm hinzugeben. Ohne etwas dagegen tun zu können, merkte sie, wie sie zwischen den Schenkeln feucht wurde, während er sie langsam und zärtlich nahm. Dabei spürte sie, dass er eine Hülle aus weichem, eingeöltem Darm angelegt hatte. Sie hatte schon von diesen Dingen gehört, die die Männer benutzten, wenn sie zu Huren gingen, weil es sie vor Krankheiten schützte, und sie fühlte sich gleichzeitig beleidigt und verletzt. Sie, die sich nur ein einziges Mal einem Mann hingegeben hatte, weil sie dazu gezwungen wurde, wurde nun behandelt wie eine Hure. Dennoch konnte sie nichts anderes tun, als zu stöhnen. Schließlich gab sie sich geschlagen. Sie war so müde davon, ständig am Abgrund zu leben, so erschöpft. Von seinen süßen Worten mitgerissen, die ihre Seele berauschten, ließ sie es geschehen.

»Ihr seid der Teufel in Person«, flüsterte sie.

»Nur um Euch die Freuden zu verschaffen, die Ihr verdient, Señorita Amelia«, erwiderte er.

Der Marquis nahm sie dreimal, bevor der Morgen graute, und sie gab sich diesem Tyrannen – dem Einzigen, der sie vor einem Leben in Armut bewahren konnte – und ihrer eigenen Wollust geschlagen.

Als sie erwachte, war er bereits nicht mehr im Zimmer, doch

tatsächlich erfüllte sich noch vor dem Frühstück sein Versprechen: Die Dokumente, die ihr eine beträchtliche Rente auf Lebenszeit, das Haus in Madrid und den ständigen Nießbrauch des Anwesens in Cádiz verschaffen würden, wurden versiegelt in einer Mappe in ihr Zimmer gebracht. Sie sah sie sorgfältig durch. Da sie in Ordnung zu sein schienen, sandte sie sie mittels eines Pagen zu einem Juristen, der das Vertrauen ihres Vaters genossen hatte, nach Madrid, um ihre Gültigkeit überprüfen zu lassen. Wenn sie auch das wahre Ziel Enriques nicht kannte, war das Einzige, was für sie zählte, der Armut zu entkommen. Don Diego zu verführen, damit er ihr die Ehe versprach und sie heiratete, war ihr ursprünglicher Plan gewesen und stand immer noch an vorderster Stelle. Doch wenn Don Enrique sie reich machen wollte, sah sie keinen Grund, diese Möglichkeit der Unabhängigkeit auszuschlagen. Das würde sie jedoch nicht davon abhalten, sich weiterhin um den Herzog zu bemühen, bis sie die Antwort des Juristen erhielt. Don Enrique, der nachts in ihr Bett kam und ihr tagsüber half, sich dem Herzog zu nähern, war nicht zu trauen. Denn das ließ eindeutig nicht auf gute Absichten schließen.

Nach dem Frühstück und einem einsamen Spaziergang durch die Gärten begegnete sie scheinbar zufällig dem Herzog, doch der hatte nicht viel Zeit für sie. Den ganzen Tag über war Diego von seiner Rolle als Gastgeber beansprucht und kümmerte sich um den König und andere illustre Gäste.

Daher verbrachte Amelia den Tag mit Doña Mercedes, Doña Sol Montijos und einigen Bekannten von früher und vertrieb sich die Zeit mit spitzen Bemerkungen über die übrigen Mitglieder der vornehmen Gesellschaft. Hin und wieder dachte sie an die vergangene Nacht und erschauderte vor Lust. Beim Mittagessen gelang es Don Enrique, sie in ein Gespräch mit Don Diego einzubinden. Das allerdings war bereits nach wenigen Minuten schon wieder zu Ende, als die Speisen serviert wurden. Erneut gab es Lob von allen Seiten für das exquisit zubereitete Fleisch, das Geflügel, die Suppen und die Nachspeisen. Auch Amelia konnte nicht anders, als sich dem anzuschließen.

Nach der Siesta, den Theateraufführungen, der Kammermusik und mehreren Lesungen näherte sich Don Enrique ihr einmal mehr, um ihr ein paar Worte zuzuflüstern.

»Ich werde versuchen, erneut eine Begegnung mit Don Diego zu bewerkstelligen.«

Seine Bemühungen waren schließlich von Erfolg gekrönt, als der Herzog sie zum Tanz aufforderte, was sich, auf Eingreifen Doña Mercedes' hin, die sicher von Don Enrique darum gebeten wurde, mehrfach wiederholte. Doch als sie sich danach bemühte, mit dem Herzog ein wenig allein zu sein, ließ König Philipp ihn zu sich rufen und vereinnahmte ihn für den Rest des Abends. Nach dem Feuerwerk und der Operette gab Amelia schließlich auf und zog sich in den Frieden ihres Schlafgemachs zurück. Diesmal schloss sie trotz des innigen Wunsches, dass Don Enrique ihr erneut die Sinne rauben möge, die Tür von innen ab. Sie deponierte den Schlüssel auf dem Nachttisch, legte sich ins Bett und spürte, wie sie bei dem Gedanken an ihn feucht wurde. Sie wusste, dass ihr Körper nicht wollte, was ihre Fantasie ihr einflüsterte. Später wurde sie erneut davon aus dem Schlaf gerissen, dass sie eine Zunge an ihren Brüsten und ihrem Geschlecht spürte, worauf sich ihr ein tiefes Stöhnen entrang.

»Lasst Euch gehen …«, flüsterte Don Enrique, während er sie nahm.

Keuchend dachte sie, dass er sicher einen Dienstboten bestochen hatte, um an den Schlüssel zu kommen. Doch wie dem auch war, sie musste zugeben, dass er ein ausgezeichneter Liebhaber war. Der Marquis ließ sie die Sinnlichkeit des männlichen Körpers spüren und versetzte sie in Ekstase. »Was hat dieser verdammte Mann nur mit mir angestellt, dass er mich gegen Gott und jeglichen Anstand sündigen lässt?«, sagte sie sich, während sie sich ihm verzweifelt hingab. Dies war nun schon die zweite Nacht, in der sie ihm erlag. Nach dem Rausch der Lust schliefen sie ein. Im Morgengrauen wollte Don Enrique sich erneut auf sie stürzen, doch sie entzog sich ihm, bevor sie einmal mehr die Wollust überwältigte.

»Wenn die Papiere unterzeichnet sind, können wir uns wieder auf diese Reise begeben, aber davor nicht mehr … bitte!«, flehte sie.

Er lächelte und sagte nichts darauf. Dann sammelte er seine Kleidung auf und verschwand halb angezogen wie ein Gespenst aus dem Raum.

Sie schlief bis weit in den Morgen, bekam jedoch noch mit, wie die Schar der Gäste einschließlich Ihrer Majestäten Castamar verließen. Nach einem köstlichen Frühstück wies sie die Dienerschaft an, ihren Koffer zu packen. Während ihr Gepäck auf die Kutsche geladen wurde, trat Don Enrique zu ihr und fragte, ob sie nicht noch länger bleiben wolle.

»Ich habe immer noch nicht verstanden, warum Ihr unbedingt meine Verbindung mit dem Herzog wünscht«, erwiderte sie.

»Nur um Euch zu Gefallen zu sein«, antwortete er lakonisch.

»Gewiss«, entgegnete sie flüsternd mit einem gespielten Lächeln auf den Lippen. »Dennoch kann ich unmöglich länger bleiben. Mit Sicherheit würde der Herzog sich nach meinen Absichten fragen, wenn ich meinen Aufenthalt ohne triftigen Grund noch länger ausdehne.«

Der Marquis sah sie freundlich an, doch Amelia spürte, dass ihm ihre Abreise nicht passte.

»Wir werden eine bessere Gelegenheit finden, meine Liebe«, versicherte er. »Und was die Papiere angeht, lasst mich wissen, wenn Ihr zur Unterschrift bereit seid.«

»Nach Möglichkeit und wenn es Euch beliebt, noch in dieser Woche«, sagte sie. »Ich werde nie vergessen, was Ihr für mich getan habt, Marquis.«

Nachdem Don Enrique sich angemessen von allen noch anwesenden Gästen und dem Gastgeber verabschiedet hatte, stieg er aufs Pferd und galoppierte davon. Amelia schickte sich ihrerseits an, die Kutsche zu besteigen, die sie zurück nach Madrid bringen würde. Sie dachte, dass sie beinahe jungfräulich nach Castamar gekommen war, sittsam und keusch und ohne jegliche Erfahrung im Liebesspiel; mühsam die Fassade einer gewissen Position zur Schau stellend, dabei aber arm und verschuldet und am Rande des Abgrunds. Und nun verließ sie das Anwesen im Begriff, eine reiche Frau zu werden, und mit einiger Erfahrung im Bett.

»Euer Aufenthalt hier muss Euer Herz auf irgendeine Weise erleichtert haben, meine Kleine, und das freut mich«, sagte Doña Mercedes beim Abschied zu ihr. »Ihr seht wesentlich fröhlicher und nicht mehr so niedergeschlagen aus.«

»Hier in Castamar habe ich den Frieden gefunden, den mein wehes Herz nach dem Tod meines Vaters gesucht hat«, entgegnete sie lächelnd.

Nachdem sie sich von Doña Mercedes verabschiedet hatte, die nach Valladolid aufbrach, sagte sie, endlich allein, auch Don Diego Lebewohl. Der Herzog verbeugte sich leicht.

»Ihr seid jederzeit eingeladen wiederzukommen, wenn Euch der Sinn danach steht, Señorita Amelia.«

Wieder schaute er sie die ganze Zeit über mit jenem aufrichtigen Blick an, mit dem er imstande zu sein schien, bis auf den Grund ihrer Seele zu sehen.

»Ich nehme Euch beim Wort«, antwortete sie.

Bereits in der Kutsche, sagte sie sich, während sie sich von dem in herbstlichen Rot- und Gelbtönen gefärbten Garten verabschiedete, dass Don Enriques Pläne ihr im Grunde egal sein konnten. Denn sobald die Papiere unterzeichnet waren und sie über die ersehnte Unabhängigkeit verfügte, würde sie nicht mehr tun, was er wollte. Und was ihre Heiratspläne anging, würde sie mit dem Ziel, sein Herz zu gewinnen, in Don Diego eher einen treuen Freund als einen Ehemann suchen. Sie hatte erkannt, dass ein Mann wie er, wenn er sie wirklich liebte, niemals zulassen würde, dass ihr ein Leid geschah, und wenn Don Enrique nicht der Mann war, der er zu sein vorgab, und ihr etwas anhaben wollte, würde der Herzog von Castamar ihr sicher beistehen.

18. Oktober 1720

Úrsula nickte, als der Lakai ihr die Nachricht überbrachte, dass Seine Exzellenz sie zu sehen wünschte. Sie befahl den Dienstmädchen und den Kammerjungen sämtliche Zimmer fertig herzurichten, bevor der linke Flügel wieder geschlossen würde. Ein großer Teil der Gäste war dort untergebracht gewesen, und nun mussten die Räume bis zum nächsten Jahr wieder in tadellosem Zustand verbleiben. Wie der Lakai sagte, befand sich Seine Exzellenz gerade im Arbeitsgespräch mit dem Zahlmeister Alfonso Corbo. Während Úrsula das Gebäude durchquerte, dachte sie, dass die Feierlichkeiten in diesem Jahr ein voller Erfolg gewesen waren. Die Dienerschaft war den Umständen durchaus gewachsen gewesen, und sie musste zugeben, dass Señorita Belmonte die Aufgabe, die sie übernommen hatte, hervorragend erfüllt hatte. Das Feuerwerk, die aufgeführten Stücke, die Musik und die sonstigen Zerstreuungen, vor allem aber die Speisen, hatten bei den Monarchen und den anderen Gästen großen Anklang gefunden. Die Chefköchin von Castamar hatte sich den Respekt des Herzogs gesichert und dem Gaumen des Königspaars geschmeichelt. Ein einziger Bissen von einer der Köstlichkeiten hatte ausgereicht, dass der König aufgesehen und Don Diego gefragt hatte, ob der Küchenchef ein Franzose sei. Und die Überraschung Seiner Majestät war umso größer, als er erfuhr, dass es sich nicht um einen Koch, sondern um eine Köchin handelte, die dazu nicht Französin, sondern Spanierin war.

In diesem Moment fragte sich Úrsula einmal mehr, wie dieses Mädchen, das irgendwie eine besondere Position zwischen den Ständen einnahm, es geschafft hatte, ohne ihre Zustimmung zur Köchin des Herzogs aufzusteigen. »Das ging so schnell, dass ich es nicht habe kommen sehen«, sagte sie sich, während sie die Flure des Hauses entlangging und dabei – wie üblich – den Blick überall hatte. »Mach dir keinen Vorwurf, Úrsula. Das konnte niemand voraussehen.« Dieses Mädchen hatte in nur acht Tagen den Gipfel erreicht, während sie selbst ihre besten Jahre damit verbracht hatte, das Haus des Herzogs von Villares zu putzen, um ihren Vater zu unterhalten.

Sie erstieg die letzten Stufen zu dem breiten Gang, in dem, angefangen von dem ersten Herzog aus der Zeit der Katholischen Könige, die Porträts von Don Diegos Ahnen hingen. Das Gehen hatte ihren Atem kaum beschleunigt, da sie trotz ihres Alters in guter Form war, und schließlich blieb sie vor einer doppelten Kassettentür aus Eichenholz stehen. Dienstbeflissen klopfte sie an und wartete darauf, dass der Herzog ihr Einlass gewährte. Wie üblich ließ sie daraufhin einen Moment verstreichen, und als sie schließlich eintrat, begegnete sie Don Alfonso Corbo, der sie höflich grüßte. Úrsula gab die knappe Verbeugung zurück, während Don Diego mit den üblichen Utensilien und der Schwanenfeder in der Hand am Pult saß und schrieb.

Unbeweglich wartete sie, bis der Herzog den Brief unterzeichnet hatte. Dem üblichen Vorgehen gemäß griff er nach der Streusandbüchse, streute etwas Löschsand auf das Papier, um die schreibnasse Tinte zu trocknen, verschloss das Schreiben, als es so weit war, und versiegelte es. Schließlich reichte er den Brief lächelnd Doña Úrsula, die eilfertig näher trat und ihn entgegennahm, wobei sie das noch warme Wachs spürte.

»Kennt Ihr die Buchhandlung in der Calle Mayor?«, fragte er.

Sie nickte.

»Ich bin noch nie dort gewesen, aber ich weiß, dass Eure Exzellenz dort bereits viele Bände in Auftrag gegeben haben, vor allem Bücher über Botanik.«

»Das Schreiben, das ich Euch gegeben habe, ist keine übliche Bestellung, sondern ein besonderer Auftrag«, erklärte er.

Aus irgendeinem Grund ahnte Úrsula, dass dieses Schreiben mit Señorita Belmonte zu tun hatte, was ihr einen Schauder über den Rücken jagte.

»Sagt dem neuen Burschen, Roberto, dass er eines der Pferde nehmen und diesen Auftrag dem Buchhändler Señor Bernabé persönlich übergeben soll«, trug Don Diego ihr auf, dem ihr Unbehagen entging.

Úrsula überspielte ihre Unruhe und verabschiedete sich mit einer Verbeugung, wobei sie erklärte, dass alles seinem Wunsch nach verlaufen werde. Doch sobald sie den Raum verlassen hatte, eilte sie mit großen Schritten zu ihrem Dienstzimmer. Unterwegs begegnete sie einer Gruppe Kammerjungen, denen sie auftrug, sofort nach Roberto Velázquez, Don Melquíades' Neffen, zu suchen und ihn zu ihr zu schicken. Sie schnalzte verärgert mit der Zunge und kniff dann die Lippen zusammen, bis sie die Dienstbotenetage erreicht hatte und ihr Dienstzimmer betrat.

Dort, hinter verschlossener Tür, nahm sie aufgeregt einen Brieföffner, brach vorsichtig das Siegel und las das Schreiben. Darin bestellte der Herzog bei dem Buchhändler nach der pflichtgemäß höflichen Einleitung ein spezifisches Koch- oder Rezeptbuch, das exemplarisch für eine bestimmte kulinarische Kultur sei, gegebenenfalls von einem berühmten Küchenchef und wenn möglich auf Spanisch, Latein oder, falls es das nicht gab, in einer Fremdsprache. Gleich nach der Lektüre entzündete Úrsula eine Kerze an der Flamme einer der Lampen, nahm eine Stange Siegelwachs und ließ ein paar Tropfen auf das Siegel fallen, um die Öffnung des Briefes zu kaschieren.

Noch während sie darauf wartete, dass das Wachs hart wurde, klopfte es, und sie ging davon aus, dass Roberto Velázquez vor der Tür stand. Sie gewährte ihm Einlass und überreichte ihm das Schreiben in dem Wunsch, gleich wieder allein zu sein, um sorgfältig über diesen neuen Umstand nachzudenken.

Als der Kammerjunge gegangen war, schloss sie von innen die Tür und lehnte sich mit dem Rücken dagegen, um sich zu beruhigen und zu überlegen, welche Schritte sie nun unternehmen sollte. Clara Belmonte hatte offensichtlich die Zuneigung des Herzogs gewonnen. Wenn sie dieses Buch erhielt, würde dies für eine Verbindung zwischen den beiden sorgen, die Úrsula nicht beeinflussen konnte und die Señorita Belmonte einen direkten Zugang zu Don Diego verschaffen würde, ein Privileg, über das derzeit nur sie und der langweilige Gärtner verfügten. Sie musste unbedingt überwachen, ob noch mehr Bücher angeliefert wurden. Nachdem das Fest ein solcher Erfolg gewesen war, war dieses Mädchen zu einer gefährlichen Bedrohung ihrer Autorität geworden.

Als es Zeit wurde, dass sie ihr Dienstzimmer wieder verließ, verschloss sie es von außen und ging wieder zu den oberen Räumlichkeiten hinauf. Wie sehr sie sich nach der Zeit zurücksehnte, in der Doña Alba das Haus geführt hatte und sie sich unter ihrem Schutz sicher fühlen konnte! Niemals würde sie jenen Tag zwischen den Rosensträuchern und den Skulpturen im Garten vergessen. Dort, in der Gartenlaube, hatte sie alles vorbereitet, damit die Herzogin und ihr gerade aus Cartagena eingetroffener Cousin, der Herzog von Castañeda und Villalonga, ein wenig Mandelgebäck und heiße Schokolade zu sich nehmen konnten. Da war plötzlich Úrsulas Ehemann aufgetaucht, hatte sie an die grüne Wand im Garten gedrängt und sie gewürgt. Elías, der nur noch über ein Auge verfügte und dem man ansah, dass er heftige Folter erlitten hatte, standen die Rachegelüste ins Gesicht geschrieben.

»Ich habe lange nach dir gesucht, du schamlose Hure«, hatte er mit Speichel auf den Lippen und wutverzerrtem Gesicht gesagt. »Du wirst dafür bezahlen, was sie mir angetan haben!«

Er hatte so fest zugedrückt, dass er ihr beinahe das Genick gebrochen hatte. Während sie spürte, dass das Leben langsam aus ihrem Körper wich, war am Hals ihres Mannes auf einmal die bedrohliche metallene Spitze eines Degens aufgetaucht.

»Lass sie los, oder ich schlitze dir die Kehle auf!«, hatte eine autoritäre Stimme befohlen.

Auf einen Schlag war die Wut aus Elías' Blick verschwunden und abgrundtiefer Angst gewichen. Er hatte sie auf der Stelle losgelassen. Einer Ohnmacht nahe, war sie wie eine kaputte Marionette zu Boden gesunken und hatte nach Luft geschnappt. Schließlich hatte sie neben sich zwei Kammerherren, mehrere Soldaten der Leibwache Castamars, zwei Kammergehilfen, Doña Alba und deren Cousin Don Rodrigo wahrgenommen, der noch immer seinen Degen auf den Hals ihres Mannes gerichtet hielt. Endlich konnte Úrsula wieder atmen, wenn auch nur mühevoll, hustend und nach Luft schnappend, um das Leben festzuhalten, das sie für ein paar Sekunden verloren geglaubt hatte. Don Rodrigo hatte mit dem Degen die Haut oberhalb von Elías' Kehlkopf eingeritzt und ihm befohlen, auf die Knie zu gehen. Dieser hatte sofort gehorcht, während einer der Wächter ihr beim Aufstehen geholfen hatte. Dann war Doña Alba mit der für sie typischen Eleganz auf sie zugetreten, um sich davon zu überzeugen, dass es ihr gut ging.

»Seid Ihr wohlauf, Señora Berenguer?«, hatte sie gefragt, während Úrsula beschämt und mit schmerzendem Hals genickt hatte.

Dann hatte die Herzogin sich Úrsulas verbrecherischem Ehemann zugewandt.

»Wer seid Ihr, und was habt Ihr in meinem Garten zu suchen?«, hatte sie nach einer Erklärung verlangt.

An ihrem drohenden Ton hatte Elías erkannt, dass er ohne

eine überzeugende Erklärung am Galgen oder als Galeerensträfling enden würde.

»Ich bin ihr Mann …, Exzellenz, … ihr Mann. Diese niederträchtige Frau hat mich fälschlicherweise als Königsverräter angezeigt, weshalb ich gefoltert wurde«, stammelte er. »Erst gestern wurde ich aus Mangel an Beweisen freigesprochen.«

Don Rodrigo hatte seinen Degen wieder eingesteckt und sich an seine Cousine gewandt.

»Das ist eine private Angelegenheit zwischen Frau und Mann. Das Beste wird sein, wenn wir uns nicht weiter einmischen.«

Daraufhin hatte sich Úrsula Doña Alba verzweifelt zu Füßen geworfen.

»Herrin, bitte lasst mich nicht im Stich!«, hatte sie mit panischem Gesichtsausdruck und zitternden Händen gefleht.

»Wenn ihr Mann sie schlägt, wird er schon einen Grund dafür haben«, hatte Don Rodrigo gesagt.

Doña Alba hatte sich entschieden zu ihrem Cousin umgedreht und etwas gesagt, was Úrsula niemals vergessen würde. Diese Worte hatten von da an ihre Freiheit und ihre Sicherheit garantiert und dafür gesorgt, dass ihr nie mehr ein Leid zugefügt worden war:

»Mein lieber Cousin, deine Worte sind nicht die eines Ehrenmannes. Natürlich handelt es sich hier nicht um eine private Angelegenheit. Diese Frau zählt zu meiner Dienerschaft, und ich erlaube nicht, dass jemand ihr etwas Derartiges antut«, hatte sie entschieden verkündet.

Dann war sie auf Elías zugetreten, hatte ihm die Spitze ihres geschlossenen Sonnenschirms unters Kinn gelegt und seinen Kopf angehoben, sodass er gezwungen war, sie anzusehen.

»Hör mir gut zu, du stinkender Mistkerl: Wenn du nicht binnen zwei Tagen aus Madrid verschwunden bist, sorge ich dafür, dass du als Königsverräter am Galgen landest. Hau ab bis ans Ende der Welt, nach Finisterre oder noch weiter, verstanden?«

Elías hatte, zitternd vor Angst, genickt. Zum Abschied hatte Doña Alba ihn noch einmal darauf hingewiesen, dass er bloß darauf achten solle, sein Wort zu halten. Das war das letzte Mal gewesen, dass Úrsula ihren Ehemann gesehen hatte.

Von da an war das Verhältnis zwischen der Herzogin und ihr über die normale Beziehung zwischen einer Bediensteten und ihrer Herrin hinausgegangen. Doña Alba hatte sie in jeder Hinsicht unterstützt: Sie hatte ihren Lohn erhöht, ihre Kompetenzen erweitert und niemandem sonst in der Dienerschaft so sehr vertraut wie ihr.

Erneut erreichte Úrsula die Räumlichkeiten des Flügels, der nun wieder verschlossen werden sollte, und stieß dort in einem der Salons über dem Kamin auf ein Gemälde ihrer ehemaligen Herrin. Sie hielt inne, um das Bild zu betrachten. »Ach, wäret Ihr jetzt nur hier, Exzellenz!«, sagte sie sich. »Dann bräuchte ich mir keine Sorgen um diese Señorita Clara und ihre Anwesenheit in der Küche zu machen.«

KAPITEL 18

Derselbe Tag, 18. Oktober 1720

Nachdem Diego am Morgen mit seinem Zahlmeister gearbeitet und die letzten Gäste verabschiedet hatte, beschloss er, ein wenig auf dem Cembalo zu spielen. Am Vorabend hatte er auf Wunsch der Königin zusammen mit seinem Kapellmeister Álvaro Luna ein paar Stücke von François Couperin zum Besten gegeben, und in Erinnerung daran hatte ihn der Wunsch überkommen, erneut zu spielen. In den letzten Tagen hatte er sich seltsam gefühlt, ein wenig unruhig. Es lag etwas Neues in der Art und Weise, wie er die Trennung von Alba empfand, als ob sein Leid nun mehr ein Klagen als ein tiefer Schmerz sei, und sosehr er auch darüber nachdachte, kam er nicht darauf, was diese Veränderung in ihm bewirkt haben könnte. Alba würde immer einen besonderen Platz in seinem Herzen einnehmen, doch vielleicht hatte er genug davon, sich immer wieder zu sagen, dass er seine Frau niemals vergessen wolle, während er es in Wahrheit satthatte, dass alles von ihrem Tod bestimmt wurde.

Vielleicht war das der Grund dafür, dass er aus einem Impuls heraus beschlossen hatte, Clara Belmonte ein Buch zu kaufen. Jene seltsame Unruhe, die er empfand und die ihm ein leichtes Kribbeln im Magen verursachte, hatte ihn in der letzten Nacht dazu bewogen, stumm meditierend durch die Flure des Hauses zu wandeln und sich Gedanken über die Veränderung in seinem Inneren zu machen.

Dabei hatte er natürlich nicht damit gerechnet, dass ihm auf seinem versonnenen Spaziergang zufällig sein Freund Francisco über den Weg laufen würde. Dieser Flegel war in einiger Entfernung mit einem leuchtenden Kerzenhalter in der Hand durch den Gang geschlichen, um das Fest im Gemach von Doña Sol Montijos fortzusetzen. Diego war überrascht stehen geblieben und hatte sich, um die amouröse *affaire*, die hier zweifellos im Gange war, nicht zu stören, vorsichtig im Schatten der Tür zu einem der Salons versteckt. Francisco hatte leise an die Tür der Marquise von Villamar geklopft, bis die Dame mit wutverzerrtem Gesicht erschienen war und ihn gefragt hatte, ob er verrückt geworden sei.

»Eure Gegenwart ist es, die mich verrückt macht«, meinte er Francisco flüstern zu hören.

Sie hatte versucht, ihn zurückzuhalten, als er näher trat, doch ihren Gesten war zu entnehmen, dass ihr seine Nähe in Wahrheit keineswegs unangenehm war. Francisco hatte mit einem schelmischen Lächeln den Kerzenhalter auf einem Marmorsims abgestellt und war dicht an sie herangerückt. Doña Sol hatte zum Schein protestiert und erklärt, dass ihr Mann nur wenige Meter entfernt im Nebenzimmer schlief.

»Genau das ist es ja, was das Ganze so aufregend macht«, hatte Francisco entgegnet.

»Wenn Ihr noch einen Schritt näher kommt, schreie ich so laut, dass es im ganzen Haus zu hören ist«, hatte sie gedroht.

»Glaubt mir, Doña Sol, ich hoffe sehr, Euch jede Menge Schreie zu entlocken«, hatte er gestanden und sie geküsst.

Dann hatten sie leise die Tür geschlossen, um aus Don Esteban einen gehörnten Ehemann zu machen, aus Doña Sol eine Ehebrecherin und aus Francisco einen Lüstling. Das Lustige dabei war, dass diese Umstände für alle Beteiligten nicht neu waren. Denn jeder von ihnen spielte die ihm zukommende Rolle schon seit einer ganzen Weile. Diego machte es in jedem Fall nichts aus, dass Francisco in seinem Haus eine Frau verführte, solange es im Geheimen geschah und die Dame nicht im heiratsfähigen Alter war. Da Francisco sich jedoch glücklicherweise eher zu reifen Frauen hingezogen fühlte, war Diego nach dieser kurzen Unterbrechung schweigend weitergegangen.

Am frühen Morgen hatte er sich, nach seinem nächtlichen Spaziergang etwas müde, das Frühstück bestellt und sich gefragt, was seine Küchenchefin wohl für ihn zubereitet hatte. Wie zu erwarten war, hatte sie ihn nicht enttäuscht, denn es hatte eine exakt gesalzene Geflügelbrühe, eine warme Pastete, gefüllt mit einer Paste aus Semmelbröseln, Ei und Zucker, die einen leichten, süßlichen Duft nach Zitrone verströmte, pochierte Eier von perfekter Konsistenz, mit Honig und Mandeln gesüßte Brötchen und natürlich heiße, leicht bittere Schokolade gegeben. Alles war geschmackvoll dekoriert gewesen, als wäre jede Speise ein Gemälde, sehr fantasievoll mit Marzipanblumen, flüssigem, weiche Wellen formendem Sirup oder einfachen duftenden Blumensträußchen.

Als er alles verspeist hatte und im Begriff war, sich aus reiner Lust am Essen noch etwas nachzubestellen, hatte ihm Señor Elquiza mitgeteilt, dass die Gäste aufbrechen wollten, sodass er hinausgegangen war, um einen nach dem anderen zu verabschieden. Señorita Amelia, die sich ihm nach ihrem vertrauten Gespräch in Villacor nicht noch einmal geöffnet hatte, war die Letzte gewesen. Während des Balls hatten sie ein paarmal miteinander getanzt. Obwohl er sie erst seit einem Sommer kannte, hatte er sie ins Herz geschlossen – vielleicht war es auch Mitleid oder eine Mischung aus beidem – und spürte, dass sich hinter der vornehmen Fassade eine verletzte Seele befand, die sich nach Trost und Nähe sehnte. Er sagte sich, dass irgendetwas mit dieser jungen Frau und ihrer fehlgeleiteten Verbindung zu Don Enrique nicht stimmte. Gabriel, der von Natur aus misstrauisch war, hatte sie nicht aus den Augen gelassen, ganz zu schweigen von Don Enrique. Tatsächlich hatte sein Bruder sogar beschlossen, einige Erkundigungen über ihn und Señorita Amelia einzuholen, um Schlimmeres zu verhindern. Dafür hatte er sich bereits an einen Mann seines Vertrauens in Madrid gewandt, einen ehemaligen Sklaven namens Daniel Forrado.

Aus Diegos neu erstandenem Bedürfnis heraus glitten seine Finger über die Tastatur des Cembalos, und er ließ sich von jener seltsamen Unruhe ein wenig berauschen. Dass er seine alte Gewohnheit, am Freitagmorgen auf dem Cembalo zu spielen, wiederaufgenommen hatte, hatte die Dienerschaft sicher überrascht.

Diego beendete gerade eine Toccata von Alessandro Scarlatti, als er hörte, dass an die Tür geklopft wurde. Er bat einzutreten, und der Junge Velázquez, Don Melquíades' Neffe, kam mit einem in Packpapier eingepackten und mit einem Bindfaden umwickelten Paket herein. Das war sicher die Bestellung aus der Buchhandlung in der Calle Mayor. Er lächelte, als er es in Händen hielt, und verabschiedete den jungen Mann ohne weitere Formalitäten. Diego öffnete das Paket mit dem edlen Brieföffner, der auf seinem Schreibtisch lag, und betrachtete den schlichten, leicht abgegriffenen Einband, in den der Name des Autors und der lateinische Titel des Werkes eingeprägt waren: *Apicius, De re coquinaria.* Daneben entdeckte er ein in schöner Schrift verfasstes Schreiben Señor Bernabés, wie es von diesem guten Buchhändler zu erwarten gewesen war.

Ich freue mich, Eurer Exzellenz mitteilen zu können, dass mir vor einigen Jahren auf einer meiner Reisen zu den Druckereien in den Spanischen Niederlanden das Werk in die

Hände fiel, das ich Euch habe zukommen lassen. Wie auf der ersten Seite des Buches nachzulesen ist, handelt es sich um einen Band der zweiten Auflage, die im Jahr 1709 durch den Drucker Janssonio-Waesbergios in Amsterdam angefertigt wurde. Laut meinen Informationen ist dies eines der ersten Bücher über die römische Küche und möglicherweise über das Kochen allgemein und wurde von Marcus Gavius Apicius verfasst. Was den Autor angeht, konnte ich viel mehr nicht in Erfahrung bringen.

Ich hoffe, dass das Buch Euch zusagt, und solltet Ihr noch weitere Wünsche haben, zögert nicht, Euch wie immer an mich zu wenden.

Mit aufrichtiger Hochachtung
Don Manuel Bernabé,
Euer Buchhändler in der Calle Mayor

Diego setzte sich und sann mit kindlicher Freude darüber nach, wie er das Geschenk Señorita Belmonte am besten zukommen lassen konnte. In keinem Fall konnte er es ihr persönlich übergeben, denn dies würde einen falschen Eindruck erwecken, als wäre er einer der adligen Herren, die sich, ihre Position ausnutzend, damit amüsierten, weibliche Mitglieder der Dienerschaft zu verführen. Genauso wenig konnte er es ihr von einem anderen Dienstboten überbringen lassen, da dies zu dummem Gerede führen und Señorita Belmonte in eine unangenehme Lage bringen könnte. Außerdem war es nur ein Geschenk zum Dank für ihre Arbeit als Küchenchefin, und er wollte nicht, dass jemand davon erfuhr. Das Beste würde sein, wenn sie das Buch in ihrem Zimmer entdeckte und selbst darüber entscheiden konnte, ob sie als gut erzogene junge Frau es anzunehmen wünschte. Entschieden nahm er mit der üblichen Umsicht ein kleines Blatt Papier von seinem Schreibtisch sowie die gut zugeschnittene und gespitzte Feder und machte sich daran, in Schönschrift eine Nachricht an die Empfängerin zu formulieren, die er dem Geschenk beilegen wollte.

Derselbe Tag, 18. Oktober 1720

El Zurdo schlürfte den Eintopf aus getrockneten Bohnen und Reis und schmeckte die mit dem Safran zerdrückten Zwiebel- und Knoblauchstücke. Als er anschließend den Blick hob, sah er Hernaldo von la Marca eintreten. Er kam mit langen Schritten auf ihn zu und stellte die hässliche Narbe zur Schau, die seine rechte Gesichtshälfte vom Kinn bis zum Mundwinkel zweiteilte. Sie waren nie durch etwas wie Kameradschaft verbunden gewesen. Einmal, weil sie beide zu den Menschen gehörten, die keine Freunde hatten, und außerdem, weil sie wussten, dass der eine den anderen, ohne mit der Wimper zu zucken, töten würde. Außerdem hatte dieser Mann schon viel zu oft dem Tod ins Auge geblickt und war es gewohnt, sich auf dem Schlachtfeld oder in den dunklen Ecken der Stadt geschickt zur Wehr zu setzen. Mit einem solchen Menschen wollte er nicht länger als unbedingt nötig zu tun haben, sagte sich El Zurdo.

»Wie es aussieht, hast du Hunger, Zurdo«, meinte Hernaldo.

»Bestell dir auch was«, entgegnete dieser, während Hernaldo Platz nahm.

In letzter Zeit kam El Zurdo öfter ins Hurenhaus El Zaguán, weil die Küche besser geworden war. Sebas, der Eigentümer des Lokals, hatte sich von einem seiner Mädchen überzeugen lassen, ihr die Küche anzuvertrauen. Und tatsächlich kochte sie gar nicht so schlecht. La Zalamera, wie sie von den Stammkunden genannt wurde, war wirklich ein Glücksgriff gewesen. Denn seit Sebas nicht mehr selbst kochte, sondern es ihr überließ, war der Laden voll, und der Eigentümer war mehr als zufrieden.

»Was eine gute Küche doch ausmacht, verdammt!«, hatte

Sebas ihm letztens zugeraunt, damit La Zalamera es nicht hörte und mehr Geld verlangte.

Darauf hatte El Zurdo lediglich entgegnet, dass er bloß nicht die Preise erhöhen solle, denn schließlich war El Zaguán kein edles Gasthaus, sondern ein Bordell. Sebas, den er schon seit Jahren kannte, war dafür bekannt, jede Menge billige Huren aufzutreiben, die für ihn anschafften. Die Büttel und Türwächter des Gerichtsgebäudes machten ihm dabei wenig Sorgen, weil einige von ihnen mindestens einmal pro Woche kostenlos bei ihm einkehrten. El Zurdo seinerseits war hier Stammkunde. Zunächst war er regelmäßig wegen Jacinta gekommen, einer Hure, die zwar kaum noch Zähne hatte, aber für ein paar Maravedíes bereit war, im Bett so ziemlich alles zu tun. Später hatte er, abgesehen von dem billigen Essen und trotz des verwässerten Weines, immer wieder auf der Suche nach Arbeit vorbeigeschaut, sei es als Stallbursche oder um jemanden zu beseitigen. Mit den Jahren hatte er sich in dem Lokal immer mehr zu Hause gefühlt, er kam, um zu essen, und wartete.

Hin und wieder suchte ein Dienstbote aus irgendeinem reichen Haus ihn auf, der nach jemandem Ausschau hielt, der die Jungpferde zuritt. Oder ein entlassener Soldat, der ihn engagierte, um gemeinsam einen unangenehmen Zeitgenossen ins Jenseits zu befördern. Dass El Zurdo regelmäßig beschäftigt war, hatte er hauptsächlich der Tatsache zu verdanken, dass er die meisten Stallmeister in den Adelshäusern kannte. Später war er dank deren Empfehlung und seiner guten Arbeit in den Ställen von einigen illustren Herren regelmäßig eingesetzt worden. So verdiente er sich seinen Lebensunterhalt als Stallbursche, während er nebenbei die schmutzigen Arbeiten für die feinen Leute erledigte. Er ging nun schon seit vielen Jahren beiden Tätigkeiten nach, und da er den Ruf hatte, schnell und effektiv mit dem Messer umgehen zu können, war er in Lavapiés gut bekannt.

Irgendeinen Geck einzuschüchtern oder einem besoffenen, verschuldeten Soldaten zu zeigen, wo es langging, kostete ihn nur ein Schulterzucken. Die Arbeit mit den Pferden dagegen liebte er. Dies war eines der wenigen Dinge im Leben, die ihn glücklich machten. Die Pferde verurteilten oder verrieten ihn nicht und lehnten ihn auch nicht grundlos ab. Sein Traum war es, genügend Geld zu sparen und in der Nähe von Madrid eine Herde zu züchten, um sie dann mithilfe des Einflusses einiger Bekannter an die adligen Herrn am Königshof zu verkaufen. Doch der Erwerb des Landes, der Bau der Ställe und die ausgewählten Stuten und Zuchthengste waren nicht billig. Selbst wenn er bescheiden anfing, würde dies ein Vermögen kosten, und nach fünfzehn Jahren war er noch immer weit davon entfernt, seinen Traum verwirklichen zu können. Er hatte nur etwa achttausend Reales, und das Ganze würde Hunderttausende kosten.

Dennoch sorgten seine Liebe zu den Pferden und sein Traum für ein gewisses Gleichgewicht in seinem Leben. Sein Eifer, ein Pferd zu verteidigen, hatte ihm sogar einen Gefängnisaufenthalt eingebracht, weil er einem Mistkerl, der seinen alten Klepper mit der Peitsche verdroschen hatte, als das Tier nicht mehr zu bewegen war, das Gesicht zerschnitten hatte.

Nach seiner Entlassung hatte er wieder die Pferde einiger hoher Herren zugeritten und ihnen sämtliche Gangarten beigebracht, vom gleichmäßigen langsamen Schritt bis zum Galopp am kurzen und am langen Zügel. Und genau deswegen hatte ein Bekannter ihn vor etwa zehn Jahren Hernaldo von la Marca für einen heiklen Auftrag empfohlen. Seitdem waren sie sich ein paarmal im El Zaguán oder einer anderen Spelunke begegnet, hatten sich angesehen und einen knappen Gruß ausgetauscht, in dem Bewusstsein, dass sie beide Geheimnisse zu verbergen hatten, die sie das Leben kosten konnten. So war es auch vor Kurzem gewesen, als Hernaldo ihn um den Generalschlüssel von

Castamar gebeten hatte, den er noch aus der Zeit besaß, als er dort mit den Pferden gearbeitet hatte. Und nun wartete er hier auf die Bezahlung dafür.

»Hat der Schlüssel gute Dienste geleistet?«, fragte El Zurdo, während er den Holzlöffel ableckte.

Als Antwort warf Hernaldo ihm den Beutel mit den Reales hin und setzte sich ihm gegenüber.

»Ich bin nicht nur deswegen hier«, sagte er und wies auf den Beutel. »Ich hätte da noch einen kleinen Auftrag.«

El Zurdo nickte, trank einen Schluck Wein und lächelte ironisch. Denn der Auftrag vor zehn Jahren war angeblich auch nur ein »kleiner« gewesen und hatte sich als der schwierigste erwiesen, den er je erledigt hatte. Damals hatte Hernaldo ihn gebeten, das Pferd Don Diegos von Castamar so abzurichten, dass es sich auf einen für Menschen unhörbaren Pfiff hin auf die Hinterbeine aufrichtete und sich dann mit vollem Gewicht auf den Reiter warf. Dabei hatte die Schwierigkeit nicht darin gelegen, das Pferd abzurichten, sondern in der Tatsache, dass er dafür durch Schmerzen und Angst das reine, edle Wesen dieses Tieres brechen musste, um es zum Menschenmörder zu machen. Er hatte sogar überlegt, den Auftrag abzulehnen, konnte es aber nicht. Denn Hernaldo hatte ihm dafür eine Summe Geldes geboten, die seinen Traum von der Pferdezucht ein wenig realistischer werden ließ. Außerdem hatte Hernaldo klargestellt, dass es unangenehme Folgen für ihn haben würde, wenn er ablehnte.

Nachdem El Zurdo zugesagt hatte, war der Oberstallmeister von Castamar zufällig Opfer eines nächtlichen Überfalls geworden, der ihn für eine Weile ans Bett gefesselt hatte. Ein paar Tage später war er dann gekommen, um den Oberstallmeister in dieser Zeit zu ersetzen, auf Empfehlung des Barons von Noblevilla, der dafür einen fürstlichen Lohn erhalten hatte. Nachdem der Majordomus, Don Melquíades, seiner Einstellung zugestimmt hatte, hatte er mit der Abrichtung von Don Diegos Pferd begonnen, einem Zuchthengst und reinrassigen Andalusier, einem Barockpferd mit goldfarbenem Fell, muskulösem Hals, üppiger Mähne und buschigem Schwanz. Es war ein wunderbares Tier, das wie sein Zwillingsbruder in den Königlichen Ställen in Córdoba geboren war. »Einem solchen Pferd so etwas anzutun, würde jedem das Herz brechen«, hatte er sich gesagt, als er mit der heimlichen Abrichtung begonnen hatte. Jeder Peitschenhieb hatte ihm wehgetan. Zwei Wochen später war er nachts in das Dienstzimmer des Majordomus eingedrungen, um sich mithilfe von feuchtem Ton einen Abdruck des Generalschlüssels zu verschaffen und eine Kopie anfertigen zu lassen. All das war nicht leicht gewesen. Aus diesem Grund überkam ihn, als Hernaldo erneut von einem »kleinen Auftrag« sprach, die Erinnerung an damals, und er spürte einen Stich im Magen. Natürlich hatte der Soldat keine Ahnung, dass er die Arbeit mit dem Pferd niemals abgeschlossen hatte. Denn kaum eine Woche nachdem er den Auftrag von Hernaldo erhalten hatte, hatte Jacinta, die Hure, die er regelmäßig vögelte, ihm einen weiteren Auftraggeber vermittelt. Später hatte sich dann herausgestellt, dass es sich bei dem Mann um einen Schreiber handelte, der die Interessen einer adligen Dame vertrat.

Diese wollte, dass er nicht Don Diegos Pferd abrichtete, sondern das seiner Frau, Doña Alba. Der Schreiber mit dem Namen Carlos Durán hatte ihm eine großzügige Summe an Reales dafür geboten. Also hatte er zugesagt. An dem Tag, an dem eigentlich Don Diego hätte sterben sollen, hatten seine ursprünglichen Auftraggeber natürlich nicht verstanden, wieso sein Pferd sich nur leicht aufgebäumt hatte, während das seiner Frau das ganze Manöver ausgeführt und Doña Alba zerquetscht hatte. Ein paar Stunden nach dem Vorfall war Hernaldo mit wütendem Gesichtsausdruck und mörderischem Blick im El Zaguán erschienen. Sie waren in den Hinterhof gegangen, wo der Mistkerl ihn mit seinen Riesenpranken am Hals gepackt und gegen die Tür geschleudert hatte.

»Du verdammter Hundesohn! Sag mir, was zur Hölle passiert ist, oder ich breche dir das Genick!«, hatte er gedroht.

Daraufhin hatte er seinen Angreifer in aller Seelenruhe, wie es sich für einen Professionellen gehörte, auf die Messerspitze hingewiesen, die er auf seinen Bauch gerichtet hatte und die seine Lederjacke spielend durchstoßen hätte.

»Dann musst du aber verdammt schnell sein und mir das Genick brechen, bevor ich dir die Gedärme aufschlitze und du verblutest wie ein Schwein«, hatte er geantwortet und den Druck noch ein wenig erhöht.

Hernaldo hatte kurz nachgedacht, ihn dann losgelassen und fluchend eine Erklärung gefordert. El Zurdo hatte sich die Ausrede bereits zurechtgelegt und sein Gegenüber, noch immer mit dem Messer in der linken Hand, ruhig angesehen.

»Die Pferde sind Zwillinge. Sie haben sie getauscht«, hatte er gesagt.

Hernaldo hatte ihn misstrauisch angesehen.

»Ich hoffe, du bist mir nicht in den Rücken gefallen, du Lump«, hatte er mit der Hand auf dem Knauf seines Degens erklärt.

Und dabei war es geblieben. Hernaldo war in der Überzeugung gegangen, dass das, was er gehört hatte, Sinn ergab. Und auch der Marquis war wohl dieser Meinung gewesen, da er später keinen Ärger mehr machte.

El Zurdo war mit dem Essen fertig und wischte sich mit dem Ärmel den Mund ab. Er sah Hernaldo an, und bevor er das Gespräch fortführte, sagte er Jacinta, dass sie im Zimmer auf ihn warten solle, da er Lust auf sie habe. Hernaldo strich mit der Hand über seine Narbe und senkte die Stimme:

»Es geht um den Schwarzen von Castamar«, raunte er. »Du sollst ihn von nun an überwachen.«

»Und warum?«, fragte El Zurdo lakonisch.

»Weil der Bastard uns überwachen lässt«, antwortete Hernaldo, zog einen weiteren Beutel mit Münzen heraus und näherte sich drohend seinem Gesprächspartner, »und weil ich dich dafür bezahle, damit du dein Maul hältst und verdammt noch mal tust, was ich dir sage!«

KAPITEL 19

19. Oktober 1720

Nachdem die ersten neun Tage vergangen waren, hatte Clara den Eindruck, dass ihre Präsenz in Castamar nicht mehr infrage stand, vor allem was Doña Úrsula anging, die akzeptiert zu haben schien, dass sie nun die Küchenchefin war.

Draußen war es inzwischen so kalt, dass Rosalía in der vergangenen Nacht auf der Suche nach Wärme an die Tür ihres Zimmers geklopft hatte.

Clara war bewusst, dass das Mädchen sie ins Herz geschlossen hatte wie eine ältere Schwester, und es störte sie nicht, diese Rolle zu spielen. Außerdem hatte sie dies als Gelegenheit genutzt, um, bevor der Morgen graute, aufzustehen, mithilfe des Kohlebeckens ihr Zimmer anzuheizen und in die Küche zu gehen, um dort heimlich Wasser auf dem Herd zu erhitzen und es in ihrem Zimmer in einen Trog zu gießen. Darin hatte sie sich zuerst selbst gewaschen, mit ein wenig kastilischer Seife, die sie auf der Basis von Olivenöl, Salz und in Wasser reduziertem Salzkraut hergestellt hatte. Anschließend hatte sie Rosalía gebadet. Clara war bewusst, dass man sie, sollte es jemand bemerken, für verrückt erklären würde, doch ihr Vater hatte sie von klein auf an das Baden gewöhnt, und inzwischen empfand sie es als äußerst angenehm. Nun waren sie beide sauber, und Clara setzte sich die Haube auf und band sich die Schürze um. Dann schickte sie sich an, während Rosalía schlief, leise das Zimmer zu verlassen. Sie öffnete vorsichtig die Tür und entdeckte einen in Packpapier eingeschlagenen und mit einem Bindfaden umwickelten Gegenstand auf der Schwelle, ohne dass sich jemand in der Nähe befand, der ihn dort abgelegt haben konnte. Als sie ihn aufhob, erkannte sie am Gewicht und an den Ausmaßen bereits vor dem Auspacken, dass es sich um ein Buch handelte. Äußerst umsichtig entfernte sie die Schnur und packte den in gegerbtes Leder gebundenen Band aus. In diesem Moment entglitt ihr die beigelegte Nachricht, die mit dem Siegel des Herzogs versehen war. Sie runzelte die Brauen und schloss die Tür, um indiskreten Blicken zuvorzukommen. Wieder in ihrem Zimmer, las sie den Titel des Buches und den Namen des römischen Autors und schlug ein paar Seiten auf, die in dessen lateinischer Muttersprache beschrieben waren. »Ein Rezeptbuch aus der Zeit der Römer«, sagte sie sich. Sie strich mit der Hand über die Textur des Einbands und hielt sich das Buch an die Nase, um den Duft des alten Werks einzuatmen. Dann legte sie es behutsam, als handelte es sich um einen Schatz, auf ihr Bett und öffnete den versiegelten Umschlag.

Liebe Señorita Belmonte,
es wäre äußerst schade, wenn ein Talent wie das Eure sich mangels der richtigen Lektüre nicht angemessen entfalten könnte. Aus diesem Grund habe ich mir erlaubt, Euch dieses Geschenk zu machen. Sollte Euch mein Vorgehen zu gewagt erscheinen, legt das Buch einfach wieder vor Eure Tür, so wie Ihr es gefunden habt. Falls dem so ist, bitte ich Euch vorab um Entschuldigung, denn nichts liegt mir ferner, als Euch zu beleidigen. Wenn Euch meine Gabe dagegen erfreut, gestattet mir den Hinweis, dass sie nicht die letzte sein wird und Ihr weitere Bücher vorfinden werdet, nachdem ich sie erwor-

ben habe. Ich werde sie im Weinkeller ablegen, in der kleinen Nische hinter dem vierten Raum. So werden wir unangenehmes und unnötiges Gerede über Euch vermeiden.

Laut den Angaben des Buchhändlers in der Calle Mayor handelt es sich um ein wirklich lehrreiches Werk über die Küche in der Zeit des Römischen Reichs. Wenn Ihr es bereits gelesen habt, hoffe ich, dass Ihr die Erinnerung an gewisse Abschnitte und Rezepte genießt, die Ihr sonst vielleicht vergessen hättet. Ich wünsche mir, dass Ihr in meinem Handeln lediglich das aufrichtige Bemühen seht, Euren Hunger nach Lektüre zufriedenzustellen, denn es verbirgt sich keine andere Absicht als die genannte dahinter.

Don Diego von Castamar, Herzog von Castamar

Clara spürte, wie ihr Herz schneller schlug, als sie die so sorgfältig zu Papier gebrachten Zeilen las. Die Schrift war ein wenig geneigt und sehr elegant, geschwungen und perfekt lesbar. Für einen Moment beunruhigte sie der Gedanke, dass der Herzog ihr gegenüber vielleicht doch Absichten hegte, die über die genannten hinausgingen, aber Don Diego schien durch und durch ein Ehrenmann zu sein, was kaum anzuzweifeln war. Sie nahm sich noch ein paar Sekunden Zeit und atmete den ihr bereits bekannten Duft nach Rose und Lavendel ein, der dem Papier entströmte. Wenn sie das Geschenk annahm, das ihr angesichts ihrer Liebe für Bücher zweifellos gefallen würde, würde dies eine Verbindung unklarer Art zwischen ihnen beiden schaffen. Denn letztendlich zählte sie immer noch zu seinen Dienstboten und war keine Señorita von Stand, die das Geschenk eines Kavaliers annahm. Außerdem sah es ganz danach aus, als habe er die Absicht, ihr eine ganze Sammlung an solchen Werken zu schenken, was eine Vorstellung war, die sie durchaus erfreute. Wenn sie das erste Buch annahm, war daraus zu schließen, dass sie auch die folgenden nicht ablehnen würde. Sie schätzte, dass dieses Buch, so selten und so gut erhalten, wie es war, etwa einen Wert von dreihundert Reales hatte, wofür sie mühsam und lange hätte sparen müssen, selbst mit dem Lohn eines Küchenchefs. Aber in der Nachricht war eindeutig zu lesen, dass es sein Wunsch war, ihren »Hunger nach Lektüre« zu befriedigen, was nichts Ungehöriges zwischen einem Herrn und einem Mitglied seiner Dienerschaft war.

In Vorfreude auf die Lektüre, beschloss Clara, das Buch zu behalten, und stellte es, auf Don Diegos Wort vertrauend, auf das leere Regalbrett an der Wand. Dann verließ sie aufgeregt ihr Zimmer, um in die Küche zu gehen. Leise eilte sie an den Türen der anderen Zimmer vorbei, um niemanden zu wecken, dem noch die eine oder andere Stunde Schlaf vergönnt war. Wäre sie noch eine Señorita von Stand, hätte sie den Tag lesend verbracht und die interessantesten Rezepte markiert, um sie in die Praxis umzusetzen.

Es war viel zu lange her, dass ihr so viel Gutes widerfahren war, nachdem ihr Onkel Julián sein Erbe verlangt hatte. Sie erinnerte sich noch gut an sein pompöses Auftreten und seinen schlechten Charakter, als er sie an dem Tag, an dem ihre Mutter, ihre Schwester und sie ihn in ihrem Zuhause – das dies von nun an nicht mehr sein sollte – willkommen hießen, mit seinen guten Umgangsformen umgarnt hatte.

»Das Haus meines Vaters ist wirklich in einem guten Zustand. Alles ist an seinem Platz, genau so, wie ich es in Erinnerung habe«, hatte er gesagt, während er durch den Raum spaziert war und dabei alles gemustert hatte.

»Von nun an könnt Ihr alles nach Euren Wünschen verändern, da das Majorat ja an Euch übergegangen ist«, hatte ihre Mutter mit einiger Schärfe entgegnet.

Daraufhin hatte er zunächst geschwiegen und mit dem Daumen über seine Fingerspitzen gestrichen.

»Meine liebe Schwägerin, ich dulde nicht, dass Ihr so etwas sagt. Ich bin nicht mit der Absicht gekommen, Euch Euer Heim zu nehmen, sondern ganz im Gegenteil wünsche ich mir, dass Ihr alle gemeinsam mit mir hier wohnen bleibt.«

Ihre Mutter war angesichts der Aussicht, von nun an als Gast in ihrem eigenen Haus zu leben, entsetzt gewesen. Und schließlich hatte er seine perversen Absichten ihr gegenüber direkt geäußert.

»Wenn wir heiraten würden, wäre dies ein ehrenhafter Ausweg für Euch, meine Liebe. Ich würde anstatt zweier Nichten zwei Töchter gewinnen, und Ihr und sie würdet nicht ins Unglück gestürzt.«

»Señor, ich fürchte, dass es mir nicht möglich ist …«

»Außerdem würdet Ihr, wenn ich Euer Ehemann wäre, von meiner Erfahrung als Jurist profitieren«, war er fortgefahren, »und ich könnte den Nachlass meines Bruders angemessen verwalten, den Ihr, schlichtweg weil Ihr eine Frau seid, garantiert vergeuden würdet.«

»Wie ich bereits sagte, ist es mir unmöglich, auf Euren Vorschlag einzugehen, denn Euch zu heiraten, wäre trotz der wirtschaftlichen Vorteile, die Ihr anführt, für mich und meine Töchter aus Umständen, die auf der Hand liegen, das größte Unglück, und außerdem würde ich damit das Andenken an meinen verstorbenen Mann verraten.«

Mit diesem Satz hatte ihre Mutter, Gott sei Dank, jegliche Möglichkeit einer Zukunft an der Seite des Onkels im Keim erstickt und den Grundstein für das Leben gelegt, das sie derzeit führten. Mit nur wenig Geld des Hauses verwiesen, hatten sie ein Zimmer gemietet. Ihr Vermieter, Dario Jiménez, war einer jener einsamen Männer gewesen, die nur für ihre Arbeit lebten, in diesem Fall als Steuereintreiber für einen reichen Madrider Bürger. Als Clara ihn mit seinen dicken Backen und den wulstigen Lippen zum ersten Mal gesehen hatte, hatte er sich mit seinem dicken Bauch schwankend fortbewegt.

Dieser Umzug reichte aus, dass die Freunde, die sich bis dahin gern von ihnen hatten einladen lassen, sie nicht mehr empfingen; keiner von ihnen zeigte ein wenig Mitgefühl. Und was die Gunst anging, die der König ihnen angeblich gewähren wollte, um posthum ihren Vater zu ehren, blieben die Briefe ihrer Mutter unbeantwortet. Als sie daraufhin bei seinem Kriegsminister, Don José von Grimaldo, persönlich vorsprachen, hatte dieser sich damit entschuldigt, dass er zu sehr mit Kriegsdingen beschäftigt sei. Schon bald waren die Ersparnisse aufgebraucht, sodass ihre Mutter versucht hatte, eine Arbeit als Köchin zu finden. Dabei war ihr ihre vorherige gesellschaftliche Stellung nun eine Last, denn niemand wollte eine Señora oder eine Señorita von Stand einstellen. Unterdessen hatten sie begonnen, Knoblauch zu schälen, um ihn auf dem Markt nach Gewicht für ein paar Reales de Vellón zu verkaufen, die längst nicht ausreichten. Jeder Tag wurde zur Ewigkeit und brachte Not und Verzweiflung mit sich.

Gott sei Dank lagen jene harten Zeiten nun hinter ihnen und waren nur noch Erinnerungen in einem vergessenen, feuchten Kellerraum ihres Gedächtnisses. Ihre Vergangenheit hatte sie in eine widersprüchliche Lage gebracht, in ein Dilemma, das sie jeden Tag wieder lösen musste. Zur Señorita erzogen, mit der Bildung eines gelehrten Mannes, arbeitete sie als Köchin für einen adligen Herrn. Immer wieder sagte sie sich, dass die Señorita nur noch in ihrem tiefsten Inneren existierte. Doch immer wieder meldete sich aus jenem staubigen Keller eine müde Stimme, die ihr flüsternd einredete, dass sie trotz allem nicht vergessen konnte, wer sie in Wirklichkeit war. Daher konnte sie nun, da der Herzog von Castamar ihr das Kochbuch geschenkt hatte, keinen Weg finden, angemessen auf seine Geste zu reagieren, denn die wohlerzogene Señorita Clara Belmonte hätte ihm sofort in einem Brief für seine Freundlichkeit gedankt und sich angesichts der Ehre, die er ihr erwiesen hatte, gleichzeitig geschmeichelt und ein wenig überwältigt gefühlt; diesen Brief hätte sie ihm voller Dankbarkeit zukommen und ihn wissen lassen, dass sie sich für seine großzügige Geste auf irgendeine Weise erkenntlich zeigen wollte. In ihrer derzeitigen Lage jedoch konnte ein solches Verhalten den Eindruck erwecken, dass sie innerhalb der Dienerschaft aufzusteigen versuchte, oder dazu führen, dass man ihr nachsagte, sie wolle die Aufmerksamkeit des Herzogs in Liebesdingen erwecken. Darum konnte sie ihm nichts Derartiges schreiben, obwohl ihre Erziehung es verlangte. Sie war seine Köchin und er der Herr von Castamar.

Als Clara in die Küche trat, sagte sie sich, dass die einzige Möglichkeit, ihm eine subtile, einfache Nachricht zukommen zu lassen, war, dies über ihre Arbeit zu tun. Aus diesem Grund nahm sie sich vor, ein perfektes Menü zuzubereiten, zu dem auch Kalbszunge zählen würde, eines ihrer am meisten geschätzten Gerichte, das, wie sie von ihrer Beiköchin Carmen von Castillo erfahren hatte, der Señor schon lange nicht mehr gegessen hatte, da Señora Escrivá sich niemals an ihr unbekannte Gerichte gewagt hatte.

Außerdem würde sie ihn mit ungewöhnlichen Vorspeisen überraschen, darunter mit Geflügelinnereien in Eigelbsauce, Widderhirn in Kräutersauce, das er so gern mochte, und Geflügelbällchen. Dazu würde sie kleine Blutwürste vom Schwein mit Anis und Oregano zubereiten und einen guten, mit Ingwer, Kümmel, Petersilie und Pfeffer gewürzten Rinderbraten, bei dem natürlich das gewisse Etwas nicht fehlen durfte: ein Schuss Essig. Als Nächstes kam dann das Hauptgericht, die Kalbszunge, an die Reihe, die sie filetieren und auf exquisite Art anrichten musste, damit sie, sobald sie im Mund war, am Gaumen zerschmolz. Zum Abschluss würde es eine Süßspeise aus Sauerkirschen geben und einen Salat, dem sie unter anderem Calville, Granatapfelkerne, Arbequina-Oliven, Minze, ein paar Salatherzen und Zitronenscheiben hinzufügen würde.

Ihr war klar, dass dies kein üppiges Mahl war, aber sie hatte inzwischen gemerkt, dass der Herzog, anders als es am Königshof in Mode war, bevorzugte, weniger reichlich zu speisen. Vielleicht würde ihn dieses kleine Menü, zu dem eines seiner Lieblingsgerichte zählte, ihren Dank spüren lassen. Um dies noch ein wenig deutlicher zu machen, würde sie ihn durch den Kammerherrn wissen lassen, dass er zu der Kalbszunge ein paar frische Champignons essen möge, die sie eigens dafür zubereiten würde.

Nachdem Clara sich davon überzeugt hatte, dass die Küche am Vorabend perfekt gesäubert worden war, machte sie sich auf den Weg zum Küchenmeister, um die nötigen Zutaten zu holen. Dabei lächelte sie in sich hinein. Sie war sich sicher, dass auf diese stille, unauffällige und einfache Weise niemandem die subtile Korrespondenz zwischen dem Herzog und ihr auffallen würde, während er auf diese Art erfuhr, wie sehr sie sich von dem Geschenk, das er ihr freundlicherweise hatte zukommen lassen, geschmeichelt fühlte.

Derselbe Tag, 19. Oktober 1720

Diego nahm nach seinem Bruder am Tisch Platz. Erst in diesem Moment ließ Señor Moguer unter dem aufmerksamen Blick des Majordomus die Kammerherren, die an diesem Tag servierten, vortreten. Lediglich der Herzog und Don Gabriel kamen an diesem Tag erneut in den Genuss der Kochkünste von Señorita Belmonte. Diego hatte bereits neugierig darauf gewartet, dass es Zeit zum Mittagessen war, da Gabriel, der zwei Stunden zuvor aus Madrid zurückgekommen war, nachdem er Don Enrique und Señorita Castro hatte überwachen lassen, mit ihm zu reden wünschte. Aus dem versteinerten Gesichtsausdruck und der angespannten Haltung seines Bruders schloss Diego, dass dessen Beunruhigung noch zugenommen hatte.

Señor Moguer trat zu Diego und flüsterte ihm zu, dass die Köchin ein besonderes Menü zubereitet habe, bei dem die Speisenfolge nicht mit einer Geflügelbrühe eröffnet würde, sondern mit einer Reihe verschiedener Vorspeisen, wie es eher bei einem rustikalen Mahl im Freien üblich war. Diego wunderte sich über die Veränderung, nahm sie jedoch hin und nickte, damit die Speisen aufgetragen werden konnten. Als sein Bruder die kleine Auswahl an Fleischgerichten sah, lächelte er bewundernd. Diego erbat sich etwas von jedem und probierte zunächst die Geflügelinnereien in Kräutersauce, die wirklich köstlich waren. Dann widmeten Gabriel und er sich schweigend und entzückt den Geflügelbällchen, der Blutwurst und dem Rinderbraten.

Clara hatte bei diesem Mahl sorgfältig auf jedes Detail geachtet, die Speisenfolge variiert und eines seiner Leibgerichte ausgewählt, das er seit Längerem nicht mehr gegessen hatte. Diego trank einen kleinen Schluck alicantischen Wein, und plötzlich wurde ihm klar, dass dieses Festival des Geschmacks kein Zufall war. Auf diese Art sprach ihm seine Köchin indirekt ihren Dank aus, den sie für das Geschenk, das er ihr gemacht hatte, empfand. Er sagte sich, dass Señorita Belmonte nicht nur äußerst wohlerzogen war, sondern auch umsichtig. Keiner der Dienstboten würde darüber ein Wort verlieren, es würde nicht den geringsten Klatsch geben, während er die Nachricht durchaus erhalten hatte. Diego verstand, dass sie auf gewisse Weise eine Geheimsprache aus Düften und Geschmäcken verwendete. Dieser Verdacht bestätigte sich, als Señor Moguer näher trat und ihm mitteilte, dass die Köchin darauf hingewiesen habe, dass die Champignons der Zunge die subtile Zartheit verleihen würden, die er so sehr schätzte.

Wie sehr sein Vater dieses Essen genossen hätte, sagte sich Diego, und als er den Blick hob und Gabriel ansah, hatte er das Gefühl, dass Don Abel von Castamar auf gewisse Weise bei ihnen war. Er hatte so viel von ihm gelernt ... Dort, wo der Rest der Welt Sklaven sah, eine niedere Rasse, hatte sein Vater Menschen gesehen, deren Wunden bluteten, die unter Schmerzen litten und lachten, wenn sie Freude empfanden.

Diego betrachtete seinen Bruder, während er den Geschmack der knusprig gebratenen Blutwurst mit Reis genoss. Obwohl sie beide darauf brannten, sich über das auszutauschen, was Daniel Forrado herausgefunden hatte, ergriff keiner von ihnen das Wort. Nachdem die Vorspeisen bereits exquisit gewesen waren, genossen sie als Nächstes die wunderbar zarte Zunge. Erst als der Salat serviert wurde, erzählte Gabriel, was ihn so beunruhigte.

Daniel war am Vortag zu ihm in die Calle de Leganitos gekommen, in das Stadthaus, das die Familie Castamar in Madrid besaß, um ihm von seinen Erkundungen zu berichten.

»Don Enrique hatte keinen Kontakt mit Señorita Castro, zumindest nicht zu der Zeit, in der er ihm gefolgt ist«, begann Gabriel, »jedoch habe ich durch Daniel erfahren, dass Señorita Amelia von ihrem Vater einige wirtschaftliche Probleme geerbt hat. Das ist der Grund, warum sie aus Cádiz geflohen ist.«

Diego wartete einen Moment, während er sich die Lippen mit einer Serviette aus feinem Stoff abtupfte. Er verstand, dass für eine junge Frau wie Señorita Amelia der Druck der Gläubiger ihres Vaters eine schwer zu tragende Last war.

»Das erklärt vielleicht ihr fehlgeleitetes Verhalten«, meinte er schließlich.

»Absolut nicht, Diego«, sagte sein Bruder daraufhin. »Denn sie hat diese Schulden nicht mehr. Daniel hat einige ihrer Gläubiger aufgesucht, die alle vollauf zufrieden waren, weil die Señorita sämtliche Schulden persönlich bezahlt hat.«

Diego dachte sofort an Don Enrique. Wäre er imstande, eine junge Frau in einer derart verzweifelten Lage zu verführen, indem er ihr rettende Worte ins Ohr flüsterte, während er in Wahrheit nur sein persönliches Interesse im Sinn hatte? Sein Bruder, der seine Gedanken erriet, sah ihm in die Augen.

»Eine mittellose junge Frau, die von Schulden erdrückt wird, und auf einmal ist alles bezahlt … Das ist nicht ihr Geld gewesen, Diego. Ich befürchte aufrichtig, dass sie sich von dem Reichtum und der Schmeichelei eines mächtigen Mannes hat verführen lassen«, führte Gabriel aus, bevor Diego etwas sagen konnte. »Du hast eine hohe Meinung von Señorita Amelia, oder?«

Diego wusste noch gut, was er in Villacor in ihren Augen gesehen hatte, als ihr die Tränen gekommen waren.

»Es mag sein, dass sie in ihrer Verzweiflung Hilfe von jemandem angenommen hat, dem sie nicht vertrauen kann, aber ich halte sie nicht für einen schlechten Menschen.«

»Lieber Bruder, irgendetwas sagt mir, dass Don Enrique ein düsteres Interesse an dir und Castamar hat. Vielleicht war er es, der Señorita Castro die nötigen Mittel zur Verfügung gestellt hat, um sie irgendwie gegen uns einzusetzen?«

»Aber was für ein Interesse sollte das sein? Was könnte ihn dazu motivieren?«, fragte Diego.

»Das weiß ich nicht, aber wir müssen es herausfinden. Ist dir nicht aufgefallen, dass er ständig versucht hat, dich aus der Ruhe zu bringen? Und dann dieses vertrauliche Gespräch zwischen ihm und Señorita Amelia in einem unserer Salons, in das ich hineingeplatzt bin …«

»Gabriel, hier in Castamar hat Don Enrique sich wie jeder andere Mann von Stand verhalten. Die Ansichten, die er geäußert hat, waren nicht strenger oder unangenehmer als die jedes anderen, was auch unsere Mutter mit einschließt. Nur uns erscheinen sie deplatziert, weil unser Vater uns so erzogen hat. Diesen Sticheleien düstere Absichten zu unterstellen, ist reine Spekulation.«

»Nicht wirklich, wenn man bedenkt, dass du der Herzog von Castamar bist.«

»Im Moment ist es besser, wachsam zu bleiben und nichts zu unternehmen, was uns kompromittieren könnte.«

Gabriel war seine Unruhe anzumerken, und er schnalzte unzufrieden mit der Zunge.

»Lass mich aus Don Enriques Handlanger ein paar Informationen herauskitzeln«, insistierte er, »einem gewissen Hernaldo von la Marca.«

»Nein«, lehnte Diego kategorisch ab. »Es mag sein, dass Don Enrique niedere Absichten gegen uns hegt, aber wir haben keine Beweise, und es gibt nicht einmal einen eindeutigen Hinweis darauf. Wir wissen nicht, ob er Señorita Castros Schulden bezahlt hat, und wenn dem so ist, kennen wir den Grund nicht. Wir können nicht mit Sicherheit sagen, dass er einen Plan gegen uns im Schilde führt und uns damit schaden will, auch wenn wir noch so beunruhigt sind. Diese Verdachtsmomente reichen nicht, um gegen einen Adligen vorzugehen.«

Sie wandten sich anderen Themen zu, Francisco und seinen Eroberungen zum Beispiel oder den Erwartungen, die die Speisen, die während der Feierlichkeiten in Castamar serviert worden waren, bei den Adligen am Königshof geweckt hatten. Schließlich teilte Gabriel mit, dass er sich erneut auf den Weg machen werde, sobald sein Gepäck bereit sei. Diego widersprach nicht. Er wusste, dass Gabriel, wenn er einen Entschluss gefasst hatte, nicht aufzuhalten war. Und nun, nachdem er selbst es abgelehnt hatte zu handeln, war es seinem Bruder ein Bedürfnis, in Madrid zu sein, falls es irgendwelche Neuigkeiten geben sollte.

Zwei Stunden später war Gabriel erneut unterwegs in die Hauptstadt, und Diego blieb allein zurück und dachte über ihr Gespräch nach. Während er zusah, wie Gabriels Pferd sich auf der Pappelallee entfernte, musste er aus irgendeinem Grund an den Geschmack der wunderbar zarten Kalbszunge denken. Er lächelte bei der Feststellung, dass die Köstlichkeiten seiner Köchin die Gabe hatten, die Probleme aus seinem Kopf zu vertreiben. Doch plötzlich überkamen ihn irritierende Zweifel. Ein Gedanke, der damit zusammenhing, dass es ihm unmöglich war zu unterscheiden, ob es wirklich nur das Essen seiner Köchin war, was seine Sorgen zerstreute, oder die Erinnerung an ihre zimtfarbenen Augen und ihren entschlossenen Blick.

Zweiter Teil

20. Januar 1721 – 28. Januar 1721

KAPITEL 20

20. Januar 1721

Enrique blickte in die abendliche Dämmerung. Der Winter hatte den Madrider Himmel mit einem finsteren Schleier überzogen, und auch sein Gemüt war düster. Während er im Salon im ersten Stock seines Anwesens auf Hernaldos Ankunft wartete, grübelte er über Amelia nach, während er sie durchs Fenster beobachtete. Nach einem ihrer Besuche bei ihm wartete sie nun in einem der Höfe, die zum Haus gehörten, auf die Kutsche, die sie abholen würde.

Drei Monate zuvor, kurz nachdem sie Castamar verlassen hatten, hatte er mit seiner Unterschrift ihre Unabhängigkeit besiegelt, und wie er erwartet hatte, war ihr die Heirat mit Don Diego plötzlich gar nicht mehr so dringlich erschienen. Denn sie wollte die gerade erworbene Freiheit nicht gleich wieder verlieren. Er hatte noch eine Woche gewartet, um ihre Romanze zu vertiefen, und hatte dann den zweiten Teil seines sie betreffenden Planes in Gang gesetzt. Ihre Schulden oder der drohende Ausschluss aus der Gesellschaft waren nun kein dringliches Problem mehr für sie. In der falschen Annahme, dass sie beide eine Liebesbeziehung verbände, wähnte sie sich sicher und hatte erneut auf ungeschickte Art und Weise herauszufinden versucht, warum es derart in seinem Interesse lag, dass Don Diego ihr die Ehe versprach. Er hatte letztendlich immer wieder versichert, dass er nur ihren Wunsch unterstütze. So hatten sie sich heimlich mehrmals bei ihr oder bei ihm getroffen. Wie sehr er diese Tage genossen hatte!

Schließlich hatte er dem Spiel der Verführung jedoch ein Ende gesetzt, genau an dem Abend, an dem sie ihm lächelnd gesagt hatte, dass die Gewohnheit, sich weiterhin in der Höflichkeitsform anzureden, dazu führe, ihre Fleischeslust nur umso stärker anzuheizen.

»Genau das ist der Grund dafür, aber nicht der einzige«, hatte er gestanden. »Es ist eine Frage des Vertrauens, meine liebe Señorita Amelia, und Ihr habt das meine eindeutig nicht gewonnen.«

Sie hatte sich verblüfft zu ihm umgewandt.

»Ich dachte, dass unsere Intimität zumindest …«

»Da habt Ihr falsch gedacht«, war er ihr brüsk ins Wort gefallen. »Ihr müsst nach Castamar zurückkehren. Inzwischen ist eine Woche vergangen, und es ist erforderlich, dass der Herzog Euch endlich die Ehe anträgt.«

»Ich fürchte, ich bin nicht in der Lage, Derartiges zu tun«, hatte sie erwidert. »Don Diego ist ein …«

»Wie ich verstanden habe, geht es Eurer Mutter derzeit recht gut, und Ihr wollt doch, dass das so bleibt, oder?«, war er ihr ins Wort gefallen.

Erschrocken hatte sie gefragt, was er damit sagen wolle.

»Solange Ihr tut, was ich verlange, kann ich Euch versichern, dass Eure Mutter aufs Beste versorgt wird.«

Amelia wurde von Panik erfasst, und ihre Gesichtszüge erstarrten.

»Die arme Señorita Castro«, hatte Enrique spöttisch gesagt, »schon wieder schutzlos dem Übeltäter ausgeliefert.«

Da hatte sie ihren ganzen Mut zusammengenommen und gesagt, dass das Haus, in dem ihre Mutter untergebracht sei, ihrer

Freundin Verónica Salazar gehöre und dass sie nicht erlaube, dass er ihrer Mutter auch nur ein Haar krümme.

»Da irrt Ihr Euch. Dieses Haus gehört mir, und wenn Ihr dies weiterhin in Zweifel zieht, wird es Eurer Mutter schlecht ergehen.«

»Ich werde … den Herzog … um Hilfe bitten«, hatte sie voller Angst und mit Tränen in den Augen gesagt, während sie, die Hand vor den Mund gelegt, vor ihm zurückgewichen war, »und …«

Er war aufgestanden und auf sie zugegangen.

»Das ist doch absurd, Señorita Castro«, hatte er lachend entgegnet. »Wie wollt Ihr denn Don Diego erklären, dass Ihr nach Madrid gekommen seid, um ihn zu verführen und ihm ein Heiratsversprechen zu entlocken, obwohl Ihr Eure Ehre bereits verloren hattet? Denn dafür habe ich Beweise, und ganz Cádiz weiß davon. Oder ich erzähle ihm, dass Ihr mich betrogen habt, indem Ihr mir die Ehe verspracht, obwohl Ihr in Wahrheit nur Eure Position in Castamar festigen wolltet. Auch dafür habe ich Beweise, denn ich habe all Eure Schulden bezahlt und beherberge Eure Mutter in meinem Haus in El Escorial.«

Entsetzt hatte sie sich umgedreht und war eilig vor ihm geflohen, während er ihr von Salon zu Salon gefolgt war. Er hatte es genossen, sie so verletzlich zu sehen. Deshalb hatte er eilig zu ihr aufgeschlossen, ihr Haar gepackt und brutal daran gezogen. Anschließend hatte er ihr, ohne ihr die Gelegenheit zu geben, irgendwie zu reagieren, die Faust in den Magen gerammt. Sie hatte sich vor Schmerzen gekrümmt und war stöhnend zu Boden gesunken. Rittlings über ihr hatte er zugesehen, wie sie vergeblich versucht hatte, sich zu wehren. Mit seinem Körpergewicht hatte er sie zu Boden gedrückt und ihr mit den Händen Nase und Mund zugehalten. Daraufhin hatte sie in dem verzweifelten Versuch, sich zu befreien, um sich geschlagen. Er hatte ihr Gesicht betrachtet, während sie kollabierte. Für einen Moment entdeckte er etwas Schönes darin, das beinahe ein Kunstwerk war: dieser verzweifelte Wille zu überleben, der in ihren geschwollenen Schläfenadern pulsierte; von Anfang an hatte er ihren Mut bewundert. Sie hatte sich noch eine Weile gewunden, bis sie zuletzt völlig erschöpft aufgab. In dem Moment hatte er sie losgelassen, damit sie wieder atmen konnte. Sie hatte unkontrolliert zu husten begonnen und nach Luft geschnappt, und er hatte sich zu ihr hinuntergebeugt, bis er mit den Lippen ihr Ohrläppchen berührte.

»Hört mir gut zu, meine liebe Señorita Castro«, hatte er langsam gesagt. »Euer Leben gehört mir, Eure Mutter atmet, weil ich es erlaube, Ihr atmet, weil ich es erlaube. Und solltet Ihr aus irgendeinem Grund in einem schwachen Moment mit Don Diego oder sonst jemandem darüber reden, werde ich sofort davon erfahren, und dann lasst Euch gesagt sein, dass Ihr Eure Mutter nie mehr wiedersehen werdet oder wenn, dann in kleinen Stückchen, die meine Männer Euch mit Freuden zusenden werden.«

»Ihr seid ein Monster«, hatte sie hustend gesagt.

»Sicher bin ich das«, hatte er entgegnet, »und das bedeutet, dass Ihr, sollte das Leben Eurer Mutter nicht ausreichen, um Eure Zunge im Zaum zu halten, Euer eigenes Leben aufs Spiel setzt, denn ich habe Befehl gegeben, dass Ihr in diesem Falle unter großen Schmerzen von dieser Welt gehen sollt. Nickt bitte, wenn Ihr das verstanden habt.«

Immer noch hustend, hatte sie ihn mit versteinertem Gesicht angesehen. Nach einem Moment, in dem sie versucht hatte, ihr Zittern unter Kontrolle zu bekommen, hatte sie geschluckt und schließlich genickt.

»Wie ich sehe, verstehen wir uns, meine Liebe«, hatte er gesagt und sich erhoben. »Ich will, dass Ihr so schnell wie möglich nach Castamar zurückkehrt. Während Ihr nach einem Vorwand dafür sucht, schlage ich zum Anreiz vor, dass Ihr an drei Abenden in der Woche zu mir kommt, um meinen Appetit auf Euch zu befriedigen. Ich hoffe, dass Ihr freiwillig kommt, denn sonst komme ich und hole Euch.«

Anschließend hatte er sich die Kleidung glatt gestrichen und war zur Tür gegangen.

»Also das ist es, was Ihr von mir wolltet«, hatte sie nach einer Verschnaufpause vom Boden aus gesagt, während ihr die Tränen über die Wangen liefen. »Dass ich Eure Konkubine werde.«

Er war stehen geblieben und hatte sie aus der Entfernung von oben herab angesehen.

»O nein, meine Liebe!«, hatte er geantwortet. »Das will ich jetzt. Vorher wollte ich Euch verführen, damit Ihr Euch freiwillig hingebt. Ihr seid ein sehr appetitliches Wesen. Und jetzt könnt Ihr gehen, denn ich habe einiges zu erledigen, Señorita Castro.«

Seit jenem Abend waren die Adventszeit und das Weihnachtsfest vergangen, ohne dass sich viel verändert hatte, was ihn äußerst wütend machte. Wie er erwartet hatte, hatte Señorita Amelia versucht, so schnell wie möglich nach Castamar zurückzukehren, um ihm nicht länger zu Willen sein und seine sexuellen Bedürfnisse befriedigen zu müssen. Jedoch waren alle ihre Bemühungen vergeblich gewesen. Zunächst hatten sie gehofft, dass Don Diego eine der Einladungen seiner adligen Bekannten annehmen würde, wozu es jedoch nicht gekommen war; sie hatten es auch im Theater und am Königshof versucht, doch auch dort war er nicht erschienen; bevor es Winter wurde, hatten sie mehrere Ausflüge ins Gebirge gemacht und ihn dazu eingeladen, sich anzuschließen, was er jedes Mal höflich abgelehnt hatte. Enrique hatte Amelia sogar zu Pferd in die Umgebung von Castamar geschickt, damit sie sich dort trafen. Aber keiner ihrer Versuche war erfolgreich gewesen. Enrique hatte sich geärgert, dass er sie nach dem Fest im Oktober nicht zum Bleiben gezwungen hatte. Nachdem sie auch im Haus der Gräfin von Arcos gescheitert waren, da Don Diego auch bei der dort stattfindenden Lesung aus Eugenio Gerardo Lobos Werk *Selva de las musas* durch Abwesenheit geglänzt hatte, hatte Enrique den Eindruck, dass dieser Mann sein Anwesen niemals mehr verlassen würde.

Schließlich hatte er eingesehen, dass er einen anderen und vor allem schnelleren Weg finden musste.

Schließlich war es der Schwarze, der für eine gute Gelegenheit sorgte. Dieser schien äußerst interessiert daran, jeden seiner Schritte zu überwachen. Das würde er ausnutzen, um Señorita Castros Rückkehr nach Castamar zu ermöglichen. Er war sich sicher, dass er in seinem Feind den Beschützerinstinkt der gutherzigen Menschen erwecken würde. Aus diesem Grund wartete er nun auf Hernaldo, damit sie seinen Plan noch in dieser Nacht in Gang setzen konnten.

Enriques Vertrauensmann kam pünktlich, um ihm mitzuteilen, dass alles bereit sei und er nur den Startbefehl geben müsse.

»Die Señorita ist im Kutschenhof«, sagte Enrique, bevor er einen Schluck Likör nahm. »Vergiss nicht, dass wir sie lebend brauchen, sie soll nur einen heftigen Schrecken bekommen.«

Dann verabschiedete er seinen Vertrauensmann und erklärte, dass er erst beruhigt sein werde, wenn er zurückkehre. Hernaldo wandte sich um und ging auf den Ausgang zu. In diesem Moment fiel Enrique noch etwas ein, und er musste lächeln, weil er beinahe eines der wichtigsten Details vergessen hätte. Außerdem würde dies der Señorita zeigen, dass eine Frau, die sich für ihre Liebesdienste bezahlen lässt, als Erstes lernen muss, dass sie sich den Männern zu unterwerfen hat.

»Zerschneide ihr das Gesicht«, befahl er.

»Aber dann sieht sie nicht mehr so hübsch aus«, entgegnete Hernaldo.

»Schon, aber dann erregt sie noch mehr Mitleid«, meinte Enrique und leerte sein Glas. »Und Don Diego hat eine Schwäche für hilflose Wesen. Wenn er erst einmal verliebt ist, spielt das Äußere für ihn keine Rolle mehr.«

Hernaldo nickte und ging durch die Galerie davon.

Enrique schaute erneut in die dicken Wolken, die sich nun, ihrer Last müde, in einem heftigen Regenschauer über der Stadt entleerten. In dieser Nacht würde er mit seinen Racheplänen einen großen Schritt vorankommen. Seine anderen Interessen, die politischen, waren dagegen festgefahren, und in diese Sache würde erst Bewegung kommen, wenn der Königshof die Gelegenheit dazu bot. Angesichts der Tatsache, dass der österreichische Kaiser keine Option mehr war, musste er sich an den Bourbonen halten. Doch im Moment war da wenig zu machen, denn Spanien hatte gegen das europäische Bündnis verloren und seine Schwäche zur Schau gestellt. Er seinerseits hatte ein paar nebensächliche diplomatische Missionen durchgeführt, die auf ein bilaterales Abkommen abzielten, das die Verbindung zwischen Frankreich und Spanien stärken sollte. José von Grimaldo, der Minister, der ein guter Bekannter von ihm war, bereitete dieses Abkommen gerade vor, das in Kürze höchstwahrscheinlich in Madrid zu diesem Zweck unterzeichnet werden würde, und hatte mehrfach um seinen Rat und sein Eingreifen gebeten. Dies war seine Art und Weise, Spanien erneut zu der von ihm ersehnten Größe zu verhelfen, während er das Kapitel Castamar abschließen würde, das ihn schon viel zu lange beschäftigte.

Er schlenderte zum Sofa hinüber und nahm Platz. Ein Blitz erhellte den Salon und projizierte gespenstische Schatten an die Wände, und er lächelte im Gedanken an die arme Amelia Castro, die gleich geprügelt und mit für immer entstelltem Gesicht irgendwo im Dreck landen würde. Wie wankelmütig und instabil das Leben doch war!

Derselbe Tag, 20. Januar 1721

Gabriel preschte beunruhigt im Galopp auf die Baumgruppe zu, an der sie sich verabredet hatten. Schon vor Monaten hatte er mit seinem Vertrauensmann Daniel Forrado ein einfaches Vorgehen vereinbart, um sich heimlich zu treffen. Jedes Mal, wenn es nötig war, dass sie sich sahen, sollte sein Informant oder er selbst dem anderen eine unauffällig markierte Visitenkarte zukommen lassen. Auf diese stumme Art konnten sie sich gegenseitig mitteilen, dass sie sich dringend in dem am Weg nach Móstoles liegenden Buchenwald treffen mussten. Daniel sandte aus Gründen der Vorsicht seine Botschaft stets mittels eines Burschen in das Haus in der Calle de Leganitos, damit niemand sie miteinander in Verbindung bringen konnte. Nach der Übergabe machte sich Gabriel dann zu Pferd auf den Weg zu ihrem Treffpunkt. Sicher hatte Daniel etwas Wichtiges herausgefunden, vielleicht etwas so Wichtiges, dass Diego sich endlich zum Handeln entschließen würde.

Deshalb war Gabriel froh, als er das Waldstück erreichte. Daniel mit seinem langen Haar erwartete ihn bereits neben einem Maultier.

»Guten Tag, Herr«, sagte er.

»Guten Tag, Daniel.«

»Ich habe einige Neuigkeiten zu berichten«, fügte Daniel hinzu und sah sich nach allen Seiten um, um sicherzugehen, dass niemand sie hören konnte.

»Señorita Amelia hat ihre Lebensweise vor ein paar Monaten völlig verändert. Wie ich bereits berichtet habe, war sie mehrfach bei einem Notar, um gewisse Dokumente zu unterschreiben, und danach hat sie einen Schneider und eine Gesellschaftsdame eingestellt sowie einen Kutscher für eine kleine Kutsche, die sie angeschafft hat. Aber noch viel interessanter ist, dass sie sich vor Kurzem fest in ihrem neuen Haus in Madrid niedergelassen hat, mit Dienerschaft.«

»Dann hat sie wohl ein eigenes Einkommen«, schloss Gabriel daraus.

Es war klar, dass diese Lebensveränderung kein Zufall war, und seine Intuition warnte ihn, dass der Marquis etwas damit zu tun hatte.

»So scheint es, Don Gabriel«, fuhr Daniel fort. »Die Besuche finden nach wie vor statt: Don Enrique schickt alle paar Tage einen Kutscher mit Wagen, und sie steigt jedes Mal ein und fährt zu ihm.«

»Nimmt sie weiterhin jedes Mal eine Anstandsdame mit?«, fragte Gabriel.

»Ja, macht sie. Keine Sorge, ich weiß alles, was in dem neuen Haus der Señorita vor sich geht. Mein Cousin ist einer ihrer Lakaien, und er hat mir gesagt, dass sie wenig schläft und man ihr die Müdigkeit ansieht. Glücklich wirkt sie nicht.«

Da stimmte etwas nicht. Señorita Amelia war eine ungebundene Frau und Don Enrique ein alleinstehender Mann, sodass sie sich durchaus öffentlich miteinander zeigen könnten, in Freundschaft oder als zukünftiges Ehepaar. Daher auch die Anstandsdame: um die Ehrenhaftigkeit ihrer Begegnungen zu garantieren. Doch wenn ihre Schulden bezahlt waren und die Freundschaft mit dem Marquis aufrichtig, warum sollte sie dann unglücklich sein? Jedenfalls steckten die beiden offensichtlich unter einer Decke, und deshalb waren sie eine Bedrohung, wenn es denn eine gab und er nicht verrückt geworden war.

»Davon abgesehen ist Hernaldo von la Marca, der Vertrauensmann des Marquis, schon zweimal in einem Bordell mit dem Namen El Zaguán außerhalb der Stadt gewesen, draußen in Lavapiés, wo sich Berufsmörder wie er üblicherweise treffen. Ich habe das Gefühl, dass sie etwas im Schilde führen.«

»Gute Arbeit, Daniel«, lobte Gabriel. »Lass sie weiterhin nicht aus den Augen. Möglicherweise werde ich dich morgen bitten, mich in diese Spelunke zu führen.«

»Das ist kein Ort für einen Herrn«, erwiderte Daniel und senkte den Blick, »und schon gar nicht, wenn er schwarze Haut hat.«

»Mach dir deswegen keine Sorgen.«

Kurz darauf begab sich Gabriel auf den Rückweg in die Stadt.

Trotz dieser neuen Informationen bezweifelte er, dass Diego das Risiko eingehen würde, etwas zu unternehmen. Sein Bruder wollte keinen Schritt in die falsche Richtung machen, und er musste zugeben, dass das klug gedacht war. Andererseits war er der Meinung, dass sie unbedingt etwas tun mussten. Hätte sein Bruder ihm freie Hand gelassen, wüssten sie längst, was Don Enrique, diese Schlange, vorhatte. Dann hätte er sich diesen Hernaldo von la Marca vorgenommen und ihn schon zum Reden gekriegt. Natürlich war ihm bewusst, dass so zu handeln ein Risiko darstellte, denn wenn Don Enrique doch nichts im Schilde führte, waren sie es, die sich schuldig machten. Allerdings fürchtete Gabriel, dass der Marquis, je länger sie warteten, desto bessere Erfolgsaussichten hatte, seinen Plan in die Tat umzusetzen. Deswegen schickte er, sobald er zu Hause angekommen war, eine Nachricht an Don Alfredo und Don Francisco und bat sie zum gemeinsamen Abendessen. Er wusste gut, dass sein Bruder, wenn er herausfand, dass er seine Freunde da mit hineinzog, Zeter und Mordio schreien würde. Doch er war so sehr davon überzeugt, dass der Marquis finstere Absichten hegte, dass er Hilfe brauchte, wo er allein nicht mehr weiterkam.

Nach dem Mittagessen und einer kurzen Siesta traf sowohl von Don Francisco als auch von Don Alfredo die Nachricht ein, dass sie zum Abendessen kommen würden. Dass Gabriel sie einlud, war ungewöhnlich, da sie Diegos Freunde waren und normalerweise er sie ins Haus bestellte. Daher erschienen beide, als der Tag zu Ende ging, mit fragenden Gesichtern.

Gabriel erzählte ihnen erst nach dem Essen von seinem Verdacht, als sie sich in einem der Salons niederließen, während es draußen heftig zu regnen begann. Als Gabriel seinen Bericht beendet hatte, sagte zunächst keiner der beiden etwas. Don Francisco, der mit übergeschlagenen Beinen dasaß, eine Hand auf den Griff seines Gehstocks gelegt, leerte sein Glas mit Anislikör. Don Alfredo, ihm gegenüber, blickte durchs Fenster hinaus in das Gewitter.

»Ich verstehe, warum Ihr uns hergebeten habt«, brach Don Alfredo schließlich das Schweigen. »Und Ihr habt richtig gehandelt, auch wenn es Eurem Bruder nicht gefallen wird. Es ist dringend nötig, dass wir hier eingreifen, wenn auch mit der gebotenen Vorsicht. Wir müssen ganz sicher sein, dass der Marquis tatsächlich etwas im Schilde führt, bevor wir einen falschen Schritt unternehmen.«

Don Francisco reagierte auf diese Aussage, indem er seinem Freund mit erhobenem Glas zuprostete.

»Ich kann am Hof gewisse … Damen befragen, die mit Don Enrique das Bett geteilt haben«, sagte Don Francisco. »Vielleicht erfahren wir so Genaueres.«

»Ebendas habe ich mir erhofft«, sagte Gabriel. »Der Hof des Königs ist nicht der geeignete Ort für jemanden mit meiner Hautfarbe.«

»Don Gabriel …«, begann Alfredo, der immer noch scheinbar abwesend ins Gewitter hinausblickte. »Ich bin davon überzeugt, dass in der Zukunft die Sklaverei mit Abscheu betrachtet werden wird, aber bis es so weit ist, ist Eure Stellung in der Gesellschaft tatsächlich äußerst ungewöhnlich.«

Gabriel nickte und wollte gerade etwas sagen, als mehrfach an die Tür geklopft wurde. Er gewährte Einlass, und einer der Kammerherrn trat mit einem kleinen Silbertablett in der Hand ins

Zimmer, auf dem seine eigene Visitenkarte lag. Das war erneut das Zeichen seines Vertrauensmanns. Entweder hatte Daniel Forrado etwas äußerst Wichtiges herausgefunden, oder es hatte sich etwas Bedeutungsvolles ereignet, was ihn dazu veranlasst hatte, sich zum zweiten Mal innerhalb von zehn Stunden an ihn zu wenden, obwohl es bereits dunkel war und in Strömen regnete.

»Das kommt von meinem Vertrauensmann, es muss etwas geschehen sein. Ich muss aufbrechen«, erklärte Gabriel seinen Besuchern.

»Erlaubt, dass wir Euch begleiten«, sagte Don Francisco und stand auf.

Zu dritt gingen sie schweigend die Treppe in den Innenhof hinunter. Bereits im Stall, während er sich den schweren Ledermantel anzog und den Dreispitz aufsetzte, hatte Gabriel das Gefühl, dass etwas Schlimmes passiert war. Nachdem er der Dienerschaft angeordnet hatte, sie mit Öllampen auszustatten, dachte er, dass Don Francisco und Don Alfredo nun vielleicht mit in eine Falle tappen würden, die nur für ihn gedacht war. Während er, vom Stallburschen unterstützt, aufs Pferd stieg, hielt er einen Moment inne.

»Ihr seid nicht verpflichtet, mich zu begleiten, und ich habe, ohne dass es unserer Freundschaft Abbruch tut, volles Verständnis, wenn Ihr es ablehnt«, sagte er.

»Redet keinen Unsinn«, entgegnete Alfredo und trieb sein Pferd an.

»Dem habe ich nichts hinzuzufügen«, erklärte Don Francisco und folgte seinem Freund lächelnd, als handelte es sich eher um ein Spiel als ein gefährliches Unternehmen.

Gabriel gab seinem Pferd die Sporen, und zu dritt ritten sie die Calle de Leganitos entlang Richtung Norden. Sie nahmen den kürzesten Weg und galoppierten über offenes Gelände. Als sie am Ufer des Manzanares ankamen, wandten sie sich nach

Süden. Es war so dunkel, dass sie kaum die Hand vor Augen sehen konnten, weshalb sie beim Überqueren der Segovia-Brücke und als sie den Ángel-de-la-Guarda-Brunnen hinter sich ließen, den Schritt ihrer Pferde ein wenig zügelten. Gabriel warf einen Blick zurück. Die Stadt erhob sich, von Blitzen erhellt, in der Schwärze wie auf einem düsteren Gemälde. Lediglich ein paar schwache, unstete Lichter am Alcázar waren auszumachen. Im schnellen Trab erreichten sie den Weg nach Móstoles und ritten weiter in Richtung des vereinbarten Treffpunkts. Ihre Kleidung war inzwischen vollkommen durchnässt, und Gabriels Ledermantel wurde immer schwerer.

Nach mehr als einer Stunde im eisigen Regen hielten sie auf den Fluss Cabeceras zu, bis sie den Wald erreichten. Aufmerksam und angespannt ritten sie im Schritt weiter. Auf ein Zeichen von Alfredo hin stiegen sie schließlich ab und drangen zu Fuß ins Dickicht vor. Mit entschiedenem Schritt, die Hand auf dem Griff des Degens, gingen sie ein Stück voran, bis vor ihnen am Boden eine dunkle Gestalt sichtbar wurde, die in einer roten Lache lag.

»Daniel«, murmelte Gabriel erschrocken.

Der Mörder hatte mit mehreren Degenstichen die Gedärme durchtrennt und seinem Opfer außerdem einen Stich in die Brust versetzt. Gabriel ging auf die Knie und schloss dem Toten die Augen, die ihn mit glasigem Blick anstarrten. Er sagte ein paar Worte, obwohl Daniel sie nicht mehr hören konnte, und Alfredo fragte, ob es sich um seinen Vertrauensmann handele. Gabriel nickte, als ein Blitz den Himmel teilte und die Umgebung erhellte.

Da entdeckte Gabriel noch eine zweite Gestalt, die in einiger Entfernung am Boden lag. Er erhob sich mit einem Satz, und Don Francisco und Don Alfredo zogen ihre Degen aus der Scheide. Gabriel ging auf die Gestalt zu. Es war der Körper einer Frau. Dort lag mit zerfetzter Kleidung, einem tiefen Schnitt in der Wange und blutigen Lippen die steife, gepeinigte Gestalt von Amelia Castro im Schlamm.

»Gütiger Gott!«, murmelte Gabriel.

Don Alfredo trat näher und ergriff ihr Handgelenk.

»Der Puls ist schwach, und sie ist eiskalt. Wie es aussieht, liegt sie schon eine ganze Weile hier im Regen«, verkündete er.

Gabriel nahm die Señorita, ohne zu zögern, in die Arme und trug sie zu seinem Pferd. Sein erster Impuls war, sie in sein Haus in Madrid zu bringen, doch dann hielt er inne. Es würden mindestens zwei Stunden vergehen, bis er die Calle de Leganitos erreicht hatte und von dort einen Arzt rufen konnte, der vertrauenswürdig war und nicht irgendein Quacksalber. Während in der Nähe von Castamar Doktor Evaristo lebte, der zudem einen hervorragenden Ruf hatte. In weniger als einer Stunde konnten sie dort sein.

»Wir müssen sie nach Castamar bringen«, sagte er. »Don Francisco, könntet Ihr mir den Gefallen tun und voranreiten, um Doktor Evaristo Bescheid zu geben?«

»Verlasst Euch auf mich«, antwortete dieser und brach sofort auf.

Don Alfredo sagte, dass er bleiben würde, um Gabriel den Rücken frei zu halten. Nachdem dieser aufs Pferd gestiegen war, bettete Alfredo die junge Frau in seine Arme und deckte sie mit der zusätzlichen Sattelunterlage zu, die Alfredo im Winter stets dabeihatte. Die Decke hatte die Wärme des Tieres gespeichert. Dies schien Amelia gutzutun, da sie ein leises Stöhnen ausstieß, bevor sie erneut das Bewusstsein verlor.

Dann ritten sie, so schnell ihre Pferde konnten, bis sie nach einer langen Stunde die Mauer erreichten, die das Anwesen von Castamar begrenzte. Gabriel dachte an den armen Daniel, der in seinem eigenen Blut dort im Schlamm lag, und ballte die Fäuste. Er würde sich später darum kümmern, dass er ein christliches Begräbnis erhielt. Das war keine zufällige Tat gewesen. Nun war er sich sicher, dass seine Intuition, die Don Enrique als Bedrohung erkannt hatte, richtig war. Auch wenn es keine Beweise gab, wusste er, dass es die Mörder des Marquis gewesen waren, die eine unmissverständliche Botschaft hinterlassen hatten: Niemand spürte Don Enrique de Arcona ungestraft hinterher.

KAPITEL 21

Derselbe Tag, 20. Januar 1721

Clara blickte durchs Küchenfenster. Am Himmel ballten sich dunkle Wolken, die sich schon bald in einem heftigen Regenguss entleeren würden.

Sie mochte diese unruhigen Wintertage, die zum Lesen vor dem Kamin einluden. Clara hatte die Tür zum Hof geschlossen und behielt Rosalía im Auge, der sie in den letzten Monaten angewöhnt hatte, sich statt auf den Boden auf eine Holzbank zu setzen. Zweimal wäre das Mädchen schon fast nach draußen entwischt.

Wie immer hatte sie das Frühstück für den Señor zubereitet, einschließlich der großzügigen Tasse heißer Schokolade und den pochierten Eiern mit einem Schuss Essig. Seit einigen Wochen musste sie nicht für Don Gabriel kochen, da dieser sich in seinem Haus in Madrid aufhielt und nur ab und zu in Castamar vorbeisah. In der Zwischenzeit hatte sie Briefe an ihre Schwester und ihre Mutter geschrieben und ihnen mitgeteilt, dass Castamar in den vergangenen Monaten tatsächlich zu ihrem neuen Zuhause geworden war. Nachdem sie die Briefe abgeschickt hatte, hatte sie einige Rezepte aus den Büchern ausprobiert, die der Señor ihr heimlich hatte zukommen lassen. Auf diese Art hatte sie ihm jedes Mal ihren Dank für seine Geschenke ausgedrückt. Dabei konnten sie auf die unfreiwillige Unterstützung durch Andrés Moguer setzen, der Don Diego regelmäßig darüber informierte, ob das zubereitete Gericht typisch für das alte Rom oder französisch, katalanisch oder spanisch war. Immer wenn Clara in der Nische im vierten Kellerraum ein neues Buch fand, fühlte sie sich wie ein junges Mädchen, das geheime Botschaften eines Verehrers erhielt.

Clara hatte sämtliche Bände, chronologisch geordnet, in ihr Regal gestellt. Besonders schätzte sie die höfischen oder klösterlichen Rezeptbücher. Dazu zählten Werke wie *De re coquinaria* oder das *Llibre de Sent Soví* von einem unbekannten Autor sowie das *Llibre del Coch,* das auf dem vorherigen basierte, aber von Maestro Ruperto de Nola, dem Koch König Ferdinands von Neapel, erweitert worden war; das berühmte Werk Enrique von Villenas über die Küche bei Hofe, *Arte cisoria*, und ein sehr bekanntes italienisches Buch, *Banchetti, compositioni di vivande et apparecchio generale* von Cristoforo di Messisbugo. Doch wenn sie aus all ihnen eines hätte auswählen müssen, wäre dies das Werk gewesen, das der Herzog ihr an diesem Tag hatte zukommen lassen: das Buch *Arte de cozina, pastelería, vizcochería y conservería* von Don Francisco Martínez Montiño. Dieses betrachtete sie als ihren größten Schatz, weshalb sie, nachdem sie es in der Nische gefunden hatte, so strahlend wie nie zurückgekehrt war. Statt es zu den anderen Bänden ins Regal zu stellen, hatte sie jedoch alle Bücher, in eine Decke gewickelt, unter ihr Bett gelegt, um nicht zu vergessen, sie am Abend sorgfältig zu entstauben.

Bevor Clara sich dem Frühstück zugewandt hatte, hatte sie in der Aufregung nicht widerstehen können, ein paar Zeilen für Seine Exzellenz zu schreiben und die Nachricht in der Nische im Weinkeller zu hinterlegen.

Das Buch ist zweifellos ein Juwel. Mir fehlen die Worte, um Euch für Eure Großzügigkeit zu danken. Bitte erlaubt mir, mich für Eure Freundlichkeit und Eure Generosität auf die beste Art, die mir einfällt, erkenntlich zu zeigen. Wenn Ihr einverstanden seid, werde ich weiterhin einige Rezepte aus den Büchern, die Ihr mir so freundlich überlassen habt, für Euch zubereiten.

Hochachtungsvoll
Señorita Clara Belmonte

Seitdem musste sie unaufhörlich an ihr neues Rezeptbuch denken. Es war eines der Bücher, das die Küche des vergangenen Jahrhunderts am meisten beeinflusst hatte, und sie brannte darauf, in seine Geheimnisse einzutauchen. Den ganzen Tag über war sie deshalb bei der Arbeit nicht ganz bei der Sache, bis sie plötzlich eine eisige Kälte im Nacken spürte. Als sie die geöffnete Tür zum Hof sah, wandte sie sich verärgert an Carmen von Castillo.

»Hast du die Tür aufgemacht? Es wird doch viel zu kalt hier drin.«

Carmen zuckte mit den Schultern, als Clara auf einmal den Eindruck hatte, dass irgendetwas fehlte. Vorsichtig machte sie ein paar Schritte auf die Tür zu, als sich ihr Blick mit dem Beatriz Ulloas kreuzte, die ihr zulächelte, während sie das Fleisch für die Füllung hackte. In diesem Moment begriff Clara, was los war. Sie ging weiter in Richtung Tür, wobei sie die Bank aus dem Weg schob, auf der normalerweise Rosalía saß, und entdeckte diese auf dem Dach des Depots, in dem die Lastkutschen standen. Aus einem Impuls heraus stürzte sie in den Hof und rief Rosalía zu herunterzukommen, ohne über die Folgen nachzudenken, die ihr Leiden ihr bescheren würde. Rosalía sah von oben zu ihr herunter und erklärte mit ausgebreiteten Armen, dass sie fliegen könnte. Clara machte nur wenige Schritte, als plötzlich die Mauern auf sie zuzustürzen schienen, sodass sie abrupt stehen blieb. Sie wurde sofort von der altbekannten Schwäche übermannt, und ihr brach kalter Schweiß aus, sodass sie nicht mehr in der Lage war, sich zu rühren.

»Rosa…lía, Rosalía«, stammelte sie, wobei ihr der Atem stockte, »Beatriz… hol sie runter.«

Während Clara hyperventilierend auf die Knie sank, konnte sie die anderen Mitglieder des Küchenpersonals hören, die laute Schreie ausstießen, um das Mädchen dazu zu bringen, von dem Dach herunterzusteigen. Einer der Burschen, die für die Kutscher arbeiteten, schickte sich an, zu ihr hinaufzuklettern, als Rosalía Clara ansah, ihr sabbernd zulächelte und sich kopfüber in die Leere stürzte. Beim Aufprall zersplitterte ihr Schädel mit dem knackenden Geräusch brechender Knochen, und sie blieb reglos am Boden liegen. Dazu erfolgte ein Schrei, der Clara durch Mark und Bein ging und in ihrem Kopf widerhallte. Sie bekam kaum noch Luft, der Kopf drohte ihr zu platzen und ihr Herz raste, sodass sie nur mit Mühe aufsehen konnte, um Rosalías leeren Blick und ihr schiefes Lächeln zu sehen. Während das arme Mädchen von dem kalten Boden aufgehoben wurde, spürte Clara, dass ihre Kräfte versagten, und sie fiel in eine bodenlose Schwärze.

Ein paar Schläge auf die Wangen zwangen Clara, die Augen zu öffnen. Sie lag ohne Schuhe auf ihrem Bett. Es war ihr unmöglich, klar zu denken, und ihr Blick war verschleiert. Sie schloss erneut die Augen und fragte sich, ob das, was sie erlebt hatte, Traum oder Wirklichkeit gewesen war. Abermals tätschelte ihr jemand die Wangen, damit sie wieder zu sich kam. Eine knochige Hand hob vorsichtig ihren Kopf an und hielt ihr ein Glas an die Lippen, damit sie etwas kaltes Wasser trank. Als es ihr gelang, ihren Blick auf die Gestalt vor ihr zu fokussieren, stellte sie fest, dass es Doña Úrsula war. In diesem Moment wurde ihr klar, dass Rosalía tot war.

Clara stiegen Tränen in die Augen, und es fiel ihr schwer,

Doña Úrsulas Blick standzuhalten. Plötzlich fiel ihr siedend heiß ein, dass die Haushälterin nun, da sie sich in ihrem Zimmer befand, all die Bücher sehen konnte, die Ihre Exzellenz ihr geschenkt hatte. Clara richtete den Blick auf das Regal, wo sich jedoch keines der Bücher befand. Da erinnerte sie sich, dass sie die Bücher am Morgen unter das Bett gelegt hatte, um sie am Abend zu reinigen, und trotz der tiefen Bitterkeit, die sie empfand, fühlte sie sich erleichtert. Sie versuchte, etwas zu sagen, doch die Worte blieben ihr im Hals stecken, und das Einzige, was sie von sich gab, war ein klagendes Geräusch. Daraufhin teilte ihr Doña Úrsula mit eisiger Stimme mit, dass Doktor Evaristo sie vor einiger Zeit untersucht und angeordnet habe, sie spätestens in einer halben Stunde zu wecken.

»Ihr habt Eure Pflicht dem armen behinderten Mädchen gegenüber vernachlässigt«, sagte die Haushälterin außerdem und zeigte anklagend mit dem Finger auf Clara. »Ihr allein tragt die Schuld an ihrem tragischen Tod.«

Clara versuchte erneut vergeblich, etwas zu erwidern. Doña Úrsula hatte recht, Rosalía war tot, weil sie nicht auf sie aufgepasst hatte; wegen ihres dummen Stolzes, der sie hatte glauben lassen, dass sie besser auf das Mädchen achtgeben könne als Señora Escrivá; wegen ihrer Unfähigkeit und ihrer Geheimnistuerei. Hätte sie gestanden, dass es ihr nicht möglich war, offene Räume zu betreten, wäre Rosalía vielleicht noch am Leben.

»Ich habe nicht bemerkt, dass sie dort hinaufgeklettert ist, ich …«

»Schweigt. Ich habe Eure Worte noch im Ohr, als Ihr garantiert habt, für Rosalías Wohl zu sorgen«, schimpfte die Haushälterin. »Ganz davon abgesehen, dass Ihr die gravierende Nervenkrankheit verschwiegen habt, unter der Ihr leidet. Wagt nicht, es abzustreiten! Was genau ist es, was mit Euch geschieht?«

Offensichtlich hatte Doña Úrsula sich über ihr Leiden informiert, nachdem das Küchenpersonal ihr von ihrem seltsamen

Verhalten und der anschließenden Ohnmacht im Hof berichtet hatte. Sicher hatte sie auch Doktor Evaristo dazu befragt.

»Ich ... Ich kann keine offenen Räume betreten, ohne dass mir der Schweiß ausbricht und mich eine Schwäche überkommt, bis ich ohnmächtig werde«, flüsterte Clara

Doña Úrsula machte eine abwehrende Geste.

»Eure Erklärung gibt dem armen Mädchen nicht das Leben zurück«, erwiderte sie. »Im Gegenteil, es ist unglaublich, dass Ihr die Verantwortung angenommen habt, Euch um dieses Mädchen zu kümmern, obwohl Ihr von Eurem Leiden wusstet. Bis morgen früh habt Ihr dieses Anwesen verlassen. Carmen von Castillo wird vorerst an Eurer Stelle die Küche führen. Kommt morgen bei Tagesanbruch in mein Dienstzimmer, um Euren Lohn abzuholen.«

Als sich die Tür hinter Doña Úrsula geschlossen hatte, sank Clara auf die Knie und weinte haltlos.

Sie schämte sich zutiefst, weil sie nicht den Mut aufgebracht hatte, dem Herzog von ihrem Problem zu erzählen, weil sie ihm ihre Krankheit verschwiegen hatte. Tieftraurig holte sie die Kochbücher unter dem Bett hervor, reinigte sie und stellte sie ins Regal zurück. Dann legte sie sich, ohne sich zu entkleiden, ins Bett und schlief ein, wobei sie unaufhörlich an die Enttäuschung dachte, die der Herzog empfinden würde, und an das düstere Schicksal, das sie erwartete.

Sie wachte erst wieder auf, als Elisa mit Brot und ein wenig Brei erschien. Clara war sehr schwach, doch die Hartnäckigkeit ihrer Freundin, die ihr beim Essen half, veranlasste sie, schließlich doch von dem Brei zu probieren und ein paar Schlucke Wasser zu trinken. Nachdem Elisa ihr mit einem Stück Stoff die Lippen abgetupft hatte, bat sie Clara, sich nicht die Schuld an Rosalías Tod zu geben. Laut Elisa hatte das Mädchen, seit es alt genug gewesen war, versucht, auf dieses Dach zu klettern, und Rosalía sei nie so glücklich gewesen wie in der Zeit, als Clara sich um sie gekümmert hatte. Clara nickte und ließ die Worte verklingen, ohne dass sie ihren Schmerz minderten.

»Sobald es morgen früh hell wird, muss ich Castamar verlassen, Elisa«, sagte sie traurig. »Ich weiß nicht, was jetzt aus mir werden soll.«

Elisa schüttelte energisch den Kopf.

»Nach dem, was ich gehört habe, hat der Herzog Doña Úrsula entschieden untersagt, dich zu entlassen.«

Clara sah Elisa verblüfft an, doch die verabschiedete sich, da, wie sie erklärte, die Haushälterin jeden Moment erscheinen könne und es besser sei, sie nicht zu provozieren. Kurz darauf klopfte es tatsächlich an Claras Tür, und herein kam Doña Úrsula.

»Señorita Belmonte, ich habe meine Entscheidung hinsichtlich Eures Aufenthaltes in Castamar noch einmal überdacht: Ihr könnt morgen früh wie immer mit der Arbeit beginnen«, verkündete sie mit eisiger Stimme

Clara nickte und wollte sich bedanken, doch Doña Úrsula wandte sich brüsk um, ohne ihr Zeit zu lassen, etwas zu erwidern, und verließ den Raum. Clara schloss die Tür und setzte sich aufs Bett. Spontan griff sie nach dem Buch von Martínez Montiño, strich über den Einband und fing an, darin zu lesen. So vergingen mehrere Stunden, in denen sie den Geruch der Seiten wie auch den Duft einsog, den Don Diego auf allem hinterließ, was er berührte.

Als es dunkel wurde, vernahm sie die diskreten Schritte des Herzogs vor der Tür ihres Zimmers. Sie hatte sie früher schon gehört, wenn der Señor an den Räumen in der Nähe des Weinkellers vorbeigegangen war, um in der geheimen Nische ein weiteres Buch für sie zu hinterlegen. Bei diesen Gelegenheiten hatte sie jedes Mal die Wange an die Tür gelehnt und sich wie ein dummes Mädchen vorgestellt, wie sie sich zufällig begegneten und ein Gespräch führten.Wie sie zugeben musste, verging kein Tag, an dem sie nicht sehnsüchtig die Tür zum Weinkeller öffnete. Diesmal jedoch war Don Diego nicht im Weinkeller, sondern vor ihrem Zimmer, und es war kaum vorstellbar, dass er heruntergekommen war, um ihr ein neues Buch zu geben, nachdem er ihr am Morgen bereits eines geschenkt hatte. Daher wartete sie nun mit angehaltenem Atem, wie es weitergehen würde. Stille breitete sich aus. Sie versuchte, irgendein Geräusch auszumachen, das verriet, was jenseits der Tür geschah, doch sie hörte nichts, nicht einmal sein Atmen. Vorsichtig, jedes Geräusch vermeidend, das sie verraten könnte, stand Clara auf, ging zu dem fast blinden Spiegel hinüber und kniff sich leicht in die Wangen. Im selben Moment hörte sie, wie leise an die Tür geklopft wurde. Sie ließ mehrere Sekunden verstreichen, um nicht übereilt zu wirken, und öffnete dann die Tür.

Tatsächlich stand Don Diego höchstpersönlich vor ihr, makellos in einen cremefarbenen Anzug gekleidet, den Gehrock über der sorgfältig zugeknöpften Weste, die Hände hinter dem Rücken verschränkt und den Duft seines nach Rosen und Lavendel riechenden Parfüms verbreitend. Sie begrüßte ihn, wie es einer adligen Dame entsprach, und er reagierte mit der entsprechenden höflichen Geste.

»Meine liebe Señorita Belmonte, ich möchte Euch nicht stören«, sagte er so selbstsicher wie immer. »Ich habe mir die Freiheit genommen, an Eure Tür zu klopfen, um Euch ein paar Worte des Trosts auszusprechen. Wenn es Euch recht ist, bleibe ich hier in der Tür stehen, um Eure Intimität nicht zu stören.«

Sie lächelte schüchtern.

»Es ist mir eine große Ehre, dass Ihr hier zu meiner Tür gekommen seid«, entgegnete sie mit erstickter Stimme.

»Ich möchte Euch wissen lassen, dass mir Rosalías Tod sehr leidtut. Es ist für uns alle eine Tragödie«, erwiderte er.

»Es tut mir … zutiefst leid, meine … Krankheit verschwiegen zu haben«, stammelte Clara und spürte, dass ihr die Tränen kamen.

»Euer Leiden, Señorita Belmonte, über das Ihr Doña Úrsula zweifellos hättet in Kenntnis setzen sollen, ist nicht der Grund für Rosalías Tod. Sie war es, die dort hinaufgeklettert ist und sich in die Tiefe gestürzt hat, und wie ich befürchte, hättet Ihr auch in vollkommen gesundem Zustand ihren Tod nicht verhindern können. Die Arme konnte nicht normal denken, und das ist nicht Eure Schuld«, sagte er, die Hände weiterhin hinter dem Rücken verschränkt. »Ich weiß, dass Ihr getan habt, was möglich war, um sie zu retten. Macht Euch keine Vorwürfe.«

Clara sah ihn mit zitterndem Kinn an und begann schließlich, haltlos zu weinen.

»Es tut mir leid, Exzellenz, es tut mir unendlich leid!«, wiederholte sie immer wieder, ohne zu merken, dass sich ihre Stirn immer mehr Don Diegos Brust näherte. »Verzeiht mir, ich flehe Euch an …, ich … ich hätte es nicht verschweigen … ich hätte …«

Don Diego hob sanft ihr Kinn an und sah ihr mit zutiefst aufrichtigem Blick in die Augen. Und Clara, die den Schwall an Worten und Tränen nicht mehr unter Kontrolle hatte, fühlte sich plötzlich von seinen Armen umfasst. Ohne zu wissen, wie es geschah, lehnte sie ihren Kopf an seine Brust.

»Ist gut, beruhigt Euch. Ihr dürft nicht so streng mit Euch selbst sein«, raunte er. »Ich weiß aus eigener Erfahrung, was Ihr gerade durchmacht, wie es ist, wenn die Seele von Schuldgefühlen, Reue und Schmerz übermannt wird.«

Schließlich löste er sich von ihr und hob erneut ihr Kinn an, wie es zwischen ihnen schon zur Gewohnheit geworden war. Dann näherte er sich sanft ihren Lippen, und sie war bereit, ihn zu empfangen. So verharrten sie einige Sekunden, bis die Stimme der Vernunft Clara schließlich doch dazu brachte, sich zurückzuziehen.

»Bitte«, sagte Don Diego daraufhin und reichte ihr ein Taschentuch. »Das braucht Ihr dringender als ich.«

»Exzellenz, entschuldigt meine Tränen«, bat sie mit geröteten Wangen. »Ein Moment der Schwäche, das ist mir sehr unangenehm …«

»Es besteht kein Grund zur Entschuldigung, Señorita Belmonte. Niemand stört sich an Euren Tränen, ich schon gar nicht. Bitte schön, das ist für Euch.«

Erst als er es ihr zeigte, bemerkte sie das Paket, das er die ganze Zeit in der Hand gehalten haben musste und das mit dem üblichen Packpapier umwickelt und wie immer mit Bindfaden verschnürt war. Clara versuchte, ihre Tränen zurückzuhalten, und sagte erneut, wie unendlich dankbar sie ihm war.

»Nehmt es nur«, insistierte er. »Ich hätte es heute Morgen zusammen mit dem anderen übergeben, doch es ist, obwohl ich beide Bücher gleichzeitig bestellt habe, erst heute Nachmittag aus Madrid gekommen.«

»Exzellenz, ich weiß nicht …«, stammelte sie. »Ich …«

»Ihr braucht Euch nicht zu bedanken. Es ist mir ein Genuss, Euch diese Pakete zu übergeben. Bitte seid so freundlich, es erst zu öffnen, wenn ich gegangen bin.«

»Aber natürlich, Exzellenz«, entgegnete sie mit geröteten Wangen.

»Ich werde Señor Elquiza wissen lassen, dass Ihr ein paar Tage Ruhe braucht.«

»Wenn es Euch nichts ausmacht, würde ich lieber gleich morgen wieder mit der Arbeit beginnen. Ich glaube, es wird mir guttun.«

Don Diego erhob keine Einwände gegen ihren Wunsch. Er verabschiedete sich wie ein Kavalier und ging. Als er am Ende des Ganges angekommen war, öffnete er die Tür und sah sich noch einmal nach ihr um. Das Licht im Rücken, hob sich ihre Gestalt von der Dunkelheit ab. Sie lehnte an der Tür und wandte den Blick nicht von ihm ab, bis er nach einem letzten Abschiedsgruß verschwand.

Clara schloss die Tür. In ihrem Kopf wirbelte alles durcheinander, und sie musste den Rücken an die Tür ihres Zimmers lehnen und die Augen schließen, um den Sturm, der in ihr tobte, zu besänftigen. Dann wurde ihr bewusst, dass sie das verschnürte Paket noch in den Händen hielt. Als sie es auspackte, fand sie ein Buch darin, das sie liebte und schon viele Male in der Bibliothek ihres Vaters gelesen hatte. Es war eine frisch gebundene französische Ausgabe, die stolz den eingravierten Titel *Le Viandier* trug. Dieses Juwel war eines der Kochbücher, die die mittelalterliche Küche am meisten beeinflusst hatten, und es stammte aus der Feder von Guillaume Tirel. Sie strich über die Seiten und entdeckte plötzlich hinter dem Einband eine kurze Nachricht.

Ich habe mir erlaubt, dem Buch diese Nachricht beizulegen. Wie mir gesagt wurde, ist es ein bedeutendes Werk der traditionellen französischen Küche. Ich gehe davon aus, dass es für Euch von größerem Wert ist als für mich. Mit diesem Geschenk möchte ich Euch ein wenig Trost und Aufmunterung zukommen lassen, damit Ihr nicht das Gefühl habt, in Eurem Schmerz allein zu sein.

Euer ergebenster
Don Diego von Castamar, Herzog von Castamar

Clara presste das Buch an ihre Brust und ließ sich aufs Bett fallen. Dann deckte sie sich zu und weinte erneut, bis sie in einen tiefen Schlaf sank, in dem sie zwischen Gespenstern, Erinnerungen und Bildern der Vergangenheit umherirrte. Im Traum tauchte ihr Vater gemeinsam mit Rosalía vor ihr auf, die sie ansah und sagte, dass sie dank ihrer Nachlässigkeit endlich fliegen könne. Dann sah sie sich selbst in den großen Sälen des Buen-Retiro-Palasts, in dem sie in sehr jungen Jahren einmal gewesen war und wo sie sich zwischen mehreren Kavalieren bewegte, die sie galant um einen Tanz baten. Dabei bemerkten sie nicht, dass der Tod bereits unter ihnen war, der nur darauf wartete, dass sie in den Krieg zogen, um ihr Leben zu fordern. Sie tanzte ohne Unterbrechung mit den unschuldigen jungen Männern, die ihr zulächelten, während draußen in der Ferne der Kanonendonner dröhnte. Nachdem sie bei einer langen Contredanse von Hand zu Hand weitergereicht worden war, stand sie auf einmal vor Don Diego, der sie stützte, bevor ein plötzlicher Schwindel sie ohnmächtig werden ließ. Das Trommeln der Artillerie wurde immer lauter, es ließ die Fensterscheiben erzittern, und sie schmiegte sich Schutz suchend enger an Don Diegos Körper.

»Keine Angst, Señorita Belmonte, ich bin bei Euch«, flüsterte er.

Die Geschosse fielen hernieder, und der Saal füllte sich mit Trümmern. Dennoch hielt sie sich in all dem Unglück aufrecht – Don Diegos riesige Gestalt barg sie weiterhin an seiner Brust, wie ein Schutzengel, der ihr unter seinem göttlichen Schild Zuflucht bot.

»Señorita Belmonte, wacht auf«, sagte er plötzlich. »Ihr werdet gebraucht.«

Don Diegos Stimme mischte sich nun mit einer anderen, weiblichen, härteren. Das Echo hallte verloren in den entfernten Ecken ihres Bewusstseins wider, während sie die Augen öffnete und sich zu orientieren versuchte. Die Stimme des Herzogs wurde zu der Doña Úrsulas und der Kanonendonner zu den Schlägen an der Tür ihres Schlafzimmers. Sie begriff, dass kein Licht in den Raum fiel, es also bereits dunkel war. Draußen tobte ein heftiges Gewitter. Schlaftrunken richtete sie sich auf und öffnete, so schnell sie konnte, die Tür. Als Doña Úrsula sie sah, befahl sie ihr, sich eilig zurechtzumachen, da ihre Dienste dringend benötigt würden.

Der nervöse Blick in den eisigen Augen der Haushälterin und

der angespannte Gesichtsausdruck beunruhigten Clara. Ob Don Diego ein plötzliches Unheil ereilt hatte? Sie versicherte, sofort zu kommen, schloss die Tür und hörte, wie Doña Úrsula sich mit kurzen, eiligen Schritten entfernte. So schnell sie konnte, machte sie sich zurecht. Plötzlich wurde ihr bewusst, dass sie sich in den letzten Monaten das Offensichtliche nicht eingestanden hatte: dass tief in ihrem Inneren ein Gefühl für Don Diego herangewachsen war. Der unschuldige Austausch von Büchern und kulinarischen Köstlichkeiten hatte eine Bindung zwischen ihnen geschaffen, die sich ihr nun in aller Deutlichkeit offenbarte.

Clara eilte in die Küche, wo sie Beatriz Ulloa vorfand, die in einem Topf auf dem Feuer Wasser erhitzte.

»Weißt du, was los ist?«, fragte Clara sie sogleich.

Das Küchenmädchen schüttelte den Kopf.

»Auf Befehl von Doktor Evaristo hat man mich angewiesen, Wasser zu erhitzen.«

Claras Unruhe wuchs an.

»Doktor Evaristo? Geht es Seiner Exzellenz nicht gut?«

»Ich weiß es nicht«, entgegnete Beatriz, »aber den besorgten Gesichtern nach scheint es etwas Ernstes zu sein.«

Diese Antwort erschreckte Clara, doch gerade als sie etwas sagen wollte, erschien Doña Úrsula mit einer brennenden Kerze in der Küche, hielt ihr einen Zettel hin und befahl ihr zuzubereiten, was darauf geschrieben stand. Als Clara es las, verstand sie sofort, worum es sich handelte, und hob den Kopf.

»Doña Úrsula, ist Seiner Exzellenz etwas zugestoßen?«, fragte sie.

Die Haushälterin sah sie mit finsterem Blick an.

»Was soll die Frage?«

»Ich weiß sehr gut, dass das, was ich zubereiten soll, ein Wickel ist, mit dem man eine Stichwunde behandelt, und kein Mittel gegen Bauchschmerzen«, sagte Clara und hielt Doña Úrsula den Zettel hin. »Mein Vater war Arzt.«

»Tut, was Euch gesagt wird, und hört auf, lästige Fragen zu stellen«, versetzte Doña Úrsula.

»Lästige Fragen?«, wiederholte Clara und merkte, dass sie kurz davor stand, aus der Haut zu fahren. »Doña Úrsula, ich möchte nur wissen, ob Seine Exzellenz irgendwie verletzt ist.«

Die Haushälterin wandte sich um und befahl ihr, sich schleunigst an die Arbeit zu machen. Empört tat Clara einen Schritt nach vorn.

»Das werde ich nicht tun.«

»Wie bitte?«, fragte die Haushälterin ungläubig.

»Ich werde das nicht zubereiten, bevor Ihr mir nicht gesagt habt, ob Seiner Exzellenz etwas zugestoßen ist.«

»Señorita Belmonte, ich bin nicht verpflichtet, Euch irgendetwas zu sagen. Wenn Ihr Euch nicht sofort an die Arbeit macht, suche ich jemand anderen, der es tut, und ich schwöre Euch bei Gott, dass Ihr von morgen an keinen Haushalt mehr finden werdet, in dem Ihr Eure geliebte Kochkunst ausüben könnt«, entgegnete Doña Úrsula mit eisiger Kälte. »Und du? Was gaffst du so?«, wandte sie sich an Beatriz, die einen erschreckten Knicks machte.

Dann wandte sie sich um, verschwand aus der Küche und ließ Clara in ihrem Zorn mit dem Zettel in der zitternden Hand stehen. Auch Clara drehte sich um, stützte sich auf dem Tisch ab und atmete tief durch, um sich zu beruhigen. Ihr war bewusst, dass sie die Autorität der Haushälterin direkt herausgefordert und ihr damit erneut eine Möglichkeit geboten hatte, sie zu entlassen. Doch das Unglaublichste und Seltsamste an der ganzen Sache war, dass Doña Úrsula diese Möglichkeit nicht sofort genutzt hatte.

KAPITEL 22

Derselbe Tag, 20. Januar 1721

Úrsula ging mit festem Schritt, der den Boden erzittern ließ und ihre Ankunft verkündete, die letzten Stufen der Treppe hinauf. Sie hatte den Wickel von Beatriz Ulloa entgegengenommen und eilte nun nach oben, um ihn Doktor Evaristo zu übergeben. In der Nacht hatten sie Señorita Amelia zu ihnen gebracht, blutüberströmt und mit zerschnittenem Gesicht. Wie es aussah, hatten irgendwelche Verbrecher ihre Kutsche in der Nähe des Wegs nach Móstoles überfallen, sie ausgeraubt und anschließend schwer verletzt liegen lassen. »Bei Gott, so etwas einer armen wehrlosen Kreatur anzutun! Diese Barbaren!«, sagte sich Úrsula. »Die Männer sind Wilde, denen ich mit Freude die Haut abziehen würde!« Der Tag, den Úrsula so sehr gefürchtet hatte, war gekommen. Der Tag, an dem ihre Macht über das Dienstpersonal in Castamar zu schwinden begann. Sie hatte stets geglaubt, dass die verborgenen Geheimnisse, die die Menschen hatten, ihr die Macht über sie sicherten, doch das traf nur auf diejenigen zu, deren Geist schwach war. Diejenigen, die einen starken Charakter hatten, stellten sich dagegen furchtlos den Konsequenzen, mit erhobenem Kopf und ohne auch nur einen Schritt vor ihren Erpressungsversuchen zurückzuweichen. Clara Belmonte zählte zu Letzteren, und das Schlimmste war, dass ihre Gegenwart auch anderen ihren vergessenen Mut wieder in Erinnerung rief. So erwies sich Don Melquíades, vielleicht durch die Veränderungen in der Küche beeinflusst, auf einmal ebenfalls als ungewohnt widerspenstig. Beim Mittagessen hatte Señor Moguer den Majordomus gefragt, wie es der jungen Frau gehe, worauf Don Melquíades verkündet hatte:

»Der Herzog hat mir mitgeteilt, dass Señorita Belmonte ihre Arbeit schon heute wieder aufnehmen wollte, aber das habe ich angesichts ihres Zustands natürlich nicht zugelassen.«

Das war zu viel! Wenn Seine Exzellenz Don Melquíades über Claras Wunsch informiert hatte, bedeutete dies, dass der Herzog persönlich bei ihr gewesen war. Bebend vor Zorn, hatte Doña Úrsula den Zeigefinger gehoben.

»Das nächste Mal, Don Melquíades, hoffe ich über eine solche Entscheidung vorab informiert zu werden«, hatte sie, für alle am Tisch Sitzenden deutlich hörbar, gesagt.

»Doña Úrsula!«, hatte er entgegnet, wobei er wütend die Serviette auf den Tisch geworfen hatte. »Ich bin durchaus befugt, derartige Entscheidungen allein zu treffen.«

»Wenn es Euch nichts ausmacht, möchte ich in Zukunft sofort informiert werden, wenn ein Mitglied des Personals zeitweise vom Dienst freigestellt wird«, hatte sie missmutig insistiert.

»Das werde ich tun, wenn ich es für angebracht halte.«

»Dann hoffe ich, dass Ihr es für angebracht haltet.«

»Doña Úrsula, nun gebt endlich Ruhe«, hatte Don Melquíades gesagt und mit der flachen Hand auf den Tisch geschlagen. »Ich bin der Majordomus in diesem Haus und war es bereits lange, bevor Ihr gekommen seid.«

Sämtliche Mitglieder der Dienerschaft waren vollkommen verblüfft. Es wurde totenstill. Úrsula wusste sehr gut, dass ein offener Krieg negative Folgen für sie haben konnte, denn fraglos würde das gesamte Personal Don Melquíades unterstützen, da dieser formell über die größere Autorität verfügte, weshalb sie wohlerzogen gebeten hatte, das Gespräch in seinem Dienstzimmer fortzusetzen. Don Melquíades hatte angeordnet, dass alle anderen mit dem Essen fortfahren und nicht auf sie warten sollten, und war dann brummend aufgestanden.

Als sie unter sich gewesen waren, hatte sie erneut befohlen, dass er sie in seinem eigenen Interesse über alles zu informieren habe. Doch Don Melquíades war nicht mehr der geschlagene Mann von früher. In den drei Monaten, in denen die Köchin inzwischen bei ihnen war, hatte sich in ihm ein Wandel vollzogen, als hätte er den Mut wiedergefunden, der aus alten Zeiten noch in ihm schlummerte.

Barsch hatte er ihr mitgeteilt, dass er sie genauso wenig informieren würde, wie sie es getan hatte, als sie Clara Belmonte entlassen und gleich darauf wieder eingestellt hatte. Schnaubend hatte sie entgegnet, dass sie ihn natürlich nicht mit einbezogen habe, da ihr klar gewesen sei, dass sein Opportunismus ihn daran hindere, das Nötige zu tun.

»Ich bin der Majordomus hier in Castamar, und ich werde nie wieder zulassen, dass sich jemand über meine Autorität hinwegsetzt!«, hatte er gebrüllt.

»In diesem Haus herrsche ich, und ich denke nicht daran, auch nur einen Schritt zurückzuweichen. Schon gar nicht vor einem Menschen wie Euch, der das Vertrauen seines Herrn in dieser Weise enttäuscht hat«, hatte sie scharf erwidert.

Woraufhin Don Melquíades sie bloß stumm angesehen und durch seinen Blick klargestellt hatte, dass er sich von ihren Drohungen nicht mehr einschüchtern lassen würde.

Während Doña Úrsula die letzten Stufen hinaufging, wurde ihr bei der Erinnerung an diese Auseinandersetzung klar, dass die unangefochtene Herrschaft, die sie in Castamar ausübte, zu zerrinnen begann. Natürlich blieben ihr noch einige wirksame Möglichkeiten, die sie ausspielen konnte, und das würde sie auch ohne zu zögern tun, sagte sie sich. Angefangen bei Don

Melquíades und den denunziatorischen Zeilen in dem Brief, der in ihrem Besitz war. Und was das Problem mit Señorita Belmonte anging, so würde sie diesbezüglich ebenfalls nach einer Lösung suchen. Vielleicht lag ja in der Leidenschaft, mit der sich Clara Belmonte um Seine Exzellenz gesorgt hatte, eine Möglichkeit für eine zukünftige Lösung des Problems. Sie wusste zwar noch nicht, wie diese aussehen konnte, aber sie hatte das Gefühl, dass sich irgendwann eine Gelegenheit daraus ergeben würde.

Endlich erreichte sie das Gästezimmer, in dem die arme Señorita Castro untergebracht worden war, die bleich, mit dunklen Schatten unter den Augen und kaltem Schweiß im Gesicht zitternd im Bett lag. Úrsula übergab den Wickel an Doktor Evaristo und verabschiedete sich von Don Diego und dessen Bruder, der, wie es schien, die junge Frau auf seinem Pferd hergebracht hatte.

Als Doña Úrsula das Zimmer verließ, begegnete sie Elisa Costa, die auf Befehl des Doktors mehrere weiße Handtücher und eine Schüssel mit warmem Wasser brachte. Die Haushälterin erteilte ihr die Erlaubnis einzutreten, obwohl sie wusste, dass Elisa Clara Belmonte anschließend berichten würde, dass Don Diego sich bester Gesundheit erfreue. Seufzend biss sie die Zähne zusammen und kehrte in ihr Arbeitszimmer zurück.

Derselbe Tag, 20. Januar 1721

Kaum hatte Diego die nötigen Anweisungen erteilt, trafen sein Bruder und Alfredo ein, vollkommen durchnässt und keuchend, die arme Señorita Amelia in ihren Armen, die in einem unruhigen Halbschlaf vor sich hin dämmerte. Nachdem der Herzog mehreren Dienstmädchen befohlen hatte, sie zu entkleiden und ihr eines von Albas Nachthemden überzuziehen, war sie im Bett in mehrere Decken eingehüllt worden. Doktor Evaristo hatte Doña Úrsula einige Gewürze aufschreiben lassen, um in der Küche einen Wickel für die Wunde im Gesicht der Verletzten herstellen zu lassen. Alfredo, Francisco und Gabriel hatten sich der nassen Kleidung entledigt und hielten sich, in Wolldecken gehüllt, im Salon in der Nähe des Kaminfeuers auf. Wenige Minuten später hatte Don Melquíades ihnen mitgeteilt, dass Señorita Castro bereits von Doktor Evaristo untersucht werde. Daraufhin waren Diego und sein Bruder zu dem Zimmer der Patientin hinaufgegangen.

Gabriel war voller Trauer um den Tod Daniels in Castamar angekommen und hatte immer wieder vor sich hin gemurmelt, dass eindeutig Don Enrique hinter all dem stecke. Möglicherweise hatte er tatsächlich recht, doch es fehlten die Beweise. Zwar hatte ihm jemand eine markierte Visitenkarte zukommen lassen, wie sein Vertrauensmann sie jedes Mal benutzte, um ihn zu ihrem Treffpunkt zu bestellen, doch war auch das nur ein indirekter Beweis dafür, dass Don Enrique in den Fall verwickelt war.

Jetzt ging Gabriel nervös auf und ab, während Doktor Evaristo den lindernden Wickel auf das zerschnittene Gesicht von Señorita Amelia legte. Immer wieder sagte Gabriel mit gesenkter Stimme, dass Don Enriques Handlanger Daniel getötet habe. Diego trat zu ihm und führte ihn am Arm ein Stück von dem Krankenbett weg, um ihn dann leise wissen zu lassen, dass sie eindeutige Beweise dafür brauchten, dass der Marquis tatsächlich hinter dem Ganzen stecke. Sein Bruder wandte sich wütend zu ihm um.

»Welche Beweise brauchst du denn noch?«, sagte er und zeigte auf Señorita Amelia.

Diego ballte die Fäuste und erwiderte: »Meinst du, dass mich das Ganze nicht belastet? Aber ich kann Don Enrique von Arcona, Marquis von Soto und Campomedina, nicht einfach so beim König anklagen … Und wenn ich dich daran erinnern darf:

Bis jetzt hat er gegen uns noch nichts unternommen. Nichts, was wir beweisen könnten. Nichts!«

»Lass mich seinen Handlanger jagen, diesen Hernaldo von la Marca«, schlug Gabriel vor.

»Nein«, erwiderte Diego. »Wenn wir das tun, hat der Marquis uns in der Hand, sobald er davon erfährt.«

»Du bist der sturste Mensch, den ich kenne!«, rief Gabriel.

Das wusste Diego selbst nur allzu gut. Doch er würde das Haus Castamar nicht durch einen falschen Schritt in Gefahr bringen.

»Außerdem muss ich dir noch sagen, dass es mir ganz und gar nicht gefällt, dass du Alfredo und Francisco in die Sache mit hineingezogen hast«, warf er Gabriel nun vor. »Ich brauche ihren Schutz nicht, auch nicht unter diesen Umständen. Jetzt sind sie unten im Salon, wärmen sich am Feuer und warten darauf, etwas über ein Problem zu hören, das nicht das ihre ist.«

»Das ist mir egal. Sie sind deine Freunde«, gab sein Bruder zurück. »Und damit du es weißt: Seit Albas Tod verhältst du dich wie ein störrisches Rindvieh!«

Doktor Evaristo bat sie höflich, ihre Diskussion woanders fortzuführen. Diego sah seinen Bruder mit geröteten Augen an.

»Es reicht. Da du sie hergebracht hast, kümmere dich darum, dass es ihr an nichts fehlt«, sagte er, verließ den Raum und schloss die Tür hinter sich.

Gabriel hatte nichts mehr darauf erwidert, und Diego ging in den Salon hinunter, in dem sich Francisco und Alfredo aufhielten, um ihnen für ihre Fürsorge zu danken. Sobald er in den Raum getreten war, informierte er sie darüber, dass der Zustand der Patientin nach wie vor kritisch sei, da sie Fieber und große Schmerzen habe. Um den möglichen Versuch, sie fortzuschicken, im Keim zu ersticken, kam Alfredo ihm zuvor:

»So leicht wirst du uns jetzt nicht mehr los. Wir sind hier und werden dir helfen.«

Diego war nicht danach, noch länger zu diskutieren, weshalb er sich, nachdem er den beiden gedankt hatte, von ihnen verabschiedete, um wie üblich mit hinter dem Rücken verschränkten Händen durchs Haus zu gehen und das Vorgefallene gedanklich zu entwirren. Es war offensichtlich, dass Daniel Forrado als Spitzel enttarnt worden war und dass er dafür hatte bezahlen müssen. Don Enrique war gefährlich, ein geschickter Höfling, intrigant und in der Lage, jeglichen Plan umzusetzen, um zu bekommen, was er wollte. Außerdem sagte man ihm am Königshof nach, er habe als geschickter Schütze in Frankreich und dem Königreich Neapel bereits mehrere Zweikämpfe überlebt. Ganz sicher hatte ihm seine unverschämte und hochmütige Art schon des Öfteren unangenehme Situationen eingebracht. Zum Glück für ihn hatte er diese jedes Mal mit der Pistole beenden können und nicht mit dem Degen. Denn laut Francisco war der Marquis nur ein sehr mäßiger Fechter und versuchte deshalb, Zweikämpfe mit dem Degen tunlichst zu vermeiden. Doch so oder so konnte Diego sich nicht erklären, welches Interesse dieser Mann an Castamar, ihm oder seiner Familie haben konnte, das über die Freundschaft zu seiner Mutter hinausging. Er selbst hatte vor seinem Besuch in Castamar höchstens ein- oder zweimal mit ihm geredet und konnte sich nicht einmal mehr daran erinnern, wie sie sich kennengelernt hatten. In jedem Fall musste er zugeben, dass die Übergabe der Visitenkarte in ihrem Haus in der Calle de Leganitos auf die Absicht schließen ließ, dass sie später Daniels Leiche und die arme Señorita Amelia in ihrem üblen Zustand auffinden sollten. Allerdings konnten sie das auch provoziert haben, weil sie Don Enrique und seine Männer überwachen ließen. Vielleicht hatten sie damit andere Pläne Don Enriques gestört, die gar nichts mit ihnen zu tun hatten.

Was Don Enrique jedoch nicht wusste, war, mit wem er sich dabei tatsächlich anlegte. Wenn er wirklich die Schuld am Tod Daniel Forrados trug und an dem, was Señorita Amelia zugestoßen war, oder wenn er etwas gegen Castamar im Schilde führte, dann weckte er damit ein Raubtier, das erst zufrieden sein würde, wenn es ihm eine Kugel in den Kopf gejagt oder ihm die Brust mit dem Degen durchstoßen hatte. Diego würde nicht um einen Gefallen des Königs bitten und auch nicht um seine Vermittlung; die einzige Rechtsprechung, die er in dieser Angelegenheit anerkannte, war die seine.

Als hätte er damit genug über die unangenehme Angelegenheit nachgedacht, stieg nun einmal mehr Clara Belmontes Bild vor seinem inneren Auge auf. Auch wenn er den Grund nicht verstand, ging ihm diese junge Frau mit den bernsteinfarbenen Augen nicht mehr aus dem Sinn. Er kannte sich jedoch gut genug, um zu wissen, dass er eine solch besondere Anziehungskraft bisher nur einmal in seinem Leben verspürt hatte: bei Alba. Zunächst hatte er diesem Gefühl keine Aufmerksamkeit geschenkt. Hatte es lieber negiert und unbewusst nach Ausflüchten gesucht: wegen Alba, wegen ihres Andenkens, wegen seiner Stellung als Herr von Castamar und ihrer Stellung in seiner Küche. Doch mittlerweile hatte sich eine wortlose Verbindung zwischen ihnen gebildet, durch die Bücher, die er ihr schenkte, und die Speisen, die sie für ihn zubereitete. Beinahe von Anfang an hatte er sie als die Señorita behandelt, die sie neben ihrer Anstellung als Köchin war, und sich gesagt, dass dies nichts weiter als eine etwas ungewöhnliche Beziehung zwischen einer Bediensteten und ihrem Herrn war. Diese Beziehung jedoch hatte sich, ohne dass er es gemerkt hatte, vertieft, bis sie ihn am Nachmittag verzweifelt um Verzeihung für Rosalías Tod gebeten hatte, den sie sich selbst nicht vergeben konnte. Da hatte er auf einmal nur noch gewünscht, sie zu küssen und zu lieben. Wegen des Anstands und des Respekts, den er für sie empfand, hatte er sich jedoch zurückgehalten. Sie zählte zu seinen Dienstboten, und diese Linie würde er niemals überschreiten, denn dies zu tun, hieße, sie zu entehren. Er war nicht wie Francisco bei jeder

Gelegenheit bereit, sich eine Geliebte zuzulegen. Worauf auch immer er sich mit ihr einließe, in jedem Fall ginge es vor allem anderen darum, ihre Unberührtheit und Ehre zu schützen.

Er bog um die Ecke und näherte sich seinem Schlafgemach. Dort wartete bereits Señor Moguer auf ihn. Nachdem er sich von seinem Kammerherrn in den seidenen Morgenrock hatte helfen lassen, verabschiedete er ihn. Dann legte er sich ins Bett und lauschte auf das Gewitter, das draußen tobte. Wie jeden Abend strich er in der Erinnerung an die Wärme von Albas Körper über das Laken und hatte das vage Gefühl, dass seine Frau auf irgendeine Art weiter von ihm entfernt war als üblicherweise. Anders als sonst empfand er dabei jedoch eine gewisse Zufriedenheit, als ob er wüsste, dass Alba sich an einem besseren Ort befand und von dort aus ihren Segen zu dem leisen Glück gab, das ihn die Gegenwart Clara Belmontes spüren ließ.

KAPITEL 23

21. Januar 1721

Francisco reckte sich und umarmte unbewusst das Kissen in der Annahme, dass es sich um Sol Montijos handelte. Doch gleich darauf begriff er angesichts des Morgenlichts und der Kälte im Zimmer, dass er mit dem Gesicht auf dem Kissen lag und nicht auf den weichen Brüsten seiner Geliebten. Er seufzte leise, als ihm der tragische Vorfall vom Vorabend in den Sinn kam, und empfand Mitleid mit der armen Señorita Amelia. »Diese verdammten Barbaren!«, sagte er sich. »Haben nie gelernt, die Weiblichkeit zu achten. Hoffentlich werden sie alle gehängt.« Niemand verdiente es, so behandelt zu werden, und schon gar nicht eine Señorita von Stand.

Er ließ einen der Kammerherren rufen, damit er ihm ein Bad bereitete. Anders als Diego, der aus der extravaganten Vorstellung heraus badete, sich sauber zu halten, badete er, weil es ihm Vergnügen bereitete. Nach dem Bad ließ er sich den Körper mit duftenden Ölessenzen einparfümieren und bestellte anschließend den Barbier des Hauses. Schließlich zog er einen der Anzüge an, die er für den Notfall in Castamar hinterlegt hatte. Auch wenn er ihn bereits zum zweiten oder dritten Mal trug, war ihm dies lieber als einer von Diegos Anzügen, die ihm zu groß waren und ihn wie eine Vogelscheuche aussehen ließen.

Während Francisco die *Gaceta de Madrid* las, wartete er darauf, dass sein Kammerherr ihm die Schuhe fertig anzog. Dabei erinnerte er sich an Sols nackten Körper und lächelte. Seit dem Fest im Oktober hatten sie zunächst eine eher ausschweifende als heimliche Beziehung geführt. Doch zu seinem Leidwesen hatte sich ein Misston in dieses angenehme Verhältnis eingeschlichen, als sie sich bei ihrer letzten Begegnung Anfang des Jahres nicht gerade freundlich voneinander verabschiedet hatten. Nachdem sie sich die ganze Nacht über dem Vergnügen gewidmet hatten, war Sol am Morgen aufgestanden und hatte ihn weggeschickt. Er hatte diese Anwandlung nicht verstanden, denn da ihr Mann für mindestens zwei Tage nicht in Madrid war, hatte er gedacht, dass sie die Gelegenheit nutzen könnten, um die ganze Zeit über zusammen zu sein.

»Die Tatsache, dass mein Mann abwesend ist, heißt nicht zwangsläufig, dass wir die ganze Zeit miteinander verbringen werden«, hatte sie erklärt und sich desinteressiert abgewandt.

»Natürlich möchte ich mich nicht aufdrängen, meine Liebe«, hatte er, verwundert über ihre Reaktion, gesagt und hinzugefügt: »Ich habe schon gehört, dass du dich manchmal seltsam verhältst.«

Während sie sich an ihrem Toilettentisch das Haar gekämmt hatte, hatte sie ihn herablassend angesehen und entgegnet, dass die Tatsache, dass er von ihrem seltsamen Verhalten sprach, lediglich der Beweis dafür sei, dass er sich abgewiesen fühle. Noch verwunderter hatte Francisco die Brauen gerunzelt, während er sich das Hemd zugeknöpft hatte.

»Ich verstehe nicht, was du meinst.«

»Ich meine die Tatsache, dass ihr Männer es nicht ertragen könnt, wenn man euch abweist, während wir Frauen, die wir anfälliger und schwächer sind, von Kind an lernen müssen, Geringschätzung, Erniedrigung und mangelnde Aufmerksamkeit zu ertragen«, hatte sie kühl erklärt.

Er hatte sich über diese Äußerung amüsiert. Denn ihre Worte enthielten einiges an Bitterkeit. Und er hatte verstanden, dass der abrupte Abschied Teil jenes dummen Spiels war, zu dem manche Frauen reiferen Alters neigten, um ihren Liebhabern gegenüber eine gewisse Würde zu bewahren.

»Meine Liebe, ich weiß nicht, was du meinst, denn für mich sind unsere heimlichen Treffen nicht mehr als das. Wenn du willst, dass ich gehe, bin ich weg«, hatte er gesagt.

»Dann geh«, hatte sie noch gleichgültiger entgegnet.

Bevor er den Raum verließ, hatte er sie noch einmal angesehen, wobei ihm klar war, dass sie ihre Gleichgültigkeit vor dem Spiegel weiterhin zur Schau tragen würde, und sie gefragt, ob sie dieses Spiel wirklich spielen wolle.

»Das ist die amüsanteste Unterhaltung, die ich kenne, und außerdem habe ich noch nie ein Duell verloren«, hatte sie geantwortet, ohne sich umzusehen.

Er hatte, fest entschlossen, wie es schien, genickt und mit den Schultern gezuckt, während er zur Tür gegangen war. Dabei hatte er gedacht, dass seine *affaire* mit Sol Montijos, wie er aus Erfahrung schließen konnte, damit wohl am Ende angekommen war. Er hatte die Schlafzimmertür geöffnet und, bevor er über die Schwelle getreten war, ohne sich umzusehen gesagt:

»Für alles gibt es ein erstes Mal.«

Dann hatte er höflich die Tür geschlossen und sie seitdem nicht mehr gesehen. Nicht, dass es ihm besonders viel ausmachte, dass die Beziehung zu Ende gegangen war, was er jedoch nicht ertrug, war, wenn dieser Akt unhöflich oder mit Geringschätzung vollzogen wurde. Für ihn widersprach es jeder Logik, Haltung und Anstand zu verlieren, sogar, wenn man vom gehörnten Ehemann erwischt wurde. In diesen Fällen war es besser, mit Umsicht vorzugehen, und wenn der Kerl Genugtuung forderte, dann sollte es so sein, mit Sekundanten und Zeugen und im

Morgengrauen weit weg von Madrid, um keine Aufmerksamkeit bei den Ordnungshütern zu erregen, da König Philipp fünf Jahre zuvor eine Verordnung erlassen hatte, die Duelle unter Androhung der Todesstrafe und der Konfiszierung des Vermögens verbot. Tatsache war jedoch, dass es sich nicht verbieten ließ, Genugtuung zu fordern, und schon gar nicht, wenn es um den Madrider Adel ging. Ein Duell war immer eine Frage von Ehre und Demütigung, vor allem unter den Adligen, die darin eine direkte Lösung für jedes Problem sahen.

Francisco hatte bisher an drei Duellen teilgenommen. Zwei mit dem Degen und eines mit der Pistole, und er war jedes Mal mit ein wenig Glück heil davongekommen. Die gekränkten Ehemänner dagegen waren, nachdem sie auch noch das Duell verloren hatten, doppelt in ihrem Stolz getroffen. Dabei hatte er sie alle drei am Leben gelassen, den beiden mit dem Degen lediglich ein paar oberflächliche Stiche zugefügt und den dritten mit der Kugel nur leicht am Ohr gestreift. Wenn er herausgefordert wurde, handelte er stets nach den Gesetzen des Anstands. Deswegen widersprach das kränkende Verhalten seiner Geliebten für ihn jeglicher Vernunft und hatte dafür gesorgt, dass der vorübergehende Spaß längst nicht mehr so interessant war.

Nachdem Francisco eine kurze Perücke aufgesetzt hatte, die in drei mithilfe einer Metallklammer hochgesteckten Zöpfen und drei himmelblauen Seidenbändern endete, ging er in den Salon hinunter, wo seine Freunde sicher bereits beim Frühstück saßen. Alfredo, Diego und Don Gabriel unterhielten sich über den Zustand von Señorita Amelia, während die aufgetischten Speisen ausgesprochen zu wünschen übrig ließen. Alfredo, der am brennenden Kamin stand, hob grüßend die Schokoladentasse. Diego forderte ihn von weiter hinten im Raum auf, sich zum Frühstück zu ihm zu setzen, wenn es auch nicht so köstlich war wie die vorhergehenden. Wie es schien, war seine Köchin wegen eines tragischen Ereignisses im Haus mit seiner Erlaubnis von der Arbeit freigestellt worden. Nachdem Francisco sich hingesetzt und um gekochte Eier gebeten hatte, erfuhr er, dass Señorita Amelia außer Lebensgefahr war, aber unter großen Schmerzen litt. Don Gabriel hatte die Verantwortung übernommen, sich um sie zu kümmern, und wie er erklärte, hatte er Anweisung erteilt, dass der Leichnam seines Vertrauensmannes abgeholt und angemessen bestattet werde. Außerdem hatte er die Sache dem zuständigen Gericht gemeldet, damit nach den Schuldigen gesucht würde.

»Es wird schwierig sein, sie zu erwischen«, erklärte Gabriel, während er seine Serviette zusammenfaltete.

Diego sah seinen Bruder mit zusammengepressten Lippen an. Es war deutlich, dass die Situation ihm kein bisschen gefiel, und Francisco wartete darauf, dass er mitteilte, was er dachte.

»Sie würden die Täter nur finden, wenn es sich um einen Überfall auf eine reiche Frau handeln würde. Und wenn das Ganze zudem noch von Don Enrique geplant wurde, dürften seine Handlanger längst weit weg oder bereits tot sein«, erklärte der Herzog bedächtig.

Francisco trank einen Schluck heiße Schokolade, wischte sich mit der Serviette den Mund ab und sah seine Freunde an.

»Es ist doch vollkommen absurd, eine Frau so zu misshandeln«, wandte er ein.

Für Francisco ergab die Sache keinerlei Sinn. Eine Frau zu verletzen, war für ihn ein eindeutiges Zeichen männlicher Schwäche. Der Mann hatte aus seiner überlegenen Position heraus die Frauen zu beschützen, ihre Natur zu lieben und die Empfindsamkeit, über die jede Frau in geringem oder größeren Maße verfügte, zu hegen. Eine Misshandlung war daher in seinen Augen eine bewusst abstoßende Handlung, abgesehen davon, dass sie absolut unchristlich war.

»Laut Don Gabriel haben der Marquis von Soto und sie sich in den letzten Monaten häufig gesehen.«

»Wobei wir nicht wissen, ob es sich um eine einfache Freundschaft handelt oder etwas Ernstes ist«, sagte Alfredo.

»Mal angenommen, sie sind verlobt. Dann hat er ihre Schulden bezahlt und dafür erwartet, dass sie ihn heiratet. Doch nachdem sie die Schuldenlast losgeworden ist, hat sie das Eheversprechen gelöst. Daraufhin hat der Marquis sie in seiner Eifersucht bestraft. In diesem Fall wäre es ein Racheakt.«

»Aber das erklärt nicht, warum er sie neben einem toten Schwarzen liegen lässt und durch die Visitenkarte uns auf den Plan ruft«, wandte Alfredo ein. Anschließend sah er zu Gabriel hinüber: »Bitte nehmt dies nicht als Beleidigung.«

»Vielleicht hat er herausgefunden, dass Ihr ihn überwacht habt, und zwei Fliegen mit einer Klappe geschlagen«, führte Francisco an, während er die zu stark gesüßte Schokolade trank. »Ich kann nur sagen, dass er bei Hofe nach wie vor einen sehr guten Ruf hat.«

Die Meinungen über den Marquis, die Francisco am Königshof erfragt hatte, waren beispielhaft für sein Ansehen: ein höflicher, großzügiger Mann, über dessen Liebesleben nur wenig bekannt war. Er wurde weder mit irgendeinem politischen Skandal in Verbindung gebracht noch mit einer skandalösen Affäre und war angeblich ein überzeugter Anhänger der Bourbonen.

»Das Einzige, was ich sicher sagen kann, ist, dass Señorita Castro meiner Meinung nach kein zufälliges Opfer war«, fügte Don Gabriel hinzu, während er mehrere Züge von seiner Zigarre nahm und den Rauch ausstieß. »Vielleicht kann sie uns einiges erklären, wenn sie aufwacht.«

»Freunde«, sagte Don Diego, »mir ist durchaus bewusst, dass Señorita Amelia nicht *motu proprio* in diese Angelegenheit hineingeraten ist. Aber wer weiß, ob sie wirklich von einem gefährlichen Individuum angetrieben wurde, das mit ihr gespielt hat. Wobei Don Enrique meiner Meinung nach durchaus imstande ist, die verzweifelte Lage einer jungen Frau in seinem Interesse auszunutzen.«

Mehr sagte er nicht, aber Francisco hatte den Eindruck, dass er durchaus beunruhigt war.

Zur Entspannung der Lage schlug er vor, ein wenig Karten zu spielen, worauf Diego nicht einmal antwortete. Dafür ging Don Gabriel, als er sah, dass sein Bruder, in Gedanken versunken, aus dem Fenster starrte, zu Francisco hinüber und sagte, dass er gern im Spielzimmer ihre Schachpartie fortsetzen würde. Francisco stimmte zu, und gemeinsam verließen sie den Raum. Alfredo und Diego ließen sie im Salon zurück. Als Francisco sich kurz darauf auf das Spielbrett konzentrierte, sagte er sich, dass auch sie so etwas wie Figuren in einem Schachspiel waren, in dem ihre Freundschaft auf die Probe gestellt wurde.

Derselbe Tag, 21. Januar 1721

Sol umarmte noch einmal Franciscos Duft, indem sie das Minzaroma einsog, das sein Parfüm vor Tagen auf ihrem Kissen zurückgelassen hatte. »Nun geh schon!«, waren die letzten Worte gewesen, die sie zu ihm gesagt hatte, woraufhin er sich sehr förmlich und um einiges höflicher von ihr verabschiedet hatte. Anschließend hatte ihre Intuition ihr gesagt, dass diese Angelegenheit anders verlaufen würde als sonst, wenn ihre jüngeren Liebhaber beleidigt in heftige Wutanfälle ausgebrochen und böse davongegangen waren. Francisco war überraschend kühl und gelassen aus ihrem Leben verschwunden, als wäre sie nur ein vorübergehender Zeitvertreib für ihn gewesen, und die einzige Erinnerung, die er hinterlassen hatte, war der Geruch nach Minze auf dem Kopfkissen.

Sie bereute ihren falschen Schritt. Vielleicht hätte sie damit warten sollen, bis ihre Beziehung intensiver geworden war. Sie hatte sich von seiner Zärtlichkeit, seiner Schmeichelei, seinen kleinen Geschenken und der ständigen Aufmerksamkeit täuschen lassen. Seine feurige Hingabe im Bett und seine nächtlichen Besuche im Stil des erhängten Piratenkapitäns Jack Rackham hatte sie für eindeutige Anzeichen dafür gehalten, dass er sich in sie verliebt hatte. Doch offensichtlich hatte sie sich getäuscht. Seine Zurückhaltung beunruhigte sie. Nicht nur, weil sie ihn vermisste, sondern weil neben dem angenehmen Zeitvertreib im Bett noch viel mehr auf dem Spiel stand.

Etwa einen Monat vor dem Fest in Castamar hatte sich Don Enrique von Arcona, einer der gefährlichsten Männer, die sie kannte, ihr genähert, nachdem sie ihm dies durch ein Zeichen ihres Fächers zugestanden hatte. Es war während einer der Vorstellungen im Coliseo del Buen Retiro gewesen, in einem der Räume im ersten Stock, wo er ihr, da sie alte Bekannte waren, mitgeteilt hatte, dass die Zeit für eine neue Zusammenarbeit gekommen sei. Davon war sie durchaus angetan gewesen. Denn offensichtlich wollte der Marquis etwas von ihr, und sie wusste schon seit einer ganzen Weile, was sie als Gegenleistung fordern würde. Anschließend hatte er dann sein unehrenhaftes Ansinnen erklärt.

Unter Ausnutzung ihrer Beziehung mit Francisco sollte Sol in einem Briefwechsel zwischen ihr und dem Marquis über ihre Freundschaft mit Francisco berichten und über das große Vertrauen, das sie einander entgegenbrachten. Dabei sollte der letzte Brief Don Enrique Franciscos guten Ruf in die Hände spielen. Diese Bitte war vor allem für Sol durchaus riskant. Francisco war ein enger Freund Don Diegos von Castamar, von dem sie sich aus gutem Grund – den niemand erfahren durfte – besser fernhielt.

»Darf ich fragen, welche Absicht dahintersteckt?«, hatte sie sich erkundigt.

»Ihr wisst genau, dass das nicht möglich ist, meine Liebe«, hatte der Marquis entgegnet.

Sol hatte gelächelt, da sie wusste, dass er nun nach ihrem Preis fragen würde. Jedoch hatte er den Abend verstreichen lassen, ohne das Thema anzusprechen. Und ebenweil Don Enrique nicht gefragt hatte und man sich immer bitten lassen musste, hatte sie bei der Verabschiedung erklärt, dass sie ein wenig Zeit brauche, um über die Bezahlung für diesen Gefallen nachzudenken. Mehrere Wochen später hatte sie sich schließlich der unerbittlichen Geduld dieses Mannes geschlagen gegeben und ihm eine knappe Nachricht zukommen lassen: *Kommt mich besuchen, wann Ihr möchtet.* Kurz darauf war Hernaldo von la Marca bei ihr erschienen, ein äußerst düsterer Mann, um ihre Forderung zu erfragen.

»Ich möchte wieder frei sein«, hatte sie ihm an dem Morgen des Tages mitgeteilt, an dem die Feierlichkeiten in Castamar beginnen sollten. »So frei wie vor der Hochzeit mit meinem Mann. Der Marquis von Villamar ist eine allzu große Last in meinem Leben.«

Mehr Worte waren nicht nötig gewesen, damit Hernaldo verstand, wobei sie als Witwe diesmal den Titel erben würde und damit genügend Autonomie, um über den Reichtum zu verfügen, den sie in ihrem bisherigen Leben gescheffelt hatte. Seitdem hatte sie ihren Teil des Pakts mit dem Marquis erfüllt und bis zum Bruch mit Francisco den erbetenen Briefwechsel geführt. Nur den letzten Brief, den, der den Ruf ihres jungen Liebhabers ruinieren konnte, hatte sie behalten. Dieses Schreiben war zweifellos das, um das es Don Enrique hauptsächlich ging, doch sie würde es ihm erst übergeben, wenn er seinen Anteil geleistet hatte. »Behalte immer ein Ass im Ärmel«, hatte ihr Vater ihr geraten. »Vergiss nicht, Sol, dass deine Schönheit eine mächtige Waffe ist, über die du jedoch nicht ewig verfügen wirst.« Deshalb hatte sie sich schnellstens um ihren Aufstieg gekümmert.

Ihr Erzeuger, ein vermögender Mann aus Valladolid, hatte ihr bei seinem Tod zwar keinen Titel, dafür aber eine gute Mitgift hinterlassen, die sie genutzt hatte, um in erster Ehe einen Notar, der im Bereich der Staatsfinanzen arbeitete, zu heiraten, Demetrio Velarde, einen Mann, der beinahe dreißig Jahre älter gewesen war als sie. Das hatte Sol ermöglicht, erste Kontakte zum Königshof zu knüpfen.

Nachdem ihr erster Mann eines natürlichen Todes gestorben war, hatte sie sich vorgenommen, an einen Titel zu kommen. Dabei hatte sie ein Auge auf Don Rodrigo, den Herzog von Castañeda und Villalonga, geworfen, einen Adligen aus Cartagena, der auf der Suche nach einer zukünftigen Ehefrau nach Madrid gekommen war, um sich dort niederzulassen. Damals hätte sie nie gedacht, dass dieses Unternehmen scheitern könnte. Sie hatte ihn während eines Empfangs kennengelernt, zu dem die verstorbene Königin Maria Luisa eingeladen hatte, in Abwesenheit des Königs, der damals noch Krieg gegen die Österreicher geführt hatte. Ach, die Männer und ihre Kriege! Den ganzen Nachmittag über hatte sie dezent mit Don Rodrigo kokettiert. Und als er ihr mitgeteilt hatte, dass er während seines Aufenthalts in der Hauptstadt bei einer Cousine wohne, hatte sie dafür gesorgt, dass sich scheinbar zufällig ihre Finger berührten, als sie gleichzeitig nach demselben Gebäckstück griffen. In der Folge hatte Don Rodrigo sie zum Zentrum seiner Aufmerksamkeit gemacht. Mehrere Wochen über hatten sie kleine Nachrichten ausgetauscht, die das Interesse des Herzogs an ihr deutlich machten. Doch bei ihrer nächsten Begegnung im Haus der Gräfin von Arcos war er in Begleitung einer Frau mit unvergleichlicher Ausstrahlung erschienen, die dazu noch jünger war als sie, was ihren Plan zu vereiteln drohte. Aufgrund der Gerüchte, die besagten, dass sie eine mögliche Konkurrentin vor sich hatte, hatte sie sich den beiden mit der Diskretion einer Dame aus gutem Hause genähert. Daraufhin hatte Rodrigo ihr seine Begleiterin vorgestellt:

»Das ist Alba von Montepardo, meine liebe Sol.«

»Eine Freundin von Don Rodrigo ist in unserem kleinen Freundeskreis immer willkommen. Sie wird von nun an zu uns gehören, mein Lieber«, hatte Sol gesagt und damit die gerade Angekommene diskreditiert, indem sie zu verstehen gab, dass die junge Frau nicht über einen eigenen Freundeskreis verfügte.

Auf Albas Verwunderung hin ging Sol zunächst davon aus, dass Alba ihre Unhöflichkeit für ungeschickt, aber nicht für beabsichtigt hielt. Problematisch wurde die Angelegenheit erst später, als Don Rodrigo ohne irgendwelche Hintergedanken Albas Auftreten in der Gesellschaft lobte und erklärte, dass sie nach ihrer offiziellen Vorstellung sicher für größte Aufmerksamkeit sorgen werde.

»Ich fürchte, dass Rodrigo ein wenig übertreibt …«

»Was nicht verwunderlich ist«, hatte Sol Alba in der eindeutigen Absicht, sie zu ignorieren, unterbrochen, »denn Ihr wirkt so unschuldig.«

Daraufhin hatte Alba gelächelt und Rodrigo darauf hingewiesen, dass er unbedingt die Königin begrüßen müsse. Rodrigo entschuldigte sich bei den Damen, und kaum war er weit genug entfernt, war Sol lächelnd auf Alba zugetreten.

»Entschuldigt meine Direktheit«, sagte sie, »wie ich sehe, habt Ihr ein besonderes Interesse an Don Rodrigo, aber, ehrlich gesagt, vergeudet Ihr Eure Zeit, da eine Frau wie Ihr nicht seinem Geschmack entspricht, und außerdem kann ich Euch im Vertrauen mitteilen, dass eine andere sein Herz bereits erobert hat.«

Sol erwartete eine vorwurfsvolle Erwiderung, doch stattdessen lachte Alba leise und sah sie leicht herablassend an.

»Dennoch habe ich so viel über Euch gehört, dass ich vorhabe, ein Leben lang Eure Freundin zu sein«, hatte Sol ihrer Gesprächspartnerin zugeflüstert, als teilte sie ihr ein Geheimnis mit.

»Ich hoffe, Ihr habt nur Gutes über mich gehört«, meinte Alba.

»Aber natürlich«, hatte Sol noch scheinheiliger bekräftigt.

Daraufhin hatte sich Albas Gesichtsausdruck unmerklich verändert, und ein gefährliches Glänzen war in ihre Augen getreten.

»Was Euch angeht, hatte ich dagegen noch nicht das Vergnügen, irgendetwas über Eure Person zu hören. Tatsächlich habe ich gar nichts von Eurer Existenz gewusst, bis mein Cousin Euch heute Morgen erwähnte, der so freundlich war, mich zu diesem gesellschaftlichen Ereignis zu begleiten, um Euch mir vorzustellen«, hatte sie mit unverändert zuckersüßer Stimme gesagt.

In diesem Moment hatte Sol verstanden, dass diese Frau in Rodrigo keinen möglichen Heiratskandidaten sah. Sie hatte gelächelt, um Normalität vorzutäuschen, und versucht, der Konfrontation aus dem Weg zu gehen, die sie selbst heraufbeschworen hatte. Daher hatte sie erklärt, dass sie den Grund für diese Worte nicht verstehe.

»Meine liebe Sol, Ihr versteht sehr gut …«, hatte Alba sie mit einer anmutigen Geste unterbrochen. »Ich habe keine Ahnung, warum Ihr gedacht habt, dass ich, was meinen Cousin angeht, eine mögliche Konkurrentin sein könnte. Er ist Euch durchaus zugeneigt, zögert jedoch ein wenig, weil er ein paar Gerüchte über Euch gehört hat, die ihn beunruhigen. Möglicherweise hat er deswegen um meinen Rat gebeten.«

Sol hatte sofort gewusst, dass sie diesen Fehltritt mit keinem Wort würde wiedergutmachen können.

»Doña Alba, da ist mir wohl ein großer Fehler unterlaufen, denn ich wünsche mir wirklich, dass wir enge Freundinnen werden …«

»Mit diesem Wunsch seid Ihr nicht allein. Das möchten viele, jetzt und in der Vergangenheit. Aber, ehrlich gesagt, bezweifle ich, meine Liebe, dass mein Cousin nach diesem Nachmittag noch an Euch interessiert sein wird.«

»Doña Alba, dies war völlig unbeabsichtigt«, versuchte Sol sich herauszureden.

»Ach, meine Liebe, natürlich habt Ihr in voller Absicht gehandelt, und deshalb ist das Ganze ja so amüsant«, hatte Alba gnadenlos entgegnet, »denn Ihr müsst wissen, meine Freundin, dass ich Doña Alba von Castamar bin, ›mein Freundeskreis‹ ist genau der, der eine Rolle spielt, alle anderen sind daneben unwichtig.«

Bereits am nächsten Tag hatte der gesamte Madrider Adel Sol mit Missachtung gestraft. Die Türen, die ihr stets offen gestanden hatten, wurden für sie zu undurchdringlichen Mauern. Die Einladungen zu Empfängen, Banketten, Lesungen und Ausflügen aufs Land blieben aus. In ihrer Verzweiflung hatte Sol sich daraufhin an einen Mann gewandt, den sie bei der Beerdigung ihres ersten Gatten kennengelernt hatte, Don Enrique von Arcona. Dieser hatte sie im Gegensatz zu allen anderen in seinem Haus empfangen und zu einer Tasse Schokolade mit süßem Gebäck eingeladen. Dabei hatte Sol den Marquis, ihre Furcht und ihre Bitterkeit verbergend, inständig gebeten, dass er mit Doña Alba in ihrem Interesse sprechen möge, da sie gehört hatte, dass die beiden sich schon sehr lange kannten. Daraufhin hatte er erklärt, dass sie seit Jahren keinen Kontakt mehr hatten, dass er zufällig aber genau wisse, was in Castamar gerade vorging. Aus diesem Grund könne er sie informieren, wenn Doña Alba das Anwesen verließ, sodass Sol für ein scheinbar zufälliges Treffen sorgen könne, um ihre Zwistigkeiten beizulegen. Dafür war sie ihm äußerst dankbar gewesen, mehr als sie durchscheinen ließ, und sobald sie in ihre Kutsche gestiegen war, hatte sie ihren Schreiber angewiesen herauszufinden, wer der Vertrauensmann des Marquis in Castamar war.

In den folgenden Tagen und trotz mehrerer Hinweise Don Enriques hatte Doña Alba sie keines Blickes gewürdigt. Doch einige Wochen später hatte sie, die sie an ihrer Ächtung verzweifelte, zu ihrer Überraschung eine Nachricht von Don Rodrigo erhalten, der sie um ein Treffen in den Gärten des Buen-Retiro-

Palasts bat. Natürlich hatte Sol in ihrer Lage sofort zugesagt und geglaubt, dass Don Rodrigo entgegen des Rats seiner Cousine um ihre Hand anhalten würde. Genau das hatte auch in seiner Absicht gelegen, und sie hätte seinen Antrag sicher angenommen, wenn er ihr nicht gestanden hätte, dass er die Absicht habe, Madrid zu verlassen und nach Cartagena zurückzukehren, da sein Vermögen ihm zwar ein würdiges Leben erlaube, aber für das Leben am Königshof nicht ausreiche. In diesem Moment hatte Sol entschieden, auf den Titel und das begrenzte Vermögen zu verzichten und stattdessen nach einem lohnenswerteren Heiratskandidaten zu suchen. Wenig später hatte die Herzogin von Castamar im Kreis ihrer Freundinnen, die sich ganz in der Nähe ebenfalls im Palastgarten befanden, öffentlich über sie gelacht und ihr mitgeteilt, dass ihr Cousin natürlich nach wie vor über ein immenses Vermögen verfüge und dass diese List nur dazu dienen sollte, ihre wahren Absichten zu ergründen.

In diesem Moment, während das Gelächter ihren Stolz verletzte und ihr klar wurde, dass all ihre Mühe umsonst gewesen war, hatte Sol geschworen, sich an Doña Alba zu rächen, selbst wenn es sie das Leben kosten würde. Und es war ihr gelungen, und wie es ihr gelungen war!, sagte sie sich bei dem Gedanken daran, wie sie die Fäden geknüpft hatte, um ihr Ziel zu erreichen. Denn sie und niemand sonst war für Doña Albas Tod verantwortlich.

Die Gelegenheit, sich zu rächen, war gekommen, als sie sich daran erinnerte, dass Don Enrique einen Spitzel in Castamar eingeschleust hatte. Daraufhin hatte sie alles darangesetzt, herauszufinden, um wen es sich handelte. Schließlich hatte ihr Schreiber, der schon zu Zeiten ihres Vaters für sie gearbeitet hatte, in Erfahrung gebracht, dass es sich um einen gewissen El Zurdo handelte, einen Stallmeister, der mit der Aufgabe betraut war, Don Diegos Pferd so abzurichten, dass es zu einer tödlichen Waffe wurde. Es war nicht leicht gewesen, diesen Schurken davon zu überzeugen, dass er anstatt des Pferdes des Herzogs das der Herzogin abrichten solle.

Am Ende hatte Sol jedoch ihre Belohnung bekommen, und Doña Alba war gestorben. Nach diesem Verbrechen hatte sie erleichtert wieder an ihrem gesellschaftlichen Aufstieg gearbeitet, was ihr nach und nach gelang, bis schließlich der alte Don Esteban Marquis von Villamar aufgetaucht war. Ihre Reize hatten ihn davon überzeugt, sie zu heiraten, sodass sie endlich den ersehnten Reichtum und die entsprechende Position in der Gesellschaft errungen hatte. »Alles in diesem Leben ist eine Frage der Geduld«, sagte sie sich nun.

Sie reckte sich im Bett und sog noch einmal den von Francisco geraubten Duft in ihrem Kissen ein, als ihr Majordomus vorsprach, um ihr mitzuteilen, dass sie einen eiligen Besucher habe, der im Jagdsalon auf sie warte, Hernaldo von la Marca. »Die Bezahlung«, sagte sie sich. »Vielleicht erhalte ich nun endlich die ersehnte Unabhängigkeit.« Der düstere Vertrauensmann des Marquis musterte sie mit seinem leeren Blick und begrüßte sie ungeschickt, was unbeantwortet blieb.

»Sag Don Enrique, dass ich meinen Teil unserer Abmachung eingehalten habe und noch immer auf meine Bezahlung warte«, fauchte sie ihn hochmütig an, ohne irgendwelche Förmlichkeiten zu beachten. »Inzwischen sind schon mehrere Monate vergangen.«

»Ihr seid wohl kein sehr gläubiger Mensch«, entgegnete der Mann drohend.

»Ich glaube nur an mich selbst, an Geld und meinen Status.«

»Na, dann habt Ihr nichts zu befürchten«, erklärte Hernaldo und hielt ihr ein rot beflecktes Leinentuch hin. »Ihr könnt die Trauerkleidung anlegen. Ein Unfall mit der Kutsche: Die Pferde sind durchgedreht.«

Nachdem Sol das Taschentuch entgegengenommen und festgestellt hatte, dass es die Initialen ihres gerade verstorbenen Ehemanns trug, zeigte sie sich sehr erfreut über die Nachricht. Sie war glücklich, dass ihr Aufstieg nun vollendet und sie am Gipfel angekommen war. Daher würdigte sie Don Enriques Handlanger eines kurzen befriedigten Blickes.

»Hier habt Ihr die Waffe, die das Schicksal dieses eingebildeten Burschen besiegeln wird. Ich für meinen Teil habe die Beziehung zu ihm beendet«, erklärte sie und übergab den versiegelten Brief.

Der Mann zog sich zurück, und Sol lächelte in dem Gedanken, dass ihr Vater stolz auf sie wäre.

KAPITEL 24

22. Januar 1721

Am Vortag war Clara früh aufgestanden, um so bald wie möglich wieder mit der Arbeit zu beginnen und nicht mehr ständig an Rosalías Tod denken zu müssen. Außerdem war sie nach wie vor äußerst beunruhigt, da sie noch immer nicht wusste, für wen der Wickel bestimmt gewesen war.

Bevor sie über die Speisen für diesen Tag nachdenken konnte, hatte Don Melquíades sie in sein Dienstzimmer rufen lassen. Dort hatte er ihr erklärt, dass er sie sprechen wollte, um ihr sein Beileid zu Rosalías Tod auszudrücken und ihr zu sagen, dass er verstehe, warum sie ihre Krankheit verschwiegen habe, was keine Geste sei, der man sich rühmen könne, aber durchaus nachvollziehbar.

»Señorita Belmonte, nachdem Ihr ein so furchtbares Ereignis erleben musstet, werde ich auf keinen Fall zulassen, dass Ihr sofort wieder an die Arbeit geht«, hatte er schließlich gesagt.

Daher hatte Clara keine andere Wahl gehabt, als Don Melquíades für die Sorge um sie zu danken. Sie hätte gern nach Seiner Exzellenz und dessen Zustand gefragt, zog es aber aus Furcht vor dummem Gerede vor zu schweigen. Anschließend hatte sie den ganzen Tag in ihrem Zimmer verbracht, um zu lesen und sich auszuruhen, wobei sie immer wieder an Rosalía hatte denken müssen und mehrfach in Tränen ausgebrochen war, wenn die Traurigkeit sie übermannt hatte.

Nun ging sie, noch immer voller Schuldgefühl, auf den Herd zu. Nachdem sie alles Nötige für den Tag veranlasst hatte, sandte sie über ein Küchenmädchen eine Nachricht an Elisa, dass sie so schnell wie möglich in die Küche herunterkommen solle. Hin und wieder musste Clara sich in die Vorratsräume zurückziehen, um die Tränen hinunterzuschlucken und nicht vor ihren Untergebenen zu weinen. Als sie von einer dieser Unterbrechungen zurückkehrte, stellte sie verärgert fest, dass Beatriz Ulloa das Kalbfleisch auf dem Brett falsch schnitt. Die junge Frau irritierte sie. Ungebildet und tollpatschig, wie sie war, vergeudete sie die Gelegenheit, ihren Beruf richtig zu erlernen, weil sie sich in Doña Úrsulas Schutz sicher fühlte. Clara ging zu dem Küchenmädchen hinüber und zeigte ihr, wie man das Fleisch für den Schmortopf in regelmäßige, gleich große Stücke schnitt. Beatriz seufzte. Clara schenkte ihr weiter keine Beachtung und ließ sie zurück, um zusammen mit Carmen von Castillo, die mit der Zeit viel dazugelernt hatte und eine ganz passable Beiköchin geworden war, die Speisenfolge festzulegen.

Kurz darauf war das Küchenpersonal gerade damit beschäftigt, das Frühstück für die Herrschaften zuzubereiten, als Elisa lächelnd durch die Tür trat. Clara zog sich eilig und mit klopfendem Herzen mit ihrer Freundin auf den Treppenabsatz zurück und schloss die Tür hinter ihnen. Sie wollte so schnell wie möglich Klarheit haben.

»Don Diego geht es gut«, sagte Elisa gleich. »Es ist Señorita Castro. Sie wurde von Verbrechern überfallen … und schwer verletzt hergebracht. Du brauchst dir um deine Exzellenz keine Sorgen mehr zu machen«, schloss sie in neckendem Ton.

Clara fühlte sich erleichtert, obwohl sie zutiefst bedauerte, was der Señorita zugestoßen war.

»Er ist nicht ›meine‹ Exzellenz, ich habe mir nur Sorgen um

ihn gemacht. Wie wir alle«, flüsterte sie, »und sprich nicht so laut.«

Elisa lachte.

»Na ja, deine Sorge hat dir eine neue Auseinandersetzung mit Doña Úrsula eingebracht, und nun weiß es die ganze Dienerschaft«, erklärte sie ironisch und nahm Claras Hand.

Clara wirkte angespannt, als sie das hörte, beruhigte sich aber wieder, als sie erfuhr, dass sie nicht die Einzige war, die mit der Haushälterin gestritten hatte. Don Melquíades höchstselbst war mit ihr während des gemeinsamen Essens der Dienstboten aneinandergeraten. Er hatte sogar auf den Tisch geschlagen. Anschließend hatten die Haushälterin und der Majordomus ihre Diskussion in seinem Dienstzimmer fortgeführt. Dies bestätigte Clara, dass zwischen Don Melquíades und Doña Úrsula ein Krieg tobte, der all die Jahre über vor der Dienerschaft versteckt worden war. In diesem Moment begriff sie, dass ihre Gegenwart diesen Krieg noch angeheizt hatte und er wegen ihr nun offen ausgetragen wurde.

»Du kannst dir nicht vorstellen, was für ein Gesicht Doña Úrsula gemacht hat, als Don Melquíades mit der Serviette auf den Tisch geschlagen hat. Sie ist plötzlich …«

Elisa unterbrach sich und verengte die Augen. Ohne ein weiteres Wort zu sagen, näherte sie sich der Tür und öffnete sie leise. So entdeckte sie Beatriz, die versuchte, ihrem Gespräch zu folgen. Elisa verzog wütend das Gesicht.

»Hast du uns schon wieder belauscht, du Schnüfflerin! Verschwinde und lass uns in Ruhe!«, schrie sie die junge Frau an, sodass sich die Hälfte des Küchenpersonals zu ihnen umsah.

Beatriz, die damit nicht gerechnet hatte, trat eilig einen Schritt zurück und hob beleidigt das Kinn, als ob sie zu Unrecht beschuldigt worden wäre. Mit wütendem Gesicht gab sie zurück:

»Ich arbeite hier in der Küche. Die Einzige, die hier nichts zu suchen hat, bist du!«

Clara ging dazwischen und sorgte für Ruhe, indem sie Beatriz zum Knoblauchschälen schickte und Elisa sagte, dass sie besser gehen solle, bevor es noch mehr Ärger gebe.

»Sei vorsichtig mit der. Müßiggang ist aller Laster Anfang«, warnte Elisa und bedachte Beatriz mit einem bösen Blick.

Clara besänftigte ihre Freundin, indem sie ihr sagte, dass sie Beatriz und ihr Bedürfnis, ihnen nachzuspionieren, vergessen solle. Daraufhin sah Elisa sie lächelnd an und verschwand im Gang. Das Küchenmädchen ließ Clara jedoch nicht so leicht davonkommen. Sie ging gleich zu Beatriz hinüber und befahl ihr so leise, dass die anderen es nicht hören konnten, ein für alle Mal mit ihrer Schnüffelei aufzuhören und mit ihr zu kommen. Beatriz folgte Clara unter den verstohlenen Blicken der anderen durch die Küche. Im Gang wandte Clara sich zu ihr um, in der Erwartung, dass diese ihr etwas mehr Aufmerksamkeit schenkte, doch sie begegnete nur dem dreisten Blick eines ungezogenen Mädchens, das sich anmaßte, eine Macht zur Schau zu stellen, über die sie nicht verfügte.

»Beatriz, du bist jetzt schon seit mehreren Monaten hier und noch immer nicht in der Lage, das Gemüse ordentlich in Streifen zu schneiden«, sagte Clara. »Es ist ganz offensichtlich, dass du kein Küchenmädchen bist, sondern Doña Úrsula dir diese Stellung übertragen hat, damit du für sie in der Küche spionierst.«

Beatriz zuckte mit den Schultern, als ginge das Ganze sie nichts an. Clara begriff, dass die Unlust der jungen Frau angeboren war und dass sie wahrscheinlich, ohne etwas zu lernen, von einer Arbeitsstelle zur nächsten weitergeschoben worden war, um schließlich, nachdem sie als Dienstmädchen versagt hatte, bei ihr in der Küche zu landen. Sie nahm an, dass Beatriz aus diesem Grund in den Augen Doña Úrsulas die Idealbesetzung für den Posten gewesen war: ein geistloses, würdeloses Wesen, das ihre Befehle befolgte, ohne sie moralisch infrage zu stellen, jemand, der ihr und ihren Zielen ergeben folgte, um ein wenig Geld zu verdienen und eine Stellung zu besetzen, die jenseits ihrer Fähigkeiten lag.

»Hör zu«, sagte sie. »Es ist gut möglich, dass Doña Úrsula dich eines Tages nicht mehr braucht oder dass ich genug von deiner Einstellung habe und mit Don Melquíades rede. Es kann sogar sein, dass ich irgendwann nicht mehr hier bin und ein neuer Küchenchef kommt, und was ist dann? Sie werden dich, ohne zu zögern, entlassen, und Doña Úrsula wird nichts daran auszusetzen haben, weil es absurd wäre, jemanden mit deiner lustlosen Einstellung unter dem Küchenpersonal zu behalten, wenn sie keinen Spion mehr braucht. Was wird passieren, wenn du von Castamar weggehen musst? Die, die verhungern wird, bist du, nicht Doña Úrsula. Du wirst mit genauso leeren Händen von hier verschwinden, wie du gekommen bist, und hast die Gelegenheit vergeudet, von mir einen Beruf zu erlernen, der dich ernähren kann.«

Beatriz verzog erschreckt das Gesicht, und ihr hochmütiger Blick verschwand. Allein der Gedanke, das Anwesen verlassen zu müssen, machte ihr eine solche Angst, dass sie einen Schritt zurückwich.

»Ich werde dich nicht länger unterrichten. Wenn du dich dazu entscheiden solltest, den Beruf erlernen zu wollen, sag mir Bescheid«, beendete Clara die Unterredung. »Hör auf mit dem, was ich dir aufgetragen habe, und fang an zu spülen, da dies das Einzige ist, wozu du dich aufraffen kannst.«

Clara wandte sich um, ohne Beatriz die Gelegenheit zu einer Antwort zu geben, und verschwand im Gang. Hinter ihr blieb die traurige Gestalt von Beatriz zurück, die keine Spur der Überheblichkeit mehr zeigte, die sie vor wenigen Minuten noch an den Tag gelegt hatte.

Derselbe Tag, 22. Januar 1721

Amelia erwachte, da sie einen heftigen Schmerz zwischen den Rippen spürte, der ihr den Atem nahm. Sie fühlte sich verloren, wusste nicht, wo sie sich befand, und wurde von großer Angst erfasst. Sie versuchte, etwas zu sagen, doch ihre Zunge war geschwollen und taub, sodass sie nur ein Brabbeln hervorbrachte. Sie bewegte sich vorsichtig, bis sie begriff, dass sie unter einem weichen Laken aus Leinen lag, und an den Geräuschen um sie herum erkannte sie, dass jemand da war, der sich um sie kümmerte. Sie wollte die Augen öffnen, doch das war unmöglich. Ein stechender Schmerz durchfuhr ihr Gesicht, und sie merkte, dass das Lid ihres linken Auges schwer war wie Blei, pochte und komplett geschlossen war. Das rechte Auge konnte sie dagegen zuletzt unter großen Schmerzen öffnen.

Sie erkannte zwei verschwommene Gestalten, die an ihrem Bett standen. Als sie ihre Nähe spürte, kehrten die Bilder und die Angst vor dem zurück, was geschehen war, nachdem der Kutscher die Pferde angehalten und die Flucht ergriffen hatte. Ihr war keine Zeit geblieben, um zu verstehen, was vor sich ging, als ihr plötzlich ein nach Schweiß stinkender Mann mit einer Kapuze die Faust ins Gesicht gerammt hatte. Der Schlag war so heftig gewesen, dass sie nur noch mitbekam, wie ihr Kopf mit einem Knacken nach hinten schnellte, bevor sie das Bewusstsein verlor. Als sie wieder zu sich gekommen war, hatten sie sie wie ein Stück Vieh an den Haaren aus dem Wagen gezogen. Dann hatten sie sie im Regen in den Schlamm gestoßen. Voller Angst hatte sie, durch den Morast stolpernd, zu fliehen versucht, bis sie über den steifen, toten Körper eines schwarzen Mannes gefallen war. Daraufhin hatte sie panisch geschrien, weil sie dachte, dass sie sie vergewaltigen und anschließend ihren leblosen Körper neben der Leiche eines Wilden zurücklassen würden. Sie hatte versucht, sich aufzurichten, hatte sich jedoch in ihren Röcken verfangen und war wieder hingefallen. Dann hatte sie einen Stiefeltritt in den Rippen gespürt. Auf dem Boden zusammengekrümmt, hatte sie panisch geschrien, während sie eine gefühlte Ewigkeit lang mit dicken Knüppeln verprügelt worden war. Irgendwann war einer ihrer Folterer, der der Anführer zu sein schien, zu ihr getreten, hatte ein Messer gezogen und gedroht, dass die Stunde ihres Todes gekommen sei. Dann hatte er sie an den Haaren aus dem Schlamm gezogen und ihr die rechte Wange zerschnitten.

Als ihr dies wieder einfiel, versuchte sie unter Aufbietung ihrer ganzen Kraft mit der Hand ihre Wange zu erreichen. Eine der beiden verschwommenen Gestalten, mit der Stimme eines alten Mannes, hielt sie zurück und sagte, dass sie die Wunde nicht berühren dürfe, da sie sich entzünden könne.

»Ich bin Doktor Evaristo«, sagte er. »Ihr seid in guten Händen.«

Amelia fing an, hilflos zu schluchzen. Als sie sich irgendwann halbwegs gefasst hatte, bat sie um etwas Wasser. Der betagte Arzt, der eine kurze gepuderte Perücke trug, half ihr beim Trinken und wies die andere Gestalt, ein Dienstmädchen, an, Don Gabriel zu holen.

»Ich möchte nicht … dass mich jemand in diesem … Zustand sieht«, brachte Amelia heraus.

»Es tut mir leid, Euch zu enttäuschen, Señorita Amelia, aber als Ihr hergebracht wurdet, sah es mit Euch noch übler aus. Euer Anblick wird für ihn nichts Neues sein«, sagte der Arzt. »Ihr habt etwa zwei Tage vor Euch hin gedämmert, und Gott sei Dank ist das Fieber heute zurückgegangen.«

»Wer hat mich … hier…hergebracht? War es … Don Diego?«

»Nein, Señorita, es war Don Gabriel, und wenn er nicht gewesen wäre, wäret Ihr wahrscheinlich nicht mehr am Leben.«

Während der Arzt ihren Puls fühlte und Fieber maß, konnte

sie ihn allmählich klarer erkennen. Er legte ihre Hand zurück aufs Bett, griff nach seinem Notizbuch und ging zur Tür, wobei er ihr sagte, dass sie nun ausruhen und den natürlichen Heilungsprozess zulassen müsse. Als er über die Schwelle trat, hörte sie die Stimme von Don Diegos Bruder, der sich nach ihrem Zustand erkundigte.

Sie schämte sich, dass Don Gabriel sie so sah.

»Ihr habt keinen Grund, Euch zu schämen, Señorita Castro«, sagte er freundlich. »Ihr müsst Euch so viel Ruhe gönnen wie möglich. Hier seid Ihr sicher. Der zuständige Gerichtshof wurde bereits über den Vorfall unterrichtet, um diese Verbrecher zu finden.«

Sie versuchte zu lächeln, verzog dabei jedoch ihr entzündetes Gesicht lediglich zu einer schrägen Grimasse. Es gelang ihr, ein »Danke« zu flüstern.

Als Amelia merkte, wie aufrichtig Don Gabriel ihren Dank entgegennahm, fiel ihr wieder ein, dass sie ja ein Teil des Übels war, das der Marquis gegen Castamar im Schilde führte. Sie wollte sich dies von der Seele reden, welche Folgen es für sie und ihre Mutter auch haben würde, doch ihre Angst war so groß, dass das Einzige, was sie erreichte, ein nicht enden wollender Tränenstrom war.

»Ich …«, stammelte sie mühsam.

»Nein, bitte, das strengt Euch zu sehr an.«

Don Gabriel ging auf die Tür zu, um sie nicht länger zu stören, und Amelia merkte, wie sehr sie das Alleinsein fürchtete. Also bat sie ihn, immer noch mit Tränen in den Augen, noch ein wenig zu bleiben.

»Ich möchte … Euch um … etwas … Ungewöhnliches … bitten«, sagte sie.

»Bittet mich, worum Ihr wollt, Señorita Castro.«

»Würde es Euch etwas ausmachen … bei mir … zu bleiben und … meine Hand zu halten?«

»Aber natürlich nicht«, antwortete Don Gabriel schlicht. »Mit Eurer Erlaubnis nehme ich mir die Freiheit, einen Stuhl ans Bett zu schieben.«

Sein Händedruck war fest und gleichzeitig zart und seine Finger breit und kräftig. Es machte ihr nichts aus, dass er schwarze Haut hatte, das Einzige, was sie sich inständig wünschte, war, dass diese Hand sie nie wieder losließ.

»Ich muss gestehen … dass ich … sehr große Angst habe.«

»Schlaft ruhig ein wenig, hier wird Euch nichts geschehen. Nicht, solange ich da bin.«

Als sie wieder aufwachte, war es bereits Mittag. Don Gabriel war auf dem Stuhl neben ihr eingeschlafen und hielt noch immer ihre Hand. Amelia betrachtete ihn und sagte sich, dass seine Gesichtszüge, das kräftige Kinn, das kurze gelockte Haar und seine fein gezeichneten Lippen ihm eine zerbrechliche Schönheit verliehen. Jemand klopfte an die Tür, und Don Gabriel öffnete die Augen, wobei sich ihre Blicke kreuzten. Sie spürte, dass sie errötete, und entzog ihm abrupt ihre Hand.

»Entschuldigt, dass ich eingenickt bin«, sagte er und richtete sich auf.

Amelia kam sich dumm vor, dass sie sie in diese Situation gebracht hatte. Sie hatte, ganz in Gedanken versunken, sein Gesicht betrachtet, das ihr auf einmal wunderschön erschienen war, und als sie erschreckt ihre Hand zurückgezogen hatte, hatte er sich sicher zurückgewiesen gefühlt. Das war ungerecht dem Mann gegenüber, der dies am wenigsten verdiente, und als er anwies, dass man ihr die Geflügelbrühe, das Weizenbrot und ein Stück gebratene Taube servieren solle, verspürte sie den Wunsch, ihn zu bitten, nicht zu gehen, um sich bei ihm zu entschuldigen.

Sie betete, dass das Dienstmädchen sich so bald wie möglich zurückziehen würde, denn sie fühlte sich nicht in der Lage, ihn vor anderen Leuten zum Bleiben zu ermuntern. Dazu wollte sie unbedingt mit ihm allein sein, damit sich unter dem Personal nicht das Gerücht verbreitete, dass Amelia Castro einen schwarzen Mann gebeten hatte, ihr Gesellschaft zu leisten. Daher sagte sie nichts, und er verabschiedete sich seiner Erziehung gemäß wie ein Kavalier. Sie aß etwas und ruhte sich dann wieder aus, wobei sie hoffte, dass, bevor der Tag zu Ende ging, Don Gabriel noch einmal zurückkehren würde, damit sie ihn um Entschuldigung bitten konnte. Doch dazu kam es leider nicht.

KAPITEL 25

23. Januar 1721

Nach der letzten Auseinandersetzung mit Doña Úrsula brauchte Melquíades zwei Tage, um sich zu entscheiden. Die Haushälterin belauerte ihn argwöhnisch, um herauszufinden, ob sein Aufbegehren im Beisein der Dienerschaft ohne Folgen bleiben oder ob es im Gegenteil der Beginn einer Veränderung in Castamar sein würde. Nach einem heftigen inneren Kampf fasste Melquíades schließlich den Beschluss, dass er dieses unwürdige Leben so nicht weiterführen konnte. Das Eigenartige dabei war, dass, als er sich endlich entschieden hatte, ein Wandel in ihm vorging, der dafür sorgte, dass er mit erhobenem Kopf zu dem Salon ging, in dem der Herzog seine alte Gewohnheit des Cembalospielens wiederaufgenommen hatte.

Natürlich bereute er seit Jahren, was er getan hatte; vor allem, dass er einen so ehrenhaften Mann wie Don Diego verraten hatte. Oft hatte er sich damit gerechtfertigt, dass es in Zeiten des Krieges geschehen war. Doch all die Jahre über hatten seine Taten, unabhängig von der Erpressung durch Doña Úrsula, schwer auf seinem Gewissen gelastet. Er bereute nicht, für die Interessen der Katalanen gekämpft zu haben, nur war der Preis, dafür seinen Herrn hintergehen zu müssen, zu hoch gewesen. Er hätte Castamar verlassen und sich den Kämpfenden anschließen sollen. Doch er war nie ein kriegerischer Mensch gewesen. In jedem Fall fühlte er sich durch seine Entscheidung, dem Herzog endlich sein Geheimnis zu gestehen, erleichtert. Dabei war ihm völlig gleichgültig, dass einer von Doña Úrsulas Spionen ihr sicherlich umgehend Bescheid geben würde. Denn auch ihr Regime würde beizeiten zu Ende sein, sobald er entlassen wurde und ein neuer Majordomus seinen Dienst antreten würde, den sie nicht erpressen konnte. Mit verschwitztem Gesicht eilte Melquíades durch den Gang, durch den die Klänge des Cembalos schallten. An der Tür blieb er stehen und wartete darauf, dass das Stück zu Ende war, um dann um Erlaubnis zu bitten, eintreten zu dürfen. Erst als die Stimme des Herzogs es ihm genehmigte, öffnete er die Tür.

»Guten Tag, Exzellenz, ich würde gern in einer privaten Angelegenheit etwas mit Euch besprechen, falls dies ein guter Moment für Euch ist«, bat er.

Don Diego stand freundlich lächelnd auf und sagte, dass dieser Moment genauso gut sei wie jeder andere. Melquíades trat, nachdem er zur Begrüßung leicht den Kopf gesenkt hatte, in den Raum, doch gerade als er zu sprechen beginnen wollte, klopfte jemand zweimal an die Tür. Diese Art, kurz, aber kräftig an die Tür zu klopfen, kannte der Majordomus zur Genüge. Gleich darauf erschien Doña Úrsula auf der Schwelle, die von dem eiligen Lauf, den sie, wie er vermutete, absolviert hatte, ganz außer Atem war.

»Exzellenz«, sagte die Haushälterin, ohne zu zögern, »ich würde gern im Laufe des Vormittags etwas mit Euch besprechen.«

Don Diego zog erstaunt die Augenbrauen hoch. Melquíades strich sich über den Schnurrbart und ballte die Fäuste. Er war nicht gekommen, um zuzusehen, wie Doña Úrsula die Angelegenheit hinter seinem Rücken auf ihre Art regeln würde, und bevor sie wieder durch die Tür verschwinden konnte, wandte er ein:

»Wenn es Eurer Exzellenz nichts ausmacht, würde ich es vorziehen, meine Angelegenheit vorher zu besprechen, da sie auch Doña Úrsula betrifft.«

Don Diego nickte noch verwunderter. Melquíades versuchte, seinen hastigen Atem zu kontrollieren und sah den Herzog an.

»Ich weiß, dass die Worte, die ich nun sagen werde, Eure Exzellenz vielleicht für den Rest Eures Lebens enttäuschen werden, und ich habe völliges Verständnis dafür, wenn Ihr mich dann nicht mehr in Castamar zu sehen wünscht.«

»Gütiger Gott, Señor Elquiza, was bitte kann denn so schlimm sein?«

Melquíades schluckte und tauschte einen angespannten Blick mit Doña Úrsula, die ihn eisig ansah. Dann konzentrierte er sich wieder auf Don Diego, der darauf wartete, dass er fortfuhr. Die nun folgenden Worte würden seine Zukunft für immer besiegeln.

»Exzellenz, während des Krieges habe ich meine Stellung in Castamar ausgenutzt, um Euch Geheimnisse zu entlocken und sie an die Seite der Österreicher weiterzugeben. Señora Berenguer hat vor Jahren die Notizen gefunden, die ich aufbewahrt habe und die diese Sache beweisen. Und ihre Anwesenheit hier ist sicher der Absicht geschuldet, dass sie Euch diese Notizen zu meiner Schande zeigen will«, sagte er.

Don Diego sah ihn mit finsterem Gesichtsausdruck an. Ungläubig presste er die Lippen zusammen und ballte die Fäuste so fest, dass seine Fingerknöchel weiß wurden. Melquíades senkte den Kopf, bis sein Doppelkinn seine Brust berührte.

»Was habt Ihr gesagt?«, fragte der Herzog und trat an seinen Majordomus heran.

»Ich stand auf der Seite von Kaiser Karl, Exzellenz. Nun, nachdem er das katalanische Volk im Stich gelassen hat, natürlich nicht mehr …«

»Genug!«, brüllte der Herzog, so laut, dass sogar Doña Úrsula einen Schritt zurückwich. »Ihr habt mich… hintergangen?«, fuhr er fort, »die Treue meines Hauses Euch gegenüber war unbestritten… Und das habt Ihr mir auf diese Art zurückgezahlt?«

Wutentbrannt griff Don Diego nach dem Frühstückstablett und knallte es an die Wand, dann trat er mit drohend erhobenem Zeigefinger noch näher an Melquíades heran.

»Was für eine Schande! Ich erkenne Euch nicht wieder, ich weiß nicht, wer Ihr seid! Ich weiß nicht, was Ihr in meinem Haus zu suchen habt! Wenn Ihr meinesgleichen wäret, würde ich auf der Stelle Genugtuung von Euch fordern. Raus!«

Der Herzog richtete die zornglänzenden Augen auf den Majordomus, und eisiges Schweigen erfüllte den Raum. Melquíades stiegen die Tränen in die Augen. Plötzlich wandte Don Diego sich ab und ging ziellos im Kreis, ohne zu wissen, was er noch sagen sollte.

»Ja, Exzellenz. Ich werde Castamar verl…«

»Ihr werdet gar nichts tun!«, brüllte der Herzog und näherte sich ihm erneut. »Ihr seid nichts! Ihr könnt nicht einmal atmen, ohne dass ich es befehle! Ihr könnt nicht denken, wenn ich es nicht befehle! Ihr dürft diesen Ort nicht verlassen, wenn ich es nicht befehle! Geht mir aus den Augen!«

Melquíades streifte die Haushälterin kaum mit dem Blick, als er sich verabschiedete. Er wusste, dass Doña Úrsula Entsetzen mimen würde, wenn der Herzog von ihr eine Erklärung dafür verlangte, warum sie ihn nicht früher informiert hatte. Sie war schlau wie ein Fuchs, und während Melquíades durch die Tür trat, hörte er, wie sie dem Señor erklärte, dass sie ihm die schmerzvolle Wahrheit immer habe ersparen wollen, was ihr zuletzt jedoch unerträglich geworden sei.

Melquíades schloss sich in seinem Zimmer ein, als wäre er ein Gefangener und in dem Bewusstsein, dass die Tage bis zur Auflösung seines Vertrages durch den Herzog lang und qualvoll sein würden. Nun, nach Kriegsende, fürchtete er nicht mehr, vor einem Erschießungskommando zu landen, doch vielleicht würde der Herzog seine Verbannung aus Spanien veranlassen, wenn nicht etwas noch Schlimmeres. Doch wie es auch sein würde, er war trotz allem erleichtert, dass er sich der Last der Vergangenheit entledigt hatte. Er bereitete sich darauf vor, Castamar zu verlassen, packte seine Sachen und seine Ersparnisse ein und ließ Platz für seinen größten Schatz, seine Tagebücher.

Doch der Tag verging, und niemand kam, nicht einmal, um ihm etwas zu essen zu bringen. Am Abend beschloss er, zu einem Landgasthof in der Nähe von Castamar zu gehen. Erst am nächsten Tag erschien um die Mittagszeit Clara Belmonte höchstpersönlich mit einem Tablett. Sie entschuldigte sich dafür, am Vortag nicht gekommen zu sein, und erklärte, dass Doña Úrsula nur die Küchenmeister über die Situation in Kenntnis gesetzt und sie absichtlich übergangen habe. Es sei Señor Casona, der Gärtner, gewesen, der sie schließlich informiert habe.

»Macht Euch keine Sorgen«, sagte er. »Ich bin zu dem kleinen Gasthof am Camino de Boadilla gegangen.«

Clara Belmonte ließ jedoch nicht mit sich reden und bestand darauf, dass, solange sie die Küchenchefin war, er seine täglichen Mahlzeiten bekommen würde, egal, was Doña Úrsula dazu sagte.

Nach dem Besuch von Señorita Belmonte genoss er die köstliche Brühe, die Vorspeise zu einer Portion Huhn in Eigelbsauce, wobei das Eigelb genau die richtige Konsistenz hatte. Auch das Weißbrot dazu, das er in die Sauce tunkte, war ausgesprochen lecker. Als er das Mahl beendet hatte, öffnete sich plötzlich die Tür, ohne dass angeklopft worden war, und Roberto stürzte wutentbrannt herein.

»Stimmt es, was über dich erzählt wird, Onkel?«, fragte er.

Melquíades versuchte, ihm klarzumachen, dass sein Verhalten durch den Krieg begründet gewesen war. Doch sein Neffe wollte nur wissen, ob das, was er von Doña Úrsula gehört habe, der Wahrheit entsprach. Daraufhin gab Melquíades keine weiteren Erklärungen mehr ab und bestätigte lediglich die Worte der Haushälterin. Da sah der Junge ihn entsetzt an.

»Mein Gott, oh, mein Gott!«, sagte er mit geballten Fäusten. »All das, was Ihr mir beigebracht habt, all die Umsicht und Korrektheit und die vorbildlichen Umgangsformen, wozu? Warum habt Ihr mich all das gelehrt?«

»Du bist mein Neffe, und ich wollte dich darauf vorbereiten, ein …«

»Nein, wagt es nicht, so etwas zu sagen. Ihr habt das Geheimnis für Euch behalten … all die Zeit über. Weder Mutter noch ich wussten davon.«

»Wir sind Katalanen …«

»Das ist mir vollkommen gleichgültig! Ihr versteht es nicht, oder? Weder ich noch meine Mutter werden je wieder eine Arbeit finden. Wir werden Ausgestoßene sein. Niemand in Spanien wird den Neffen des Verräters von Castamar einstellen.«

Melquíades trat zu ihm und legte ihm besänftigend eine Hand auf die Schulter.

»Seine Exzellenz wird dir keine Schuld zuweisen …«, sagte er.

»Doch, das wird er. Und wenn nicht er, dann der Rest der Welt, Onkel.«

»Don Diego würde dich niemals wegen meiner Fehler entlassen. Nur wenn du selbst Fehler machst. Ich kenne ihn, seit …«

»Ihr habt die ganze Familie entehrt. Ich muss es dem Herzog sagen. Ich muss eine Gelegenheit finden, ihm zu sagen, dass ich genauso betrogen wurde wie er.«

Melquíades bemühte sich, ihn davon abzubringen, ihm klarzumachen, dass es besser war, in diesem quälenden Moment nicht mit Don Diego zu reden. Doch sein Neffe weigerte sich, ihm weiter zuzuhören, ging hinaus und knallte die Tür hinter sich zu.

Derselbe Tag, 23. Januar 1721

Enrique wachte am frühen Morgen mit hervorragender Laune auf, weshalb er es vorzog, im Bett zu frühstücken. Er hatte sich eine kleine Reise gegönnt und seinen Landsitz am Manzanares aufgesucht. Nachdem er ein paar gekochte Eier gegessen und eine heiße Schokolade getrunken hatte, widmete er sich der Post. Zum größten Teil handelte es sich um Einladungen zu irgendwelchen Empfängen oder Banketten und die eine oder andere langweilige Lesung. Beachtung schenkte er lediglich einer schlecht geschriebenen Nachricht von Hernaldo. Wie es schien, hatten ein paar Fleischlieferanten, die zum Anwesen des Herzogs unterwegs waren, ihn für einige Reales darüber informiert, dass Señorita Amelia in Castamar im Bett lag und ständig vom Arzt betreut wurde, wobei überraschenderweise auch der Schwarze sie nicht aus den Augen ließ.

Auf den Gedanken, dass Señorita Castro am Ende diesen Wilden verführen könnte, war er gar nicht gekommen, doch wenn dem so war, kam dies seinen Plänen genauso entgegen, als hätte sie Don Diego umgarnt, sagte er sich. Nachdem Enrique sich zurechtgemacht hatte, unternahm er einen Ausritt durch die Flussaue des Valdeurraca, um sich später im Schießen mit der Pistole zu üben, was er bis zu dreimal pro Woche zu tun pflegte. Er galt in Madrid als einer der besten Schützen. Mit einer gut zündenden, perfekt eingestellten Duellpistole traf er auf einer Entfernung von zwanzig Schritt mühelos das Ziel. Denn genau das war das Ende, das er für Don Diego vorgesehen hatte, doch erst, nachdem dieser seine Ehre und sein Ansehen verloren hatte. Der Herzog hatte ihm seinen wertvollsten Schatz geraubt, vielleicht das Einzige, was er im Leben wirklich geliebt hatte, und das hatte aus ihm einen erbarmungslosen Menschen gemacht. Er erinnerte sich noch gut an die ausgedehnten Sommerstunden hier auf seinem Landsitz, als der Krieg in den ersten Jahren noch nicht entschieden gewesen war und er mit seinem schönsten Lächeln seine heißgeliebte Alba empfangen hatte. Er hatte sie bei einem Gastmahl im Hause des Herzogs von Medina-Sidonia kennengelernt, und vom ersten Moment an hatten sie sich so gut verstanden, dass sie sich gegenseitig Vertraulichkeiten zugeflüstert hatten. Ihre Eleganz und die Fähigkeit, auf jedes Detail, jede Geste zu achten, hatten ihn fasziniert. Kein Tag verging, an dem er ihr Parfüm, das nach Lavendel und Minze duftete, nicht vermisst hatte. Wie sollte er jemals ihr unwiderstehliches Lächeln und ihren eindringlichen Blick vergessen, mit dem sie jedem Menschen bis in die Seele schauen konnte!

Er schnalzte mit der Zunge, während sein Waffenmeister die Pistole spannte und er die Stärke des Windes maß, die das Projektil umlenken würde. Obwohl er sonst die menschliche Natur sehr gut einzuschätzen vermochte, war er bei Alba nicht in der Lage gewesen zu beurteilen, wann sie ihm entglitten war. Wenn er daran dachte, wie naiv er gewesen war, sagte er sich, dass er viel zu viel Geduld gehabt hatte.

Eines Sommerabends hatte sie ihn wie üblich zu einer heißen Schokolade eingeladen, um ihn über die neuesten gesellschaftlichen Ereignisse zu informieren, von denen sie deutlich früher wusste, als es in der *Gaceta de Madrid* zu lesen war. Mit ihrer natürlichen Grazie hatte sie scherzend darauf angespielt, dass er jedes Mal, wenn er am Königshof auftauchte, die Herzen sämtlicher Damen eroberte. Als er dann dezent darauf angespielt hatte, dass es unter ihnen eine Dame geben könnte, zu der er sich tatsächlich hingezogen fühlte, hatte sie beinahe sofort erklärt, dass ihr das Gleiche mit einem Kavalier passieren könnte. In jenen Momenten, während er das blaue Meer in ihren glänzenden Augen betrachtet hatte, hatte er sich sehr glücklich gefühlt. Stets hatte er gedacht, dass ihr Herz sich für ihn entscheiden würde, und nachdem er sie gebeten hatte, ihm den Namen des Glücklichen ins Ohr zu flüstern, hatte sie ihr typisches ungezwungenes Lachen ausgestoßen.

»Ihr schummelt, Ihr seid dran«, hatte sie gesagt und ihren Fächer geöffnet.

»Aber ich habe angefangen. Daher ist es nur gerecht, wenn Ihr jetzt an der Reihe seid«, hatte er erwidert.

Daraufhin hatte sie sich mit ihrem makellosen Lächeln seinem Ohr genähert.

»Könnt Ihr ein Geheimnis bewahren?«, hatte sie gefragt und dabei mit den Lippen sein Ohrläppchen berührt.

In diesem Moment hatten sich seine Nackenhaare gesträubt, und er hatte den unwiderstehlichen Drang verspürt, sie im selben Moment auf dem arabischen Teppich im Salon zu seiner Frau zu machen. Wie sehr er sie begehrt hatte! Er hatte lächelnd genickt und darauf gewartet, dass sie sagen würde: »Ihr, mein lieber Marquis, Ihr seid derjenige, der mein Herz gestohlen hat.«

»Don Diego de Castamar«, hatte sie jedoch stattdessen gesagt. »Morgen wird das Datum der Zeremonie verkündet und das des Fests in einigen Monaten. Ich hoffe, Ihr wisst zu würdigen, dass Ihr es vorher erfahren habt!«

Er hatte sich zu einem Lächeln gezwungen, wozu er seine sämtlichen schauspielerischen Fähigkeiten aufbieten musste. Und in den folgenden Tagen hatte er sich immer wieder gefragt, wie er nur so blind hatte sein können. Jedes Mal, wenn Alba von Montepardo ihn mit ihren blauen Augen angesehen hatte; jedes Mal, wenn sie ihre zarte Hand auf seinen Unterarm gelegt hatte; jedes Mal, wenn sie ihm übers Haar gestrichen und es durcheinandergebracht hatte; jedes Mal, wenn sie spontan gelacht und ihm einen Rest Sahnecreme aus dem Mundwinkel entfernt hatte; jedes Mal, wenn sie miteinander getanzt hatten; jedes Mal, wenn sie auf diese einzigartige Weise gemeinsam geschwiegen hatten und er sich nicht einmal ein Seufzen erlaubt hatte, hatte er sich selbst etwas vorgemacht. Daher hatte er sich damals geweigert, ihr den Namen seiner Liebsten zu nennen, und nachdem er sie verabschiedet hatte, hatte er viele Nächte nicht schlafen können und daran gedacht, Don Diego auf der Stelle einen Kopf kürzer zu machen.

Doch er kannte sich selbst gut genug – er war kein impulsiver Mensch. Außerdem hatte sie sich bereits entschieden. Daher hatte er Alba nach der Hochzeit – an der er nicht teilnahm, obwohl er eingeladen war – nur noch ein einziges Mal getroffen. Damals wollte er herausfinden, ob er wirklich so naiv gewesen war und sich tatsächlich getäuscht hatte. Als Alba mit dem Lächeln einer verheirateten Frau in seinen Salon getreten war, war etwas für immer in seiner Seele erstorben. Er hatte sich entschuldigt, dass er nicht zur Hochzeit gekommen war, wobei er den Krieg als Grund angegeben hatte. Doch sie hatte ihm, ohne ihren Ärger über sein Fortbleiben zu verhehlen, die Lüge angesehen.

»Ihr seid einer der Menschen, die mir am nächsten stehen, und ich habe es verdient, die Wahrheit zu erfahren«, hatte sie erklärt. »Sagt mir, warum Ihr meine Freundschaft nicht mehr wollt. Habe ich Euch durch irgendetwas verärgert?«

»Absolut nicht, meine liebe Doña Alba. Das könntet Ihr gar nicht.«

»Dann sagt mir, was es ist! Ihr kommt mich nicht mehr besuchen und beantwortet auch meine Briefe nicht. Ich bin untröstlich … Ihr seid mein bester Freund und seid weder zur Hochzeit gekommen, noch habt ihr meinem Mann die Aufwartung gemacht.«

Wie er zugeben musste, hatte er sich aufgrund der gebieterischen Art und Weise, wie sie ihn angegangen hatte, noch mehr in sie verliebt. Er hatte geschluckt, bevor er antworten konnte, und hatte dann, ohne ihr direkt sagen zu können, dass er sie liebte, zu erklären versucht, warum er sie an jenem Tag zu sich gebeten hatte.

»Ich glaube nicht, dass wir uns in Zukunft noch sehen können, Doña Alba …«

»Ich verstehe nicht«, hatte sie gesagt, wobei sie auf ihn zutrat und seine Hand nahm. »Don Enrique, sagt mir die Wahrheit. Womit habe ich Euch beleidigt? Ich muss die Wahrheit wissen.«

»Ich fürchte, dass es mir zu sehr wehtut, Euch zu sehen …«

Er wusste nicht, ob Albas Reaktion darauf gespielt war oder ob sie es erwartet hatte. Jedenfalls hatte sie mit Verwunderung reagiert, und er hatte gewusst, dass sich ihr Blick für immer in seine Seele einbrennen würde. Sogar jetzt, fünfzehn Jahre später, war es ihm unmöglich, den Glanz in ihren blauen Augen zu vergessen. Er hatte geschwiegen, und sie war mit ihrer üblichen Zärtlichkeit auf ihn zugetreten und hatte ihre Hand an seine Wange gelegt.

»Warum tut es Euch weh, wenn es doch vorher niemals so gewesen ist?«, hatte sie geflüstert.

»Weil Ihr vorher nicht verheiratet wart«, hatte er gestanden.

»Don Enrique …«, hatte sie bedrückt gesagt.

Wie so viele Male zuvor waren ihre Blicke miteinander verschmolzen. Er hatte sich ihr noch ein Stück genähert und seine Hand an ihre Wange gelegt. So sanft, wie sie, als sie sich ihm anvertraute, sein Ohrläppchen gestreift hatte, hatte er mit seinen Lippen die ihren berührt. Alba hatte ganz leicht den Mund geöffnet, bis ihre Lippen schüchtern aufeinandertrafen. Daraufhin hatte er fest ihre Taille umfasst und sie leidenschaftlich geküsst. Sie hatte leise gestöhnt und sich mitreißen lassen, als hätte auch sie ihre Leidenschaft so lange zurückgedrängt wie er. Doch diese Sekunden der Erfüllung hatten abrupt geendet, als sie sich von ihm zurückgezogen hatte. Als er ihre Stimme »Nein« sagen hörte, hatte er gewusst, dass dies alles war, was er von Alba von Castamar bekommen würde. Sie hatte sich umgewandt und war zur Tür gegangen. Sanft hatte er sie zurückgehalten.

»Geht nicht. Ihr empfindet etwas für mich.«

»Don Enrique, bitte tut das nicht!«

»Wenn Ihr es mir sagt, werde ich alles Menschenmögliche tun, um Euch für mich zu gewinnen. Dann gibt es nichts …«

»Don Enrique«, hatte sie ihn unterbrochen, »meine Zuneigung zu Euch würde zu nichts anderem führen als zu einer Romanze, die uns beide entehren würde.«

»Das ist für mich nicht von Bedeutung, wenn ich Euch dafür an meiner Seite habe.«

»Für mich aber schon.«

Daraufhin hatte sich ein angespanntes Schweigen eingestellt, und für einige Sekunden war es ihnen nicht gelungen, sich voneinander loszureißen. Schließlich hatte sie zärtlich seine Hand genommen.

»Würden wir die Beziehung eingehen, die Ihr Euch wünscht, würde dies nur zur Verzweiflung führen und sowohl Euch als auch meinen Mann kompromittieren. Euch schätze ich so sehr, dass ich Euch nicht leiden sehen möchte, aber Diego liebe ich von ganzem Herzen, und nichts könnte mich dazu bringen, ihn zu hintergehen. Nicht Euretwillen noch für irgendjemand anderen. Niemals.«

Die Illusion der Leidenschaft, die jener flüchtige Kuss hervorgerufen hatte, war nach diesen Sätzen nicht mehr von Bedeutung gewesen. Denn mit der Überzeugung und der Aufrichtigkeit dieser Worte konnte sie nicht konkurrieren. Die Niederlage akzeptierend, hatte er genickt und ihre Hand geküsst, um sich zu verabschieden.

»Versteht Ihr nun, warum wir uns nicht mehr sehen können?«, hatte er mit heiserer Stimme gefragt.

»Ich werde unsere Gespräche vermissen«, hatte sie gesagt, während ihr eine Träne über die Wange lief.

»Ich werde alles an Euch vermissen«, hatte er entgegnet und den Weg frei gemacht.

Sie war auf die Tür zugegangen, ohne sich noch einmal umzublicken.

»Alba«, hatte er, kurz bevor sie die Tür öffnete, gesagt, »ich werde unseren Kuss als meine liebste Erinnerung bewahren.«

»Natürlich, Don Enrique … werdet Ihr verstehen, dass ich ihn für immer aus meinem Gedächtnis verbannen muss«, hatte sie entgegnet und die Tür hinter sich geschlossen.

Nach dieser Begebenheit hatten sie sich noch hin und wieder bei gesellschaftlichen Veranstaltungen getroffen, bei den Empfängen der Königin im Buen-Retiro-Palast oder bei irgendwelchen Theatervorstellungen. Bei diesen Begegnungen hatten sie es nicht vermeiden können, sich anzusehen, ihre Blicke für ein paar Sekunden miteinander verschmelzen zu lassen, die Sehnsucht nach der Zeit zu teilen, die sie gemeinsam verbracht hatten. Damit hatte er sich zufriedengeben müssen, gemartert von der gnadenlos vergehenden Zeit, die ihm jeden Tag zuflüsterte, dass sie nicht die Seine war. Doch seine Resignation hatte die Qual und die eiskalte Wut in ihm nur verstärkt.

Er musste zugeben, dass jene Gelegenheit, als Alba damals den Salon seines Hauses verlassen hatte, eine der beiden vollständigen Niederlagen war, die er bisher erlebt hatte. Die zweite hatte er einige Jahre später erlitten, als Hernaldo von la Marca ihm ihren unglücklichen Tod mitgeteilt hatte. Wenn man beim ersten Mal sagen konnte, dass Don Diego ihm die Frau, die er liebte, weggenommen hatte, indem er sie heiratete, war sie ihm beim zweiten Mal vollkommen entrissen worden. Er, der gehofft hatte, dass Don Diegos Tod Alba auf der Suche nach der tröstenden Schulter des einzigen Freundes, der sie nie enttäuscht hatte, wieder in seine Arme treiben würde, hatte zusehen müssen, wie sein Plan sich ins Gegenteil verkehrte. Daher war sein Hass, als er erfahren hatte, dass Don Diego an jenem Tag lieber auf dem Pferd seiner Frau geritten war als auf seinem eigenen, derart explodiert, dass er Hernaldo am liebsten mit seinem Stock grün und blau geprügelt hätte. Dieser hatte geglaubt, dass die Wut seines Herrn daher kam, dass er seine politischen Interessen nicht hatte verwirklichen können. Den wahren Grund für die Verzweiflung des Marquis hatte er erst viel später erkannt, als seine anhaltende Trauer keinen politischen Motiven mehr zuzuschreiben war.

KAPITEL 26

Derselbe Tag, 23. Januar 1721

Es war bereits weit nach Mitternacht, als Hernaldo mit blutbeschmierten Händen in seine kleine Hütte zurückkehrte. Adela schlief hinter dem abgewetzten Vorhang. Er hatte wie schon so oft versucht, so leise hereinzukommen und sich zu waschen, dass sie davon nicht aufwachte. Doch sie hatte ein feines Gehör, und es reichte, nur die Tür zu öffnen, dass sie die Augen aufschlug. Seine Tochter war so, wie ein Mann sich eine Frau wünschte. Daher wollte er einen guten Ehemann für sie finden, der sie liebte und auf sie achtgab. Ihm selbst blieb nur, sie zu beschützen, bis es so weit war.

Adela war auf nicht gerade alltägliche Art in sein Leben getreten, denn er hatte erst von ihrer Existenz erfahren, als sie bereits neun Jahre alt war. Ihre Mutter, eine Frau vom Land, hatte gewusst, womit er seinen Sold verdiente, und hatte ihn nicht einmal über die Schwangerschaft in Kenntnis gesetzt. Denn zu der Zeit, als er noch bei den Tercios war, hatte er ständig an anderen Kriegsschauplätzen gekämpft. Während ihrer Beziehung hatte er ihr Geld geschickt, doch nach seiner letzten Verlegung nach Madrid hatte er den Kontakt zu ihr verloren, bis eines Tages Adela an seine Tür geklopft hatte. Ihre Mutter, die an Fieber erkrankt war und daran verzweifelte, ein schutzloses Kind allein auf dieser Welt zurücklassen zu müssen, hatte ihr gesagt, dass sie nach Madrid gehen und ihren Vater suchen solle. Daraufhin hatte die Kleine mit einem Ring, einem Messer und einem harten Brot als einzigem Gepäck die gefahrvollen Wege bis zu seiner Hütte zurückgelegt. Beim ersten Mal, als er sie gesehen hatte, hatte er ihr die Tür vor der Nase zugeschlagen und gesagt, dass sie abhauen und nach einem anderen Verwandten suchen solle. Zu jener Zeit war eine Tochter so ziemlich das Letzte gewesen, was er im Leben brauchen konnte, und wenn ihre Mutter sie neun Jahre lang großgezogen hatte, war es nun an der Zeit, dass sie für sich selbst sorgte. Daraufhin hatte sie zwei Tage vor seiner Tür ausgeharrt. Schließlich konnte er es nicht länger ertragen und hatte beschlossen, sie in sein Haus zu lassen und sich um sie zu kümmern. Doch plötzlich war sie nicht mehr da gewesen, und so lange er auch gesucht hatte, hatte er sie nicht finden können. Er war davon ausgegangen, dass sie endgültig verschwunden war, als er sie, gerade als er in seine Hütte zurückkehren wollte, in Begleitung eines Kupplers sah. Hernaldo kannte den Gauner gut, der für einen reichen Zuhälter arbeitete, welcher in den Außenbezirken der Stadt Bordelle betrieb. Er hatte das Mädchen zum Callejón de los Suspiros geführt, wo in der Nacht die Kuppler auf der Straße armen Kerlen die Syphilis andrehten. Hernaldo wollte sie gerade mit schlechtem Gewissen gehen lassen, als das Mädchen in ihrer unschuldigen Art den Kopf umwandte, was ihn in seinem Innersten berührt hatte. Er hatte sich gesagt, dass er bisher in seinem Leben nur unwürdige Dinge getan hatte und dass Gott nicht zulassen konnte, dass irgendein widerliches Großmaul Hand an dieses Kind legte.

Als Hernaldo dazukam, hatte der Kerl bereits die Hosen heruntergelassen, und Adela hatte ihm erklärt, dass jeden Moment ihr Vater auftauchen würde. Und genau so war es. Er hatte dem Mann den Degen in die Gedärme gerammt, ihm das Geschlechtsteil abgeschnitten und ihm die Kehle durchtrennt.

»Wenn du willst, kannst du bleiben«, hatte er dann zu Adela gesagt, »aber du musst wissen, dass das mein tägliches Geschäft ist.«

Die Kleine hatte ihn umarmt, und er hatte gewusst, dass Gott selbst ihm dieses Geschenk gemacht hatte. Seitdem war seine Tochter zu seinem Schatz geworden, dem einzigen in seinem Leben, und er wollte sich nicht mehr von ihr trennen.

Als Adela sich aufrichtete und das Blut an der Waschschüssel sah, sagte sie nichts. Sie war es gewohnt, dass er mit rot beschmierten Händen nach Hause kam und im schlimmsten Fall mit einer hässlichen Schnittwunde, die sie nähen musste. Er sagte ihr, dass sie liegen bleiben solle.

»Ich mache dir etwas von dem Schmortopf von gestern warm«, sagte sie und half ihm, die Stiefel auszuziehen. »Wie war die Nacht?«

Sie kannte die Antwort bereits, trotzdem sagte er mit heiserer Stimme:

»Hart.«

»Warum?«, fragte Adela.

Hernaldo hatte schon geahnt, dass das Thema erneut zur Sprache kommen würde. Wie so häufig. Immer wieder bat sie ihn, mit ihr Madrid zu verlassen und an die Küste zu ziehen, damit sie nicht länger in dieser Hütte zwischen Zuhältern und Huren leben mussten.

»Du weißt schon, warum … Ich hatte viel zu tun.«

Adela servierte ihm den Schmortopf mit wenig Fleisch und viel Gemüse. Sein »Vögelchen« war eine mäßige Köchin, aber das spielte für ihn keine Rolle. Das Einzige, was er sich für sie wünschte, war, dass sie sich nicht für einen reichen oder adligen Mann ohne Skrupel für einen Hungerlohn kaputtarbeitete. Daher hatte er ihr gesagt, dass sie lesen und schreiben lernen, etwas von Zahlen verstehen und noch ein paar andere Dinge beherrschen müsse, damit sie später, falls sie keinen guten Ehemann finden sollte, reiche Kinder unterrichten und betreuen oder zumindest als Lehrerin für Arme arbeiten könne.

»Heute Morgen war ich schon früh an der Plaza de la Cebada. Dort habe ich gehört, dass in der Nähe des Manzanares ein paar Tote gefunden wurden«, erzählte sie. »Die Leute vom Gericht behaupten, dass es die Kerle waren, die die arme junge Frau so schlimm zugerichtet haben.«

»Ja«, sagte er lakonisch.

Er hatte die halbe Nacht damit verbracht, die widerlichen Gauner und Söldner zu erledigen, die mit ihm den Überfall auf Señorita Castro durchgeführt hatten. Einige von ihnen hatten, als sie erfuhren, dass Castamar Druck auf das Gericht ausübte, um die Schuldigen zu finden, mehr Sold gefordert und gedroht, ihn zu verraten. Daraufhin hatte er sich mit den vier Mistkerlen zu verschiedenen Uhrzeiten in der Nacht verabredet, um sie für immer zum Schweigen zu bringen. Nur einer von ihnen hatte früh genug reagiert und seinen Degen gezogen. Sie hatten ein paarmal die Klingen gekreuzt, bis sein Gegner versucht hatte, ihm die Waffe aus der Hand zu schlagen und die Klinge in seinen Hals zu stoßen. Er, der das Ganze kommen sah, war einen Schritt vorgetreten und hatte mit lockerem Handgelenk den Angriff abgewehrt, um dem anderen anschließend das Brustbein zu spalten.

»Warst du das?«, fragte Adela.

Anstatt einer Antwort nahm er sich noch einen Löffel von dem Schmorgericht. Sie schwieg und sah ihn eindringlich an, während er sich auf die Holzbank setzte. Hernaldo sagte lieber nichts, denn das waren gefährliche Angelegenheiten. Adela schnalzte verärgert und resigniert mit der Zunge. Für sie war Don Enrique nur ein Adliger, der ihren Vater für seine Zwecke missbrauchte. Doch er war da anderer Meinung: Dem Marquis konnte man vieles nachsagen, aber nicht, dass er nicht treu zu seinen Leuten stand. Und undankbar war er auch nicht. In der Vergangenheit hatte es nicht an Gelegenheit gefehlt, ihn seinen Zielen zu opfern, doch das hatte er nicht getan. Hätte er ihn zum Beispiel als Mörder Doña Albas der Justiz übergeben, hätte er sich das Vertrauen Don Diegos und des Königs sichern können und vielleicht sogar den Titel eines Granden von Spanien erhalten. Außerdem hatte der Marquis schon viele Male auf unterschiedliche Art seine Dankbarkeit unter Beweis gestellt: Er hatte ihn stets großzügig bezahlt, und jedes Mal, wenn seine Tochter erkrankt oder er verletzt gewesen war, hatte er die Kosten für die Medizin, die Chirurgen und die Ärzte übernommen. Davon abgesehen hatte der Marquis ihm auch seine persönlichen Geheimnisse anvertraut, sich um die Erziehung seiner Tochter gekümmert, deren Unterricht nicht billig war, und ihnen das kleine Haus geschenkt und es auf Hernaldos Namen eintragen lassen. Wegen all dem schuldete er Don Enrique absolute Treue.

»Es ist zu spät, um mein Leben zu ändern«, sagte er schließlich, »ich habe von Kind auf nichts anderes gelernt.«

»Und ich?«, erwiderte Adela.

»Das ist etwas anderes, Vögelchen. Du bist anders. Du hast das Leben noch vor dir. Du sollst einen guten Mann heiraten und Kinder haben, und wenn das nicht geht und Gott es nicht will, wirst du eine gute Lehrerin sein. Wenn du mit deiner Ausbildung fertig bist, wird der Marquis dich in einem guten Haus unterbringen.«

»Vater, ich will mich nicht mein ganzes Leben lang immer wieder fragen, ob dir vielleicht etwas zugestoßen ist, ob du zum Abendessen da sein wirst, ob …«

Hernaldo stand auf, umarmte sie fest und sprach flüsternd auf sie ein, um sie zu beruhigen. Erneut versuchte er, ihr klarzumachen, dass seine Verbindung zu Don Enrique unantastbar war, durch einen Schwur, an den er gebunden war. Sie hielten sich eine Weile umfasst, bis sie sich von ihm löste, ihm einen

Kuss auf die Wange gab und sagte, dass sie ihn liebte. Er lächelte und ließ sie zu ihren Lehrern in den Unterricht gehen. Als sie die Tür hinter sich schloss, sagte er sich einmal mehr, dass diese Diskussion irgendwann trotz allem unweigerlich zu einer Veränderung führen würde. Gleich darauf tröstete er sich mit dem Gedanken, dass sein Herr für jedes Problem eine Lösung finden würde. Dann setzte er sich an den Tisch und aß bedrückt das bereits kalt gewordene Schmorgericht auf.

24. Januar 1721

Úrsula saß an dem Schreibtisch, den sie genauso übernommen hatte wie die Kontrolle über die gesamte Dienerschaft auf dem Anwesen. Sie hatte gerade einmal einen Tag verstreichen lassen, bis sie ihr kleines Dienstzimmer gegen das von Don Melquíades getauscht hatte. All seine Sachen hatte sie im Warenlager einschließen lassen, auch die unnützen Tagebücher, die der Majordomus all die Jahre über angesammelt hatte. Wenn er sie wiederhaben wollte, würde er darum bitten müssen, was ein weiteres Mal seinen Stolz verletzen würde. Mit etwas Glück verbannte Don Diego ihn nach Südamerika, oder aber er würde, im schlimmsten Fall, zu einer Galeerenstrafe verurteilt. Sie ihrerseits hatte zwei Tage vergehen lassen, damit Don Diego sich beruhigen konnte, und sich dann mit allem Respekt dafür entschuldigt, ihm nicht früher die Wahrheit gesagt zu haben. Und Don Diego hatte ihr schließlich verziehen, da er verstand, dass sie nur sein Bestes gewollt hatte.

»Ich werde die Leitung Castamars übernehmen, bis ein neuer Majordomus gefunden ist«, hatte Doña Úrsula scheinbar reumütig gesagt, denn natürlich würde sie alles tun, um genau dies zu verhindern.

Und so war sie, nachdem Don Diego zugestimmt hatte, in

das Dienstzimmer des Majordomus umgezogen. Gleich an dem Morgen, an dem Don Melquíades gestürzt worden war, hatte sie den Kammerherrn Andrés Moguer, den Chefgarderobier Jorge Marín, den Oberstallmeister Belisario Coral, den Zahlmeister Alfonso Corbo und den Leiter der Gärtnerei Simón Casona zu sich gerufen, um sie über Don Melquíades' Verrat zu informieren. Natürlich hatte sie Clara Belmonte übergangen, um deutlich zu machen, dass sie sie nicht als Küchenchefin ansah. Den anderen hatte sie mitgeteilt, dass ab sofort sie das Haus leite. In dieser Übergangszeit müsse alles perfekt funktionieren, sie erwarte vertrauensvolle Zusammenarbeit, und Besuche bei Don Melquíades seien selbstverständlich verboten. Alle hatten widerspruchslos genickt, bis auf den Gärtner, der wie üblich etwas zu sagen hatte:

»Für wann habt Ihr geplant, einen neuen Majordomus einzustellen?«

Sie hatte ihn von oben herab gemustert.

»Kehrt zu Euren Pflichten zurück.«

Doña Úrsula hatte sich gerade abwenden wollen, als Simón mit ruhiger Stimme erwiderte:

»Lasst Euch gesagt sein, dass ich Don Melquíades besuchen werde, wenn ich es für angebracht halte, und wenn Ihr damit ein Problem habt, könnt Ihr gern mit Seiner Exzellenz darüber sprechen.«

»Ihr werdet schon sehen«, hatte Úrsula ihn gewarnt, wohl wissend, dass ihre Drohung zu nichts führen würde.

Nun wartete sie voller Tatkraft auf die Ankunft ihrer Spionin aus der Küche, die angeblich über Informationen verfügte, die für sie von Interesse waren. Nach dem Sturz von Don Melquíades war nun diese verdammte Köchin an der Reihe, die mit ihrer widerspenstigen Art eines Mädchens aus reichem Hause ihre Macht herausgefordert hatte. Wie erwartet, klopfte Beatriz Ulloa kurz darauf an die Tür, und sie gewährte ihr Einlass. Die verschlagene junge Frau trat mit vorgespielter Schüchternheit ein und verbeugte sich ungeschickt und ohne jegliche Eleganz.

Doña Úrsula gab ihr nüchtern zu verstehen, dass sie sprechen möge.

»Señorita Belmonte und Don Diego unterhalten eine heimliche Beziehung in Form von Büchern, die der Herzog ihr augenscheinlich schenkt«, verkündete die Spionin.

Úrsula sah sie verwundert an. Sie war davon ausgegangen, dass jener erste Auftrag an den Buchhändler eine einmalige Sache seitens Seiner Exzellenz gewesen war. Die beiden hatten sie also trotz ihrer Wachsamkeit getäuscht, und sie verstand nicht, wie ihnen das gelungen war. Ohne weiter darüber nachzudenken, gab sie Beatriz einen der Generalschlüssel für den Dienstbotenflügel und sagte, dass sie sich in Clara Belmontes Zimmer einschleichen und suchen solle, bis sie die Bücher gefunden habe.

»Sicherlich haben sie auch ein paar schriftliche Nachrichten ausgetauscht«, sagte sie. »Bring mir eine davon, und kehre dann schnell in die Küche zurück.«

Die junge Frau nahm den Schlüssel und wandte sich der Tür zu.

»Warte! Wenn du erwischt wirst, werde ich dich auf der Stelle entlassen, und wenn du erwähnst, dass du auf meinen Befehl hin gehandelt hast, werde ich dir so schlechte Referenzen ausstellen, dass du in deinem ganzen Leben keine Anstellung mehr in einem respektablen Haus bekommst«, warnte Úrsula ihre Spionin, bevor diese den Raum verließ.

Wieder allein, stand Úrsula auf und ging nervös im Raum auf und ab. Diese Köchin loszuwerden, würde bestimmt schwieriger sein, als es beim Majordomus gewesen war. Aber es würde noch schwerer sein, wenn sie tatsächlich einen Briefwechsel mit Seiner Exzellenz unterhielt. Wenn die Verbindung zwischen der Köchin und dem Herzog enger geworden war, würde Señorita

Belmonte sicher bald für sich und ihre Untergebenen Unabhängigkeit fordern. Sie kannte den Charakter des Señors zur Genüge, und wenn er wünschte, dass sie blieb, würde er alles tun, um dafür zu sorgen. Außerdem würde Señorita Belmonte wohl kaum ein Fehler unterlaufen, der ihre Entlassung provozierte. Sogar der König höchstselbst hatte nach dem Bankett in Castamar das hervorragende Essen und die perfekte Anrichtung gelobt.

Sie trat an den Schrank, um den Likör herauszunehmen, den Don Melquíades darin aufbewahrte, und goss sich ein Glas davon ein. Nachdem sie es in einem Zug geleert hatte, wartete sie darauf, dass die wärmende Wirkung des Alkohols die Angst vertrieb, die ihr den Magen zuschnürte. Doch ihre Unruhe nahm nur noch zu, als sie feststellte, dass Beatriz auf sich warten ließ. Endlich klopfte es zweimal an der Tür. Sie gewährte Einlass. Beatriz schlüpfte herein, schloss sogleich die Tür hinter sich und hielt der Haushälterin triumphierend eine Nachricht entgegen. Diese trug das Siegel von Castamar, und die elegante Handschrift Seiner Exzellenz war darauf zu sehen.

»Clara Belmonte hat jede Menge Bücher in ihrem Regal stehen«, sagte sie. »Das hier steckte zwischen den Seiten des letzten davon. Wie es scheint, gibt es zu jedem Buch eine Nachricht und …«

»Nun gib schon her«, sagte Doña Úrsula und riss der Küchenhilfe gierig die Nachricht aus der Hand.

Dann las sie ausführlich, was dort geschrieben stand. Eindeutig unterhielt Señorita Belmonte einen privaten Briefkontakt mit Don Diego. Das Schreiben vermittelte nicht den Eindruck, dass sie die Regeln des Anstands übertreten hatten, wobei der Briefwechsel an sich schon einen Beigeschmack von Heimlichkeit hatte. Und das Schlimmste dabei war, dass der Señor zu glauben schien, dass er einer Señorita schrieb, die, wenn auch nicht seinesgleichen, so doch von Stand war.

»Da ich weder lesen noch schreiben kann, weiß ich nicht, was darinsteht«, meinte Beatriz abschließend. »Wenn Ihr es wünscht, kann ich versuchen, nach …«

»Nein. Du hast genug getan. Nimm. Lege die Nachricht unauffällig dorthin zurück, wo du sie herhast, und bring mir sofort den Schlüssel wieder.«

Die junge Frau nickte, grüßte unbeholfen und ging auf die Tür zu, während Doña Úrsula, den Kopf voller widersprüchlicher Gedanken, am Tisch sitzen blieb. Im ersten Moment fiel ihr gar nicht auf, dass Beatriz auf der Schwelle stehen geblieben war. Dann hob sie den Kopf und stellte fest, dass die junge Frau sie mit traurigem Hundeblick ansah.

»Was ist los, Mädchen?«, fragte sie unwirsch.

»Ich habe gedacht, dass … Vielleicht könntet Ihr mir eines Tages lesen und schreiben beibringen.«

»Wozu solltest du lesen und schreiben lernen?«, erwiderte Doña Úrsula abschätzig. »In Wahrheit bist du ja noch nicht einmal ein Küchenmädchen. Bestenfalls taugst du zur einfachen Dienstmagd.«

»Ja, aber ich habe gedacht, dass ich vielleicht eines Tages …«

Úrsula schüttelte laut lachend den Kopf. Wie war es nur möglich, dass die Leute sich derart selbst betrügen konnten? Dieses arme Mädchen sah in Clara Belmonte offenbar ein Vorbild und glaubte tatsächlich, es ihr irgendwann gleichtun zu können.

»Eines Tages was? Du bist, was du bist, und wirst dich niemals ändern«, sagte sie gehässig. »So ist das Leben. Und nun geh.«

Beatriz nickte und schlich mit gesenktem Kopf davon..

Úrsula wartete, bis sie mit dem Schlüssel zurückkam und bestätigte, dass alles in Ordnung sei. Dann verließ sie ihrerseits den Raum, um ins obere Stockwerk hinaufzugehen. Trotz allem fühlte sie sich nun als Herrscherin über Castamar, von nahezu göttlicher Macht erfüllt und in der Lage, alle auszuschalten, die auf den Gedanken kamen, sich ihr in den Weg zu stellen.

KAPITEL 27

Derselbe Tag, 24. Januar 1721

Seit Don Melquíades Diego die Wahrheit gesagt hatte, fühlte dieser sich hin- und hergerissen. Auf der einen Seite hatte sich also all die Jahre über ein Anhänger der Österreicher unter den Seinen befunden, ein Spion, der die Geheimnisse seines Hauses dem Feind verraten hatte. Wenn er jedoch an Señor Elquiza dachte, wie er mit gesenktem Kopf, von Reue und Schuld gequält, vor ihm gestanden hatte, spürte er, dass dieser Mann seine eigene Dummheit bereits teuer bezahlt hatte. Außerdem wusste er, dass in Zeiten des Krieges jeder Mensch seinem Gewissen folgen muss, und das war genau das, was Señor Elquiza getan hatte. Diese Entscheidung war ihm wahrscheinlich äußerst schwergefallen. Sicher hatte er versucht, seine Treue zu Castamar und die seinem Volk, den Katalanen, gegenüber in Einklang zu bringen. Und nun sah er sich einem ähnlichen Dilemma gegenüber wie König Philipp nach Kriegsende in Bezug auf die Katalanen.

Die Alternative war die gleiche: verzeihen oder bestrafen. Das Problem war, dass die Stimme der Vernunft in ihm von Enttäuschung und Zorn überlagert wurde. Daher hatte er es vorgezogen, die Entscheidung zu verschieben, bis seine Wut sich gelegt hatte, und angeordnet, dass der Majordomus im Haus bleiben solle, bis er in aller Ruhe ein gerechtes Urteil sprechen würde. Zum Glück musste Alba dies nicht mehr miterleben, denn nach Señora Berenguer hatte ihr unter der Dienerschaft der Majordomus am nächsten gestanden. Sein Bruder dagegen würde die schlechte Nachricht nach seiner Ankunft erfahren müssen.

Nachdem Gabriel sich davon überzeugt hatte, dass es Señorita Castro besser ging, und sich von Francisco und Alfredo verabschiedet hatte, war er vor zwei Tagen nach Valladolid aufgebrochen, um ihre Mutter vor Don Enrique zu warnen. Während sein Pferd gesattelt wurde, war Diego mit einem leichten Lächeln zu ihm getreten. Sein Bruder, der aus dem Augenwinkel zu ihm herübersah, hatte ebenfalls gelächelt. Seit ihrem Streitgespräch im Beisein von Doktor Evaristo hatten sie kein Wort mehr miteinander gewechselt, und Gabriel wusste sehr gut, dass Diego wegen solch kleiner Dinge nicht lange böse sein konnte.

»Entschuldige, dass ich dich angeschrien habe«, hatte Diego gesagt.

»Entschuldige, dass ich dich als störrisches Rindvieh bezeichnet habe«, hatte sein Bruder entgegnet, und beide hatten gelacht.

Diego wusste, dass Gabriel ohne einen schlüssigen Beweis gegen Don Enrique keinen Finger rühren würde, und auch, dass er alles tun würde, um einen solchen zu finden. Gerade weil er Gabriel so genau kannte, war ihm klar, dass Castamar für ihn zu klein geworden war. Sein Bruder hatte ein unbezähmbares Wesen, und er war sich bewusst, dass er eines Tages zu anderen Orten aufbrechen würde, wo seine Hautfarbe keine Rolle spielte. Bisher hatten sie noch nie darüber geredet, und Diego war klar, dass sie dies nur einmal tun würden, und zwar an dem Tag, an dem Gabriel ihm mitteilen würde, dass er Castamar verließ. Er liebte seinen Bruder aus tiefstem Herzen, und es war absolut nicht sein Wunsch, ihn gehen zu sehen, allerdings würde er sich auch nicht dagegenstellen.

Diego trat in sein Arbeitszimmer, ging zu seinem Schreibtisch und sah die Post durch, die er erhalten hatte. Dabei sagte er sich, dass es an der Zeit für einen weiteren Besuch bei Señorita Castro sei, um nachzusehen, wie es ihr ging. Da entdeckte er einen Brief von König Philipp, der ihm gelegentlich schrieb. Er wollte gerade das Siegel brechen, als schüchtern an die Tür geklopft wurde. Er gewährte Einlass und hob den Kopf.

In der Tür erschien der Neffe Señor Elquizas. Er erinnerte sich nicht mehr an den Namen des jungen Mannes, wohl aber daran, dass er gewitzt genug gewesen war vorauszusehen, dass sie an dem Tag, an dem sie in Villacor gewesen waren, möglicherweise die Kutschen brauchen würden. Der Junge fragte, ob er mit ihm reden könne, und in dem Moment fiel Diego sein Name wieder ein: Roberto. Der junge Mann lächelte, als er hörte, dass er sich seinen Namen gemerkt hatte, und strich sich die Uniform glatt, um untadelig vor seinem Herrn zu stehen. Als Diego merkte, wie nervös sein Besucher war, nahm er an, dass er sich für seinen Onkel einsetzen wollte.

»Exzellenz, ich möchte Euch nur wissen lassen, dass weder meine Mutter noch ich etwas von diesem niederträchtigen Verrat gewusst haben. Denn wäre dies der Fall gewesen, hätten wir sofort davon berichtet. Wir sind keine … Verräter wie mein Onkel und würden niemals Euer Vertr…«

Diego hob die Hand, um den jungen Mann zu unterbrechen, dessen Worte ihn sehr überraschten.

»Du bist nicht mit der Absicht gekommen, dich für deinen Onkel zu verwenden?«, fragte Diego.

Der Junge wies dies jedoch weit von sich, nannte seinen Onkel einen »schmutzigen Verräter«, und hätte er ihn nicht erneut unterbrochen, hätte er wahrscheinlich noch schlimmere Beschimpfungen ausgestoßen.

»Genug!«, donnerte der Herzog schließlich. Der junge Mann erstarrte, wurde bleich und wich ängstlich ein paar Schritte zurück. »Bevor du noch etwas Schlechtes über deinen Onkel sagst, denk darüber nach, dass er derjenige war, der sich um Castamar gekümmert hat, um meine verstorbene Ehefrau, um meinen verstorbenen Vater, um meine Mutter, meinen Bruder und natürlich um mich. Daher toleriere ich es nicht, dass du auf diese Art seinen Namen in den Schmutz ziehst. Hast du mir sonst noch etwas über deinen Onkel zu sagen?«

»Nein, Exzellenz«, sagte der junge Mann eingeschüchtert.

»Dann geh«, befahl der Herzog, woraufhin Roberto schlagartig verschwand. »Lieber Gott, was für eine Familie!«, murmelte Diego verärgert.

Während er sich zu beruhigen versuchte, richtete er seine Aufmerksamkeit erneut auf den Brief des Königs. Zum wiederholten Mal schrieb dieser von seinem Bedürfnis abzudanken, über die Last der Krone und seine ständigen Anfälle von Traurigkeit sowie seinen immer wieder aufkommenden Wunsch, ihn erneut als Hauptmann der Leibwache an seiner Seite zu sehen. Außerdem fragte er nach Diegos Seelenzustand, seiner Trauer um Alba und forderte ihn auf, seine Zielstrebigkeit zurückzugewinnen. *Ich weiß, dass Ihr Eure Willenskraft nicht verloren habt, Cousin, genauso wie die Stärke Eures Charakters, die für uns im Krieg gegen die Österreicher eine so wichtige Stütze war.* Diego lächelte, als er dies las, und wollte das Schreiben bereits beantworten, als er zwischen den anderen Briefen einen entdeckte, der ihm bisher noch nicht aufgefallen war. Er war von seinem Bruder und vom Haus seiner Mutter aus abgeschickt worden. Gabriel musste ihn bereits am Tag seiner Ankunft in Valladolid geschrieben haben, und er war mit einem privaten Boten an diesem Morgen angekommen. Diego brach das Siegel und las aufmerksam:

Lieber Bruder,
ich schreibe Dir, um Dich wissen zu lassen, dass ich einige Tage hier bei Mutter verbringen werde, da dies ihr Wunsch

ist. Du weißt, wie stur sie sein kann, und ich kann ihr einfach nichts abschlagen. Außerdem möchte ich Dir mitteilen, dass ich mit ihr über Don Enrique gesprochen habe. Sie behauptet, dass wir Unsinn reden, denn sie kennt den edlen Herrn sehr gut und meint, dass er unfähig sei, einem Lebewesen etwas zuleide zu tun, geschweige denn Señorita Amelia zu verletzen, zu der er in Castamar ein äußerst herzliches Verhältnis hatte. Natürlich habe ich deutlich gemacht, dass ich da ganz anderer Meinung bin, und obwohl ich über keine Beweise verfüge, musste sie mir versprechen, ihm gegenüber äußerst vorsichtig zu sein und nicht mit ihm über unseren Verdacht zu sprechen noch über sonst etwas, was Castamar betrifft. Dies hat sie mir äußerst unwillig zugesagt. Allerdings hat sie auch darauf beharrt, ihn weiterhin als einen Freund der Familie anzusehen, weshalb ich glaube, nicht verhindern zu können, dass sie ihn im Herbst erneut zu den Feierlichkeiten in Castamar einladen wird.

Ich lege diesem Brief ein weiteres versiegeltes Schreiben für Señorita Castro bei, denn ich möchte nicht, dass sie denkt, ich hätte mich meinen Pflichten als Gastgeber entzogen. Außerdem möchte ich ihr mit eigenen Worten den Grund meiner Abreise erklären und meine baldige Wiederkehr ankündigen. Obwohl ich weiß, dass es nicht nötig ist, es Dir zu sagen, bitte ich Dich, in meiner Abwesenheit darauf zu achten, dass es ihr an nichts fehlt. Ich glaube, sie braucht unsere Hilfe, und wenn ich auch vorher gedacht habe, dass sie an der Verschwörung gegen uns beteiligt ist, bin ich nun Deiner Meinung, Bruder: Angesichts der tragischen Ereignisse, die sie ereilt haben, ist sie vor allem ein Opfer Don Enriques. Ich nehme an, dass dieses Geständnis Dir ein triumphierendes Lächeln entlocken wird, denn ich kenne Dich gut genug. Hat Alba nicht immer gesagt, dass es Deine Lieblingsbeschäftigung sei, immer recht zu haben?

Nachdem dies gesagt ist, hoffe ich, dass alles seinen gewohnten Gang geht. In einigen Tagen werde ich nach Castamar zurückkehren. Wenn nichts dazwischenkommt, kannst Du meine Ankunft also für den Abend von Samstag auf Sonntag einplanen.

Dein Dich liebender Bruder
Don Gabriel von Castamar

PS: Nachdem Mutter nun über die wahrscheinliche Gefahr informiert ist, die von Don Enrique ausgeht, habe ich nach meiner Rückkehr, während unsere Freunde sich weiterhin am Königshof umsehen, die Absicht, diese Spelunke El Zaguán näher ins Auge zu fassen. Wie mein Vertrauensmann mir vor seinem Tod mitgeteilt hat, hat Hernaldo, Don Enriques Mann fürs Grobe, sich häufig dort aufgehalten. Ich muss herausfinden, wo sie sich befindet, und mich unter den Anwohnern erkundigen, wer die Leute sind, die der Marquis auf seiner Seite hat.

Wie sein Bruder vorhergesagt hatte, hatte Diego gelächelt, als dieser gestanden hatte, dass er ihm recht gab, was Señorita Amelia anging. Doch als er die letzten Zeilen las, wurde er wieder ernst. Es gefiel ihm gar nicht, dass Gabriel dieses Freudenhaus am Rand der Stadt aufsuchen wollte. Er hob zweifelnd den Blick, betrachtete das goldgerahmte Gemälde Albas, das an der Wand hing, und fragte sich, was sie wohl in dieser eigenartigen Lage gemacht hätte: War sein Majordomus ein Verräter oder ein Mensch, der seine Fehler bereute? War Don Enrique ein Adliger, der Castamar Schaden zufügen wollte, oder nur ein überheblicher Mensch, der ein ausschweifendes Leben führte? War Señorita Amelia ein junges, wehrloses Opfer mächtiger Männer, oder hatte sie skrupellose, ehrgeizige Ziele im Sinn?

All diese Fragen drängten sich in seinem Kopf, und eine falsche Entscheidung konnte schlimme Folgen haben. Wäre Alba noch da, würde sie wissen, was zu tun war. Aber da gab es noch eine Person, die ihn beschäftigte und die nichts mit diesem gefährlichen Spiel zu tun hatte: Señorita Belmonte.

Er konnte nicht leugnen, dass es ihm Spaß machte, ihr diese Bücher zu schenken, und ihm gefiel auch, dass sie ihn, nachdem sie sie gelesen hatte, mit jenen exquisit zubereiteten Köstlichkeiten verwöhnte. Allerdings musste er sich eingestehen, dass da noch etwas war, denn wenn ihn das Schenken schon glücklich machte, war es eine noch größere Freude gewesen, nach der letzten Buchübergabe ein paar Zeilen von ihr vorzufinden. Er wusste nicht, wohin dies führen würde, doch wollte er auf keinen Fall, dass es aufhörte. Diese Gedanken vertrieben seine Sorgen, und er nahm die Gänsefeder zur Hand, schob die Antwort an den König noch ein wenig auf und schrieb erneut an seinen Buchhändler, damit er ein weiteres Kochbuch ausfindig machte.

26. Januar 1721

Jedes Mal, wenn Gabriel diesen abschätzigen Blicken begegnete, spürte er die Intoleranz der Menschen, die in ihm keinen Herrn von Stand, sondern nur einen verkleideten Schwarzen oder einen von seinem Herrn zu gut behandelten Sklaven sahen. Anschließend wunderten sie sich und hielten es offensichtlich für unmöglich, dass ein reicher Schwarzer an seinem Reitgeschirr das Wappen Castamars trug. So war es bei seiner Ankunft in Valladolid gewesen und auch, als er die Stadt wieder verlassen hatte. Überall hatte er die gleiche Verachtung erlebt, die ihn inzwischen jedoch kaum mehr traf.

Nachdem er zwei Tage bei seiner Mutter gewesen und weitere zwei Tage geritten war, hatte er am späten Abend Castamar erreicht, wie er es seinem Bruder versprochen hatte. Obwohl er spät ins Bett gekommen war, war er am Morgen früh aufgestanden, um gemeinsam mit Diego über das Anwesen zu spazieren. Die Enttäuschung durch Señor Elquiza und die Nachricht, dass die Leichen der Kerle, die Señorita Amelia überfallen hatten, am Nordufer des Manzanares gefunden worden waren, waren genug Neuigkeiten für einen Tag. Zum Glück hatte sich der Zustand der Patientin weiter verbessert, wenn sie auch nach wie vor im Bett lag. Gabriel hatte die Absicht, sie zu besuchen, in der Hoffnung, dass sie ein wenig Licht ins Dunkel bringen konnte, zog aber vor, dies erst nach dem Sonntagsgottesdienst zu tun. Er beichtete, ging zur Kommunion und verabschiedete sich anschließend vom Kaplan, der immer ein Lächeln für ihn hatte. Unter den Männern Gottes war Don Antonio Aldecoa zweifellos derjenige, den er am meisten schätzte, denn er vertrat hundertprozentig die These, dass sie alle Kinder Gottes seien und der Herr in seiner Liebe keine Unterschiede mache. Gabriel erinnerte sich noch gut daran, wie er, er mochte etwa zehn Jahre alt gewesen sein, den Kaplan gefragt hatte, warum seine Haut eine andere Farbe habe. Daraufhin hatte sein Beichtvater sich mit einem Lächeln voller Güte im Gesicht zu ihm hinuntergebeugt und gesagt:

»Gott liebt die Vielfalt. Es reicht aus, wenn du heute Nachmittag einmal nach draußen gehst und all die Farben betrachtest, die es dort gibt, die der Insekten, der anderen Tiere, der Wolken … Ist die Schöpfung nicht wunderschön?«

Nach dem Gottesdienst schlug er dem Kaplan vor, gegebenenfalls eine kurze Messe für Señorita Castro zu lesen, die ihn möglicherweise darum bitten würde, bei ihm zu beichten und die Kommunion zu empfangen.

Dann machte er sich auf den Weg zu Amelia. Vor ihrer Zimmertür strich er sich den Gehrock glatt und klopfte behutsam. Als sie ihm Eintritt gewährt hatte, begrüßte er sie mit einem leichten Kopfnicken und erklärte, dass er sich von ihren gesundheitlichen Fortschritten überzeugen wolle sowie davon, dass sie seine Nachricht erhalten habe. Amelia lächelte sanft, nickte und bedeckte sofort beschämt ihr Gesicht. Dann murmelte sie verlegen, dass seine freundlichen Worte sie erreicht hatten und dass sie ihm sehr dankbar dafür sei. Daraufhin trat er höflich näher und setzte sich auf einen der Stühle.

»Ihr braucht mir nicht zu danken, sorgt Euch nur darum, dass Ihr möglichst schnell wieder gesund werdet.«

»Trotzdem … danke ich Euch für Eure aufmerksame … Betreuung und Eure … Unterstützung«, erwiderte Amelia. »Ich möchte … Euch sagen, dass …« Sie nahm sich ein paar Sekunden Zeit, bevor sie die Worte, die ihr auf dem Herzen lagen, herausbrachte: »Bei der letzten Gelegenheit … als Ihr hier wart … ich …«

Er wusste, dass sie sich für das entschuldigen wollte, was bei seinem letzten Besuch in ihrem Zimmer vorgefallen war, als sie ihm beim Eintritt des Personals ihre Hand entzogen hatte. Dabei hatte er, der er derartiges Verhalten gewohnt war, dem gar keine Bedeutung beigemessen. Schließlich hatte Señorita Amelia, obwohl auch sie einen merklichen Widerwillen gegenüber seiner Hautfarbe hegte, wesentlich mehr Entgegenkommen bewiesen als die meisten anderen, indem sie ihn gebeten hatte, ihre Hand zu halten. Mit einer beruhigenden Geste brachte er sie zum Schweigen.

»Ihr braucht euch nicht zu entschuldigen. Ich weiß zur Genüge, dass dies eine völlig normale Reaktion war.«

Die Señorita sah ihn an und bemühte sich, nicht zu weinen. Er trocknete ihre Tränen mit seinem Taschentuch und sagte, dass sie ihre Kräfte schonen solle.

»Señorita Castro, Ihr seid eine intelligente Frau. Wir wissen beide, wer Euch diese Wunde beigebracht hat, doch nur Ihr kennt den Grund. Vielleicht könnt Ihr ein wenig Licht ins Dunkel bringen.«

Schweigend sah sie ihn an.

»Ich … wurde … überfallen«, sagte sie schließlich.

Gabriel zögerte. Er spürte, dass er, trotz des Unbehagens, das seine Fragen in ihr auslösten, keine andere Wahl hatte. Sie verfügte über den Schlüssel, um Don Enriques Pläne in Bezug auf Castamar zu enthüllen, deshalb fuhr er nun fort:

»Das weiß ich. Aber könnt Ihr Euch vorstellen, wer den Befehl dazu gegeben hat? Wer könnte den Wunsch gehabt haben, dass ich Euch finde und hierher nach Castamar bringe?«

Sie kämpfte erneut mit den Tränen.

»Warum … glaubt Ihr, dass es … ein geplanter Überfall war?«

»Ich wurde gezielt zu dem Waldstück gelockt, wo ich mich üblicherweise mit meinem Kontaktmann getroffen habe, der den Marquis überwacht hat. Ich weiß, dass zwischen Euch und dem Marquis in den letzten Monaten eine enge Verbindung bestanden hat. Und aus all dem schließe ich, dass es ein geplanter Überfall war.«

Gabriel erkannte an ihrem Gesichtsausdruck, dass sie sich in die Enge getrieben fühlte. Es war ihr anzusehen, dass sie einen inneren Kampf darum führte, ob sie weiterhin schweigen oder die Wahrheit sagen und damit die furchtbaren Folgen auf sich nehmen sollte. Er merkte, dass sie schwach wurde, dass ihr der Name von Don Enrique von Arcona auf der Zunge lag.

»Señorita Castro, wer könnte gewollt haben, dass ich Euch finde und nach Castamar bringe? Der Marquis? Vielleicht wollte er Euch bestrafen, weil Ihr nicht bereit wart, ihn zu heiraten. Glaubt mir, dass Euer Leben und Eure Ehre hier sicher sind.«

Sie erbleichte und begann vor Angst zu zittern, als ob sie noch einmal den Überfall durchlebte. Dabei sah sie ihn an, ohne ein Wort herauszubringen. Aus einem Reflex heraus ergriff er ihre Hand, die auf dem Laken lag. Sie wandte verschämt den Blick ab und stammelte:

»Ich … nein … nein … ich weiß es nicht.«

Gabriel drückte ihre Hand und spürte, dass er als guter Gastgeber dieses Gespräch abbrechen musste. Er blieb jedoch bei ihr sitzen, bis sie aufhörte zu zittern und sich ihre Lider schlossen, als sie in einen tiefen Schlaf fiel. Da strich er ihr über das dunkle Haar, und als er gerade ihre Hand loslassen wollte, drückte sie sie fest, woraufhin er sie unwillkürlich zu einem Kuss an die Lippen führte.

28. Januar 1721

El Zurdo beugte sich über den Strohsack und betrachtete Jacintas üppige Kurven. Dabei dachte er, dass man, um zu überleben, lediglich einem zufälligen Weg folgte. So war diese vom Dasein gebeutelte Hure das einzige menschliche Wesen, mit dem er eine Beziehung führte und für das er etwas empfand. Sie, die sich unverständlicherweise von ihm angezogen fühlte, ließ sich für weniger Geld von ihm vögeln, als sie normalerweise nahm. Dabei verachtete er sie im Grunde, obwohl er sie ausnutzte und irgendwie auch gernhatte.

Er sprach sie mit ihrem Namen an, damit sie sich umwandte und ihm ihre Brüste zeigte. Sogleich drehte sich Jacinta, mit ihrem halben Gebiss lächelnd, auf den Rücken, griff nach ihren großen Brüsten und drückte und bewegte sie. Er lachte. Jacinta gefiel es, ihn zu unterhalten. Als er genug hatte, befahl er ihr, La Zalamera, Sebas' Köchin, zu sagen, dass sie den Tisch decken und ihm das Essen zubereiten solle. Man brauchte die Frauen, um sie zu vögeln, doch die meiste Zeit über waren sie ihm lästig. Was das anging, war Jacinta pflegeleicht: Er bezahlte ihr die Hälfte des üblichen Preises, dafür stellte sie keine Fragen wie eine unbequeme Ehefrau, und manchmal trieb sie eine Arbeit für ihn auf wie die Sache mit Doña Alba. Damals war Jacinta auf der Straße auf einen Burschen gestoßen, der sich nach Stallknechten erkundigt hatte, die zuletzt in Castamar eingestellt worden waren. Da sie offenbar gehört hatte, dass er dort arbeitete, und das Gefühl hatte, dass hier Geld zu holen war, hatte sie gesagt, dass sie vielleicht jemanden kenne. Daraufhin hatte der Bursche sie zu einem dunklen Winkel geführt, wo irgendein feiner Schreiberling sie aus seiner Kutsche heraus befragt hatte. Jacinta hatte nichts Konkretes über ihn gesagt, sondern nur geantwortet, dass sie vielleicht einen der Stallburschen von Castamar kenne. Am Abend hatte die Hure, die wie alle Frauen ziemlich listig war, dann beim Essen gesagt:

»Zurdo, angeblich hast du jetzt einen anständigen Beruf.«

Sie hatte sich auf den Tisch gestützt, sodass durch ihren geöffneten Rock ihr Schenkel zu sehen war. Er, der sich davon nicht beeindrucken ließ, hatte nicht einmal den Kopf gehoben.

»Wer sagt das?«, hatte er zwischen zwei Löffeln Suppe gefragt.

Sie hatte ihm zugeflüstert, dass die Leute behaupteten, dass er sich in Castamar um die Pferde kümmere, woraufhin er nach einem Schluck Wein, der genauso mies war wie das Essen, nur mit den Schultern gezuckt hatte.

»Das Leben ist hart, und jeder tut, was er kann, um zu überleben.«

»Mal sehen, wie hart das Leben ist«, hatte sie gesagt und die Hand zwischen seine Schenkel geschoben.

Er hatte sie fest am Handgelenk gepackt und zu sich herangezogen. Denn er hasste es, unaufgefordert angefasst zu werden, und schon gar nicht von einer Hure, die schon so oft benutzt worden war wie die alten Messer eines schlechten Barbiers.

»Wenn du mir noch einmal zwischen die Schenkel fasst, schlitze ich dir deinen verdammten Hurenbauch auf«, hatte er gesagt und sie von sich gestoßen.

»Ist ja gut, du Mistkerl«, hatte sie ihn beleidigt angeschrien. »Ich wollte dir gerade von einem Auftrag erzählen, den mir ein feiner Señor angeboten hat.«

Damit hatte sie dann endgültig seine Aufmerksamkeit geweckt. Denn ein gut bezahlter Auftrag konnte entscheidend zur Verwirklichung seiner ersehnten Pferdezucht beitragen. Also hatte er sie gezwungen, sich wieder hinzusetzen. Da sie eine Hure mit Charakter war, hatte sie sich zunächst geweigert, sodass er keine andere Wahl hatte, als ein wenig zu lächeln, um sie zu besänftigen.

»Setz dich«, hatte er gesagt, »setz dich, verdammt, ich will nicht, dass du gehst.«

Sie hatte widerwillig gehorcht und ihn erneut gefragt, ob er wirklich in Castamar arbeite. Er hatte genickt.

»Pass gut auf«, hatte sie gesagt, »wir können viel Geld verdienen.«

Und damit war der Tod Doña Albas besiegelt gewesen – durch eine billige Hure, den Schreiberling in der Kutsche und ihn. Was genau hinter der Geschichte steckte, hatte er erst einige Tage darauf erfahren, mitten in der Nacht in einer einsamen Gasse bei strömendem Regen und eisiger Kälte. Jacinta hatte ihn dorthin geführt, um sich mit Doña Sols Kontaktmann zu treffen. Natürlich hatte er den Namen der Auftraggeberin nicht von dem Schreiberling erfahren, sondern erst einige Tage später, als er diesem zum Haus der damaligen Witwe Velarde gefolgt war. Wie es schien, hatte die Herzogin von Castamar dafür gesorgt, dass die Dame in Ungnade gefallen war. Als er sich dann nach Doña Albas Tod erneut mit dem Schreiberling getroffen hatte, um das Geld zu kassieren, hatte er diesem gedroht, dass er seinen Namen und den seiner Auftraggeberin kenne und dass er, sollte jemand auftauchen, um ihn zum Schweigen zu bringen, das Geheimnis lüften werde. »Alles dank einer Hure, die dafür nicht einmal einen Real de Vellón gesehen hatte«, hatte er sich hin und wieder gesagt. Hätte er es zugelassen, wäre Jacinta bei dem Treffen mit Carlos Durán dabei gewesen, doch sobald dieser aufgetaucht war, hatte er sie, heftige Prügel androhend, fortgejagt. »Je mehr du die Frauen schlägst, desto mehr lieben sie dich«, hatte er sich immer gesagt. Und das hatte er auch tun müssen, als sie eines Tages in der Ekstase ihm gegenüber den Mund nicht halten konnte und ihm gestanden hatte, dass sie herausgefunden habe, wer dieser Carlos Durán sei und dass er als Schreiber für eine reiche Señora arbeite. Wenn sie nicht eine von Sebas' Huren gewesen wäre, hätte er ihr auf der Stelle den Hals umgedreht.

Er reckte und streckte sich. Jacinta war hinausgegangen, und er zog sich in der Erwartung an, dass die Köchin die Suppe fertig hatte. Im Gastraum befanden sich einige Männer, die sich zwischen den Beinen der Huren ein wenig vergnügen wollten. Sebas schrie in der Küche herum. Als El Zurdo sah, dass sein Essen noch nicht auf dem Tisch stand, schnalzte er verärgert mit der Zunge und ging in die Küche, weil er dachte, dass Jacinta einen Freier gefunden und seinen Befehl vergessen hätte. Dort hörte er, wie Sebas die Köchin anhielt, weniger Bohnen und mehr Brühe in den »Fraß für die Hungerleider« zu tun. Der Eintopf im El Zaguán war in der Gegend dafür bekannt, besonders billig und ziemlich verwässert zu sein und mehr Salz zu enthalten als Bohnen und Grünzeug. Sebas verkaufte ihn den ganzen Tag über an die, die einfach nur so vorbeikamen, und an die Freier, die nach dem Besuch bei den Huren der Hunger überkam.

»Den zusätzlichen Sack Bohnen, den du verbraucht hast, ziehe ich dir vom Lohn ab«, verkündete Sebas wütend. »Und immer diese Widerworte! Wenn sie nicht so gut kochen könnte, würde ich ihr einen Satz Ohrfeigen verpassen.«

El Zurdo lachte und sagte, dass er etwas essen wolle, woraufhin Sebas, für den er ein guter Kunde war, den Befehl gab, dass eines der Mädchen ihn bedienen solle. Gut zu essen, war eines der wenigen Dinge, für die El Zurdo Geld ausgab. Im Gegensatz zu vielen anderen Gaunern, Faulpelzen, Großmäulern und anderem Gesindel verprasste er nicht sinnlos das Geld, das er verdiente. Er hatte ein kleines Vermögen für seine Pferdezucht angespart und gab nur das Geld aus, das er fürs tägliche Leben brauchte. Keinen Luxus und kein Laster, nichts, was über ein anständiges Essen ohne zu viel Anspruch hinausging. Er schlief in einem gemieteten Zimmer in der Nähe des El Zaguán, in das er niemals jemanden mitnahm. Eine heruntergekommene, schmutzige Bodenkammer, die gut genug war, um unterm Dach die Früchte seiner Arbeit zu verstecken. Niemand würde auf den Gedanken kommen, dass er zwischen den Dachbalken mehr als achttausend Reales de Vellón verstaut hatte.

Er setzte sich und bekam die Bohnen, ein Glas Wein und ein Stück ungesäuertes Roggenbrot vorgesetzt. Als er zu essen begann, sah er, dass Jacinta nach getaner Arbeit eines der Zimmer verließ, gefolgt von einem buckligen, dickbauchigen Mann mit einem zufriedenen Lächeln auf dem Gesicht. »Der hat seinen Spaß gehabt«, sagte er sich. Sie grüßte ihn mit einem Kopfnicken, und er ignorierte sie. Denn würde er sie beachten, käme sie zu ihm, um ein wenig zu plaudern, und das war das, was er bei ihr am meisten hasste. Er konzentrierte sich auf die Suppe und den Geschmack der Bohnen.

Er trank gerade einen Schluck Wein, als Hernaldo von la Marca eintrat, der ihn mit einem Nicken begrüßte. Seit ihrem letzten Zusammentreffen hatten sie den Schwarzen aus Castamar unablässig überwacht. Wie Hernaldo ihn beauftragt hatte, hatte er vier Männer ausgesucht, die diskret waren, solange man sie gut bezahlte, und Gabriel von Castamar abwechselnd folgten. Seiner Meinung nach war dieser Schwarze eine widerliche Kreatur, die man wie ein Schwein abstechen sollte. Er hatte das herrische Getue kaum ertragen, mit dem der Schwarze aufgetreten war, als er als Stallmeister in Castamar gearbeitet hatte. Ein verdammter afrikanischer Affe, der ihn von oben herab behandelte! Wenn es nicht seine Aufgabe gewesen wäre, das Pferd Doña Albas abzurichten, hätte er sich am liebsten auf ihn gestürzt, um ihm mit dem Messer die Augen auszustechen.

Hernaldo von la Marca erschien regelmäßig, um sich darüber zu informieren, wo der Schwarze überall gewesen war. Sebas hielt den Neuankömmling zurück und begrüßte ihn, was er für seine Aufgabe als Gastgeber hielt. Sie wechselten ein paar Worte darüber, wie hart das Leben war, und verabschiedeten sich wieder. Hernaldo war bereits weitergegangen, als Sebas gut gelaunt fragte:

»Übrigens, wie geht es deiner Tochter? Es heißt, dass sie ein hübsches Mädchen ist.«

Hernaldo blieb abrupt stehen, und im ganzen Lokal breitete sich Stille aus; der Soldat legte die Hand auf den Griff seines Degens und wandte sich um. Sebas wich einen Schritt zurück, da er dachte, dass Hernaldo ihn auf der Stelle niederstechen würde.

»Wenn du noch einmal meine Tochter erwähnst, breche ich dir das Rückgrat, du Scheißkerl!«, verkündete Hernaldo mit lauter Stimme.

Sebas wich noch einen Schritt zurück und hob beschwichtigend die Hände. Jacinta, die merkte, dass eine Auseinandersetzung in der Luft lag, flüchtete sich zu El Zurdo. Hernaldo jedoch hatte sich schon wieder entspannt, trat, ohne ein weiteres Wort zu sagen, auf El Zurdo zu und murmelte, dass er im Hinterhof auf ihn warten würde. El Zurdo stand auf und sagte zu Jacinta, dass sie abhauen solle.

»Lass mich mitkommen, ich mach auch nichts«, bat sie ihn.

Hernaldo blieb stehen und warf El Zurdo einen spöttischen Blick zu, als ob er gerade einen Ehekrach mit einer Hure hätte. Daraufhin wandte sich El Zurdo an Jacinta:

»Warum belässt du es nicht dabei, eine Hure zu sein, und lässt mich in Ruhe?«, schnauzte er sie an.

»Du bist ein Arschloch, du Mistkerl. Nie nimmst du mich zu irgendwas mit… Nicht mal, als ich dir das Geschäft mit dieser Señora und den Pferden in Ca…«

Der Satz erstarb auf ihren Lippen, bevor sie eine Ohrfeige

traf, die sie hintenüberstürzen ließ. Sebas schrie von der anderen Seite des Raumes her, dass sie mit lädiertem Gesicht weniger Geld ranschaffe. Daraufhin hob El Zurdo entschuldigend die Hand und legte sechzehn Maravedíes auf den Tisch. Als er sich anschließend umwandte, bemerkte er, dass Hernaldo ihn fragend ansah. El Zurdo zuckte mit den Schultern und überspielte seine Unruhe. Mit der Hand in der Nähe seines Messers murmelte er ein lakonisches »Frauen!« Hernaldo blieb einen Moment nachdenklich stehen und folgte El Zurdo dann nach draußen, während Jacinta ihnen einen Schwall Beschimpfungen hinterherkreischte.

Als sie allein waren, legte der ehemalige Soldat der Tercios die Hand auf seinen Degen.

»Von welchem Auftrag hat die Hure gesprochen?«, fragte er.

»Von einem, den sie mir vor Jahren vermittelt hat, für eine Señora aus dem Paseo de las Descalzas«, erklärte El Zurdo, während er aus dem Augenwinkel Hernaldos Hand im Blick behielt. »Ich sollte ein paar Jungpferde zureiten.«

»Wie hieß diese Frau?«, fragte Hernaldo weiter.

Für einen Moment spielte El Zurdo mit dem Gedanken, diesen Hundesohn abzustechen und mit seinem Vermögen aus Madrid zu fliehen. Doch dann sagte er sich, dass der Marquis ihn gnadenlos jagen würde, wenn es sein musste, bis nach Amerika. Also machte er ein nachdenkliches Gesicht und schüttelte dann den Kopf.

»Die Wahrheit ist, dass ich mich nicht mehr daran erinnere, das ist schon eine ziemliche Weile her«, entgegnete er.

Hernaldo sah ihn misstrauisch an.

»Kommen wir jetzt zur Sache, oder reden wir über etwas anderes?«, fragte El Zurdo.

Hernaldo nickte in der Erwartung, dass El Zurdo ihm mitteilte, wo sich der Schwarze aus Castamar wieder herumgetrieben hatte. Dieser erklärte, was einer seiner Männer ihm am Morgen erzählt hatte, nämlich, dass der Schwarze vor zwei Tagen aus Valladolid zurückgekommen sei, wo er seine Mutter besucht habe, und dass er nun vorhabe, El Zaguán aufzusuchen. Doch soviel er auch rumfragen würde, er würde keine Antworten bekommen, denn hier draußen vor der Stadt redete niemand mit einem als Herrn verkleideten Mestizen. Sie würden ihn eher hinters Licht führen und ihm falsche Adressen geben, als irgendetwas zu verraten, was mit El Zaguán zu tun hatte. Etwas anderes waren da die Leute vom Gericht, vor allem die, die die Gegend durchkämmten. Von denen konnte der Kerl durchaus etwas erfahren, wenn er gut zahlte. Hernaldo war keinerlei Überraschung anzumerken, woraus El Zurdo schloss, dass er und sein Herr damit bereits gerechnet hatten.

»Irgendwann wird er auftauchen, und dann müssen wir vorbereitet sein«, sagte Hernaldo. »Was heißt das genau?«, erwiderte El Zurdo.

»Dass wir ihm dann eine Lektion erteilen werden.«

Die Castamar-Saga geht weiter …

Clara, Chefköchin am Hof von Castamar, schwärmt schon lange für den Herzog. Doch obwohl sie mehrere eindeutige Zeichen erhalten hat, kann sie immer noch kaum glauben, dass der Herzog ihre Gefühle erwidert. Als Clara bei einem großen Festessen den Gästen des Herzogs vorgestellt wird, gerät die Situation außer Kontrolle: Mehrere Adlige machen anzügliche Bemerkungen, bis Clara – ihrer niedrigen Stellung zum Trotz – ihrer Wut freien Lauf lässt. Eine Skandal, der sofort die Runde macht. Doch zum Erstaunen aller gibt der Herzog nicht auf, um Clara zu werben. Auch wenn er damit ins Netz der Verschwörung gerät, die seine Feinde seit langem sorgfältig inszeniert haben …